梅娘文集

1942-1945

【小说卷】 卷二

卷二

1942 年摄于北京

原刊《东亚新报》
1941 年 10 月 2 日

　　先生，有一句话问你，你可以不可以请看护小姐
先出去一会，在你动手术之前，我请你赏给我十分钟，
我有一点话必须在我没有被割治之前说出来，假如我
不幸在这次治疗中死去，我能说出我心中梗塞的这一
点话，一切的苦难都算了，我将欢迎"死"来接我去，
虽然现在我的心悸动着，神经昂奋得无法遏止，深怕
坠到死之手中去……

　　　　　　　　　　　　——《动手术之前》

小说《动手术之前》题图
上海《太平洋周报》1 卷 80 期
（1943 年 7 月 1 日），第 1740 页

刊载在《中国文学》创刊号上《小妇人》题图之一

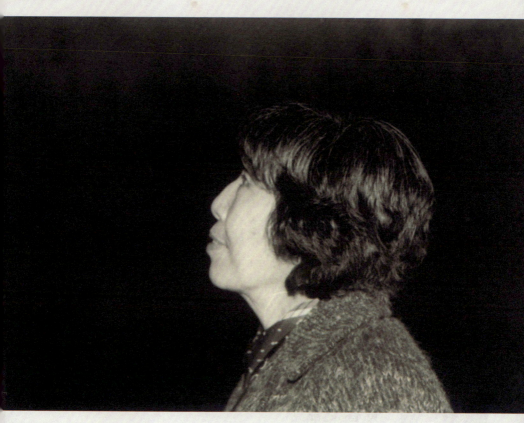

摄于 1990 年，北京

以同样的凝望，向着未知的天，历史惊人的重复。高中毕业到超过花甲。16—61。头发仍然是黑油油的，这是老天真正的眷顾。

梅娘在照片背面的题字

小说《夜合花开》插图

刊于北京《中华周报》

第 1 卷第 7 期（1944 年 11 月 5 日），第 30 页

梅娘著作新版书影：

《南玲北梅》刘小沁编，海天出版社，1992

《黄昏之献》司敬雪选编，上海古籍出版社，1999

《铭记的事物，一概来自长春》张泉选编，长春出版社，2019

2012 年中国现代文学馆 常设展览《中国现当代文学展》沦陷区文学板块中的华北地区部分

1998 年华夏出版社 2009 年，范志红选编

1996 年摄于北京农影小区家中

主编例言

《梅娘文集》第2卷

梅娘（1916-2013），原名孙嘉瑞。吉林长春人。从 1936 年 5 月 20 日在长春发表散文《花弄影》，到 2013 年的随笔《企盼、渴望》在北京面世，她执笔为文近 80 载，是中国现代文学史上屈指可数的"长时段作家"。

梅娘的创作生涯大体上分为隔断清晰的五个时段。

第一个时段，1936 年至 1945 年，20 至 29 岁，大约十年。曾短期在长春、北京的报社、杂志任职，基本上专职写作，以小说家名世。出版有新文学作品集四种，还有大量的儿童读物单行本。署名玲玲、孙敏子、敏子、芳子、莲江（存疑）、梅娘等。与内地（山海关以南）相比，新文学在东北的发生滞后。1936 年梅娘在长春益智书店出版的《小姐集》，很可能是苦寒北地的第一部个人的新文学作品集，标志着五四开启的现代女性新文学写作，在正处于水深火热之中的东北落地、开花。

第二个时段，1950 年至 1957 年 8 月，34 至 41 岁，八年。先后入职北京的中学、农业部农业电影社。使用梅琳、孙翔、高翎、刘遐、瑞芝、柳霞儿、云凤、落霞、王崇、白芷等笔名，在上海、香港发表了数量可观的作品。为北京、上海、辽宁等地的美术出版社编写了大量中外文学名著连环画的文字脚本。出版有通俗故事单行本。

第三个时段，1958 年秋至 1960 年冬，42 至 45 岁，接近三年。在北京北苑农场期间，被选入由劳改人员组成的翻译小组，承担日文翻译，也参与其他语种译文的文字润色工作。匿名。

第四个时段，1979 年 6 月至 1986 年，63 至 70 岁，大约八年。恢复公职后，在香港以及上海、北京等地发表随笔和译文，出版有译著。署用柳青娘以及本名。

第五个时段，1987 年至 2013 年，71 至 96 岁，大约二十七年。开始启用笔名梅娘。以散文写作和翻译为主。出书十五种。

其中，第一、第二和第五这三个时段最为重要，也均与张爱玲有着不解之缘。

在第一个时段，梅娘以其丰厚的创作实绩，成为北方沦陷区代表女作家，当年新文学圈内曾有"北张南梅"（欧阳文彬语）之说。[①] 诗人、杂文家邵燕祥 (1933-2020) 回忆他在北京沦陷期

---

① 欧阳文彬：《孙嘉瑞的现实材料（1955 年 9 月 5 日）》。

阅读《夜合花开》的感受时说，"我从而知道有一种花朝开夜合，夜合花开，寓意是天亮了。她的小说好读的，不难读。说是'南张北梅'，南张（爱玲）我当时没读过，但是梅娘我从小就知道。"[①]而上海沦陷区作家徐訏（1916-2006）在1950年代初的表述是："在敌伪时期北京有个叫梅娘的女作家，同上海的张爱玲齐称"。[②]1945年5月30日，有一则《文化消息》披露，南北正在竞相盗版对方的畅销书："南方女作家张爱玲的《流言》、苏青的《涛》，均在京翻印中。同时华中亦去人翻北方女作家梅娘之《蟹》。此可谓之南北文化'交''流'"。[③]这或可充作沦陷期的一个间接证据。还有另一个。南京在一个月前出版了《战时文学选集》，收小说十篇，作者除王予（徐訏）和北京的曹原影响略小外，均是南北文坛的一时之选。女性仅两篇：张爱玲的《倾城之恋》，梅娘，《侏儒》。[④]

在第二个时段，即共和国建政初期，梅娘在上海、香港发

---

① 邵燕祥：《一万句顶一句：邵燕祥序跋集》，北京十月文艺出版社，2016。第316-317页。

② 见《抄于新民报·唐云旌交代的社会关系（1956年1月7日）》。

③ 引文中的"华中"，即今华东。"去人"，疑"有人"之笔误。

④《战时文学选集》，中央电讯社编印，1945年4月。该书收入了张爱铃、张金寿、爵青、梅娘、萧艾、曹原、王予、袁犀、山丁、毕基初十位作家的作品。书前有穆穆（穆中南）的《记在前面》。

表了一大批小说、散文。这些作品长期以来鲜为人知，而时任上海新民报社负责人的欧阳文彬，见证了梅娘与张爱玲在"亦报场域"同台为文。前者发文超过 430 次，后者 400 次。两人旗鼓相当。

在第五个时段，梅娘怀人纪事文的数量颇为可观。对于沦陷期是否有过"南玲北梅"说的问题，有文章加以探讨或质疑，[①]最后争论溢出了通常意义上的史实考证，返回到我们应当如何评价沦陷区文学的原点。同时，也引出如何解读作家自述作品的接受美学问题。[②]对于梅娘重新发表旧作时所做的修改，有的研究做了认真的实证分析，也有的"上纲上线"一笔之了。[③]所有这些讨论或商榷，均有助于梅娘乃至沦陷区文学研究的深化。

梅娘在以上各个阶段都笔耕不辍，然而由于各种各样的原因，有相当数量的作品从未结集出版。有鉴于此，编纂梅娘的

---

① 最早质疑"南玲北梅"说的，可能是我的《华北沦陷区文学研究中的史实辩证问题》（《中国现代文学研究丛刊》1998 年 1 期）。

② 参见张泉：《关于"自述"以及自述的阅读》，《芳草地》2013 年 1 期。

③ 参见张泉：《构建沦陷区文学记忆的方法——以女作家梅娘的当代境遇为中心》，《山东社会科学》2013 年 10 期。

全集，便提上了议程。①

　　这版《梅娘文集》分为9卷。第1、2、3卷为小说卷，书名分别为《梅娘文集·第1卷／小说卷·卷一（1936-1942）》《梅娘文集·第2卷／小说卷·卷二（1942-1945）》《梅娘文集·第3卷／小说卷·卷三（1952-1954）》。第4、5卷，散文卷，书名，《梅娘文集·第4卷／散文卷·卷一（1936-1957）》《梅娘文集·第5卷／散文卷·卷二（1978-2013）》。第6、7卷，译文卷，书名，《梅娘文集·第6卷／译文卷·卷一（1942；2000）》《梅娘文集·第7卷／译文卷·卷二（1936-2005）》。第8卷，书名，《梅娘文集·第8卷／诗歌·剧本·儿童文学·连环画及未刊稿卷（1936-2000）》。第9卷，书名《梅娘文集·第9卷／书信卷（1942-2012）》。另有附录卷，书名为《梅娘的生平与创作——年表·叙论·资料》。

　　本卷为9卷本《梅娘文集》的第2卷《小说卷·卷二》，收中篇小说7篇。《一个蚌》完成于1939年夏。此时，梅娘随丈夫柳龙光前往日本，已在大阪居住了3、4个月。而在小说面

---

① 详情见张泉：《东北首部个人新文学作品集〈小姐集〉的发现——从寻访梅娘佚文的通信看文化场人情世态》，《燕山论丛2022》，燕山大学出版社，2022。以及《梅娘文集》附录卷《梅娘的生平与创作——年表·叙论·资料》中的梅娘叙论《二十世纪"长时段作家"梅娘及其全集的编纂》。

世的时候，他们已移居北京。《小妇人》是梅娘计划中的长篇，未完成。已发表的部分有：《双燕篇》《夜行篇》《姐弟篇》《黄昏篇》《西风篇》《白雪篇》《异国篇》《话旧篇》等，分别发表在《中国文学》月刊以及《苗是怎样长成的》文学丛刊上。《夜合花开》断断续续在北京《中华周报》上连载，也是一部未完成的长篇。两部作品尽管是残篇，但在梅娘殖民期的创作中仍占有重要位置。需要说明的是，两部长篇小说未能完成的主要原因，是沦陷末期，经济濒临崩溃，纸张短缺，报刊关停并转。刊发《小妇人》的《中国文学》于 1944 年 11 月停刊。曾有预告说，《中国文学》上未刊完的长篇作品，将在华北作协 1945年 4 月发行的大型《中国文学季刊》上继续连载。该刊迄今未见。连载《夜合花开》的综合文化杂志《中华周报》，于 1945 年 8月 19 日停刊。据报，战后，《夜合花开》从第 32 节开始，又在 8 月 18 日创办的《新平晚报》上接着连载。两个多月后，报纸停办。

张　泉
于京东北平里
2022 年 9 月 25 日
2023 年 4 月 11 日改定

目录
Contents

1944

一个蚌

原刊"新京"《满洲文艺》

第 1 辑 (1942 年 9 月)，101-145 页

潮把她掷在滩上，
干晒着，
她！
忍耐不了——
才一开壳，
肉仁就被啄去了。
——系己

一 叶 惊 闻 天 下 秋

"再玩一会吧！丽，不是还早吗？"倚着树干的琦这样说着。"不！我要回家了，弟弟们等着我吃晚饭。"椅中的梅丽卷着膝上的手帕，愠怒了似的。

"就是回去，我送你去不也行吗？"稍窘地，琦从树上抽出来握着枝桠的双手。

"哥，让我一人回去吧！今天……"抬起了脸，梅丽温淑地。"今天，今天怎么就不要哥了呢？"琦过来，俯下了头，脸轻轻地靠在梅丽底发上。

"哥！别问，让我一人回去吧！哥不是听我话吗？"梅丽斜过脸来，半命令地握起琦底双手。

"好，我听你，可是还要等五分钟。"琦再次把脸俯在那梳得很整齐的发上。

突然，一颗石子嬉戏地从顶上的树枝间掠过去。

两人同时立起身来。

夕阳已经退到忠魂碑的背后去了，透过繁密的小榆树，异国姑娘底五颜六色的长袖正飘浮在黑的礼服之间，一个戴着小小的白帽子的男孩在俯身拾取着石块。

伴着孩子底大人，在微笑着谈论什么。

二次孩子举起来握着石块的手，嘴蔑笑地歪着。

两人互相望了一眼，梅丽啮着自己底下唇暂时地沉默。

风摇着叶儿响。

"那么，我走吧！"梅丽望着琦底脸。

琦拉起来梅丽底手，愤怒地回过头去。

白帽的孩子已经随着大人走去，孩子挺着小小的身子，骄傲地迈着大步。

一枚黄了尖的叶子悄然落在梅丽底发上，摘下了黄叶，梅丽不安地转动手中的钱包。

"哥，你也回去吧！晚上凉，你穿了那么一点衣服。"

"唔！"琦点了点头，接着长长地吁出一口气来，"那今天我们不再见了？"

"哥！"梅丽热情地，"不见吧！明天早上早一点。"

"那你什么时候出来呢？"

"六点吧！"

"好的，六点来，上我那儿吃早饭，再一块上班去。"

琦又握起了梅丽底双手。

波

转过了隐在树后的小丘，梅丽再次地窥探着方才坐着的椅子，那儿已经空无所有了，夕阳的淡光无力地从椅角上斜照下来。

下意识地停住了脚步。"回家吗？"

"回家去作什么呢？"

"不回家为什么一定要撺琦走呢？"

今天娘说是回来的，娘回来看见下班不回家又免不了啰嗦。啰嗦由她好了，为什么怕听她啰嗦呢？

但心里却终不能，始终倔强地，梦似地走在回家的路上。

到河边，暝色穿过了柳丛扑在脸上，河中人少了，游艇已大半系在了小小的船坞上。

梅丽惘惘地拣了一只空椅子坐下来。

心里空空地，一时仿佛连思索都停止了，用手托着腮，目光直射入水中去。

水像镜子似的，灯的光不动地站在水上。

"琦该到公寓了，不，也许去喝酒。他是不喝酒的。去吃茶？去玩女招待？白天班上被逼着作了不爱作的工作，心一定难过着。为什么我不多和他在一起玩一会呢？我们不是彼此的最大的安慰吗？就为怕娘说，也就为怕娘说就把他给撵回去，你这懦怯的东西！"

不想，但思潮总不能从琦底身上拉开去。

有微风了，灯光金蛇似地闪烁在水上。

一对桨乱暴地激着水，撑到梅丽底眼前来。突然一阵冰冷的水珠溅在旗衫下的腿上，接着一阵哄笑，梅丽迅速地抬起头来。

白艇上四个黄色的兵士，兵士们醉红着脸。艇后的一个用着可笑的生硬的音调，唱着不完整的："我是二八八的满洲姑娘。"

握着桨的大声地喊起了姑娘。

一惊，梅丽拉直了衣裳，急急地走出了池畔。艇上的人歪斜地唱着，水在艇后不安地跳动着，激起了圈圈的水波。

两 小 无 猜

快走近园门，梅丽下意识地从一个最僻静的树丛中穿行着。树枝不时地从头上拂过，叶间发着索索的响声，暝色中的淡黄的灯光从叶隙间透了过来，叶儿在地上摆着黑的影。

不远的前面，黑影浓重，且摇摆着，梅丽把停在鞋尖上的眼睛抬了起来。

是两个人，正在珍珠梅的树下拣着落下来的白圆的小小的花。

放轻了脚步，梅丽隐藏着自己，她不愿由自己加给别人以惊扰。

但再次抬头后，她在花丛后蹲下了，把眼光从花隙间送出去。

那对着她穿了条格子布衬衫的是十六岁的生得美丽的小五。

女孩子穿着白衣青裙的女校制服，短短的头发斜披过来半遮着脸。

两人搜集着小的花，在地上摆着字，小五的脚边有半个字摆成了，是一个女字旁的什么。

两人都不出声，热心地往一块聚拢着残花，女的不时从花堆中拣出过于萎黄的来。

梅丽抚着自己底胸，恬甜的气氛沁沁地袭进胸来，梅丽无缘由地半闭起来自己底眼睛。

"六点半了，我要回家了，回头妈妈又说。"女孩子抬起了头，手按在拿着花的五底手上，腕上的方表，针正叠在五和六的中间。

"那……"五睁起了自己的大眼睛。

"明天见！"女孩子拿起了那只握着花的手按在自己底嘴上亲了亲，立刻遮了脸迅速地跑出树丛去。

五依旧蹲着，微笑地目送着跑去的背影，把那只被亲过的手，慢慢地送向嘴边来。

梅丽折断了一根小枝，一个小小的爆音迸了出来。

五立刻脸红红地站起来，手背向身后去。

"五！"梅丽笑呼着。

"啊！是你，四姐！"五安心地呼出一口气来。

家

又有人来打牌了，二姨娘底屋子里灯烛辉煌，笑语纷然地。一有人在二姨娘底屋里打牌，娘更该没好气，等着挨说吧！

转过了屏门的梅丽和五，望着正房中的灯烛辉煌，不禁互相瞅了一眼，五不安地伸了伸舌头。

悄悄地走着花砖的甬道，梅丽竭力地放轻了穿着皮鞋的双脚，五悄悄地把两只鞋全脱了去。

转过了正房中的最西边的娘底屋子时，五轻轻地把脸贴在玻璃上。

娘底窗上已经放下了紫呢的窗帷，五底脸贴在一线的帷缝上。

五在招着手，梅丽也把身子凑近去。

娘底屋中点着一只小小的灯，那位上管天下管地的白公馆中的管事的福叔，正把脸贴在娘底耳朵上，娘不时地点着头，显然两人又在商酌着什么了。

梅丽底心不自禁地往下一沉。

最近家里层出的风波，多半是福叔捣的鬼，原本就不大和睦的家里，最近因为房子的被没收，粮食的被统制，已经闹得一塌糊涂，再加上这位先生左右一讨好，人们更互相地仇恨起来，简直没有一天不吵架的时候，一吵，大人们心不顺，孩子们就更倒霉了，原来挺好的事就许挨说，原来为大人们不齿的事情就更不能混过去了。

谁"呀！"地声推开了客厅的门，两人同时地转过了房角。步声直向东厢房走去，许正是娘姨为打牌的太太们取茶去。两人再轻轻地探出头来。

对面，一个人蹑着脚直奔着娘底窗户，那是纤细的三婶。

梅丽悄悄地扯着五。

转过了正房，通过了去后院的月亮门，梅丽拉起了五底手："五！回你屋去吧！我还要做点什么。"

姊弟分别进了三间厢房的东西屋。

长 兄

"好妹妹！再叫我抽一回，就今天一回，再也不麻烦你还不行……你看"。

大哥左一个右一个地向把着门口的梅丽鞠着躬，一边捏着一只袖子在哀求着。

"总是这一回，一百个一回了！老上我这儿来，回头不管娘不管是大嫂看见了，又都是我不对！好像我……"

"不能，没那事，娘才不劳动脚步上这大后院来。大嫂！呸！管她，凭我白大少爷还能怕老婆……"

"别这会背地嘴硬，人家一瞪眼跪都跪不及呢。说娘不来，娘万一要来了呢。"

"来就来，老太太架不着磨，一磨就没事。我肚子痛还不许我抽口么？爸爸还一点病没有呢，整天躺着抽，还搂着姨太太，我，我这单抽一口，说不定隔几天才这么一回，这算什么了。"

"你不是爸爸吗？反正我不叫你在我屋抽！"梅丽索性把整个背都靠在门上。

"别生气，我走，谁叫我没摊着好妹妹呢。"大哥死了心地回转了身子。

"梅丽，快瞧，那个姑娘是来找你的吧！"大哥一脸正经地指着窗外。

"是么？"梅丽扬起脸来。

身子蓦地被撞得一歪，大哥已经两步并一步地跑向床前去。"缺德！"梅丽用力地拽着已经躺下了的大哥，大哥只嘻嘻地赖在床上。

"就一回，就这一回！"大哥用力地点着头。梅丽赌着气坐到窗前去。

"嘤！"地，一根洋火划着了，床上亮起了一盏小小的灯，灯花软弱地跳动着，大哥拾起来一根铁质的长针。

拨动着，挑剔着，灯光逐渐明亮起来，于是在床前的衣橱的大镜子中，在橱旁的沙发的木框里，在远在窗前的书桌的漆边里，都有一颗淡黄的光焰在跳动着。

大哥开始从一个小小的漆罐中挑着稀薄的烟膏，在小小的灯上烧烤着，转动着。

鸦片的异样的香味立刻弥漫在室内。

"唉！大烟也不像从前了，一股难闻的味，这还是上等的官烟，四毛钱一份，还真不如私土好，味也好也贱，等多会我有钱了，也像老太爷似的，一买买他个三十两五十两，存着，抽着痛快，也省得受卖烟人的气。"大哥叹息着抽出袖筒中的竹制的烟枪来。

"这烟枪也不带劲，一抽只漏气，还得是象牙的，拿着也光滑。"

"就有心研究这个，可惜你还是大学生呢。"

梅丽轻蔑地撇着嘴，过去扶正了书桌旁花架上的水仙。

"不研究这个研究什么？这叫各有一好，你整天看小说也不比我这个高明。"

大哥争辩着，把装好了烟泡的枪一下塞进嘴里。

"嗞嗞——"大哥底鼻下爬出两条青龙，白烟笼罩着脸。

"挺大的个子，干点什么不好，单弄这个，还得背东背西的。"

"你说我干什么去？作官，我没在陆士毕业，作事，顶多作个股长，还得受夹板气，上得侍候长官，下得对付咱们同胞，一月拿个百十块钱，什么都不够。研究学问，比咱们聪明的人多的多，显不出来咱们，做苦工又没长那膀子气力。"

大哥说，滚动手中的烟泡。

"所以，这不是家里还有一点东西吗？虽说是房子叫收买，买卖不叫大作，可也不算没饭吃，凑合着过吧！对付着吃点，喝点，抽点，抽足了两眼一闭，也自是一番舒服滋味，人活着不就是为舒服吗？"

"什么舒服，两眼一闭，离死不远了。"梅丽抛开了手中的书。

"离死不远不要紧，到死时候再说。"大哥真的两眼一闭，假寐起来。

梅丽厌恶地皱起了眉头，她想狠狠地照那苍白的脸上捶一拳头才痛快，但她不能，那是她同父异母的哥哥，那是她娘的乖儿子，那是这个家未来的撑天柱。

"梅丽！"大哥半睁着眼睛，"刚才四弟来找你没！"

"找我做什么。"

"找你借钱！"

"我哪有钱。"梅丽挺直了半躺在沙发上的身子。手中的书摊在膝上。"他要钱干什么用。"

"捧窑姐去。几个同学一块，其中有一个姓安的朝鲜人，爸爸是警察厅的什么长。"

"娘怎么不管？"

"娘不是不管，一来怕管紧了憋着儿子，二来想有事的时候借那位姓安的同学一点光，不敢得罪人家。四弟就拿着这点事当把柄，不知赚了老太太多少钱去了呢。"大哥说着，语调在钱字那一顿。

"梅丽，凑合着借我几元，正赶上手紧，老太太又心不顺，等明儿来钱加倍还你。"大哥坐起来，收拾着自己底烟具。

"没有，一月三十元，除了车钱，午饭钱，剩不了两个半子，你们还都仿佛我是财主似的，其实你们哪位少爷手里不比我富余。"梅丽掷了手中的书照着镜子，用手梳拢着头发。

"不是那么说，梅丽，"大哥稍窘地，"这几天到月的房钱都没要上来，房户你推我推地都不肯给，比你有钱的人是多，可是我没法张嘴，爸那有存款折一拿，别说几元，几百也不要紧。可是头一个二姨就舍不出来。二婶那有，二婶连话都不跟我说，我还去借钱？三婶也有，嚇，那眼珠子一转，借不来钱凑巧就许挨顿指桑说柳的排喧，再，再就是你大嫂了，你大嫂你还不知道，人家从娘家带来的，我这样男子汉大丈夫不能挣钱给她，哪还有脸再去要，所以……"

"别绕弯子，知道我刚发薪，留着我一个人花都不痛快。我不是家里供的念书吗？那挣钱就该给家花，你是代表，给你，都拿去！"

梅丽拉开床前小柜的抽屉，把抽屉中零放着的钱，哗地往桌上一倒。

"瞧这脾气，本来你挣的钱该交给家，你别觉着……"

烟具揣在怀里，顺手摸起来一张五元的纸币，大哥羞怒着脸，转身走向门儿去。

到门口，望着背转着脸的梅丽，不自然地笑着说："别生气，四小姐，明天连上月的一块还你。"

"随你！"

梅丽向着墙，手按在翕动的胸上。

晴 空

"雯姐！你又瘦了，脸上也不擦点红，跟个病鬼似的。"扶着雯底头，梅丽关切地。

"反正离死不远了！病鬼就病鬼吧！"雯把头贴在梅丽底胸上，脸阴郁的。

"又说死不死的话，没有二十来岁的人死老不离嘴的。"

"你当然不说了，要爱有温存的哥；回家，有软软的沙发一坐；上班，同事们捧凤凰似的。咱们，吃一口得自己作去，作件衣裳先打算打算钱；上班，别人拿你当老憨，不死干什么去呀？是不是，雯姐？"坐在沙发上的爱诙谐的秀文溜了雯一眼，半正经地说。

"你也这么说我，我哑巴吃黄连，苦——自个知道。来，雯姐，别听她的，我给你擦脸，这么好的天，咱们划船去，回头，我请你们吃晚饭。"

梅丽望着外面水一样的蓝天，把脸贴着雯底脸。

"雯姐！放开点想，这社会原不是给女人预备的；原来还可以希望读书、作事，现在连那样一点小希望都没有了。读书去，一天六点钟功课有三点钟家事，作事，女人是低能的，只配端茶水，一天八点钟两手不闲着，给你一块钱还觉得太多。可是我们已经是幸运的了，我们有一个能感到苦闷的心，若是所有的女人都感到这样苦闷，那我们就有救了，不是吗？雯姐。"

梅丽把脸从坐着的雯的肩上送过去，眼睛热情地闪烁着。"是的，梅丽。"坐在妆台前的雯回过身来抱着站着的梅丽。"可是……"

"不说可是，雯姐，什么都不怕，忘了在学校打篮球时你是冲锋冲得最猛的一个吗？"

"这可不比打篮球，拿谁当敌手，拿男人吗？人高马大的那可冲不了。"秀文略略地笑了出来。

"尽闹，雯姐不理她，来，我跟你擦脸，擦完了，出去，绕个圈划划船的这样自由我们总还有吧！"

梅丽打开了粉盒，拿出淡黄的粉扑来。

"雯姐，倩和兰怎么没来？"

"看贞去了，贞他们昨天又打了架，贞要强，受了委屈不肯跟人说，那才叫哑巴吃黄连呢。"

秀文也凑过来，看着镜中的自己底脸。

"恋爱的时候不容你选择，结婚头几天新鲜的，过几天发觉满不是那么一回事，于是就吵，于是男人出去荒唐去，左右女人受罪。"雯又颦起了双眉。

"我看就是人嘴缺德，两人刚认识，一块走一次，别人就不得了，仿佛要不把两人说得如何如何就对不起谁似的。结果，两人想不好也不行，就那样马马虎虎，这好，绝不会迷路，一条道，见面——爱——结婚。"

秀文苦笑着瞧着雯和梅丽底脸。

"贞自己呢？"

"贞有什么办法呢，除了离婚，离婚是那样容易的事吗！而且肚里的孩子怎么处置呢？带了大肚子去找职业，谁用？回家，原来跟家里闹翻了，还怎么回去？不受着委屈，就得等着饿死。"

秀文再投身于沙发中，头俯下去望着铺在地上的油漆布的花纹。

三人都沉默着。贞底秀丽的脸从这一个心上爬向那一个心底。

"你们怎样呢？"

半晌，秀文望着梅丽底脸。

"我们？"梅丽长吁着，"我们也一样，认识了，爱了，就差没结婚，将来也好不了。"

梅丽慢慢地垂下了头。

母 训

"说什么都是白说，你也那么大了，自己想一想吧！家现在落到这个样，你爸爸就会躺到床上抽，什么也不管。你二叔澡塘子里一坐，二东家一份，说东别人不敢说西，钱使多少也没人问，饶这样还只嚷澡塘子赔钱。你三叔，外头混着，差事不好一个月也是二百来块。你爸倒是干过好事，挣过大钱，那不是都置办产业了，手里富余几个，还不够供那个小狐狸精的。归总，就是咱们娘几个受罪，你是明白孩子，不是娘……"娘咽了口吐沫，拿起了烟碟中燃着的半支香烟，脸凛然地说。

梅丽斜倚在摆在门口的长条案上，在屋中紫红硬木家具的照射里，她底脸苍白着。

"昨天你福叔出去要房钱，好几家大份的都不肯给，说是在咱们国里作事就是帮咱们大伙的忙，所以房钱不能一五一十地算，话又说不大明白，再要，就许挨打，这月眼瞧着就少了五百块钱的进项。烧锅，粮囤昨天给贴封条了，存粮不许卖，都得归组合，是不是一点活路都没有啦，我们这股花销又大，你大哥身体太弱不能作事去，小四、小五上学又是一笔钱，你爱上学，娘知道，知道也是没法子，钱难办，不然，念书还不好吗？"

娘磕去了烟上的灰烬，扫视着梅丽底脸。

梅丽只无言地垂着头。

"我在中间这样的为难，你二婶们还以为我这个当家的捞钱，今个骂，明个吵，要分家，分吧！反正分也是三一三十一，谁也多拿不了。若是真能分家，我倒也净心，就是你叫人惦记着，二十来岁还没个主，知道的人都知道你净在外边念书了，不知道的还以为是我这作娘的，不是亲姑娘就不管哪。"

话落在主题上，梅丽觉得心往下一沉。

"还有，虽说这年头兴自个找主，可是咱们可不能作那种丢脸的事，叫别人提起来，都说白参议的姑娘跟个野小子瞎跑，那种丢脸的事，你爸可是不能答应的，你在外头……"

梅丽骤然地红上双颊，心猛烈地跳了起来，头更低了，她没有勇气去对着娘底脸。

娘磕了一下烟灰。

"你在外头可得样样小心，现在人心太坏，稍微什么一点，毁了自个不说连家里的名声也糟蹋了，你……"

梅丽底心稍微安定了一点，她试着抬起她底头。

"前天朱家又来信了，我看那位少爷倒真不错，而且朱家老太爷和你爸又是多年的交情，财是财，势是势，你爸也有这种意思，并且想借着你定亲的机会也搬到天津去，省得在这挨憋受气。"

再抽出一支烟来，娘眼瞧着梅丽，手无方向地摸索着洋火。梅丽强压下心跳，竭力作着不动声色的脸，过去为娘点燃了烟。

娘再仔细地瞧着梅丽底脸，显然地，她是想从那脸上搜寻出一些什么来。

梅丽底心惶乱着，她觉得手指有一点发颤了，她试想做点什么来遮饰自己，但娘底屋中除了娘就只有那些威严的家具了。她无奈地把眼睛滑行在那长长的条案上。

娘慢慢地吁出口气来。

"我想，你也不会有什么不愿意，你和朱少爷也没少见过面，彼此都知道，将来过门了，娘家也跟去，什么事也憋闷不住，这不强似自个在外面找个不知根不知底的人吗？"

"我……"

梅丽抬起了半面脸，要说什么。

"税局子也不用去了，朱家这几天就来人，那几十块钱挣不挣不算什么，你没零钱，我给你。"

娘温存地说着，从手旁的小柜中抽出一张十元的纸币来。

"我……"梅丽望着外面的晴朗天，两颗大的泪珠双双地坠了下来。

夜 会

合上了杂志，梅丽把手轻轻地盖在琦底手上。

"我走吧！今天太晚了，再不回去，娘听戏回来又该挨骂了。你又喝了这么多的酒，早点睡吧！"

"连你也不爱理我了是不是？班上的人冤枉我，说我会讨上司的喜欢，会做面子活，我才倒霉呢，其实我不过因为话说得比较流畅，到人家下问的时候，给说明，能加点意见的时候就加一点，我想这也是我应该做的，譬如问着民食，说了就许少写一个子的税，能减一个子也就是利用我现在仅有的机会为大家尽了一分的力。别人不明白我，我不怨，你不明白我，我死去。"

半醉了的琦把脸俯在书上，哭了似的。

"瞧！又歪人，不是没法子吗？哥，我……"梅丽底话顿了顿，"我以后也许不能上班了。"

"为什么？"琦惊慌地坐直了身子，捧过来梅丽底脸。

"娘不答应，娘不叫我做了。"

"为什么？"

"他们要给我定婚。"梅丽委屈地把脸埋在琦底怀里。

"那你呢？"琦急急地问。

"我……我不知道。"

"那么，丽，我们走吧！何必一定要在这住呢？"琦轻轻地抚着梅丽底头发。

"走到什么地方去呢？天津，北京，甚至于再远一点的上海，南京？走到那儿还不是一个样呢？"

梅丽抬起了脸，眼睛湿润的望着房子正中吊着的四十烛的灯光。

灯下，相对着的两把椅子和一只小桌，过去，一只铺着白床单的单人床，墙角，一只古式的沙发，床的横头上刻着大大的吉祥公寓的黄字。

"只要我们两人永远在一起，永远合成一个力，天堂也可以走到的，不是吗？丽。"琦热情地望着梅丽底脸，替梅丽拉起来垂到地下去的衣襟。

"是的，哥！"梅丽把身子倚在琦怀里，用琦底双手围着自己底脸。

古老的坏了两只弹簧的床，在两人身下轻轻地"吱！"了一声。

"丽！我头晕。"

琦斜过身子躺下，梅丽起身走到桌前去。"丽！你来！"

琦招呼着，梅丽笑着不动身。"丽，我跟你说。"

梅丽慢慢地走近床边来。

琦坐起来，拉近了梅丽，手轻轻地抚着梅丽底背，脸也靠近来，嘴贴在梅丽底脸上。

琦底灼热的呼吸从耳中直吹进了梅丽底心上。

抚着背的手慢慢地绕到胸前去。

梅丽底心猛烈地跳着，随着琦底暖热的手，梅丽觉得体内起了一种特异的感觉，那样一种稍稍麻痹却又不能抑制的冲动。

梅丽觉得热上双颊来。

"丽！你真好看，你底脸跟一朵花似的。"

突地，琦粗重地喘息着，用一种不能抗拒的热力搬倒了梅丽，双腿压住了梅丽的身子。

"哥，你，你……"

梅丽惊慌地用手撑起来上半身，用力地抽动着双腿。

……

"咚！咚！咚！"

外面擂鼓似地捶着门，接着人声杂沓，其中夹杂着踢马针打在洋灰地上的声音。

两人立刻屏着呼吸，梅丽推动着琦，她底心几乎跳到胸外来。

"谁！"琦调整着呼吸，竭力地把声音放得平常地问。

"王先生！外边来了查店的了，您……"是茶房底低浊的声音。

梅丽困惑地望着琦底脸。琦拿过身边的自己底衣裳。

隔壁房间响起来的挂钟，清清楚楚地敲了一点。

人 言

推开了办公室的门的仆役，手里捏了厚厚的一叠信，他把一个淡绿色的封筒摆在了梅丽底眼前。

梅丽放下了笔拿过信来。陌生的字——

"梅丽小姐……"

突然，压下了喧嚣，爱吵嚷的老张嚷了出来："这好事还发愣，没听说过二十多岁的小伙子有不爱娶媳妇的。"

原本没什么工作的人立刻把头掉了过去。

梅丽也轻轻地转过头去。

老张正坐在琦底桌角上，手拍着琦底肩膀。琦木然地望着窗外，眼前摊着一个有航空邮戳的信封。

瞧着大家注意都集中在自己身上，老张更加得意地：

"诸位听听，王先生底老太爷来信催王先生回去结婚，对方是 K 地的名闺，从小就订了的，两方彼此又都见过，据说正是郎才女貌，这好事这位先生反倒发起愣来，说可笑不可笑，不用自己操心，一回去就有个名闺的媳妇，这么长长的旗袍一穿，高跟鞋一踩，登！登！登！真是仙女下凡一样，嘿……"

老张在地中间扭动着肥满的身子，垫起来双脚，两手往腰间一叠，做着女人走路的姿势。

人们哄堂地笑起来。

琦底脸皴红着，惶急地瞭望着梅丽。

梅丽蓦地一阵呕心上来，眼前迸飞着金星。

坐在梅丽身边的李玫，温存的，扶着了梅丽底肩。

"怎么了？白。"

"有点头晕。"梅丽扶着自己底头。

"回去歇会吧，反正没什么事。"

"不要紧，一会儿就好了。"梅丽试把自己底身子靠在椅背上。

老张跑过来。

"白小姐叫我气着了吧！我这人说话粗鲁，你别见怪，别看我学女人走路，我可一点也没有轻看女人底心。"说着，鞠了个九十度的躬。

"这哪的话，"梅丽做了一个倩笑，"您太多心了。我……"仆役再推开门进来。

"白先生，李先生！"仆役做了个不自然的笑脸，"课长那屋从日本国来客了，请你二位去给端碗茶。"

"什么？"梅丽和李玫同时立起来，互相望着彼此的脸。

女职员为贵客倒茶，在日本的女同事中，是被认作光荣的事情的，可是轮到自己头上，却怎样也觉得不是意思。李玫把手中的笔往摊着的一本账簿的皮上一戳，"不干行不行。"笔正戳在账簿的一角上，一个大的深蓝的墨点无声地落在 XX 税捐总局的局上。

"别，李小姐，"老张拉开了僵场，"细想起来可也没什么，端碗茶算什么，譬如咱们同事好也可以彼此给倒碗茶，来，就算我老张请……"老张拉开了李玫的椅子。

梅丽头伏在椅背上，她只觉得阵阵呕心，昨夜过度的兴奋和惊慌，她已经难耐于班上的喧闹，而且刚才老张的话，那老张底锋利的话呀！

她闭上了眼睛，跌坐在椅子里。那边，琦蓦地拉开了门跑出去。

议 论 纷 纷

正午办公室中残存着一部分人。

看报，吃东西，吸烟和望着天花板的。读着报的大声念了出来：

"K 剧团定于本月五日上演世界名作《茶花女》于光明剧场，主演者为名震……"

"今早上多精彩的一幕，看，男主角脸红脖子粗，真是英雄气概，女主角楚楚可怜，完全美人风度，还用上外边去看什么剧。"角落中坐着的人掷了烟蒂站起来表演着。

"喂，到底怎么回事！"一个比较老成的职员从杂志上抬起脸来。

"那个傻瓜，就会回家侍候老婆，整天一块，连这么点事还瞧不出来。你看，男底眼睛这么一溜，女底眼睛这么一转，于是就吃茶去，于是就爱，于是听着男人又要结婚就发酸，发酸就……"

大家笑了，说的人也禁不住地笑了起来。

"那位白，平常架子端的挺足，还有这么一手呢。"一个轻蔑地点着头。

"有这么一手，也没瞧上你，你不是白嚷嚷吗？"又打趣起来。

"就没瞧上我，真是，能写能算，长的又好，说话又中听，嗳，小王真他妈的造化，我老朱……"一口浓唾沫摔到痰盂里。

"别着急，老朱，这会的女学生就是架子足，两句好话都受不了，再来点香水、雪花膏之类的，准得乖乖地叫哥哥。"

"说的倒是挺容易，上哪找去呀！街坊没住着，家里没那样的亲戚，又没有姐姐妹妹的，好容易班上有两个同事，我这脖子粗胳臂硬的又瞅不上我。又没有钱的爸爸给我说媳妇，等着当一辈子光棍吧！"

老朱抱起了自己的脑袋。

"喂，你李大人。跟小白邻居。怎么个来历呀？"

"怎么个来历？小姐呗！就是根不大正，是位姨奶奶生的。姨奶奶死了，这会跟着娘，娘倒是不错，可就有一样，心里就有自个底儿子。老爷当过什么长，钱足了，岁数也到了，一天抽点、吃点，哪还有心管女儿，女儿若不自个出来活动活动，说不定也许当尼姑去了呢。"

"家人不是挺多吗？"

"倒不少，可没有她亲的，还有两房叔叔婶子，也就都认钱，整天你算计我，我算计你的，另外有位远房的叔叔给管账，哈，那位先生，眼睛一转就是一条道，满身心眼，老白家那点家当将来都得转到他腰去。"

"家不错，人又挺聪明，怎么没继续上学呢？怪可惜了儿的。"

一位埋头看着杂志的人，又加入了说话圈。

"到高中还不够数，白老太太有话，那么大的姑娘怎么能放出去？认两个字就得了，谁还指着姑娘养老。"

"本来也是，供到头也是得嫁人，一嫁人就算完蛋。"

一个人给打了个总结。

"那都是废话，找媳妇要紧，理理发去，回头换条领带，不爱我也能多瞅我两眼。"一位望着天的先生，把脚从桌上拿下来，扔开了手中的《金粉世家》。

"你不去，老朱？修理门面，才是先决问题。"那位先生揪着老朱底一只膀子。

"我？"老朱摸着自己丛生着胡子的下颏，做了个怪脸。

人们再次哄笑着，笑声里，梅丽推开了门进来，她苍白着脸。

大家立刻噤了口，目送着那俏丽底身子从眼前滑过去。

到自己桌旁，梅丽收拾起来自己底东西。

"张先生！"梅丽抱起来钱包，"回头课长过来您替我说一声，我有点不舒服，下午不来了。"

"可以，可以，我替你叫辆车去吧。"老张连忙笑应着。"不！谢谢吧，门口有车的。"

梅丽无言地走出来。

甬 道 上

"丽，上公寓里去等我吧！反正家里以为你是在班上。"在甬路上追上了梅丽的琦这样小声地说着。

"不——""为什么？"

"有事。"

"有事我下班回去陪你办去。"

"那可不敢劳驾。"

"丽，你不该生我气，我绝不是……"琦瞧着梅丽底脸，热情又坚决地。

"我才不敢生气呢！"梅丽脸向着墙，并没停止脚步。

"那你……"

"我有事我才请假回家的。"

"什么事？"

"去会情人。"

"你瞎说，你没有。"

"你怎么知道我没有？这不是来的信"，梅丽从手提包中抽出一个淡绿的信封来。

陌生的字。

梅丽从那张淡绿的信纸上撕下一条来，接着把其余的撕得粉碎，一齐装进信封里。

"你看去，这是我别有爱人的证据。我不要你，我不爱你。"梅丽气愤地几乎要哭出来。

"我不用看，我……"琦头低到胸上，双手垂着。

"给你，不看也得看。"梅丽像掷一个千斤重的东西似的，努力地用微颤的手把那鼓鼓的信封掼给琦。

信封撞在琦底胸上，淡绿的纸屑飞花似地四散开来。

身后的门"呀"的一声。

梅丽迅速地用手提包遮了脸，飞一样的跑出去。

琦木立着，眼前升起了一片云雾。从左侧房中出来的长裙的姑娘在琦身上投了奇异的一眼。

半响，琦蹲下来，搜集着身边的纸屑，长条的纸上，清清楚楚地写着：八日午后四点东公园池畔。

秋 天 里 的 春 天

"五，不许哭了，回头娘看见，还得骂你，要钱我给你，要多少？"梅丽搬起倚在门上的小五底头，替五擦着泪儿说。"要六元——"

"为什么要那么多？"

"我……"

五底脸突地绯红着。

拉五到沙发前坐，梅丽温存地替五掠上去额前的短发。

"要作什么？"拉起了五底手，梅丽仿佛沉溺在海中的人看见一只救生船似地平添了一分希望，这家里她底唯一的亲人，死去的母亲留下的一双可怜的姊弟。但五是这样的小，如果五是在大哥底地位呢，也许两人能再幸福一点，不，五若是像大哥那样的是家中的第一个少爷，也许被养育得比大哥还可恶也不一定。

"明天李霖过生日，我想给她……"

"这有什么不好意思的呢？"梅丽拿起钱包来，"六元够了吗？"

"够。"五揉着自己底眼睛。

"娘刚才怎样骂你了？"

"跟娘要钱，娘不给，还说我不如四哥，尽花些没用的钱，又说你跟你姐姐一样，可倒好，就会恋什么爱，等明天人家姑娘底爸爸找你来我可不能管。又说根不正到底不行。什么根不根的，四哥好，四哥上窑子去也是好。我这算什么恋爱，李霖从小同学，跟同学好有什么关系？"五愤愤地掏出来自己底手帕擦着脸。

"五，别说了，钱给你，另外这一块钱给你买糖，从后门走吧！免得娘看见问你。"

五高兴地接过来钱，看着梅丽底脸：

"四姐，你今儿怎么回来这样早？四姐，你脸不好看。"

"我头痛，请假了。"梅丽用手按着前额。

"你哭来的？"看着梅丽微肿底眼，五关心地问。"没有，你去吧。"梅丽假笑着。

五再瞧了姐姐一眼，拿了钱走向门口去。

突地，五想起来什么似地回转了身子，从衬衣的袋中摸出一封淡绿的信来。

"四姐，你底信。"

"什么时候来的？"

"昨晚。"

"昨晚娘找我没？"

"昨晚娘听戏回来就睡了，我只怕她问你，结果没有，今早看你已经回来了。你上哪去了？"

"我……我在雯姐那。"梅丽迟疑了一下，慢慢地扯开了信封。

同样的陌生的字，开头："敬爱的梅丽小姐！"梅丽皱了一下眉，团成了一团掷向纸篓中。

"干么扔了？"五惊异的。

"不认识。"

"不认识怎么给你写信？"

"他还约我四点上公园去呢。"梅丽把身子半躺在床上，苦笑着。

"五，你要给李霖买什么？"梅丽把话岔开去。

"买一个红色的花旅行包，明年放春假的时候，我们一齐上山玩去。李霖说每年她都是跟妈去，明年她和我去，我们去采花，把花放在那包里。"

五慢慢地说着，手转动着白门的铜钮。"五，那真好——那——"

梅丽躺到枕头上去，眼睛望着白白的天棚，眼前出现了清清的蓝天，蓝天下散开着红花的碧绿的山和原野，山坡上一对愉快的小伴，女孩子手中的朱红的包，幸福地笑。

梅丽轻轻地合上了眼睛，用手搭着了胸。她半疯狂了的，她觉得她底幸福正从心中慢慢地升腾出去。

"四姐！"五在招呼着。

"唔！"梅丽应着，望着五的脸，半晌说："五！去吧！"

五关上了白门出去。

梅丽猛然地转过身来，把整个的身躯重重地摔在床上。

乘龙婿

五走后，梅丽一直陷在半朦胧的状态里，意识上并没有哭，可是枕头却濡湿着，颊下冷冷的一片。

黄昏来，暝色穿过了纱帘，屋中逐渐地充满了半液体似的苍色，梅丽站起来，梦游病者似地巡行在屋中。

她坐在床上，躺在沙发上，凭着书桌，倚着小桌，怎样也不能安静下去，额上一阵阵地渗出黏性的冷汗。

走到大镜子前，她看着一个陌生的东西似地端详着自己底脸，脸依旧，只是泛着死人似的苍白色，大眼睛依旧安静地卧在长睫毛的里面，但黑的瞳孔凝滞着，显示出她正是为某一件事情所苦。

眼前逐渐模糊，夜暗悄悄地袭进来。

镜中是琦，温存地笑着的琦，是柳丛，是柳下定情的甜蜜的一吻。

梅丽困惑地揉着自己底眼睛，把前额猛然地顶在冰冷的玻璃上。

只是那样不动地看着自己。

谁拉开了屋门。

"四小姐，哟，你还没有开灯。"娘屋里的王妈底声音。梅丽飞到床前，一下用被蒙上了自己底脸。

王妈走进来：

"四小姐，四小姐！"

梅丽梦醒了似地："谁？"

"前院来客了，天津来的，大太太叫请你过去。"

"我头痛，不去了。"梅丽拉下来一点被头。

"一定请过去，大太太说，还请你换件衣裳。"王妈走近床前，做了个尴尬的笑脸。

"好，你先去吧！"梅丽稍稍迟疑着，随即决然地坐起来。

"我替你打开灯。"

"不用，我自己来吧。"梅丽用脚摸索着拖鞋，王妈含着笑退出去。

梅丽拉开了灯。

骤然亮起来的灯光刺激着涩滞的眼睛，梅丽仿佛初到一个地方似地扫视着自己底屋子，接着，她走到镜前去，用手剔着自己底修长的眉，眉仿佛变了，鼻上的短的部分竖立着，梅丽试用手按下去那些竖立着的。

那样短，怎样按，推，捏也仿佛仍然立着，梅丽苦恼地用双手揪着眉毛，跌坐在镜旁的沙发中。

"都说姑娘底眉毛是躺着的……都说……"

大嫂底刀子嘴，大嫂底机伶伶的眼睛。

梅觉得心突地凉了下来。

"四小姐！"

外边有人在叩着窗户。

梅丽霍地跳了起来，打开衣柜，抽出来一件银红的衣裳，再走到镜前去，拿起胭脂小盒来。

转过了屏门，梅丽下意识地放慢了脚步。客厅中香烟缭绕，笑语纷然。

梅丽掠起了垂到额前来的短发，轻轻地提起自己底银红的衣襟。

脚步不自主地迟疑着，一种莫名的感情催她蹑足走向了窗前。

人们底笑语撞在纱帘上，再袅袅地四散开来。这袅袅的语音由纱帘的隙中投到了梅丽的心上，梅丽只觉得一切都隔得很远，远得如自己正独自站在一个山峰上，遥望着另一个山。

梅丽打起精神来寻找着自己要看的人。

她底目光由站在门口的大嫂身上起，到卷着头发的三婶，到脸擦得妖媚的二姨，到半白头发的爸，到张罗着的娘，到那位数着念珠的朱家的老太太，到捻着胡子的朱家的老爷，他正和大哥并坐在沙发中。

在讲着什么，深蓝色的臂在眼前划着圈子，露出腕上明晃晃的金表。脸上浮着轻浮又骄傲的笑。

他底父母以特殊爱怜的眼光瞅着自己底儿子。

梅丽掩上了自己底眼睛。

依然如旧，那曾在法租界的边上以一种加快的步法尾送自己到英租界的家中的花花公子。

梅丽再抬起脸来。

他，白白的脸，流动着的眼睛，脸上的轻浮的笑。

蓦地，梅丽举起双手来抱紧了自己底肩，一阵战栗通过了她底全身，她觉得四肢凸出鸡皮疙瘩来。

三 日 记

一 日

起来，头沉沉的，夜来噩梦连续，心无止境地跳，想也许要病了，病了倒好，病不也是一种解脱吗？

饭后，已经写信去请假了，心却不安着，原是为了躲避着琦才请假的。但心始终萦系在琦身上，虽然在恨他。两天没见了，他将怎样想我呢！不会因为我这突然的冷淡而惹起了什么另外的不幸吧！他，他真的是有个未婚妻在等待着他回去结婚吗？娘来，这不意地光临震惊了我，我想娘一定知道了我底事，来察看我的，我竭力地装着平常的样子，但总觉有什么地方已经是变了样似的。

娘问我"为什么不上班？"

"有点头痛。班上人太闹。"

"本来吗，这年头哪有规矩人，你起头一上班你爹就不乐意，若不是我横说竖说的。家里哪缺你挣那一点钱。虽说是自己零花方便，娘可没屈过你，既然班上闹，就别去了。挺大的姑娘整天往外跑也不成样子，还有……"

我知道底下要说什么，我没出声。并且做了个不耐烦的脸，娘半天没出声。

我心里说不出的难过，头痛就头痛完了，说什么班上人闹，这一顿排喧，都是自己找的。瞎遮掩什么，卑鄙的东西！娘要走了，把手中的包裹递给我，到门口说"朱家底事，家人都愿意，依你爹意思早就定了，我总觉得你大了，还是得问问你才算对，怎么说也是你自己底事。你……咱们家可不能像别人家，姑娘随便出去找主去。"

我依旧不出声。

娘仔细瞧着我底脸，我底心不自主地跳动起来。

"这是朱少爷打发人送来的，听说你病了，还说明晚来看你。"

我没接包，身子只是战栗着，娘放包在桌上又瞧了我一眼出去。

娘走，我如脱了绳索的一只动物一样喘息着扑在床上。

头里只是搅着朱家和琦，就那样半昏迷地躺到黄昏。

夜来，我安静了许多，心却始终神经质地跳动着。一点小声，一句话，一声咳嗽都会剧烈地跳，跳过，额上渗着冷汗，这样，我想我该死去了。

—— 二 日 ——

昨晚很早地躺下，但不能睡，辗转着，床发出了被压抑的响声，响声使我想起了琦处的一夜。我底脸突地烧上来，血在四肢中沸腾地奔流着，心不安地跳。

手按着胸，但不能安静下去，把脸贴紧了床，抱着长长的枕头，整个身子压在枕头上，心深处却依旧不安，我要抱的不是那物质的枕头，我兴奋地把枕头掷在床下。

枕头打在地上发出来软弱的回声，突然觉得枕头可怜了，"扔它做什么呢？"你懦弱的东西，就会拿东西泄愤。

再拾起枕头来放在床上，枕头的红花里爬出来琦底涨红了的脸。

该怨琦吗？

不，该怨的是我自己，该怨的是自己二十岁的心。纵然起意在琦，但也是自己抑止不住醉了的心才促成的。

不，也不该怨自己，那是本性之一，谁都需要的，那是想拒绝而不得的事。

我不该惋惜我处女底失去了。

不，我不该现在给琦，至少应该再过些日子，那仅只相识了六月的琦。真不是一个最好的例子，认识，爱，结婚，最短的时间完成了三部，结果认识不足，整天吵架。

容我们相处得更长一点吗。

许多人在蔑笑，许多人在注意，许多人在监视。

原本寂寞着的心，为得到不易得的表面上可心的异性而狂跳了。

相会时间的不易更加重了会见后的热烈。

由于热烈发生了……

我同情着贞，我可怜着我自己，我可怜着和我一样的患着青春症的女人。

家里知道怎办呢。

他们会不要我，会把我从家里撵出去，不，他们会拣一家他们认为卑下的人家把我赐惠地嫁过去。于是这事情瞒过了，他们保全了面子，他们少了个吃闲饭的人。

娘将如何呢？二婶？三婶？

大嫂……

他们笑。我讲究，拿我不当人。

随他们好了，我非得吃家里这口饭吗？

虽然这样强硬地想着，但心中禁不住战栗起来。

什么地方有给女人留着的路呢？

如果像贞一样的有了小孩呢？

打胎去吗？医院会传扬出去的。留待着生吗？什么地方容许呢？

带着孩子远远地走吧！去做女工，去做老妈子，甚至去做女招待也好，把孩子养大了。孩子一定不会跟现在的人一样。他会明白妈妈、理解妈妈的，和我一样遭遇的女人若都这样地教育了她的孩子，未来的世界一定会成为合理的。

胡想——在没生孩子之间的一段日子怎么过？孩子生了谁给带？能带了孩子去做工吗？

那么，嫁到朱家去吧！反正朱少爷不是什么处男，也没有什么愧对于他的，他有钱，有钱就好办，要钱不管人吧！

不，那怎么会过下去呢？心飘浮着，心烦恼着，会能过得比较有意义些吗？

还是琦可恶。为什么不替我想一想呢？女人的路是窄的，尤其这社会是拿贞操来衡量女人的。既然爱，就该体贴，不然算什么爱呢？他不会想到我现在的心境是怎样苦恼着我吧！他不会想的，他预备回去结婚。鬼，我遇见了鬼，我遇见了吃女人的鬼。他如果真爱我，他会向我说起他底婚事的，他不说，他骗了我。也许在这次后他不再理我了，不理也好。我真就不能一个人活下去吗？我年青，我是这样的年青，我还怕跟生活斗争的力量不够吗？

心委屈着，我觉得我正是狭的笼中的虎。不，连那狭的笼中的虎也不如，它原还过着了一段自由的生活来的。

一个人——我只自己，我要同情，要安慰，要鼓励，我不是白痴，不是傻子，有机会，我会做出点什么来的，至少我要使我身边的女人们明白，只有女人才能同情，理解女人，只有女人联合起来才能自救。

但我没有那样欣愉的心情了，我找不着爱，我找不到同情，我底二十岁的心寂寞地飘浮着。

写着字，泪不断地渗出来。我死去吧！我为什么这样脆弱呢！

｜ 三 日 ｜

娘早晨又为了分家的事和二婶们吵了，爸正为自己运动着一个位子，带了二姨和朱家的人一块到天津去。我知道娘底心，怕爸将来走了，自己底家当不了，受别人底气。我呢，更倒霉了，爸一定定了朱家的事。爸原不疼我，而且爸也不会想到什么征求我底意思的事。

那位坐汽车吊膀子，捧舞女的少爷怎么单喜欢我呢？想起来那一次从法租界直尾随到家的事，心里便仿佛吃了苍蝇似地呕心着。我……我不能到朱家去，我走，家有什么值得我恋着的地方呢？出去总不至于立刻就饿死吧！就是饿死也不会比过了一段行尸生活以后再死还多遗憾的吧！

午间，五苍白着脸进来，我明白娘又把没地方发散的怨气泄在他身上了。五说："娘叫我不许再去找李霖，这么点的孩子就会糟蹋人家姑娘，真是没听说过。"

安慰着五，结果给五钱，五说是会李霖看电影去。五悄悄地走了后，心更绞着绳子似地疼痛起来。还有什么理呢？娘不许十六岁的五和小朋友好，却许十七岁的四去逛窑子。五从认识李霖后，用着功，努力把一切都做得好，甚至连衣裳都小心地穿，怕李霖笑，怕李霖不喜欢他。结果娘告诉他不对，四偷了娘底钱，被大一点的同学诱去捧妓女，娘知道了，不但不说而且为他掩饰着。这是疼儿子？五不是娘生的倒造化了，不然也许比大哥比四还坏。但别人都承认娘做的对。娘做的才是应当的，该死的娘！该咒诅的社会。

晚饭后，秀文来，我仿佛在无人烟的地方看见了人一样的兴奋、喜欢。并肩坐在沙发上，秀文忽然紧盯着我底脸，我底心不能自主地跳起来。我想和秀文说，我知道她绝不会笑的，但我羞涩着，我想掩饰，我想还是谁都不知道好。

我问秀文：

"干么那样瞧我？"

"你哭来的。"

半晌，秀文这样说。我点了点头。

"文，我变样了吗？"

过一会，我再问她。

"没，就是脸色不好，眼睛有点肿。"

我底心，放下了一块石头似的，拉起了秀文底手。

"雯姐怎没来？"

"雯姐不大舒服。"

"又不舒服了？"

"心里烦，病自然容易侵入，昨晚凉着了，今儿头痛，主要的还是因为昨晚失眠的缘故。"

回答秀文什么呢？雯姐二十六岁了，自然比我还迫切地需要着异性的爱抚，但那样拘谨又不大好看的雯姐，谁会一见了她就喜欢她呢？何况在我们这熟识的小圈子中根本就不认识几个男人。

我知道雯姐具备一切时代的妻子的条件，她能做一切家事，而且做得很好。她有清新的头脑，她知道怎样抚育她底孩子，而且她有谋生的智力，但谁会一见她就知道了她这优点呢？谁都是爱好更美一点的东西。可是上哪去找那样自由的境遇去叫两个拘谨的人长期地相对着而去发现内心底美呢？

　　心再次为烦恼所击，把头轻轻地靠在秀文底肩上。

　　秀文轻轻地抚着我底头发，我感到一种不能言喻的安慰。泪又几乎流出来。

　　"丽！是你没上班吗？"

　　"是。"

　　"为什么？"

　　"我要结婚了。"我故意开着玩笑。

　　"真？和谁？和琦？"秀文睁大了眼睛。

　　"不是，他也要结婚了。"

　　"究竟怎么回事？"

　　"琦家底老太爷叫他回去结婚，对方是名门小姐。我娘也替我定了婚，对方是有钱少爷，不都正是门当户对吗？"我笑起来。

　　"丽，别跟我开玩笑。快告诉我真话。"

　　"琦要回去结婚是在班上听说的，我快定婚倒是真的，文……我……"

　　我底泪不能遏止地流出来，扑在她怀中，尽情地抽搐着，几天来的委屈都有了诉说的机会似的。

　　文轻轻地搬起了我底脸。

　　"琦底事也许不是真的，你不该去问他一次吗？也许是谁故意恶作剧才说的吧！"秀文轻柔地说。

你 要 花 吗 ？ 姑 娘 ！

"雯姐，我快死了，你也不来看我。"看见秀文和雯双双地进了屋门，躺在床上的梅丽一下跳起来抓着了雯底手。

"这不是来了吗？"雯笑着，推梅丽到床前去。

"丽，你脸仿佛有一点肿了似的，这样整天躺着哭非得大病不可，那么聪明的人，怎么一点也想不开呢？"秀文细瞧着梅丽底脸，这样爱抚地说。

"你们来，我就不哭了。"梅丽坐直了身子，把背靠在床栏杆上。

"倩和兰怎么还不肯来看我？"

"倩回家了，她底母亲来接她回去的，说她底未婚夫家整天地逼着老太太，若再不把姑娘找回来就跟她打官司。倩母亲害怕了，来叫倩，倩不愿母亲受苦，硬着头皮回去了。谁知道怎样结果，倩总不至于屈服的吧！"雯半躺在床上望着梅丽底脸。

"兰呢？"梅丽抽出来床头的绒衣穿上，双手互握着。

"兰从清早就跑出去，不知做什么，也许已经找到爱人了。可是样子不像，谁会喜欢她呢？一个已经结了婚的而且离婚手续还没办清的人。"

"也许有人会喜欢她的，我想，若是拿着结过婚和不结婚作准绳来选挑女人，那样人也就不值得我们找了，不是吗？雯姐。"梅丽拉起来雯底手。

夕阳从右侧的窗中伸进来，在地上投下来黄色的方格。

三人暂时沉默着，无声音地望着那几块跳动着的光影。

"秀文！我也去加入你们底合股的家吧！"梅丽找到了一线希望似地，脸上现出来一点微笑。

"为什么不在家住了？"秀文惊异地问。

"家，不容我住，不，是我在家住不了。我想那样自己挣自己花，自己做自己吃，是比我这饭来张口舒服得多。"

"随你吧！你愿意来，我们倒是不会拒绝的。可是你家绝不会放你的，不是吗？"秀文走到书桌前，替梅丽整理着乱堆着的书籍。

"我知道他们不会放我，要等他们放我就该死了。"梅丽下床来，拉开橱门，拿出一碟糖来。

"这会，不比一年前，你家，有钱，米面存的没过顶，什么时候吃什么时候有，外边，才难呢，一家二斤米票，二斤面票，领去，清早起来挨到下午四点还领不着，人太多，挤不上去，简直没法子，吃高粱米还得托人买，玉米面两毛钱一斤，你知道我们现在吃什么？咸菜熬萝卜，窝头，饶这样还不够，上月亏了十几天，一月四十元，吃穿住连行都在内，一件旗袍起码十元，一双皮鞋二十五元。过去吧，这叫时代的女子职业。"

秀文一下躺在床上，望着白白的天花板："而且，觉着从家里走出来不算回事，其实跟着就得走进另一个去，父母底和自己底并没有什么两样，一样的洗衣服，做饭还得看孩子，到天边也是扮演着受欺负的角色。想不结婚，一个人活不到老，哪个公司哪个商店会放着二十岁的女士不取，而取四十岁的老太太呢？左右这点事，小学毕业的也干得了，高中毕业也显不出太高来。"

　　秀文愤愤地走到镜前去，雯和梅丽目随着她，显然地秀文底话在三人的心中掀起了波浪。

　　"结婚要也算是职业，到四十岁的时候一样不会有人要的。"梅丽说，再躺到床上用手帕盖上了脸。

　　"我死了，雯姐，你们哭我吧！我明天就嫁到朱家去，你们都当我死了那样地纪念我，我还仿佛舒服一点似的。"梅丽僵了似地挺直了四肢。

　　"能这样轻易地死了倒好呢。"雯拉下了梅丽脸上的手帕，叹息着。

　　"雯姐，不说了，我们走走去，我心里闷得厉害，这屋里憋得透不过气来。你们陪我，趁娘还没禁止我行动的时候，为什么不多玩两次？"

　　梅丽猛然地跳起来，拉过来手巾去洗脸。

　　出了黑漆的挂着白宅的木牌的大门，梅丽仰天呼了一口长气，左右握着了雯和秀文的手。

　　"雯姐，今天放胆到窑子街去走一回好不好？我想去看看，不知道为什么我对那些为大人们所不齿的姑娘觉得很亲，将来我也许去，不，我去做马路天使，我以为与其卖给一个男人去做太太，去做室内的安琪儿，还不如去做野妓，不如去做马路天使好呢。"

　　梅丽看那刚亮起来的第一只街灯，决绝地说。

　　转过了横街，繁华的夜之都市显出来歇斯底里式的兴隆，人们拥挤着，杂沓着，夹杂着汽车的吼声。

　　三人滑行在人行道里，百货店的窗饰摆着新秋的服装，梅丽拉着雯。

　　"雯姐！我结婚时你替我做件衣裳。黑的，从头上直到脚底下要一块整的布，等我死时好拿去铺棺材。"

梅丽用手比量着。

突然，一个人直撞到三人眼前来，将手中的一束花举到梅丽底脸上。

"姑娘！你要花吗？姑娘！"

舌头不成形的卷动着，生硬地操着当地的土语，酒气直喷到三人底脸上，衬衫半开着，袒露着前胸，领带歪到一边去。

三人本能地往旁边一闪。

"你是我媳妇！"醉了的人再追上来，去拉秀文垂着的手。受惊的三人在路中闪避着醉鬼，退走，醉了的人会追的穿过去，他又正横拦着去路。街上的人只望着，懦怯的他们不会加给这三个可怜的姑娘什么助力的，因为对方是统制着他们底人种，躲还怕躲不清，谁肯找事呢。

三人焦灼地望着街中。一辆空车救命地驶过来，三人急急地跳上去。

"快走，快走！马车！"秀文惶急地催促着，雯和梅丽愤恨地抚着自己底跳动的胸。

醉了的人跟跄地在车后追上来，看见车子逐渐远了，大声地吵嚷了些什么，接着怪声怪气地唱起了"忘レナィデネ"（不要忘记了）的歌。

第 一 只 灯

"雯姐，为什么早不告诉我？今儿还要我陪你来？"梅丽拂开吹到脸上的柳枝，向着雯底脸。

"这不是告诉你了吗？"雯躲闪地。

"不，不是现在，我说王先生说给你介绍这位先生的时候。"

"我……"雯咬着自己底嘴唇，"我想这是没意思的，抱着结婚的心思来会见，还不如乡下相媳妇来的准确，那至少还有别的人帮着看。这样单单地两个人对着，怪僵的。我原不想来的，但又觉得这是一个机会，丽，你别笑我，我觉得也许有希望，这样……"

雯竭力地低着头，女人底自尊心迫使着她底话嗫嚅着。"雯姐，我怎么会……"

梅丽抬起雯底脸，满溢着友情的双眼直对着雯底。

一会，雯继续着：

"王先生说，那位先生今晚就要离开这，条件各方面都合适，要是能互相中意不更好吗？我……"

"雯姐！"梅丽热情地打断了雯底话，"你该来的，虽然见了没什么好印象，以后还可以写信的，认识总比不认识好，我们不是认识得太少吗？"

并坐在公园小丘背后的雯和梅丽，兴奋地谈着，夕阳一点点地落下去，面前是一片榆林，头上是柳，脚旁残存着不知名的小花。

榆林逐渐幽暗起来，一只小鸟啼叫着飞出林去。

望着消逝了的鸟，梅丽深深地呼吸了一下躺到草上去。

天上残存着淡了的晚霞，长条的淡粉色的晚霞卷缠着，又慢慢地散开来。

"雯姐，你说我该去找琦一下吗？"梅丽向着天，她底眼前是琦底热情的脸。

"你自己想呢？我以为你是应该去看他一次的，我想也许有人中伤你们也不一定，不对吗？小梅丽。"雯移到梅丽身边去，看着梅丽底眼睛。

"也许，可是……"梅丽想起了琦底红涨着的脸。

"不，雯姐，"梅丽翻身伏在草上，呜咽着，"他不是爱我，他不会再理我的，我知道，但我想他，这几天我安静了一点，他却加倍地苦着我，娘替我辞去了税局的事，我怕他知道了难过，又愿意他知道。他是鬼，他骗我。"

"梅丽！别这样兴奋，被人听见了。"雯抱起来梅丽，替她擦着脸。

"家里已经替我定了朱家，而且正在为我做着嫁妆，我不知怎样才好，我想自杀去，又没有勇气，也仿佛并没有值得自杀的事。我想大病一场也好，但也不病，这样下去，我会疯的。"

梅丽倚着雯底脸，摇着自己底手帕。

"梅丽，你还是没完全安静的缘故，你不常说人活着在吃饭之外还该有一个目的吗？你还劝过我，写点什么，学点什么。你自己为什么不那样做呢？安下心去作一件工作，放进你整个的精力去，用不上两天你就会安定的，安定了再想对策，不管是对朱家也好，对琦也好。"雯用着大姐姐底慈爱抚着梅丽底发，温存地说着。

"雯姐，我这会才明白我是最没用的一个人，我就会说嘴，到自己头上时，完全一团糟，我驾驭不了我底感情，我又没有那样大的毅力去反抗去报复那压迫我底一切，这样的结果，也是自己找的，我……"梅丽低下了自己底头，一会，梅丽再仰起脸来望着小丘上的茅亭。亭边的一只灯突然地亮了起来。

"雯姐，他们什么时候来呢？"

梅丽转过脸来向着雯，岔开了刚才的话。

"七点。"雯瞧着梅丽底脸，明白了似地说。

"地址呢？"

"池畔。"

"那我们该去了，现在七点前五分。雯姐，一会你活泼些，像平常跟我们在一块时那样最好，别一句话都不说，就不至於太僵了。还有我想在见了他们之后依旧到这儿来等你，回去的时候你来招呼我。"梅丽站起来，替雯整理着头上烫起来的发卷。

"为什么呢？丽，为什么？"雯惊异地问。

"不为什么！雯姐，我以为两人说起什么来是比有旁人在场时自由得多的。"

深 夜 的 七 点 半 钟

重坐在小丘下的草上，梅丽更觉得心空得厉害了。

雯姐将和那位先生说些什么呢？那位中年，看去又很拘谨的先生。他们会彼此中意吗？中意又能怎样呢？真的见了一回就定婚，就结婚吗？你们这群可怜的爱的馋渴者。

梅丽无端地啐了一口吐沫，用手拉下头上的绫结来。

"系什么绫花，好看是祸水，而且不是为陪雯姐才来的吗？陪雯姐为什么要加意地打扮了自己，要显示年青，要显示美貌，无聊，孔雀式的炫耀。肯付出真爱的人是不在乎美丑的。"

不自禁地想起琦来，狠心的，五天没见了，纵然不能到家中去，不也可以写信送到雯姐那儿去吗？他不是爱，他是玩，他拿自己消遣了这几个月。

梅丽重想起在一条椅子上隔开一点坐着的雯姐和那位先生。

于是寂寞由四面八方罩了下来，梅丽觉得宛如置身在网器中。

无端地想笑，而且想吼似的大笑。

梅丽高高地扬起了头，抖动着波似的长发。有人声，而且踏踏地走近来，鞋声夹杂着醉了似的离奇的语言。

梅丽底心骤然地猛跳起来，她想起来那次街上的醉鬼，那不止一次的独行时所受过的委屈。

为什么一个人跑到这样幽暗的地方来呢？见鬼！

步声近了，直登上了身后的小丘，梅丽本能地站起来，拿好了钱包。

"白小姐！"丘上的人招呼着，稔熟的声音。

梅丽转回身去，是老张，裹着灰色西服的身子臃肿地摆动着，肥满的脸上露着精悍的笑，灯从他身后照过来，为那圆圆的身子描了一条光明的边缘。

"噢！"梅丽底心安定下来，"张先生！"

"你一个人吗？"张用手杖拨动着草，走下来。

"是……不。"

梅丽不知怎样回答才好，她不愿张来伴着她，也不愿意回到雯姐那儿去，又没有勇气再一个人继续着坐下去，她迟疑着。

"那么，是等王……"

"不，是等一个女朋友。"梅丽清楚地说着，望着张底脸。

"白小姐，王先生回K地去了，今晚可以回来了吧！"张走过来，站在稍稍隔开一点的草上。

"什么？"梅丽觉着双腿一软，身子倒斜在草上："他——回——去了——我——不——知——道。"

"你请假的那天早上走的，你辞职的事情他还不知道。"

张铺一块白手帕在草上，在梅丽底脚旁坐下，梅丽慢慢地支起来上半身，用最大的努力咽下去升上来的泪水。

"白小姐！"张慢慢地，眼珠滚动着，窥着梅丽底脸。

夜暗中的梅丽底脸，泛着死的青白，大眼睛明亮地，眼珠上罩着欲坠的液体，嘴唇歇斯底里地颤动着。

"白小姐！您走了，真是我们税局的最大损失，班上，少了您，真如少了一颗星一样，人人都感到了黑暗……"张划着眼前的草，半笑着说。

头涨着，涨到木然的程度，心中绞着一团绳子似的，仿佛张是说了些什么，但梅丽并没有听清楚，她含糊地点着头。

丘上的小小的咖啡店，放出来表示晚市开始的留声机声。一个女人悲哀地唱着，强调的伴奏混合着女人低悒的声，充溢在顶上的天空里。

一道电光突然金蛇似地在脸上一转，又倏地从面前小的榆树隙间收了回去。

张机警地站起来，梅丽半清醒地睁大了眼睛，林左的碎石子路上，有人厉声地喊着：

"出来！"

"走吧！白小姐，我们倒霉，遇上了。"张低声地说。

梅丽明白了一半，腿越发地颤动起来，她竭力跳起来身子，摇摇地又要坠下去。

张不自禁地扶了她一把。

"还他妈拉拉扯扯的呢，痛快滚出来！"

林外的人急了，脚顿着地，大声地吵骂着。

站在滚圆的石子路上，梅丽努力稳着自己底两脚，头上正有一只灯，这骤然的光亮使她底眼睛迷离着。

那条电光嬉戏地又在脸上转了两转。

梅丽闭起来一半眼睛瞧过去。

是两个人，两个穿着黄衣服的人，他们身边横躺着脚踏车，似乎两人正在出巡中。

一个矮胖，另一个高高的，矮胖的正奔向张去。

没等梅丽思索，"啪！啪！"身侧起了肉击撞着肉的声音。

梅丽迅速地侧过了身子。

那矮胖的正恣意地向张脸上抡着巴掌，张底左右脸上交替地显出来紫红。

矮胖的骂着："不知廉耻，上草地里去，开个房间方便不方便，有伤风化，非打你不可。"

张只无言地承受着。

愤怒与侮辱炸开了梅丽底胸，梅丽抱不平地迈开脚，她要去隔开他们。

身旁的高个子扯着了梅丽，做了个尴尬的笑脸。

"你别心疼，我也不过教训教训他就是，这，哪天都有几份。"

"你穿什么洋服，没脸的，你他妈的……"

矮胖的一个似乎打足了，巴掌的速度慢了下来。

"说，你是哪的？你们什么关系？"矮胖的把双手往腰间一叉，吼着。

"我是税捐总局的，她也是，我们是同事。"

"什么税局的，扯他妈的蛋，同事的跑野地里来干这个，这么深更半夜的。"矮胖的又跳起来，霍的一个很响的嘴巴赏在张底左脸上，"这样的败类，非带走你不可。"

张掏出自己底名片来，并且指着身上的徽饰，"都是街面上人，高高手彼此方便，现在——"，张掏出兜中的表——"也不过七点半钟，同事的在公园里遇见了说两句闲话到哪个国家里也行得通。"

这样不软不硬，张把名片递过去。

名片印着四方的宋字：

XX 税捐总局一等翻译官

张振邦

兴国XX

晴天霹雳

接了名片，矮胖的一顿，随即："搜他！这小子是蓝衣社，违害治安的。"又作势要扑上来。

"得了，"高个的开了口："算了吧！咱们还另有公事，说是税捐局许没错，都是一国人得饶就饶吧！"

矮胖的得了台阶，松了手中揪着的张底衣领："算你福大，碰着李警官给你讲情，不然，哼！一报是蓝衣社，一桶辣椒水就叫你找妈，看你还有心出来吃野食没有。翻译官能怎样？话说得好也得有理在。这会的警察你当还跟事变前的一样呢，怕你们官老爷。"矮胖子气汹汹地整理着自己歪斜了的皮带，声调已经不那样吃人似的了。

"得啦！王大哥，让他们去吧！咱们也得走啦，以后记着别再犯就好。"高个的松开了梅丽，过去拉起自己底车来。

"忘不了你这回教训就是。"张冷笑着，"咱们都是给人办事的，碰头的时候在后头呢，张某可不是见了外国人就魂飞的。"

"得了，张先生，你也别在意，一时的误会谁也免不了，你不知道这事多着呢，像你这样的同事溜公园，自然是没关系，可是……王大哥也是办得冒撞点，您这叫受了坏人的影响了。好吧，我们还有事，改天再见吧！"

矮胖子也露着哭笑不得的脸色过去扶起了自己底车。

说着再见，两人不再回头地驰开去。

"白小姐！"张转过来身子，"你受惊了吧？这群东西，也不过仗着有几个巡官给撑腰，就这么扬气起来了，多会碰见他们头子，两句话就得叫人打折了腰！你……"张勉强地笑了笑。

梅丽靠着电灯柱子，双手按着胸，脸上残存着惊惧和被侮辱的兴奋的余态，她紧咬着下唇，正在努力地安静着自己。

"白小姐……您……"张再走近一步来。

刚才压下去的心底绞痛再泛上来，眼前跳出来矮胖子的丛生着胡须的黑脸。

梅丽突然地反转了身子，头顶着电灯柱子，哽咽起来。

软 禁

仿佛外面天已经亮了，直坐了一夜的梅丽，迟呆地过去卷起了厚呢的窗帷。

秋的清新的晨光愉快地流进来，院中充溢着淡青的晨霭，东天飞起来丝丝的朱红。

清晨特有的泼剌的生命力活泼了梅丽底心，梅丽觉得心中仿佛推开了一扇窗子似地重又见到了一点光亮。

一夜直如疯人，身子在昂奋时自己捶打过的地方，残存点点的红斑，书散漫在地下，琦底照片和信被撕成了碎屑，寂寞地卧在书上。

头沉，梅丽这时几乎全无思索，只傻了一样望着那睡过了二十年的自己底床。

壁上的钟铮然地敲了六下。

目光移到钟上，梅丽恢复了一点知觉似的抚摸着自己底脸。"看琦一次去吧！纵然他是去结婚，他到底是唯一的最爱自己的人。"

她扣好自己底衣裳，慢慢地开了房门走去。

院子依旧在静寂中，所有的房子都垂着窗帷，家人们都在睡，至少还要睡五个钟点才能起来，一种过分孤独的感觉重攫着了梅丽底心。

通过了甬道，转过了屏门，梅丽轻轻地旋开了大门底洋锁。街也清静着，间或有一两个人迅速地走过去，马车一辆又一辆地拖着闲散的步子。

梅丽底眼睛向街中一转，她想为自己叫一辆车子。

突然，她底视线攫着了一个人，一个把黑色的帽子戴得低低的人，他是琦，以往他曾不止一次地在清晨来这等她。

梅丽飞似地跑过去。

琦两手插在衣袋里，脸青白着，身子似乎不耐晨凉地抖动着。

两人转入身旁的僻静的小巷中。

"哥！"梅丽热烈地叫着，不能自禁地上去握着了琦底手，"你是回家去了吗？"

琦往前逼视着梅丽的脸，直到两个脸快相碰的时候才停着，他慢慢地点了点头。

"你……"梅丽底手无力地松开，眼前迸飞着金星，她觉得一阵头晕，把身子靠在人家的土墙上。

"我是回家了，我是回家去退婚，我要把我整个地献给你。我用了我最大的牺牲，我背叛了我底父亲。昨夜我怀着几乎要欣愉得飞出来的心境回到了公寓，我做了一夜幸福的梦，今早我再也忍不了地到你家门前来等你。我想我就要得到你，我对着东方的太阳……"笑底声音颤动但沉重地一个字一个字地这样说着，顿了顿，盯着梅丽底脸。

梅丽底头脱开了土墙的倚靠，两腮透出红色。

"但你已经从我底怀中飞出去，你不要我，不，你原就是骗我，你不过以我消遣了你底寂寞，你告诉我你有爱人，我不信，到今早我才知道，你不但有爱人，而且还不止一个。"两颗大的泪从琦底眼里流出来，琦忍着哽咽继续着，"到今早我才知道，到我见你底前五分钟我才知道，但我不怨你，我懦弱，我因循，这是我应得的惩罚。我如果再早一点地获得了我底自由，我一定可以得到你。你……"琦突然迸发了地笑出声来，他狠狠地抓住了梅丽。

"你，你给了我去抢回我底自由的勇气，你给了我幸福的梦想，但结果你不但不收回去一切，还赏给我致命的打击，我，想不到你是爱那个蠢张的。"

琦猛然地摔开梅丽底手，从衣袋中掏出一张小报来，掷在梅丽底脸上，就那样眼泪纵横地跑出巷口去。

梅丽一怔，没容她思索，琦已经没了踪迹。

"哥你，哥……"梅丽哭叫着，拼命地抢出小巷来，街上已经展开了喧闹序幕，人踏沓着，车子跑着。卖东西的小贩大声地吆喝着。

梅丽焦灼地搜寻着，眼前只是一个又一个的陌生的脸。

无可奈何地走近了自己底家门。倚在闭着的门扉上，她打开了报纸。

报纸的左下角上折起来一块，她飞快地打开来。一个三段的标题：

道德沦亡
女职员公园卖笑
廉耻全无　翻译官饱吃巴掌

本市 XX 总局有名花瓶白其姓者，昨年卒业于 X 市高中，年方及笄，今春投考 XX 总局为司账员。貌美风流，在校时即有浪漫小姐之誉，每日搔首弄姿，以致一般登徒子之男同事者流，为之神魂颠倒，争端丛生。昨晚该女又约翻译官东公园叙情，两人正横卧草上，情意绵绵之际，不幸为出巡中之二警官发现，随将一对野鸳鸯揪至大路之上。又，该翻译官被打之际，该女心疼生情，对某翻译官饱以老拳云。因有关社会风纪，该翻译官身畔以已身遮之，因之该翻译官亦可差堪自慰矣。胖脸少起几条紫印，父以显宦而兼巨贾，平日拥资自重，家教森然，该女或将遭受被逐之虞耶，一切详情，容访再志。

眼前一阵昏黑，梅丽紧瞪着眼睛再瞧那张半页的小报，报纸上的字蠕动着，蠕动着，一群黑蛊似的爬上心来，梅丽只觉得心非痒非痛的难受，她反过手去握着了门钮。

"四姐，你，你怎么这样早就出来了？"有人在身后扶着了她，那是她底唯一的弟弟小五。

"五！"梅丽软瘫在五肩上，"五，你扶我回屋去，我，我病了。"

"三婶，你抽烟吧！我去给你找洋火。"梅丽拼命地振作着自己，作出笑脸来说，"不会抽烟，老也想不起来预备。"

"不要，四姑娘，你快别忙。"穿着黑旗袍的三十多岁的三婶，笑着阻止着梅丽。

“不麻烦，那边大嫂屋中就有，您……”

“更不用了，可别去惹她，那小娘们底嘴刀子似的，好话也带刺，谁受得了。”

三婶皱了皱眉，望着梅丽底脸。

梅丽原本局促着，这样的被望，她底心更加慌乱起来。对三婶的不意地光临，在饱受了惊恐和悲愤后的梅丽，直如脱出了一层地狱又入一层中，她明白那狡黠的三婶绝不会无缘由地前来的。

三婶的眼睛闪动着，有一种从未在她眼中出现过的爱抚在流动着，梅丽底心稍稍地安定些。

“你娘今早没叫你？”三婶暧昧地笑了笑，再望着梅丽底脸。

“什么？”梅丽一惊，她不自主地联想到那张报纸，爸看见了，叫娘问的吗？爸是向来不看小报的，也许福叔看了去报功，不，都不至于这样早，他们也不过刚起来。但梅丽底心不能自禁地猛击着胸膛，她紧张地盯着三婶擦得又红又白的脸。

“我说你娘叫你没有？”三婶慢慢地说，再笑着望着梅丽。梅丽摇着头。

“到底不是亲生的，不疼，你那位娘，别看像是跟你挺亲，心可歹毒去啦，就是碰上你这样忠厚的孩子就是了，换个人，早不受她底了，那有这样的事，不跟孩子说的。”

坐在床上的三婶，眼睛转动着，望了望窗外，做出慈爱的样子，拉起来倚着小柜站着的梅丽底手。

“真没叫你，跟你说什么？”

“我还骗你。”梅丽勉强笑着。

三婶顿了顿，"四姑娘，朱家这头亲事你自个愿意不愿意？"

三婶绕着大弯子。

梅丽迟疑着，她不知道怎样回答好，朱家底事，梅丽明白只有自己才是不愿意的，至少，家中人都曾因了朱家炫目的礼物，起过艳慕的。

她垂下了头。

"我想你也是不愿意，这年头，哪个姑娘不想自己找个称心如意的？朱家是不错，是有钱，可是……"

三婶又顿了顿，再瞧着梅丽底脸。

梅丽望着天，她底心已经一半从三婶的话中飞出去，她想着琦，她要去找他，她要去向他说：她是他的，而且她下了决心和他走出这块地方去，她焦灼于三婶的唠叨。但她不能撵她走，二十年的家教使她明白对长辈要温顺，使她知道最好表面上要对别人好，她就这样为讨别人喜欢，第一次失去了再次上学的机会，第二次无目的地被人给定了亲，如果她能倔强一点，她也许依旧在提着书包上学，也许有机会到更远一点的地方去，至少朱家底事娘和爸不会这样悄悄地就给定了的。不，至少在一切误会没发生之前，她会和琦走出去。

"四姑娘！"三婶低唤着。梅丽惘然地收回来奔驰出去的意境。脸不自然地转向三婶。

"朱家的那位少爷家里还有一个人哪，是什么跳舞的，两人在外边租小房子过，老太爷睁一只眼闭一只眼，假装不知道。这将来不都是磨难吗？咱们好人家的姑娘，哪能跟那种人处得了？还有，还有，那位少爷还有一身脏病，那病一辈子也除不了根，你娘这不是硬拿自个姑娘往火坑送吗？"

三婶低恒地，表示着不胜气愤又惋惜的神气。梅丽底心从报纸上放下来，朱的事，早在她意料中，她知道那位少爷自然会玩出来这些有钱的少爷的玩意的，但她做出来惊愕的样子，一丝得意的笑在三婶底嘴边浮起，随即昙花似地逝去。

"你别看我是你婶子，我心可比你娘都疼你，今早上我一听你福叔说，我底心就跟刀搅似的，你三叔不在家，你二叔他们跟路人似的，谁能替你说句话？我又嘴笨。唉！"

三婶故意长长地叹息着，窥看梅丽底脸。

梅丽把头埋在自己底双臂里，她听见了壁上的钟声，那是十一点，她正好这时候去找琦，琦今天一定会回公寓去，他每当心里不高兴的时候，午间都回公寓里躺着的。她可以在他必走的路上等着他，这样可以不看公寓老板无言的蔑视的脸色。

梅丽抬起了脸，做出难过的样子。

三婶拉过梅丽底耳朵来：

"还不单这个呢，你娘把咱们这所宅子押给朱家了，押了十万，入到朱家的纺厂里，股票写的是你大哥的名字。你二叔不是张罗着分家吗？你娘假装好人，不分。宅子先自个这样住着，纱厂的花红就够朱家的利钱了。她借着你结婚这原因也搬到天津去，你爸又正托朱家给运动着事，把你大哥大嫂一带，他们那一股赏心乐意地在天津一住，过个三年二年的朱家把宅子一收，你娘那时打算说是你爸当参议时运动事，早就把房子押出去了，这样一来，实惠不都叫她一人得了吗？你说这心狠不狠，害了一家人就她一个人享福，连窝都给我们拆了，我们不也是姓的'白'字吗！"

三婶狠狠地啮着牙齿，稍歇了歇，又接着：

"预备这两天里就走，咱们存的米、面也偷着往出卖呢，叫你福叔给写花账，怕你福叔不跟她一条心，给你福叔一百块钱，还假说带福叔一块上天津去。你福叔什么不明白，她这样地用人一大阵完了就一甩，谁也不能受。你福叔可真是好人，若不是昨晚心里憋屈喝醉了还不能说这些话呢。一百块算什么，一袋子面多插五块钱，早就出来了，你说你娘这叫什么人，这……"

三婶站起来，走到窗前四外望了望，回来，再附着梅丽底耳说：

"你娘这会就看你当宝贝，怕你一跟她别扭朱家的事就全完，所以赶快把税局的事给你辞了，怕你走野了心。你这会也别难受，也别说什么，上你娘屋里巡巡去，若看见押房子的字据真有，真是有押房子这回事了，你告诉我，我一会就坐火车去找你三叔，回来一报官，不用说别的，就说私存米面，私卖米面，这一样就不得了，若不给她一手瞧瞧，她还上天了呢。谁叫伙里的家业她私卖，哼！"

三婶重啮着牙齿，瞧着梅丽底脸。

梅丽底心急得油煎似的，她眼瞧着钟的指针一分一分地挪过去，她恨不得一拳打出了三婶才痛快。

"你三叔回来，准能把朱家的事给你退了，你想，你自个的亲叔叔能不管他底侄女吗？"三婶再找补着。

梅丽明白福叔为了将来不能再吃这碗饭调唆了三婶，三婶来说的最高目的也不过想利用自己去看看究竟有没有字据，而证明福叔的话是不是真的而已，谁会想到自己呢，除非他们想藉自己得到点什么。

梅丽装作明白又感激的脸色点了点头，她切望着三婶出去，她做出来要上前院去的样子。

三婶安心地向门口走去。

"千万别说什么，赶上你娘不在屋更好。"三婶再嘱咐着。

梅丽替三婶拉开了门。

一个人匆匆地走向门前来，几乎撞倒了三婶。

那是穿着女事务员的工作服的秀文。

秀文收住了脚，恭敬地向三婶行着礼。

"哟！你来的正好，四姑娘正闷得难受呢。多玩一会吧！我屋里有点心，回头叫老妈子给你们送来。"三婶笑着说。

"谢谢你，好些日子没看见三婶了，您好！"秀文也寒暄着。

"你不再进来坐会？"

"我不啦！你们进去吧！"三婶走向月亮门去，目送着三婶底身影转过了月亮门后，秀文拉起来梅丽底手。

"丽，怎回事？今早我上班时看见琦了，他正买捆行李的绳子，他说他辞职了，明天早六点回家，另外再问什么也不说，脸难看极了。"

"什么？什么？他说他回家？"梅丽底腿软颤着，她顺着秀文底身子往下滑，噗登地坐在地下。

"丽，你……"秀文拉着梅丽的双臂。

"难过不行，你去看他一次去不好吗？"

"我去！我去，我为什么不去呢？"梅丽梦呓似地，"他不会走，他说他爱我，他爱我！秀文，秀文你拉我去呀！"

瞧着梅丽底怔怔的样子，秀文温存地扶起了梅丽。

"走吧！丽，我送你去，回来再上班。"

将要转过屏门，娘底屋门开了，王妈急急地走过来。

"四小姐！你要上街不是？太太叫我陪你去，这是给你底车钱。"

王妈赔着笑。

"什么，太太叫你陪着我，陪着我呀！"梅丽又哭又笑地抢过王妈手中的钱来，仰天扔开去。

秋风挟着片片的纸币，飞旋着，飞旋着。

迷 茫

娘叫王妈在梅丽屋睡，说："梅丽病了，看夜里梅丽醒了，要什么不方便。"

梅丽明白娘打发王妈来，只为看管着自己而已，不是那篇小报被爸发现了，就是娘又听见了什么消息，证实了她想象中的梅丽在外面恋爱了的事。娘们知道自己底恋爱，在梅丽勿宁说是高兴的，这样她仿佛放出来口闷气，她也可以借着娘和爸大发雷霆之际，跟他们弄翻了走出去。但娘并没那样，她更宝爱了梅丽，她为梅丽煮了最爱吃的莲子粥，她温存着她直如一个最慈爱的母亲。而且爸，向来不以女儿为意的爸也特意地来到梅丽房里，在梅丽枕边放下了足够梅丽奔波半年的钱数。梅丽僵着了，她没有可以抓住的口实去跟他们吵，虽然她明白他们也不过是猪喂肥了好杀的意思，又因为向来没在家里得过这样的温存，她底心委屈又多少感激地颤动着，她把白色的被单遮在脸上，无力地悄悄地流着泪。

直到午夜，娘他们在梅丽底房中徘徊着，看护着，他们说她病了，梅丽底脸泛着死白，额上渗流着冷汗，唇神经质地嚅动着。

只有梅丽知道自己并不是病，她在熬受着心中的最大的焦灼，她想他们以为自己病了更好，他们会因今夜的疲劳在明早更睡得舒适的，那时她可以悄悄溜出去。目前，她只有一个信念，只有一点希望，那就是再见到琦。

朦胧中直到三时，娘们才离开了梅丽底屋子，梅丽自己陷在半昏睡的状态中，她不时地为从高处坠下的梦所惊醒，她不时地惊悸于黎明之将近，贴身的小衣，为冷汗濡湿，腻腻地沾在背脊上。

再次梅丽由噩梦中醒转来，她瞪起了自己底眼睛，屋中点着一只幽暗的蓝色的小灯，屋中处处蜷伏着幢幢的黑影，那黑影直似梦中的妖魔，那妖魔攫去了琦，鞭鞑着自己。梅丽半清醒地摸着在梦中受着鞭挞部分的发着悸冷的背脊和前额。

突然，她记起了什么似地翻转了枕头，枕下电光针的小表上清清楚楚地指着五点十五分，她霍地跳了起来。

随即立刻放轻了尚搁在床上一半的双腿，她担心地转向睡在沙发中的王妈。

王妈蜷曲着，和衣裹着毯子，似乎睡得正浓地透出来均匀鼾声，嘴角垂着长长的口涎，梅丽蹑足地下了床，腿软颤着，四肢疼痛着，一夜的折磨，她觉出自己是真病了。

她迅速地扣了衣裳，把枕边的钱塞在了小小的口袋中，慢慢地在地上滑行着，将要旋开屋门，她模糊地记得屋门是锁了的，钥匙在王妈底手中。

走近王妈，梅丽提着发出来窸窣声音的衣襟，她屏息搜寻着王妈周围的一切。什么地方都没有钥匙，王妈一定是放在身上，梅丽绝望地站起来，她翻阅着记忆中可以钻出去的窗子，但怎样去掀起那厚重的窗帷呢？光亮流进来，王妈即会醒的。

她不动地站着，宛如一个石雕的塑像。

王妈转动了一下，沙发透出了被压抑的响声，梅丽惊惧地用一种形容不出来的敏捷把身子平放在地下。

毯子由沙发上落下来，盖着了地下的梅丽。

半响无声音。

梅丽试探着推开毯子坐起来。

王妈平躺着，双腿搁在沙发的边缘上，蓝色小褂的下襟垂下来，口袋的边缘上露着钥匙的红绳。

梅丽底心紧张地跳动着，她平躺着伸出手来抓取了那段红绳。

膝行到门边，王妈依旧浓郁地睡着。

钥匙放在锁孔里，梅丽最后扫视了屋子一眼，床、书桌、沙发、妆台、小钟这二十年朝夕与共的东西。一股凄楚涌上心里，梅丽的枯涩的眼里储满了泪水。

她决心地旋转了钥匙。

钥匙铮然地一响，梅丽倒抽了一口冷气地把身子笔直地贴在门扉上。

王妈发出一句模糊的呓语，梅丽底心跳得几乎冲出腔子来。谢天，王妈依旧在睡，只是出了一句呓语而已。

梅丽猫一样，轻敏地逃出了屋子。

院子静谧的，角落里存着尚未消净的夜暗，花砖的甬道寂然地卧着。

提着衣裳，屏着呼吸，紧压着跳跃的胸，梅丽贼似地四下提防着，前进着。

熟稔地旋开了洋锁，梅丽把身子从扁的门缝挤出来，铮然地带上了门。

门在身后沉重地一响，起了金属相碰的声音，梅丽知道门已经自动地锁上了，她仰天长呼了一口气，迅速地跑入身旁的横巷中。

巷中涡存着夜的风，风戏嬉地吹着梅丽的薄绸的长袍。梅丽冷得牙齿打着战，她拼命地向巷口驰着。

出了巷口，她倾倒了似地跳上了一辆街车，放出了最后的一点力量告诉车夫上车站去。随即瘫了似的靠着车壁，眼前迸飞着金星，胸间起了欲呕吐的恶心。

昏迷着随车子奔驰，天已经升上来朝红，远处响起了汽笛的吼声。

梅丽一下子坐直了身子，往前方睁大了眼睛。眼前迷濛着稀薄的朝雾，雾里耸立着车站的黑影。

"几点钟的气笛？"

梅丽惶急地问，她从车上站起来。

"五点半，也许六点，反正是那么个时候。"车夫说，在马背上加了一鞭子。

"这位姑娘上那去？"

"我，我送人。你劳驾快一点。"梅丽说，她几乎急得哭出来，她抱着了为晨风吹击着的头。

到车站，梅丽掏出了一张票子扔给了车夫，用最大的速度跑到了出入口。

她听见火车开行的钟声。

她直冲过去。

谁扯着了她底胳臂，她喘着浊重的气息站着，是查票员。他带着不在意又开玩笑的神气。

"你的那边去。"生硬地说着这样的话。"我，我送人。"梅丽稍顿了顿。

"送人，票子拿来。"查票员不在乎地把梅丽往旁边一推，大声吆喝着拥挤的群众。

"你的，什么的，王八蛋，挤的不行！"

梅丽困惑地望着眼前的人，望着那样迟呆的拥挤着的人们，怎样穿行过去买一张入口的票呢？

她抬起脸来看着钟，钟指在六点五分上。

梅丽底心骤然地冷缩着，冷缩到消失了的程度，她只觉得胸腔中真空，血液都停止了流动，她不由自已地往后退着，直到身体靠着了墙壁，她不动地站立着。

一个戴着路员徽章的人走过来。

"去 K 地的车开了吗？"她带了最后的一线希望急急地问。"刚开。"那人在梅丽底青白的脸上投了一眼，平淡地："没赶上车吗？明天再来吧！一天就一趟。"

这平淡的话在梅丽底耳间爆开来，梅丽宛如听见了一个炮弹的爆声，从头到脚的一阵轰然。

她不动地倚着墙壁站着，脸木然地，眼睛茫然地望着前路，恰如百货店的窗饰中的模特儿。

良久，有人喝着，梅丽傻了似地望着面前的人们底脸。

"走，你什么的，聋子，混蛋！"丛生着胡须的黑脸恶狠狠地瞪着梅丽，一下扯着了梅丽的膀子给甩开去。

梅丽怔忡地回望了一眼，随即像初进城的乡下姑娘似的，胆怯惶惑地在人群中挪动着自己，不知怎样出了车站的门。

外面，阳光直射着，人喧嚣着，汽车吐着哎哎的声音。

梅丽紧眨动着眼，阳光在一切东西上涂了红绿的边缘，一切都在她眼前跃动，旋转，旋动的涡心是琦底流着泪的脸。

她使劲地揉着眼睛。

半晌，她抬起脸来，直向着蓝的天，一堆白云飘过来——梅丽觉得眼前扯起一片云雾来。

小广告里面的故事

原刊《中国文艺》8 卷 5 期
1943 年 7 月 5 日

"祥儿见字速归，汝母念汝已病危，一切均可商量，定能使儿满意，父兰溪字。"

这一条小广告是登出来寻你的吧！你说过你的小名叫祥，让我叫你祥，而且也说过你父亲有一个从来不用的家里人才知道的名字兰溪。那么，据广告上的意思想，不管令堂底病是真是假，总之，令堂是想你想得很苦，愿意立刻能看到你。令尊也似乎有悔意，后悔当初那样阻拦你，以至你不辞而别。我也能想象出来两位老人在独生子失踪后的焦灼，追悔和不安。因为我也有过一次那样地背叛了母亲，悄悄地溜出了家，为了件不相干的事，惹得母亲一个月来就没吃过一顿好饭，直到我回来才罢。亲爱的小祥，你预备怎样处理这件事情呢？是回去还是……

嘘，你这小傻子，为什么抛开你切身的事，反倒追问我为什么背叛了母亲，用不着妒忌到那样无谓的事情上去，即或我是为了私奔，为了去和爱人比翼双飞，从母亲的拘管下逃开，去寻自己底快乐，但那是过去的事。我还没告诉你在这次的逃难中我是被洗得怎样干净，除了母亲，我连贴身用的衣裤都被炮火烧焦了，更不要说是爱人。如果撒谎说我没有爱人，我还没有尝过恋爱的滋味，我也会装得纯真得一如少女，使你毫不疑心到其他。我很能把握你不会看穿我，两年来的流沛的生活教我知道了复杂的人类的情感，我什么都可以装得很像，你信不信。让我们抛开这无谓的争执，我告诉你，我有过爱人，他被这次战争给赶到什么地方去我还不知道，也许已经死了，即或他不死我们已经早就断绝了关系。他从我母亲底怀里诱惑我逃出去，结果抛弃了我。他教我知道了男人在潇洒体贴的面貌下藏着一颗怎样污秽的心。那样的男人真是人类的污点，他玷污了两性间的崇高的爱。一想到他，我底心就愤怒得燃烧着，不齿他底丑行而后悔自己底轻率。祥，你原谅我。我在你清洁的思索中放下了一个难解的谜，从现在起，你一定要不时把我底事拿出来想一想，也许你要把我想得很卑鄙吧！也许会疑心到我给你的爱。如果那样，那真是我底损失。不过祥，我可以这样说，对所有的人类欺骗，我不能欺骗你，对所有的男人背信，我不能失信于你，我正兢兢业业地保持我已经在你心中建筑下的地位，我唯恐失掉了你，是你教我知道了爱情的真谛，是你教我知道了两性间最美最真的结合，你底正直和热情拯救了我，把我从已经歪曲了的感情中拉出来，教我知道我是正走一条逆径上，那样下去我不但毁灭了我自己，而且要破坏了别人。祥，在初见你的时候，我还抱着很浓烈的对男人报复的感情。我愿意看见他们为我底美丽迷醉，为我底容貌支配，在我厌恶之后再踢他们出去，像当初我底爱人怎样玩弄了纯洁的我一样。

　　如今，祥，我皈依给你，你是圣者，我是你脚下的罪徒，让你清洁的手洗去我身上的一切污秽吧！让我把我渴于爱情而不得的脆弱的女儿心交给你。随你怎样处置它都好。你将来把它踏破了丢弃我也绝不后悔，你的爱启示了我，在你底爱中我才觉得我也有灵魂，我也有爱。祥，你是我底救世主，你读过黛丝姑娘的故事吧！我现在底情绪正和黛丝在明白了上帝的意旨之后一样的纯真又虔诚。祥，你别哂笑我，你若能体会到我现在是怎样地怕失去你，你就了然于我爱你的程度了。不要说那早就断绝了关系的我底爱人。现在就是有人要我底性命来换你，我也愿意从容去死而不愿在死前失去你。祥，不要亲我，现在是我求你，求你赏给我你底永恒的爱，求你……

好，我不说了。什么都不如你睡梦中还喃喃地念着我底名字的真挚。祥，放开我，让我们安静地对坐着来讨论这个问题，你究竟是回去还是……

我愿意你立刻回去见见妈妈，就是你回去被爸爸关起来而不能再来见我都不要紧。只要你心里有我，嘘，快噤声，有人来了。

你看，天蓝得多么可爱，蓝得这样动人，蓝真是一个美丽的色素，你愿意送我一件天蓝的旗衫吗？让我穿着你送我的天蓝的旗衫伴着你，伴你在蓝天下徜徉。我自己前两天就想去剪一件天蓝的衣料，现在我觉得自己去剪没意义了，只有你才配送给我，你底真挚的爱情正如蓝天一样的纯而美，它将装饰得我更加动人。别，别吻我，你看姨爹走过来了，我们这样抱着吻着多难为情，等他过去，过去我再跟你亲……好哥哥。

好险，刚才。祥，我不知道那个鬼听去我们底话没有，你摸我底心还在跳。我知道你完全被我闹糊涂了，我赞美蓝天的话来得这样奇突。我又说什么那个鬼。天，帮助我，别叫我把已经抱到怀里的幸福再丢失吧！我已经被你颠沛得够了，我要安静甜蜜的生活，我要我底清洁的小祥。祥，我跟你说实话，那个登在报纸上征婚的小广告，那个广告中的高贵美丽的小姐，什么家长主婚，什么门第清白的话都是骗人，这是一个圈套。已经有两个人拿出很厚的聘礼来跟我定婚而在结婚之前发觉我失踪了而自认倒霉。那个鬼，那个鬼就是你赞美过慈祥得有长者风的姨爹。这都是他底策谋，他想出的这条登广告以我底美貌为饵的骗婚计，这是他底家，这些家具都是他做阔差时的遗物。现在他和我一样穷，穷得连一口食粮都没有，但他受不了苦，他底仅有积蓄连他和姨吃窝头都不够，你还没意识到吃窝头的生活在现在已经是怎样难于维持的吧！你这个大腹贾的独生的少爷。他利用了他这辉煌的府第，他底聪明的头脑，我这掉到他掌握里的……嘘，又转回来了，让我们抱吻着装着没看见他来，越亲越好，快……

你觉得我可笑，祥，你还不知道人类的鬼魅的伎俩是如何怕人。你还不相信人的狡黠，我底小亲亲，你不知道我心里现在是怎样不安和着急，你来，你到这儿来，把你底身躯隐在窗帷里向左看，你看姨爹在他底屋子里用怎样的眼睛在窥着我们。那鹰一样的毒锐的眼睛……

小声！你这个小东西，叫他明白了我们现在的行动就完了，他什么恶事都作得出来，他能把你诱到黑暗的僻街上去一棍结束了你底性命，他能打残你底腿叫你做一辈子的跛子，而无从向他报复起。他作什么都是干净利落，骗人害人而毫不留痕迹，我已经看他作过了不止一次，用广告以我为饵征婚这不过是其中之一条。你知道你吃着的丰美的饮食都是从那里来的，这都是他从别人身上骗过来的昧心钱买的赃物。你知道现在的东西有多贵，赚上千的钱也没有余裕这样吃。你，祥，你不知道为你我已经受过了他三次鞭打，他已经有些瞧出来了。那天，在你回家去要聘礼预备和我定婚而和家里闹翻了跑来的那一天。他就有意结束你，他觉得你榨不出什么油水来，我没有把你从家里带了妈妈背着人给你的五千块钱的事情告诉他。我跟他力争，他也觉得你父亲的财势可贪，才放开了你。也许这又是他底一计，他想藉着结束你来威吓我，叫我知道反抗他是怎样的不可能，当然他瞧出我已经爱了你，因为你有一切使女人动心的条件，祥，我愿意你明白我，我贪的不是你底财富，你底好门第，和你独生子的优越。我贪的是你底心，你底诚挚的情爱。和你一块，作什么苦工来维持两人的生活都好。或者你受不了苦再离开我走都没关系，目前，在你正爱我爱得极其热烈的现在，我不能放开你，虽然饥饿已经叫我知道它是一个怎样可怕的东西，有你底爱，我就有最大的勇气去和它斗争。祥，我不能丢了这个天赐的机会。你看，你哭了，你觉得我说天赐的机会不对吗？让我解释给你。在你来应征的前一天，我跟姨爹激烈地吵过一次，我腿上那条长的血痕，我骗你说是在桌角撞破的那条长血痕，是他用马鞭子打伤的。那一天我反对他再刊出那条征婚的广告去，我说我无论如何也不愿意再去作那样的丧天良的事。我说与其这样，还不如干脆他作领家把我当作妓女来得痛快，他先劝我，说这样作对我好，我可以藉这个机会找一个称心如意的丈夫，找一个门第高贵的归宿等等的话。我不理，他继续威吓我，鞭打我。最后说如果这次没人来应征的话从此打消这件事，偏偏第二天你来了，而你又是这样的富有。我还没告诉你，他在调查明白了你底家世之后是怎样地高兴呢。他教给我许多魅惑你的方法，他甚至恳求我别放开你，他在你身上作着黄金梦。祥，我真没想到你是纯洁得连一点社会上的污秽都没有染上。连一点对金钱的贪婪都没有。要是骗你，用不着姨爹教的那些超等的魅惑方法，就是我底一点小小的伎俩也足使你颠倒。我知道你在来应征的前一天和父亲大吵了一场，你反对父亲叫你和棉花业王者李三爷的小姐结婚，你嫌她太娇贵，你嫌她只有修饰而无容貌，你嫌她只有美国电影的智识……

　　你又觉得奇怪了是不是？这城里的有钱人都在姨爹底心里画着清楚的记号，他随便想调查谁都可即日得其真相。何况你家又是这城中的首富。

我还知道你那天跟父亲吵后一个人到公园去了，晚上回家的时候口袋里就带着一张刊有我底征婚启事的小报。你一定想找一位美丽又能干，有学识大方的小姐去反抗父亲提出的婚事吧！你一定不愿意在你家熟识的氛围里找，你因为无聊而翻看小报恰巧又看见了那条小广告，于是你想来撞撞你底运气对不对。

你来了，我立刻就明白我是使你满意了，几天后，我知道你已经到了不能舍弃我的程度。那一天，你回去跟父亲商量而遭到责骂又回到我这儿来的那一天，我受了姨爹的责打。我知道你父亲总会恕你的，有你妈妈那样一个好的内应。这真是我底好运，我想一切苦难都将完结，我真得谢天，真是天无绝人之路，不然，为什么在我无从自拔的现在，天就偏偏地遣来了你呢？

自然，我是因为完全不能再活下去才投到他这儿来的。扔开我底苦，我告诉你妈妈怎样因为饿晕倒在我底脚边的事，你就能明白我底心，我底无可奈何的处境。

在战争临到我的故乡的时候，我底家毁于炮火，我陪着很早就守着我过着小康的日子的妈妈随着逃难的群众到处跑，自然爸爸死后留下的那一点房产完全对我们无所资助了，手里仅有的现款在物价的升腾下变成了一个过于可怜的数目。在冬赈粥厂关门的那一天，握着那一点可怜的钱，妈妈想起来姨，就是这位姨爹的三姨太太，你说长得蛇一样的，迟暮的女人。姨是妈妈底堂妹，故乡里的人都传说姨爹发了大财，姨又是怎样地得宠。妈妈想找她来，请她为我找一个职业来维持母女可怜的生活。

我们底可怜底钱将够买两张到这儿来的车票，那时候，稀薄的粥已经使妈妈衰弱得直不起身体来，在空气混浊的三等车中摇了一天一夜，刚一迈下车阶，枵腹的妈妈便晕倒在我底脚下，初春的料峭的风吹得她瑟瑟地抖着，肮脏疲惫得像一团旧了的棉絮。我忍受着冷风，抵抗着饿，听着站台上人们的吆喝，摇摇摆摆地把妈妈拖出站台来，在车站门口，自己也颓倒了后，就只能守着妈妈哭泣。

不知是谁送了我两块钱，那两块钱把我和妈妈送到了姨底家。

刚来，姨爹厌弃我们像厌弃一堆不意地踩到鞋上的一堆狗屎一样，过了几天，在我脸上风尘退下去，露出我底本来面貌，我也看穿他是撑着一个只有其表的家的时候，他要胁着我，怎样地用软求和威吓来圈弄，使我就范，为他来挣取舒适的生活费。

说起我怎样被他调弄得无可奈何的事真是太长，你看见妈妈额上的那块疤痕了吧！那是他为了威吓我而打伤了妈妈的。

祥，我真怕，我怕妈妈在暮年的现在再去颠沛，你救我吧！只要你能让妈妈清贫但安静地结束余生，你要我什么都行，我知道你有这样的力量，你底财产是那样多，你当养活一只狗一样地养活我底衰弱的妈妈吧！祥，我求你，你救我，妈妈安定了我才能逃开这是非之地，我一个人怎样都不要紧，祥，你可怜我，我底心不知道是一种什么滋味，这是我第一次用真心祈求着人，祥……祥。

我真糊涂了，我怎么这样忘形地哭出来，祥，你快看看那个鬼是不是还在窥伺着我们，我知道他一分钟都不会放开我们的，幸而窗关着，这样厚的玻璃也许他没有听见！……

什么，他把耳朵贴在窗上听着呢吗？真糟，祥，祥，他过来了吗？你说，你说什么呢？他问起你的时候，你就说我向你要求钻戒你不答应我才哭起来的，懂吗？快说，说立刻去筹钱去买来给我，安慰我，替我擦泪，做得像一点，来了。

已经不能再缓了，祥，今天就得想一个好法子，你有什么好朋友没有，能理解你的好朋友，把那张支票给我，我替你掖在领带里。一会我可以去跟他商量，我陪你出去借钱，我知道他这两天手里正窘。这张小报也给他看，叫他知道你家里是怎样急于盼你回去，我说可以利用这机会多骗你点钱，他如果没看穿我们刚才的样子一定不会疑惑我。我怕今晚他变心打伤了你，你在我心里比我自己还珍贵，送你到那个朋友家后我找个机会把妈妈也送去，祥，拜托你，你看这半月来的恩爱，多照应我妈妈一点，如果我万一逃不开去……

又来了，祥，你这小傻子，那样对我们是没益的，适足害我们也说不定，听我，信任我吧！他现在正把我看成摇钱树，轻易不会伤害我的，你放心。

一会，到那个朋友家之后，你交我带一千块钱回来。说你被留在那儿吃晚饭，留在那儿住一夜，他一定遭那个烧饭的老康尾随着你，用不着怕，说话小心，跟那个朋友尽力渲染我底美，明天我再去看你再拿回一点钱来，看钱的分上，他一定会暂松他底魔手，这样我们就好了，祥。一想到自由自在和你共度以后的岁月，我就要发狂。我真是高兴得不知如何是好。你底妈妈是没问题，我想我一定能使她爱我像爱你一样，但是爸爸能够不蔑视我过去的污点而原谅我们吗？

祥，你这样好，我今天才相信我自己的力量，我怎会使得你这样爱我呢？不，这不是我，而是你，是你好，你是怎样的纯情啊！祥，叫我死给你吧。祥，亲我吧！我简直不能自已了。

四点了吗？叫我去碰碰我们的运气看，蹲下来。蹲到窗底下，叫我看看你底支票是不是藏得毫无破绽，我们好去拜访你底朋友去。

好了。等着我，我去找那个魔鬼去。唷，正好他来了，我们先抱着，等他正经过窗子的时候，像不意地看见了他。我就出去跟他说，你装得跟我底神气一样。小祥，小心。

三十二年春在北京

动手术之前

原刊北京《艺文杂志》创刊号
1943 年 7 月 1 日

先生，有一句话问你，你可不可以请看护小姐先出去一会，在你动手术之前，我请你赏给我十分钟，我有一点话必须在我没有被割治之前说出来，假如我不幸在这次治疗中死去，我能说出我心中梗塞的这一点话，一切的苦难都算了，我将欢迎"死"来接我去，虽然现在我底心悸动着，神经昂奋得无法遏止，深怕坠到死之手中去……

博士，你为什么总带着你那不变的微笑，你底微笑是怎样地压迫着我，你知道吗？我曾有几次为了躲避你底笑脸，走到你底诊疗所门前又转回去，我底羞耻阻止我来请教你，请教你来替我诊治那下流的病症，虽然这可卑的病使得我这样痛楚，但我咬着牙，拼命走得很婀娜像一个美丽的少妇最自然的走路法那样。你，可敬的博士，你既在你艰难的学业上获得了最高的地位，我想你底感情也一定不会像别人一样的狭小。你换一个样子对我吧！你叫我在最难挨的时刻里得到一点男人底同情，你一定知道我底痛苦，那可咒诅的病是怎样地在折磨着我呀，我像在被鞭挞，被火烧，被刀剜，被……博士，换一个表情吧！嫌我讨厌的话，皱起你底眉来都好，天，我是在怎样跟痛楚在挣扎呀！我底心，这样奇怪地跳，我想它一会一定要突然停止，在我还没真正地享受一点情爱之前，结束我多难的生命。有那种情形吗？博士，在这种病症中有突然就死去的可能吗？你告诉我，我刚刚二十四岁，我还年轻得很。你看，太阳照射得这样美丽又温暖，我要太阳，我要在美丽又温暖的太阳下继续我底生命，这好看的花，你为什么要摆这样一盆繁密的迎春在你底桌上，啊！它是长得多么蓬勃呀！我嗅到了春底诱人的气息，我听见小草在苏醒的大地中茁生的声音。我听见冬眠的虫子在打着呵欠。你嘲笑我，博士，你为什么偏偏要在我被死威胁的眼前，摆了这么一盆茂密的迎春。噢，我知道，你想我下流，你把我看成一个无耻的卖淫的女人，你想我有不名誉的钱，看那不名誉的钱的分上，你接受了我，冷淡地接受了我，来为我诊治那讨厌的病。我先不责备你是想错了，我要跟你说，即或我是一个私娼，一个野妓，一个拿美丽的青春去换取食物的下流女人，我底心也绝不因此而羞惭。什么都是你们，你们男子逼得女人那样，你们握着几千年赓续下来的优越的地位，在社会上横行，欺凌女人，逼迫女人，逼得女人不能不以她仅有的身体去换取生活的时候，玩弄她，嘲笑她，而后摒弃。然而你们是对的，没有一个男人承认男人是在间接直接地残害着女人，社会在你们底手掌中，社会是你们底玩物。你们这群鬼，这样用女人底宝贵的血液培育出来的吸食女人青春的鬼。

你烦，是不是，博士，你想你接待了一个疯子，我若是真疯了倒好，疯狂才能真正地解放我，让我痛快地抛弃了我戴着的假面，我底完全矛盾的二重生活，随心所欲地打发我还年轻的生命。让我随心所欲地活一天，就是一天也好，我装的什么名门闺秀，我装的什么少奶奶，那生活对我有什么好处，我受尽了委屈，我受尽了折磨，我拼命去迎合你们男人规定出来的女人底典型。结果我得到什么了呢？你们不能原谅我一个偶然的过失，说过失都太过分，你们不能原谅我一时难以遏止的本能的冲动，你们给了我怎样恶意地嘲弄呀，卑贱的恶魔，你们这群吸血的魔王。

博士，你要走吗？不，我求你，我求你叫我和你单独地相对，你说我太兴奋了，你说我神经异常。是，我知道我是那样，那可咒诅的痛楚真支使得我昏乱了，我都说了些什么。亲爱的博士，你原宥我，我完全不知道怎样才好，你底发亮的手术刀，你底发亮的手术刀使我觉得我底头脑失去了思索的能力。真的，博士，我都作了些什么，仿佛我赞美过你底花。是么？我请你挪开它。不，你别按铃，我怕你那些位白衣天使来，她们都被男人教坏了，她们不但不能理解女人底痛苦而还卑视，她们底心里装满了男人教给她们的纯洁。我曾看见她们窃窃地诽议过我，我也瞧得出她们装得温柔的脸相中的轻视，我也曾有过那样的时代，当我还在短短的黑发上结着绫花的时候，我也曾诽笑过一个得了我这样病症的女人。博士，我是纯洁的女人，一直在四个月以前，我还清纯得和你的那群白衣天使一样地被人称颂，被男人称颂，被女人妒忌。这两个月来，我，我是坠在一个怎样难堪的生活中的呀！你告诉我，博士，收起来你一往的吞吞吐吐的语调，痛痛快快地告诉我，我底病是那些不名誉病中的那一种，我还有什么可不好意思的呢？想起来，直到一刻钟之前的我底掩饰是多么可笑，你底有经验的眼睛一定在我第一次到你这儿来的时候就明白了我底症状，我还记得你曾含混地暗示给我要我施行手术。当时，我那样地感激你，我觉得你是这社会中我遇到的仅有的体贴女人的男人。你没有揭露我底病名，你减却了我甚于夺去我底生命那样使我痛楚的难堪。但，现在我不这样想了，纵然我底精神能再在你无言的诊疗中得到自欺的安静，我底身体已经不堪于病的摧毁了。博士，你告诉我，让我安静下去我底跳动的心来听你说：我底病是属于那些花柳病中的那一类呢。它会在短期内夺去我底生命吗？它会改变我底脸吗？它会夺去我底视力吗？它会在我刚刚胚育的胎儿中留下可怕的毒菌吗？你告诉我，博士，我决不再发疯，我底心里有一种原始的母爱在泛滥，这母性的伟大的爱逐渐安定了疯狂的精神，我无缘由地想叫我身体中的胎儿长大起来，我觉得这还有生存的希望。

什么，博士，你再说一遍。我怀疑我底耳朵失去了听的机能。那是真的吗，是因为我底因循才使这病厉害到这种程度吗？那是易于治疗而绝不至于出什么舛错的吗？只要我能有勇气把我底身体交给你底手术刀。啊！博士，你真好，你底可敬佩的手，我底心高兴得要从口腔中跳出来，你能让我亲你底手一下吗？你底手将把我从苦难中拯救出来，再还给我蓬勃的生命，你不但救了我底身体而且解放了我底灵魂，我要从新生活起，为我体内的小小的生命，我要再活起来。那么让我告诉你我底真实的姓名，在我告诉你我底姓名之后，就要讲给你我得病的缘由，以及决心到你这儿来诊治的经过，让我抛开一切不必要的羞耻吧；我底胎儿给了我重新生活的勇气，在心灵上我是坦白的，即使有人在我底丈夫面前揭开了我这次的秘密，在家人和朋友前说出了我底不贞，我都不管，我可以走出这个家，只要我还得到我底健康的身体。我年轻，我可以去找寻工作，我为什么要那样无缘由地死去呢？我并没有做错什么，只是在你们男人定规出来的模型中，我踢出来一只脚就是了，我不能这样平白地就糟蹋我自己，我要联合其他和我一样不幸的女人来和你们斗争，我要教育我底孩子，至少，在第二代的男儿中我要使他们有对女人的真正理解与同情。

你为什么笑，博士，你又笑我是说疯话，今天我真是疯了，我底心跌宕在生与死之间，我底神经徘徊在绝望与希冀中，我渴望生，这一刹那，我才觉出生命是如何的可贵，而我底无谓的顾虑是多么可笑，我为什么连在医师的面前都不敢提到自己底病，你，博士，你是研究身体组织的人，那么，你告诉我，一个有着美丽的身体和丰盛的感情的少妇，在一个动心的夜里，被另一个男人引动了她从未满足过的压抑已久的原始的热情，结果失身的事，是不是普通的道德可以范围得住的？

博士，你也许还记得我，有一个晚上我和你曾一度在一条黑暗的小路上相遇，那一天，啊！博士，也许你早已忘记了，那真是一个难得的日子，仿佛从我有生以来只有那一天最美丽，最可爱。虽然在我病了之后，我曾咒诅过那一天，诅咒因为它的美好而使我失去了自制力。

那一天的星我记得闪烁得特别可爱，一点风都没有，我房前的桂花散放着甜香，一种使人难以忍受的诱惑人的甜香。先听见这邻家的少年夫妻喁喁细语，过一会我瞧见他们相拥着从我眼前的花墙后走向屋里去，随即熄灭了灯。那时候，我一个人坐在廊下，无目的地候着夜深，我不知道我的丈夫那一天是不是回来，他就是这样一个完全不懂得女人底寂寞的男人，我不能说他待我不好，但我可以说他常常使我伤心，使我伤心得宁愿一个人独居。很多次，为了不相干的事他要到夜深才回来，他把我用的钱拿去挥霍，去作那不必要的应酬，而忽略了我是在怎样地期待着，怎样焦灼地期待着他回来，一块吃我精心作出来的晚饭。

那一天，我已经等他得有些烦了，邻家夫妇亲密的样子更助长了我心中的烦躁，早上，我们吵过嘴，他作了一件我曾劝过他无数次，我最不喜欢的一件事，我知道他并不是故意要惹怒我才作。他只是一种惯常的不在意，虽然那并不是一件什么不得了的事，可是因为想他作的时候绝没想到我，明知我不高兴而毫不顾及，那么我还希望什么呢？我把整个的精神放在这个家里，放在他身上，所换得的只是一个毫不顾及，何况这件事又是我说过的，我明白表示过我不愿意的事呢？我本来想他下班回来一定会向我道歉，我温柔的心境渴望着我俩时间的和解。早晨出去，他并没说他晚上有事，晚上不回来也没打电话给我，他完全没想到我被他惹怒之后是怎样伤心寂寞。一想到他这样地忽略我，我不能自制地愤怒起来，推开小院的门，穿过门前的细柳，我一个人轻轻地走向公园去。

这时候，我听见一个人在后面叫我，一个十分熟稔的声音，我停住了，待他走近的时候，我看出他是我丈夫底一位昵友，他常到我家里来，很会说话，能把话说到叫你不舍得不听的程度的一位很会讨人欢心的人。

"您上那？"他问。

"闲走。"

"健民没在家吗？"

"嗳！"

"闷吧！"隔了一会他又说，"如果您不嫌我冒昧，我陪您去公园坐一会吧！"

公园距我家很近，也不过五分钟就可以走到。想起家里寂寞的黯夜，我轻轻地点了头，我们一先一后地默默走到公园里。

在一个比较冷落的茶座前，我们坐下了，他要了两杯咖啡，在侍者取咖啡去的一瞬间，我看看周围的人们，仿佛他们都用特异的眼光看我，这是我婚后第一次单独和一个孤身的男人相对，我觉得窘，又无缘由地怕，我怕某一个熟人看见我们这样对坐着的样子给造出了什么语言来。我有些后悔这样轻率地随他走了来，但一想到迟归的丈夫，却又觉得一种报复的快慰。

那一晚，奇怪的，是那位会说话的客人并不说什么，在我偶然抬起头来的时候，我看见他在凝视着我，一种使女人心跳的凝望，我无端地觉得心悸，端起眼前的咖啡来喝干了，我预备回家去。

突然，他这样说：

"健民跟我借两本书，我本来正要送到您府上去。您带回去吧！我还有点事，改天再瞧你们两位去。"

说完，把两本包在报纸里的书籍放在我面前便告辞了走去。

他走，我倒安心了，公园里芬芳的空气使我逐渐愉悦起来，

我想再坐一会，回家去就可以睡了。我打开了那位先生留下的书包。

印得并不精美，封皮是阮玲玉底照片，写着"爱的故事"四个红色的粗糙的字。我底丈夫从没有看过这样的书籍，这样前二十年的摩登小说他是不屑注意的，为什么特地向人去借呢？

我好奇地翻开了它，里面密排着极小的字。天！那是一本什么书呀！我第一次看到把文字拼成那样的故事，我觉得天在头上转，身上发着高热，血要从心脏里崩流出去。我迅速地合上了它，我忘却了那张包着书的报纸，我把书那样地拾在手里，跟跄地走出公园去。

到我房左的松林前，我才清醒了，松风在我耳旁轻啸，我听见我

底心急促地跳动的声音，我跌坐在松下柔软的草上，双臂搂紧了自己底肩。

那真是一本奇怪的书，粗陋得魅惑人。那里描绘着夜的世界，夜的世界中的两性的故事，那对我是怎样的新奇呀！我底丈夫从没像那书里所描绘地那样满足过我，我仿佛从没有过书里说着的快慰。我底心热着，脉搏跳跃得怕人，我只能用力地抱紧着自己。

这时谁拍了我底肩一下，我立刻回过头去。又是他，那个会说话的客人。我不能形容出我当时是一种怎样的感觉，要笑又要哭，想说话又不知道说什么，要走腿又发颤，在我这样怔忡着的时候，他搬倒我立刻噙住了我底嘴唇。

不知道我什么时候从草上站起来走在正是和回家相反的路上，松林中的梦，一个兴奋，快慰但含着无尽的恐惧的梦。那梦使得我昏乱了。我蹒跚地移动着自己底身体，耳边仿佛依旧有人在反复地说："我渴望了你这样久。"就在蹒跚着在路上的时候，我不知怎样撞着了你，而且把你挟着的大皮包给撞到地下。

"唉呀！"我从我底梦里醒过来，这样叫着的时候，你已经俯身拾取了你底皮包。

"真是，真是，真太对不起您。"我只能这样说，我忘了其它更有礼貌的言语。

"不要紧。"您仔细地瞧了我一眼后，这样冷冷地说，说完了依旧向前走去。这时候我才意识到我走错了路，辨明了方向后，也随在您后面走去。

　　快到我们底那一条街上的时候，您屡次回顾我，那一天您已经想我是疯子。至少也得想我神经有点毛病吧！其实那时候我已经完全清醒了，所以随在您后面，正是因为我和您住在一条街上，我就是三十七号院内的李，听说您和我底公公是至友，是吗？

　　那一晚上我底丈夫没回家，我自己睡在宽大的屋子里，一刻都没得到安静，稍一阖眼，便仿佛有许多人在嘲笑我，唾弃我。那之后的几天中，我怔忡着，失掉了一切生活的兴趣，我底丈夫转勤到外城去，他说去后安排好了房子再来接我。

　　那位会说话的客人一直没有来，病开始盘踞在我底身上，起初自己完全不明白是为什么，后来听见不止一个人说那位客人因为荒唐害病正躺在医院里的时候，才意识到侵蚀自己的病来由，那样疯狂的一瞬间换得了这样的报酬，天真会嘲弄我。

　　病逐渐加重的时候，我底感情也奇怪起来，我想自杀，我想去作暗娼，我要向男人报复，我想剁碎那位客人。

　　我底丈夫去了一个月也没写信给我，我完全失去了再活下去的兴趣，我多么盼他能给我一点恩爱和温存呀！我底心枯涩得生满了毒锈。我恨男人，我恨得要生撕一个男人才痛快。

　　一天，一个讨厌的天，阴得像地狱。我不知道为什么想要跳河，而且立刻就决定那样作，我把屋中简单地整理了一下，在骤风里向着河跑去。

　　快到河岸，我看见了一个出殡的行列，那真是一个非常寂寞的死，四个人抬着蒙着一块绿布的棺材，一个人跟在后面垂着头走，没有音乐，没有眼泪，连叹息都没有，绿色的布在阴郁的天空下露出了斑斑的霉渍，污秽得令人恶心的一块布。棺材的四周，骤风卷着沙尘，空气浊得窒息着呼吸，那一刹那，我觉到死之可怖，觉到生的可贵，觉得这样一个人寂寞去死的悲哀，更恐惧地想被水泡得飘起来的浮尸。

想起病，立刻想起来您，虽然在路上撞了您的那一天您并没说什么，但，在不认识别的医生的我，觉得和您总算有过那样的一点关系，我真是羞于请教更陌生的医生。

博士，我真的有被救的希望吗？真的能再恢复健康吗？真的话，您救我，叫我再活一回吧！我现在昏乱得想不出什么话来跟您说好，让我抛开一切，什么情爱，什么贞操，那都是骗人的东西，生命才最可贵。如果我能好，我愿意跟您来作点什么，救人才是最高尚的职业。拿您的麻药针来吧！那讨厌的痛楚又在啮撕着我了，我愿意立刻接受您底手术。

小妇人

〔 未完 〕

编者注：《小妇人》在《中国文学》创刊号上首发，于 1944 年 1 月至 1944 年 11 月停刊，共刊行八章。曾有预告说，《中国文学》上未刊完的长篇作品，将在华北作协 1945 年 4 月发行的大型《中国文学季刊》上继续连载。该刊迄今未见。

双 燕 篇

长篇小说《小妇人》之一章

原刊北京《中国文学》
1 卷 1 期 (1944 年 1 月)，第 29-33 页

开车的铃响了，凤凰依旧没有看到她底良哥哥在什么地方。她有一点心慌，虽然她一如所期望地那样逃出了她底家而并没被人发觉，但这欣喜随着铃声去了。现在她只觉得恐惧，只觉得有如掉在深渊里，没有人知道，自然也不会有人来救她，她忽然觉得她将像那些无声地飘落到渊底来的许多叶子一样，把生命的汁液耗干了之后，便悄悄地死去。

但，她绝对相信她底良哥哥不会骗她，她知道他是在怎样热爱着她，他们就像是彼此的灵魂一样，分开来，两人都会变痴，失去了所有人类的灵性，就是能再和常人一样的生活下去那只是两架行尸了。

　　但她又不能禁止自己不往坏的事情上想，铃声消逝后的一瞬间，她感到从未感到过的孤独，她底二十二岁的心志忐着，不知怎样处理自己才好。这之间，车动了，望着那逐渐走过去的站台，她甩开了所有手上提着的东西，奔到车门那儿去，她想跳下车去，她怕是她底良哥受到磨难了，而未能一如所约地到这只列车上来。

　　刚推开车厢的门，在连接两只列车的车廊上，她和一个正匆匆地跨上车来的人撞了个满怀，那人趁势拥着她，热情又迅速地，在她底长卷发上吻了一下。

　　"你！"凤凰底眼里转着泪，不由自己地拉起来她底良哥哥的一只手。

　　"到里边去吧！"袁良说，望着他底爱人底椭圆的脸，看到那脸失去了往常的鲜艳，知道她正是在焦盼着自己，所以就是在那样旅客杂沓的列车上，也禁不住地吻了她一下。

　　"到里边去吧！"袁良重说着那句说过了一次的话，把他底爱人拥在胸前，像一位慈爱的父亲照应他撒娇的小女儿一样地推着她向车里走。

　　在凤凰散扔着许多东西的车座上，袁良先挪出地方来叫凤凰坐好，自己杂在拥挤着的旅客间，站在凤凰底身旁，替凤凰整理着东西，并且把自己提着的一只小小的手提箱放下。

　　凤凰瞧着袁良底脸，那长方的脸上和往常一样地带着热情的光彩，长又浓的双眉下的眼，那曾使凤凰在初见袁良后几日夜都不能忘掉的可爱的眼，也和往日一样地孕着微笑，凤凰想他一定是像自己一样很轻易地就脱开了家而没受到磨难，但他为什么仅仅提着那样一只小小的手提箱呢？她轻轻地用肘碰了袁良底灰色的呢质长衫一下，且轻轻地叫着："良哥！"

袁良把凤凰和自己底东西都在车窗上面的网架上放好，发觉凤凰在触着他，立刻把脸俯向凤凰底脸旁去。

"良哥哥！"凤凰再叫着，她不知道跟她底良哥哥说一句什么样的话好，她有太多的话要说，她又像失去了说话的技巧，现在能由她底口腔里发出来的声音，只有这亲密的称呼，她忘了其余的语言是该怎样运用她底唇和舌了。

"妹妹！"袁良也回叫着她，他在她底很有风韵的脸上听到了所有的她要说而没说的话，他说：

"我很顺利，放心，行李送行李车去了。"他说。

这时候他后悔他为什么不买两张二等的车票了，他想二等车至少不会像这样拥挤，无论如何他可以和他底林妹妹并坐在一只椅子上，他想能够挨紧她就好，甚至能有一部分的肢体相接就好。他真想拉起来她底手，他憎恨着凤凰身边的那位和凤凰一只椅子上靠窗坐着的半老的女客，她看去是怎样的不解风情呀，如果自己是她，袁良想，自己一定把座位让出来，让这对爱人亲昵一会。目前，就是一分钟的亲昵，对这一双情逃的爱人已经是莫大的恩惠了。

车很快地就到一个小车站上了，还没等凤凰看清楚站名，车又开了。在车开动的一刹那间，袁良也和所有站着的乘客一样，随着车的振动摇晃了一下。凤凰立刻伸出一只手臂去，拉着了他底衣裳。

车上卖食物的人过来了，袁良问着凤凰："饿吗？"

"不。"凤凰摇着头。

但袁良在那只大筐子里挑选了凤凰最爱吃的糖，付了钱后，把糖堆在凤凰底膝上，拿起一盒来，慢慢地撕开了包纸。

"妹！"他说："今晚上和我一起了，不用送你回家了。"说着这话的时候，他底眼里因为兴奋、欣喜而盈满了眼泪。那平日就使凤凰心跳的眼，今天看去更使人心动，凤凰一时不知回答他什么好，她指着车窗外的远天上的晚霞，含着无限深情地说：

"哥哥！你看那美丽的晚霞。"

"是！"袁良依旧望着他底爱人底脸，"晚霞明天再来的时候，我们就到目的地了。"

"说是过山海关的时候检查的很严呢？"凤凰说，接受了袁良递在她手里的糖，轻轻地放在嘴里，这样用细长的双眼看着袁良，略略地带了一点不安。

"放心，我一切都预备得很好，我们又没什么犯禁的东西，就是检查的严也没关系的。"

袁良再剥开一块糖，他并没有往自己底嘴里送，他看见凤凰津津有味地嚼着糖的样子，他有一种比吃在自己嘴里还甜的感觉。他把糖拿在手里，预备等凤凰吃完了的时候再给她。

车向着那未知的土地奔驰着，袁良底心和着车前进的辘辘声跳跃着，他很兴奋，能这样一点不受阻碍地携了心爱的凤凰出走，他觉到了甚于一切的幸运。望着车窗外的金色的夕阳，夕阳下的凤凰可爱的脸，他觉得光明正在前面等待他。虽然他不深切地知道满洲究竟是一种怎样情形。他听到了和他在满洲出版的画报上看到迥然不同的种种流言，可是他底年轻的兴奋的心，有一种自信，那自信就是他一定能在那陌生的境地里很快地就能一切都处置裕如，有他底凤凰相伴，他想他一定会有勇气去冲破一切困难的堡垒，他怀着很大的雄心，他相信满洲的青年一定在彷徨，这是每一个大动乱后必有的现象，他预备用他底热情去安定那些彷徨的大众，他要领导他们进入真美、真善的境界中，这样，他和凤凰的崇高的爱情才真正地达到了他们所以相爱的饱和点。他相信凤凰正和他怀着同样的雄心。他想象满洲正像一片荒芜的草原，他和凤凰随着那些质朴的青年在那草原上种植了灿烂的花朵。美丽的太阳照着那辽阔的肥沃的大地，正像现在一样美丽的金色的太阳照着那辽阔的大地，大地上黄色的大豆杂着红色的高粱，美丽得跟画一样。想到大豆，想到高粱，袁良意识到自己连大豆和高粱的秧苗都不知道是怎样的形状的时候，他立刻羞涩得红了脸。今天，在向着未知的土地前进的时候，他第一次这样深刻地觉到自己的幼稚。一想到在学校里，在叔父底银行中所学到的那一些不能拿出来活用的技能的时候，袁良觉得背上渗出来汗液，"你是幼稚得多么可怜呀！"他这样自己在心里说着，他立刻就想到凤凰。他觉得她像是也看穿了他所觉到的自己底幼稚一样。凤凰正把头靠在车座上，看着外面的景色，袁良不知道为什么觉得她像是有一点忧郁，她不会不信赖自己吧！袁良底心开始有点不安起来，想到凤凰底坚定的心，凤凰底高远的见解，凤凰底温婉的性格，凤凰底可爱的容貌，想到凤凰身里边孕育着的他们底胎儿，袁良觉得自己委屈了凤凰。凤凰是不能和叔父身边的那些有钱的小姐相比的，那些有钱的小姐只要物质上满足就好，所以只要袁良有钱。但凤凰一定还得有精神上的培润。为了凤凰，自己也一定得要生活得比现在有意义，自己更得充实自己。

　　至于生活，袁良相信那不算是一个问题，当然他可以很快地就觉到职业，他的资质，虽然自己想来是幼稚不堪，可是，在就职上，还很可以应付，他底经济学士的称号，他两年来在银行中做着副营业主任的履历，拿出来总不能说是太寒蠢，尤其是有君强哥哥底帮助。袁良想君强——他的本家的哥哥，绝不会对他袖手。君强哥哥一向是最和他说得来的。也许君强会因为自己背叛了叔父而不满意。可是背叛叔父是自己底事，这不会影响到兄弟间的情谊的。

他想到新京之后，第一要找一家舒适的旅馆让凤凰好好地休息一下，然后再寻觅合适的房子。他两年来的一点积蓄将将可以买一套不太好的家具，他预备在那套不太好的家具上，漆上一层蓝色的油漆，因为他底凤凰是最爱那个颜色的，他想他还要给他们未来的小宝，买一个蓝色的小摇床，他底凤凰坐在小床边，摇着那个天使一样的孩子。他站在她身后，正要向凤凰说一句什么，凤凰回身笑止他，孩子安恬地闭上了眼睛，他热情地拥住了那位小妈妈。

这真是一个理想的快乐的家庭，他听见辘辘的车声，为他奏着愉快的音乐，他不自禁地把腿往里靠了靠，挨着了凤凰底腿，他心里喃喃地呼唤着："妹！妹！贝贝！"

这愉悦的心声扫除了他刚才自惭的心绪，想到这不但是他们底新婚旅行，即又是他新生开始的时候，他不能自禁地在凤凰底耳边说：

"妹！你在想什么？你觉得快乐吗？"

"嗯！"凤凰只能这样轻轻地回答着。实际，她也是觉得快乐，可是她底女性的细致的心，超越过这快乐境界，远远地走进了一个虚拟的未知的境界之中。她幻想着两人在陌生的土地上彷徨，不能立刻如愿地觅到职业，她想到她底一点积蓄，如果那积蓄维持不到觅到职业之前，她想到她底胎儿，她底未来的家。尤其使她悬心的是她底老父，她不敢想象老父在知道她出走后的愤怒和悲戚。可是，她又怎样能够不离开故乡呢？她做了一件父亲曾告诫过她千万遍不许她做的事，她正如父亲所形容的一般年轻的姑娘一样，爱上了一个男人，而且轻易失身给他。虽然她已觉得在这次的爱里她一点都没有轻率，没有迷惑，而完全是因为袁良纯真的爱和质朴的心感动了她。可是她没有勇气把这一切告诉给虽然宠爱她而实际上很严厉的父亲。在她明白她已经是育着胎儿的时候，她果决地随了袁良出走，她相信她蓬勃的生命力，她还不知道生活折磨人的苛虐，她信赖袁良，信赖她自己，信赖他们两人合在一起的年青的生活力，她听从了袁良底提议，到遥远的满洲去建设他们底小家。

出发之前，她兴奋得几乎失去了正常的意识，她一连几个星期都心神不属，她深夜跪在严父的屋门前，悄悄地祈求父亲底原宥，祷祝父亲此后的健康。慈母死后的十七年中，她没有一天离开过父亲，她底灼热的泪几次动摇了她出走的决心。可是一见到袁良，她便觉得自己溶解在他底深情的凝视中，离开他，这是一件多么可怕多么痛苦的事！离开父亲，在父亲明白了她是为着一个怎样崇高的爱情才私逃的时候，她会得到原宥；离开袁良呢，她会失掉一切，失掉爱情所能给予人生的一切，所能温暖人生的一切，在终生排遣不开的郁凄的心境中送着日月。

但在她没受到阻拦，平安地倚在爱人身边，奔向她们底新生的时候，她却不能自主地想到了这些忧郁的事。所以她只能轻轻地回答着："嗯！"

敏感的袁良，立刻觉到了凤凰底回答中含有的不纯的成分，他想到另一件事上去：

"妹！"他叫着："是小贝闹你了吗？"

凤凰最近正为胎儿呕吐，常常在吃东西的时候，任何食物都不能下咽。袁良把那个还没出世的小东西唤做小贝，这称呼，增加了他和凤凰间的亲密，他觉得只有这可爱的称呼，才能使他们结合得愈加坚定，但每逢说着这个可爱的名字的时候，他都免不掉羞赧，这次也是一样，说完那句话，他立刻觉得自己红上双颊来。

凤凰在这样情形中，比袁良还不好意思，只要想到她将成为妈妈底事，她就会止不住的脸红，尤其在袁良身边，这件可喜的事常常使得她不愿意抬起来绯红的脸。她真没想到孩子会来得这样快，这样一点不容思索。先她曾为这件事苦痛了好久，几次都想打胎，她很明白她是怎样没有勇气在她没有正式的婚仪之前而诞生她的婴儿。虽说是现在的青年都不在乎这种形式上的仪礼了。可是要强的凤凰总觉得在一般的人情上不好说下去，她尤其怕她家那些古老的亲戚。她曾在无数次的噩梦中为这件事哭醒，她曾深夜为这件事流下来冷汗，可是，她底伟大的母性的心，阻拦了一切不利于这胎儿的思想和行动，随着胎儿的迅速的生长，她对胎儿的爱也与日俱增，她想到她将成为妈妈，她觉得自己无端地伟大起来。

凤凰也羞红了双颊，看袁良那样纯情、愉快，她不愿意自己的忧郁被他发觉，听见袁良这样说，她爱娇地皱了一下眉。

袁良用极低又情意绵绵的声调，手轻轻地拍了凤凰的胸下的旗衫一下，他说：

"听见吗！小东西，不许闹妈妈，将来爸爸生你气，会不喜欢你的。"

他底话更使凤凰羞赧起来，她立刻看了同座的乘客。她怕这亲昵被人看了去，虽然袁良这样大胆地表现了他底热情，使她觉到无限的信赖和安慰，可是她愿意在表面上他们庄严端肃一点。同座的半老的女客，正懵然地望着什么，对座的两个男人，一个在打着瞌睡，另一个披上了自己的衣裳，开始整理东西，对面车厢里的人，正在谈论什么，车上并不比刚一开车的时候安静多少。那样杂乱的声音中，当然别人不会理会到这几句话，凤凰安心了一点，但她忍不住抬起头来，多情地看了袁良一眼。

袁良已经把脸上的表情做得很庄严，车又走进了一个站台，袁良看见凤凰对面椅上的整理着东西的乘客，他用肘触了凤凰一下，凤凰知道他在告诉她，他将有一个座位了。

那一个人果然在停着的车站下去了，袁良立刻占有了他底座位。刚坐好，他就想是不是他可以和凤凰一条椅子的那位女客说说，让他们来掉换一下。

车开了之后，等新上来的乘客安静了的时候，袁良向那位看去毫无感情的女客说了他底要求。可是出乎意料外的，袁良遭到了拒绝，那女客不愿意让出她底座位来，她说她跟凤凰坐在一起好，都是女人，这样方便。

袁良很扫兴，凤凰也觉得失望，可是凤凰笑着安慰着袁良，她也说："这样好！"袁良知道她说的意思并不是"这样好"，他拱起他底嘴唇，做着一种无可奈何的样子。

这神态唤起来凤凰心中一个甜的记忆，那一天，在她第一次失身给袁良的一天，在两人的感情兴奋得不能遏止的一个初夏的黄昏，袁良为了遭到凤凰底拒绝，也曾这样地拱起了嘴唇。

凤凰是曾怎样昏迷一样的热烈地亲着那只拱起来的唇儿的呀！

　　凤凰底心为那甜的愉悦的感觉感动着，她真想亲她底良哥哥一下，她底耳边回绕着袁良底低而温存的声音，"爸爸不喜欢你！"这是一句新鲜但听了极其使人心跳的话，她想到她底婴儿，她希望他是一个男孩子，而且要像他底爸爸一样。"爸爸"两个字在她心中庞大起来，整个占有她底心房，一时她觉得袁良伟大起来，伟大得完全包容了她。她在袁良底伟大的爱的包容里，鼓励他，使他前进；她相信她会帮助袁良做出一番惊人的事业来，她很明白，袁良是一个怎样用功怎样知道努力的人。

　　在那未知的土地上，第一样她一定得要先充实起来自己。她想到她所受到的贫瘠的大学教育，她不知道那些学过文学史和文学等等艰奥的东西能给予她未来的生活多少帮助，一刹那间，她觉得自己渺小起来，渺小得甚至失去了开拓新生活的勇气。但在她看到了袁良的多情的脸后，她觉得她有了依赖。她相信袁良会把渺小的她领进理想的境界中去。但她想，起码她一定努力做一个好的母亲。

　　车走在一块陌生的平原上，原上丛生着许多不知名的小树，那小树在温暖的春风中摇摆它们嫩绿的肢体，显得它们是那样充满蓬勃的生命力。晚霞低下来，低得几乎压到了小树的头上，正像小树的枝梢间开了红色的繁花。两只燕，迅速又轻俏地从那丛繁花中剪过，繁花逐渐减去了鲜艳的颜色，一组白烟幻成的猛兽飞过来遮盖了它们，烟后，伸展到无限远的大地吐着青春的喘息。

　　这时候，凤凰去看袁良，袁良也正在看她。"哥哥！"凤凰叫着，"你看见燕子了吗？"

　　"我看见了，"袁良说，含着无限的深情，脉脉地看着凤凰的脸。

"那是一对燕子，一对去筑造他们新家的亲爱的燕子。"

凤凰用好看的笑脸代替了回答。

夜行篇

长篇小说《小妇人》之一章

原刊北京《中国文学》
1 卷 2 期 (1944 年 2 月)，第 63-69 页

天整个黑下来的时候，凤凰从玻璃窗前抱开了小麟，很快地就把小麟用一条大的黑带子舒服地背在背上，一个人到厨房里去吃晚饭。

三点钟前就已经做好的饭菜，完全失去了热，凤凰底心没顾及到这些，她觉得心里烧着，想也许吃一点东西会好一点，才来吃饭的。饭在她现在的味觉上，已经失去了刺激的意味。

木盘上并放着两双筷子，一双红的和一双翠蓝的。凤凰拿起来筷子的时候，她突然觉得异常不愉，但她把那一碟准备两个人吃的、特意加了一点肉丝的豆芽菜，小心地在破敞着的碗橱中放好，又习惯地收拾好了凌散着的锅碗。这样，她觉得是已经吃完了饭，她觉得比吃过饭还饱。

昨夜吵了架之后，愤怒的高潮早已经滑过去。凤凰只觉得无主、空虚、寂寞和甚于一切的孤独，她下意识地盼望袁良回来。她温柔的心虽然仍旧为愤怒的余潮蛊惑着，嘴里可以说什么马上离开呀，带了孩子走呀等等嘴硬的话，可是她潜伏着的伟大的女性的纯情渴望着爱

抚与和解，她愿意袁良能即刻回来，在一阵小小的撒娇之后，投在他怀中，受着他底抚慰，听他说着求恕的话，像他们每次吵过了又和好的时候一样。

夜暗吞蚀了这寂寞的屋子，凤凰感觉到小麟不安地在背上摇摆着。她过去开开灯，因为自己不愉而使爱儿在背上系了过多的时候的事使她心痛。她很快地就从背上放下来孩子，小麟委屈地合着小眼皮，是妈妈底寂寞之情感染了孩子，小麟才这样过早地睡去了吗！

把小麟抱在怀里，小心地为他脱去了衣裳，又舒服地把他放在床上睡好，守在床边，凤凰静静地凝望着孩子底脸。那脸很润，很肥，又很红，充分地表现出来在妈妈细心看护中成长着的孩子的一切优点。他均匀地打着鼾，逐渐地舒展开来拧聚着的小眼皮。

守在床边的凤凰，不知什么时候眼里储满了泪，她听见自己心跳的声音，她听见老鼠在棚上悄悄地跑过去的声音。桌上摆着的一只旧钟，滴滴答答地吵得心烦，她过去把摆拿开，让两针相叠着停在九字上，接着捻灭了灯，在床上，挨紧了孩子躺下。

当然她绝不会睡，她心里乱挤着的甜，酸，辛，辣的感情澎湃着，像一具被热火烧着的汽锅，虽然表面上保持着安静，可是，里边的水已经达到沸点了。

第一她先想及了袁良，她猜忖不出他现在在什么地方，他一向没这样过，就是有时候两人生气，他也总是按时在放学的时候回到家里来。今天他第一次迟归，没有说明为了什么。

凤凰想自己不至于使袁良愤怒到连回来也不想回来的程度，她知道在这陌生的城市里袁良没有什么可以在那家吃饭而又流连到很晚的朋友和亲戚，也许他去找他底君强哥哥，立刻凤凰又知道那绝对不会。君强从袁良携了凤凰来投，知道袁良已经和有钱的叔叔脱离了之后，早已不拿他当堂弟看，当然，倔强的袁良决不会去找他。那么，他去看电影？可怜的袁良，口袋里连够买一张电影票的钱都没有，电影看不成，自然他更没资格到另外供给男人们消遣的地方去了。

他是——凤凰觉得自己底脸上流着泪，凉的泪一滴接着一滴地流进耳朵里，他是，他是做什么去了呢？凤凰真是说不出来的委屈。她是怎样小心翼翼地为着这两个人的小家庭劳动着呀！早上，天刚刚亮，冬天的时候甚至于还有星星，凤凰就轻轻地从温暖的床上爬下来，尽可能地不作出响动来生火煮饭，把一切都安排好了让袁良暖和地吃了饭去上学；晚上，总是尽可能的在可怜的收入里，狠心地分出钱来为袁良烧两样可口的菜。她从来没有这样受过累，也感到从来所没感到的快乐。但，自小麟生下来之后，一切都不同了，小麟给凤凰戴上了一面枷，家里的事情琐碎得比时光还长，仿佛永远也没有做清的时候，以为是可以坐下来休息一下了，刚睡得很香的孩子恰好在这时候醒来，于是——健康的凤凰在孩子的哺育中瘦削了，脸上失去了青春的光彩。袁良底爱挑剔的脾气也逐渐露出来了，凤凰真没想到袁良会是这样一个斤斤于小事而又非常碎嘴子的人。时常因为一个纽扣没有缝好，或者是桌上的花瓶没有摆正，再不就是孩子弄脏了爸爸底牙刷这些琐碎的小事唠叨起来没完。起初，凤凰总是笑着道歉，后来，在袁良叨唠了太多的时候还没意中止，凤凰一想到自己是怎样地忙得头都晕了的时候，袁良连这一点小过错都不能原谅，就止不住愤怒，不由自已地说出来气话，两人为了针尖大的一点事情拌嘴了。

这烦人的小摩擦，把凤凰底心变得狭仄了，家里的永无休止的工作在凤凰变得狭仄的心上添上了无形的倦怠。凤凰比从前容易动怒了，凤凰总盼着有一天能什么都推开，坐在那儿安安静静地休息半日，可是连这一点小小的希望也似乎没有达到的时候。想到袁良底不能体贴，凤凰底委屈的泪制止不住地流着，流着。

突然，凤凰想到了一件事情，那是袁良上一次从校长家里吃过饭回来时候无意中说出来的。袁良说：校长约他下星期一的晚上到他家里去吃晚饭，凤凰想袁良一定到校长家去了。可是，傍晚，在凤凰抱着小麟到街上去等待爸爸的时候，凤凰看见校长坐了车子从十字路上驰过去，驰向和校长底住宅相反的路上。校长看情形好像并没有在家，那么，凤凰立刻就想及了袁良在校长底宴会后，夸奖校长太太的许多话，也立刻想及了校长底无能。凤凰底心开始为某种忌妒的火烧着，烧得一会比一会厉害，凤凰从床上坐起来。

正是一个谈情最好的春夜，风暖得使人心醉。小草的头上放散着泥土的香气，燕子在梁间缭绕着，牝猫在房上追逐着陌生的同类。

凤凰底心无端地充满了愤怒，她想报复，她想总该使自己痛快痛快。她立刻从床上下来，拉开了灯，又拉开了书桌上装钱的那只抽屉。

抽屉里还有二十一块三毛钱，她把钱扫数装在前两年流行的，女孩子时候用的一只天蓝色的漆皮钱袋里，到厨房里去拿了一盆热水来洗脸。

在镜前，凤凰为自己底瘦削的脸惊震着了。她怎样也没想到自己会瘦到这样，那完全变尖了的下巴，一点凤凰的风姿也没有了，眼睛也大得奇怪。凤凰竭力把脸凑向镜子，想找回来昔日爱对镜微笑的脸，那苍白的脸，那装满了寂寞的眼睛是被同学称做"快乐之神"的凤凰吗？

凤凰完全失去了修饰的兴致，她底手下意识地抚摩着那只唯一的粉盒，粉是她从家里带出来的，虽然日子已经很久，可是依旧保留着诱人的香气，那甜得桂花一样的沁人心肺的香气，凤凰底眼皮轻轻地合上，两颗大的泪双双地坠下来，她听见青春在她耳边叹息着走过去，她听见和袁良初恋时候的呢喃的细语，她听见私逃时候的热情的呼唤，她听见在陌生的土地上两人彷徨时的慰藉和叹息，她听见婴儿的特有的啼声，她听见水壶在火上响。她听见袁良为一件小事在她耳边琐嘴，她听见袁良在述说校长太太底美丽。

粉盒不知什么时候从凤凰手下滑到地上，很响地摔开来，青色的砖地上飞着细小的粉屑。

这响声惊动了小麟，小麟翻动了一下，突然委屈地大哭出来。

凤凰立刻跑过去抱起来孩子，紧紧地拥在胸前，拍抚着，哼起催眠的歌曲。一刹那间，母爱超越了一切，母亲底纯情的心完全灌注在孩子身上。凤凰用自己底流溢着泪的脸贴着小麟底前额，比起来，小麟底温润的脸比妈妈底脸的温度高得很多，凤凰担心小麟是不是晚上出走的时候被风吹着了，着了凉。孩子一天比一天大了，需要的养分也更多了。凤凰很明白现在小麟是该添点果汁或者是煮熟的水果了。凤凰想到了在苹果摊前为了不愿意花两毛五分钱买那两只肥硕的苹果而被苹果贩说得怪窘的时候，又禁不住地流出来泪。凤凰愿意孩子健壮，愿意丈夫好，愿意竭尽自己的能力做一个好的母亲和妻子，结果，她得到的报酬是什么呢？

永不能休止的劳作，没有安慰的劳作，一分钱也要好好计算计算才能用掉的小学教员的妻底生活，什么时候才能好转呢？

　　一切劳苦，一切困窘都是身外的事，只要有一个快乐的心境，只要有一个快乐的心境，这快乐的心境，凤凰不知道用怎样的智慧才能探寻得到。如今，凤凰才知道爱情的分量，真的爱，不是一见钟情，不是几经风波的那样小说里所描绘的，也不是两人朝夕相厮守，难舍难分的。那是得要整个牺牲自己，完全接纳对方，使两个人的自我化成一个共有的"我"才行，这是一件太艰巨的工作。凤凰觉得自己没有福气享受那崇高的爱。虽然凤凰是在努力那样做，努力使自己样样都适合袁良，可是袁良的固执和不能轻易接受别人的性格，使凤凰灰心了，凤凰觉得自己现在陷在绝望的深渊里。

　　凤凰记得一句歌，一个妙龄的姑娘在唱，"活在没有爱的人间，过一日如同过一年"，那妙龄的姑娘正像前两年的凤凰，在美丽的青春中找寻妩媚的梦，那只歌在她是唱得太早了一点。没有经过生活洗练和摩擦那样的爱情，就是得到，不久也会失去了香气，像一朵盛开时被压在书里的花朵一样。

　　凤凰觉得自己现在正应该这样唱，不，也许还太早，凤凰还年青，以后的岁月还长得很。那么，凤凰想及自己底伴侣，袁良真的到校长家里去了吗？她不能自主地再次想到了校长太太，有钱的女人是有余裕来把自己修饰得美丽而又动人的。虽然这样想不免污辱袁良，可是寂寞的妻的心难免有这样神经过敏的地方，尤其在平淡的日常生活里。妻像一根萝藤，美丽的女人则如同一只香甜的梨，如果那个女人也正是怀抱着寂寞与悒郁，就譬如目前的自己，恰恰有这样机会去接近一个有着使女人动心的面貌，英气勃勃而不失温柔，话又能谈得投机的男人的时候呢，凤凰明白自己现在是怎样容易动情，仿佛比少女时代还容易为爱情所动心，因为这时候才真正地在品尝着寂寞。

　　想到美丽，凤凰越发觉得青春是虚度了，宝贵的青春是只能用崇高的爱情来兑换的。没有爱，那至少也应该在别的方面享受。想到享受，凤凰立刻想出去走一圈。现在正是夜市热闹的时候，凤凰想总该去替自己买点什么，哪怕是一只玲珑的小扣针都好。凤凰想装饰自己的心，刹那间变得和小孩子要吃糖的心一样焦切。

　　她把小麟重又放好，自己穿好了那件长久没有舍得穿的少女时代最珍贵的天蓝的绸衫，配上那双穿得旧了但还不算寒蠢的白皮鞋，拿起大衣，拉开门走出去。

　　在门口，年轻的妈妈踌躇了，她底脚从台阶上收回来。这两间为煤烟与孩子底尿布的气味所污浊了的屋子，像一块磁石一样，带着不可思议的吸引的魔力，纵然再在这屋中过去更多的寂寞的白天和悄悄地流着泪的暗夜，年轻的妈妈也走不出去，她底孩子在紧紧地吸引着她。

　　凤凰回到屋里来看小麟，小麟睡得很舒服，妈妈知道他至少在三点钟以内绝不会醒。可是，假如有什么意外发生呢？譬如不幸煤炉子滋出来火，电线断了，或者他醒了从床上滚下来，那么结果呢，凤凰底心惊惧地跳动起来，她决不能让这样的事情在她不在的时候发生！她宁肯牺牲自己而不愿意孩子受到一分一厘的损伤，她把脸贴在床上，禁不住地又悲从中来。

　　袁良还不回来，凤凰底悲哀的心渗满了愤怒，想到自己就是在吵了架后的今天也还小心地作好了饭，并且怕他吃得不香，特意买了肉来做菜，又特意跑到门前去接他，带着和解的心期待他，他竟尔无缘由地在外面流连，吵架也咎由他起，如果他不是那样因为小麟弄皱了他底小说而发起脾气来没完呢？

　　凤凰第二次决绝地走出去,她托邻居的大嫂替她照应小麟一会儿。她说, 她有一点要紧的事要办, 半点钟就可以回来。大嫂立刻亲切地答应了她, 拿着正做着的针线来到小麟床前来。

　　凤凰走到黑暗的巷口, 她感到从没感到的轻快, 又觉得手里像缺了点什么, 意识到是没抱着孩子的时候, 她寂寞地笑了。

　　大街上杂沓着人, 春夜的温煦的风软软地吹着, 裸露在大气中的手和脸, 像接触着滑腻的肌肤一样, 觉得舒适又愉快, 霓虹灯亮着, 凤凰第一次看见自己底蓝衣服在红色的灯光里幻成了淡紫色。

　　凤凰向夜市走着, 慢慢觉到没意味了, 她想今天自己是有一点发疯, 怎好把孩子扔下独自出来遛弯呢?并且这样的独行也使她觉得不习惯, 她觉得仿佛行人都看穿了她, 看穿了她是一个把孩子抛在家里自己到街上来闲荡的女人。

　　可是她底脚无目的地向前走着, 眼睛看着店里的窗饰。

　　春天是为女人才来的, 正像花为春天才开一样, 个个商店的大玻璃窗里, 都摆着和春天一样轻快悦目的衣料, 许多种轻俏的春大衣穿在曲线美丽的模特儿身上。不知是因为曲线好, 还是衣裳好, 那模特儿显示了女人底最美丽的风姿。

　　凤凰想自己是该裁一件大衣了, 立刻她知道这样的思想简直是和自己开玩笑,但她靠近了一只窗子, 那窗子里有一个卷着黑发, 扬着手,做着招呼人的姿势的模特儿, 穿着一件土黄带着大的红点的春大衣, 大衣的腰身紧紧地扣在模特儿好看的腰上, 下摆像裙子似的铺散开来, 像是所有的美好都为这紧扣的腰身和铺展着的衣襟说尽了。凤凰不由自主地细细地看着那件衣裳剪裁的样式。那衣裳的颜色也正如凤凰意。那鲜艳的红点如同春天里的鲜艳的女儿心，正在怡悦的春风中，展露着笑脸。

凤凰不舍地看着那件衣裳，没有一个年轻的女人不想把自己装饰得娇艳美好的，一刹那间，凤凰在那土黄大衣的领上，看见了自己底脸，那脸带着灿烂的笑，带着女儿底蓬勃的馨香。

谁在凤凰身后说话，一个很娇好的声音。那是一位小姐，也许还在上学，她底素脸说明了她底身份，她穿着高贵的蓝色天鹅绒的衣裳，外边罩着流行的短短的豹皮的小披肩，她伴着一位老头，老头穿着黑色的衣裳。

她也在品评着这件大衣，凤凰听见她说明了她底心意，她要求她底父亲陪着她进去瞧瞧。

凤凰急切间想看的不是那女儿而却是父亲，她看见了那父亲的慈蔼的脸。

凤凰底热泪夺眶滚出来，如果不是在这个城市里的话，凤凰正像这位小姐一样，伴着父亲在夜的都市里徜徉，身上的蓝衫不也是在某一天晚上和父亲一块儿买回来的吗？

凤凰立刻转进身旁的一只小巷里，她热烈地低声地招呼着爸爸，她看见爸爸正为了唯一的女儿的出走，坐在庭前叹息。爸爸头上的藤萝，缀着小小的紫色的花苞，继母在前厅里和女友打牌，弟弟在厢房里摆弄着明星照片。

因为有了小麟，更确切地知道了亲子间的感情之后，凤凰时常在暗夜里为了背叛父亲而出走了的事暗泣。父亲并不是一个顽固的人，并不反对凤凰和别人恋爱，可是父亲不愿意凤凰在这样小小的年纪里就嫁出去，所以一再叫凤凰慎重，告诫凤凰小心。

和袁良恋爱的时候，凤凰没认为自己轻率，很以为自己是为恋爱所迷惑，直到出走，凤凰因为自己有了身孕而不愿意使父亲伤心，想躲开父亲，在父亲能够原谅自己这一番拼上了性命的爱情的时候，再回到父亲底身边去请求宽恕。

如今，凤凰明白了自己正一如父亲所说的那样陷入了青年人的荒唐的梦里的时候，有时候总恨不得立刻就奔回到父亲底身边去。父亲反对凤凰嫁给穷人，也正是父亲爱凤凰，如果经济再宽裕一点呢，凤凰不敢想，至少有一个女仆来把凤凰肩上的杂事分出一半去，凤凰分出点时间来专专照看孩子和丈夫，也许不至于常常的惹出像现在这样的两人之间的小纷争吧！

小巷里汇储着黑暗，凤凰无意识地摸索着前进，她底心里充满了对家的怀恋和对父亲底愧悔，她愿意这黑暗的小巷延长到无限远。这黑暗中的独行使她觉得仿佛得到了一种解放的自由，泪流在脸上，又被风吹干了，脸为咸的泪腌得发胀，但心里的苦涩轻快了一点。她不想回家，虽然她心里惦记着孩子，她特意为叫自己受点折磨似地这样无目的地走着，她不知究竟该怎样才好。

小巷终于走尽了，巷口展开了另一条繁盛的街，街的两旁竖着白色的铃兰花形的街灯，灯下，许多精巧的咖啡店的小门罗列着，诱人的音乐夹着酒底香气从不时被推开的门缝中挤出来。

白俄的舞女把捆紧得细细的腰，像一件装饰品地摆在桃色的灯下。一个窗子里有人郁悒地唱起来。

与其关在一间小屋子里为一个不懂爱情的男人做妻子，受着贫穷的折磨，倒不如到这里来做舞女，至少，总可以在装饰中显露着美丽，用美丽来换取享受，而用不着受一点挟制。凤凰不知道为什么忽然这样想了起来。

在咖啡店之外，专卖化妆品和衣料的铺子夹在桃色的灯光间，凤凰看了一件紫红的衣料上绣着银色的花朵，她又想起来她底梦。

她曾梦想在她有了自己底家之后，在自己的温暖的小客厅里，穿着这样豪奢的衣裳，仪态万方地出来周旋宾客。客人不要多，只有十几个谈得来的亲友，她们正来为她底婴儿周岁祝贺，或者庆祝年轻的女主人底诞辰。

凤凰挨到窗前去看那件衣料的价码，呀，竟要二百元之多！谁这样残酷呢，把少妇的梦织在锦缎里，而不把这同样的颜色和花形织在一匹布上，如果这是一匹布，至多一件衣料也不过要二十元，这悬殊的价格。就是二十元，凤凰能有这余裕来买吗，二十元已经是袁良一月收入的四分之一了，这四分之一的收入是要撙节着过十天日子的。

凤凰后悔自己把从家里带出来的那一点自己做女孩子时无意中聚存的钱花得太快了，现在凤凰才晓得了金钱的价值，它不但能左右一个人的美丽，且能左右一个人的心绪，并且能够滋润爱情。说贫困才见真情，说爱情崇高得超出了金钱的势力，那都是年轻人从恋爱小说上学下来的废话。虽然，"爱"不能用钱买得来，至少，钱可以把爱情装点得美丽而闲逸。

也许伟大的爱可以超越这些，可是，凤凰不能那样想，她还没有那样容受一切苦难，佛一样入地狱的心胸。如果那钱现在还在手里留着一点，至少可以用它来买一点急需的东西，那不是大方地为孩子多买两只苹果，省得为一毛两毛钱的事为一个小贩所窘，那不是添点化妆品，修饰得漂亮的脸，摆在布褂子上，也比枯涩的脸色好看。

凤凰不知觉间抱紧了手中的钱袋，这钱袋中装着她和袁良目前的全部财产，这所有的可怜的钱数也不过将将一尺那豪奢的衣料，碰巧一尺中许连一只整个的花朵都赶不上。凤凰看着那件衣料，看着那衣料上面的光亮的灯，看着那擦得一尘不染的玻璃，她看着那银色的花朵在向她做着嘲笑的神气，她立刻离开了那只窗子，她底心绪变得无可奈何而又略带愤怒。她想着钱，立刻联想到了有钱的校长太太。

这一件衣裳她是有余裕来买的，当然她一定有许多件和这件相似的高雅的衣料。在她底小客厅里，袁良现在正做着她底客人，她穿着这样的衣裳，衣裾中流溢着高贵的化妆品的香气，这自然比一个为煤烟熏得发霉了的妻子来得悦目的。

凤凰想痛哭，又想打碎那只窗子，她觉得自己底美貌是被糟蹋了。她决不是难看的人，可是，在不能修饰的环境里，连她自己都忘掉了自己是美丽，是曾经被别人诚心地赞颂过动人的人了。

凤凰顺着那条街向前走，忽然她发觉自己是越来越离开家远了，而且忽然觉得疲乏，疲乏得甚至不能挪动四肢。她想她一定得要坐一部车子，她迫切地需要休息，她底身体和她底心一样地觉到无兴致而又异常疲倦。

她招呼着车，车夫索着过高的车价。一时，凤凰变得很吝啬，她不愿意多从钱袋中拿出一分钱来，她和车夫斤斤地争论着，她只能出两毛钱。

为了招揽其他的顾客，两个车夫都从这吝啬的客人身边走开。凤凰在一个水果摊前，用两毛钱买了两只大又红的苹果，那苹果虽然经过了长久的冬季，依然被保存得很好，红得跟它在树上的颜色一样。凤凰想，如其从可怜的财产里抽出来两毛钱来坐车，不如为小麟买两只苹果，虽然路远，在她做女孩子的时候，她绝对不能走回去，可是她如今是妈妈，她宁愿自己累而孩子好。

现在她一心想着孩子，她怕他醒来看见妈妈不在而痛哭，她盼望现在袁良已经回来了，她愿意一进屋看见守在孩子身边的不是邻家的大嫂而是孩子底爸爸。她开始觉得自己出来得无聊而且无味了。她又想最好袁良还没有回来，她不愿意这次闲荡被袁良知道，虽然她并不怕袁良责备她，其实根本袁良也没有责备她的理由。

她也愿意因为自己底不在而使袁良惊异着急，因而反省到自己是怎样使得妻在伤心。她不愿意再向袁良要求什么了，爱情中的体贴不是可以强索的。如果袁良看到碗橱中的完好的菜，想到无缘的迟归是怎样让一个忠心的妻子难过的时候，就可以了。日子总还得过，凤凰怕两人吵得连空气都僵硬了的情景一次跟着一次出现，她疲乏的身心需要的不是吵架而是抚慰与欢笑。

想到袁良竟尔搥打了自己的事，凤凰仿佛又觉得颊上热辣辣地灼痛起来，真没想到袁良会下得去手；在凤凰，就是袁良这样无缘无故地不回来，她也不会伸出手去打他的，打在他身上，痛在自己心里，男人真是薄情！小麟，凤凰想自己决不能再叫他有一副爸爸那样的脾气，她一定要叫他明白怎样容让，怎样在感情上来接受别人，她要用她最温存的爱去培育他。

那么，用温存的爱去培育丈夫不也可以吗！凤凰苦笑起来，她已经不止一次用温存的心原谅袁良底坏脾气了。结果不是又吵起来吗？

　　再忍耐一次吧！凤凰这样自己劝慰着自己。这正是人生途上的磨难，不受磨难是不能成佛的，为了得到那真正的爱，付出去这苦痛的代价吧！

　　凤凰底泪又流出来，她不知道自己怎么会变得这样容易流泪。也许是自己不好，自己在无心中惹怒了袁良，丈夫出去不回来固然是丈夫不好，可是妻总要负起他所以出去的原因的一半责任吧！如果昨夜不是吵了嘴。

　　凤凰只觉到不能述说的委屈压在心上。改正自己才真是一件最难的工作，凤凰在努力地把自己温存的心转向愉悦来。

　　她仿佛看见袁良正抱着小麟守在玻璃窗前，父子寂寞地在守视外面的暗夜，在期待着他们的妈妈。

　　凤凰加紧了自己底脚步。

姐弟篇

长篇小说《小妇人》之一章

原刊北京《中国文学》
1 卷 4 期 (1944 年 4 月)，第 46-52 页

　　推开街门的时候，凤凰看见自己底屋中特别亮，而且有人在谈笑。是袁良回来了吗？凤凰又无意间坠下来泪，她疾忙关好了街门，两步并一步地跑进自己底屋中去。

　　坐在小麟床边的不是袁良，而是一个年轻的女人，另外一个穿着灰色制服的中学生坐在桌旁，邻居的大嫂则正殷殷地斟着茶。

"你！"看见那个女人的一瞬间，凤凰忘却了人间惯常使用的寒暄的语言，只这样地说了后，便热情地投在那女人张开的双臂上，眼中的泪，断了线的串珠一样，零散地落下来。

"妹妹！"女人回叫着她，紧紧地抱着凤凰底纤细的身体。

"袁大婶净跟我提您，所以刚才您一说我就知道了，从小的同学比亲姊妹都亲，你们姐俩慢慢说话吧！我也该回去了。"邻居大嫂看见这样亲热着的凤凰和她底女友，也兴奋地笑语着。说完，拿起自己底活计，扭动着腰，迈着小的脚走出去。

"您看我！"凤凰脱开了女友底手，用手臂擦着泪，"我高兴糊涂了，忘了给您道谢，您再坐一会吧！"

"不啦！明天见吧！"

"谢谢您！明天见。"凤凰送走了那位好心的太太，再忙忙地跑回来。

"你什么时候来的？"凤凰问着女友，再挨紧她坐在床侧，"他是……"

"他是——他是小勤哪！"

"是吗！"凤凰自己笑起来，过去，拉起来坐在桌旁的中学生底一只手，那只手，大得很，大得能装下凤凰底瘦削的手掌。

"小勤，你还记得我？"

"是，凤姐姐！"被叫着勤的人仿佛女孩子一样羞赧地笑了，耳边很快地升上来一缕红潮。一会，红色便布满了全脸，跟着红色褪了下去，像早晨挨近太阳的一条早霞一样，很快地显现，很快地消逝了，但留给人一个异常美丽的印象。"你看，勤还红脸呢！忘了偷偷地在凤姐姐底书包上粘王八的事了吧！"女友说着，三人一块笑了起来。

"勤是——"凤凰看着勤又红上来的脸，用另一只手抚摩着那大的手掌，"勤十五岁了，不，十六岁？"

"十六！"勤用宽厚的男性底低音说。

"连声音都变了，走在街上的话，我一定不认识。"凤凰说，瞧着勤底脸。

那脸完全跟五年前异样了，只有眼角，还保持着孩提时代的风姿。笑起来的时候，上下眼皮好看地聚集在一起，睫毛拥成两条弯曲的黑长线，像少妇慵懒地抛开了手中针，穿在针尾的线不意地一惊，那样波动了自己黑色的躯体，又像黄昏时蚀着沙滩的水线，感到夜之将临，预先不安地摆动起来一样。

凤凰记得就在这样爱眯眯地笑起来的脸蛋上，常常涂满了黑墨，有时，那白皙的耳朵，还装大人地挟着一只红色的铅笔，用涂满了颜色的小手指跟凤凰热心地打算盘，一一得一，一二得二，小鸟似的嘈杂但愉快的声音，一遍九九刚刚打完，突然搂着了凤凰底脖子，把脸贴在凤凰底脸上，小声地说着："凤姐姐！妈妈做了两碗馄饨，待会咱俩吃一碗。"

眼前的脸，虽然还白润，但生满了红色的小疙瘩，红唇变得薄了，也像没有小时候那样鲜艳了，正顽皮地紧紧地抿在一起。"十六岁吗？勤，"凤凰说，"真快！勤比我都高了。"

想起自己十六岁时候爱羞涩的，一来就爱红脸的往日，凤凰放下了那只大手，看着勤的顾长的身体。勤比凤凰几乎高出一头去。

"姐！真没想到勤会长这样高。"凤凰叹息着。

"我也没想到你这样瘦。"女友说，把凤凰拉到自己身边，摸着凤凰底脸，"有什么不舒服吗？"

"不！"凤凰摇着头，心中的悲苦一齐涌到喉间，她推女友坐在床上，投身在她怀里，制止不住地痛哭出来。

被叫着姐的凤凰的女友，名字叫李莹。和凤凰从小学一直到中学毕业，两人都坐在一张书桌上。李莹底父亲很早地死在在北京做官的任上。母亲能干而又慈祥，用父亲留下的仅有的积蓄，在北京为了两个孩子底学业，支持了有十年之久。之后，因为生活的逼迫，想尽了方法也不好再在客地维持下去之后，在李莹高中卒业的那一年夏天，带了两个孩子回到东北的故乡来，守着一点薄田，过着清贫的日子。

李莹因为父亲底固执，开始到学校去上学的时候已经十三岁了，她秉赋着母亲温厚慈祥的心性，很小就带着母亲似的蔼然的风度，立刻幼小的凤凰——很早失去了母亲的凤凰，像一棵荏弱的小水草，好容易撞见了块肥沃的沙地一样，缠绕在李莹身上，在李莹身边成长起来。李莹底母亲也一如自己底女儿一样地爱护了凤凰。在李莹家，凤凰是比在自己底家里还觉得怡然的。

李莹离故乡之后，凤凰一时间几乎像丢了灵魂一样地觉得无依，无主。这位在情感上包容她的好友，在思想上她们也是最相知的，俩人亲密得甚至连秘密的梦境彼此都在互相倾诉，少女时代绮丽的空想把友情渲染得更加美丽。分别的几年中，她们互相把梦境写在纸上。从中学到大学，凤凰浸身在文学中，更爱空想更爱做梦的时候，李莹从学校到社会，背负着一家的负担。在母亲精心的选择里，在自己过了一般人以为适当的结婚的年龄下，嫁给了一位前妻留下了五个孩子的富商做填房，把新京的家托付了亲戚，带着母亲和弟弟迁移到东方小巴黎——哈尔滨去了。

凤凰和袁良到新京来的时候，李莹底一家正在哈尔滨过着舒服的日子。李莹底丈夫—— 一位百货店的经理，虽然在钱上有着狡黠的智识，但对太太却忠心异常。李莹用着丈夫底钱，给妈妈底晚景作了舒适的家，弟弟也由小学到中学，而且就要从中学卒业了。

和袁良到陌生的关外来，使凤凰觉得是一个最大的依赖的就是她底"姐"，怎样也不至于困在关外的，"姐姐"据说是那样有钱而阔绰，只要凤凰有求于她，凤凰想李莹绝不会袖手的。

可是，在他们被拒于君强哥哥之后，她和袁良底年轻的心，第二次觉到了钱在人情上的势力之后，尚未褪尽的有钱人家出身的少爷和小姐底骄傲的气质阻止了他们向第二个人求助的心。他们咬着牙在陌生的大地上寻到了职业。寻到了职业后，生活上安定了的自信，加重了凤凰底矜持，她向李莹述诉着爱情的美丽，述诉着孩子底天真，述诉着两人在贫困的斗争中的兴奋。虽然她所写给她女友的心情很快地就为生活冲淡了，可是，她总羞于自己揭开那难述的一面，她想李莹以为她安适就好，她很明白李莹关心她的程度，她不愿把平淡的愁苦描绘给任何人知道。

但，在见着李莹的一瞬间，在和袁良吵了后，而袁良没有按时回来的可爱的晚春的晚上，她怎样也不能制止地痛哭起来。

"妹妹！"李莹叫着她，在她哭得稍稍安静了一点的时候，"妹妹！

小心吵醒了孩子。"

　　听见说到孩子，更勾起了凤凰底无限委屈，她压低了声音，执拗地倚在李莹底怀里，尽情地幽咽起来。

　　凤凰底哭，诉尽了生活的幽怨。屋中的简单的陈设，说明了他们生活的窘状。李莹明白凤凰底心。想起来笑着把藤萝簪在发上，而嫌藤萝底香味污了自己底脸的骄傲的小凤凰，李莹静静地抬起了头，用自己饱经沧桑的眼色指挥着弟弟，她示意叫勤去拿过来那只为凤凰带来的小箱子。

　　勤在凤凰底哭声中，时时局促地握着双手，他想也像姐姐一样地靠近凤凰安慰着她才好，凤凰在他底记忆中，比姐姐还可爱，还可亲。他记得在三个人一块出来玩的时候，他惯常是和凤凰坐在一辆洋车上，他记得最清楚的是在北海的红墙旁，凤凰用刚绽苞的丁香遮着穿紫色绸衫的身躯，在自己因为找不见凤姐哭起来的时候，凤凰从花丛中跑出来，笑吻着自己底含泪的脸。

　　往日的凤姐姐不但爱笑而美丽，现在看见凤凰这样苍白瘦削，勤的纯洁的心痛着，他像自己也感染了凤凰底悒郁一样地觉得心里堵塞着。他想拉起凤凰底一只手，不知为什么，他总觉得异常羞涩，在他亲爱的凤姐姐眼前，他第一次觉到男性底矜持。

　　明白了姐姐底示意之后，他立刻就去提过来那只姐姐带来的箱子，箱子是红色的，一种新兴的代用皮革的钢纸做的，轻便而又小巧。李莹想到凤凰底旅居，特意给她买了来的。

　　李莹打开箱子，推起来凤凰。

"你看!"李莹说:"妹!你看尽是你喜欢的东西!"

凤凰坐正了身体,擦着泪零乱的脸,把那稍稍肿起来一点的眼睛向着勤,咬了一下唇,笑着说:

"勤!凤姐姐没出息是不是,就会哭。"

"不!"勤只这样说,凤凰底脸虽然纵横地流满了泪,可是眉宇间比刚才舒散了好些,勤明白她是从最难过的心境里解放出来了,在凤凰微肿的眼睛里,勤又找到了他往日的凤姐姐。

"不!"怎样也再想不出来一个适当的字来安慰凤凰,平日羞于在女人身前张嘴的勤,在眼前的情景下更觉得窘。对凤凰,他带了无限的思念来看她,带了无限的纯洁的友情来看她,这些思念锁在他底喉中,为凤凰底哭泣所惊震,仿佛固体一样地梗塞在他底口腔之间,不但吐不出来,而且阻碍了其他语言的活动,像不会说话的人,只能简单地发出来"不!"的一个音节一样,他底脸再次赧红起来。

凤凰看着勤,立刻明白了他底感情,她拉起勤底手,而且把那只和他年龄不相称的大手贴在自己底脸上,她想到了过去,她想到了蓝天下的北京,她想到了自己底家和弟弟,她底心再次酸楚起来。可是,她叫微笑代替了要流溢出来的眼泪,她看着勤底羞红的脸,轻轻地说:

"勤!你看姐姐笑了。"

勤底手掌上沾满了凤凰底泪,泪下是凤凰底温润的脸,勤不知为什么觉得和碰到姐姐底肌肤时的感觉不同,这是另一种适意的感觉,勿宁说是一种愉快的感觉。他想再多触及凤凰一点才好,他想最好两只手去捧着凤凰底脸,这思想很快地在他脑中发生,立刻又沉淀下去,勤下意识想到"下流"的那个形容词，他觉得冒渎了和凤凰底纯洁的友情似的觉得自己不好。他困惑地微笑着。在贴着凤凰底脸的那只手上，他觉得凤凰底冰凉的指尖逐渐地热上来。

他从凤凰直视的眼睛下挪开自己底脸，他去看睡在床上的小麟。

完全不知道屋中的一切变化，小麟在他无邪的梦里微笑着，在和爸爸完全相同的脸庞上，呈显着睡中温暖的红色。凤凰也随着勤底眼睛去看床间的孩子。

"他好看吗？勤。"

"是！"勤笑着说。

"有勤那样好看我就满足了。"凤凰说。想起来李莹底妈妈常常叹息，儿子和女儿底相貌是生得颠倒了的话，凤凰去看李莹。

李莹底相貌在凤凰底心里早就丢失了美丑的意义。最初，凤凰觉得李莹如慈母，脸上罩着慈爱的光亮，那光亮一直温暖着她幼小的寂寞的心。后来，在凤凰逐渐长起来的时候，虽然那慈爱的光辉一点点黯淡，但另一种无比的亲密，接着心的亲密代替了它，那脸，直是一件最宝贵的东西，在凤凰底心里，永远带着最可爱的印象。至于五官怎样反倒模糊了似的。

李莹是生得不算好看，可是她天生的慈蔼的性情给她底脸增加了可亲的光彩，她仿佛男性一样宽阔的额上，显露着正直，宽眉下的双眼里，流动着温柔的母性的光辉。她缺少女性的魅力，却有女性底崇高的美，那美，不是用来赞颂而是应该来膜拜的一种纯情的光辉。

李莹穿着高贵的黑色的绸袍，那黑色使她更加娴雅可亲。

她正从红色的小箱子中拿出来一套小孩的白衣裳来。

"妹！"她叫着，"这是送给宝宝的，你快看看，我想总不会小。"

凤凰接过来那件白色的衣裳，多么柔软细致的东西呀！那是一套最好的羊毛线编成的轻俏的小衣裳，那是和外国画报中的孩子穿着的一样的一套小衣裳。凤凰瞧着自己底爱儿，小麟穿起来的话，一定会比画报上的孩子还美。她兴奋地抱那套衣裳贴在胸前，向李莹说：

"姐！给小麟试试吧！"

"他不是睡着吗？"

"叫醒他。"

瞧着凤凰脸上的兴奋的光彩，李莹不知道是不是阻止她好，她很明白那年轻的妈妈急于给爱儿一试的心地，她知道，小麟还一定没有过这样一套美丽、舒适的衣裳。她说：

"叫醒他好吗？吵他觉他会哭吧！你看，他睡得怎样的香啊！明天再试不也一样吗？我包你合适就是。"

凤凰到底轻轻地掀开了被，把那套衣裳盖在小麟的身上，左瞧右看地端详了好久，然后，扔开衣裳偎在孩子底脸上，轻轻地带着无限的骄傲说：

"麟！你多么美丽呀！不谢谢姨姨吗？"

"这是给凤凰的！"李莹从箱间拿出一个包得很整齐的纸包来说。

凤凰立刻接过来它，而且立刻撕碎了包纸。是吗？是真的吗？那是一件紫红的绣着银燕子的旗袍，恰合于晚春时候穿起来的纱质绣花的薄旗袍，旗袍下面，还有一件流行的米色天鹅绒的披肩。

"已经做好了呀!"凤凰说。把两件东西摊在膝上,惊喜得都不知所以了。长久的贫困的生活,这豪奢的礼物像天上掉下来的金块一样,完全使得凤凰迷惑了,她几乎想到是在作梦。

"姐!我试一试吗?"她底迷离了的眼睛不动地看着翔翔欲飞的燕子,喃喃地说。

"当然!"李莹慈蔼地说。她底礼物能使凤凰这样快乐,她觉得非常地高兴。

她帮助凤凰穿好了旗袍,为她披上了细软的小披肩。

"我底妹妹跟王妃一样了。"她退后了两步,端看凤凰说。

凤凰底脸上充满了喜悦的光辉,细长的眼角合拢着娇艳的倩笑,脸在泪的润泽下,比平常细腻又光滑,她好看的编贝一样的牙齿,顽皮地擦动着。凤凰奔过去攫取下了墙上的唯一的镜子,她前后左右地照着自己。

"姐姐!你真细心,怎么会做得这样合适呢。"凤凰说,她不动地看着仿佛不是自己了似的那个好看的女人,她不舍地在镜中照看了许久之后,她转向勤:

"勤!你看我好看吗?还像在北京的凤姐姐吗?"说着,她底眼中又涌上来泪。

勤点着头,他真没想到衣饰会在女人身上发生这样大的影响!现在的凤凰看去是这样高兴,她和刚才痛哭时判若两人似的,她活泼的声音带着她往日的气息。

"还有好东西呢!"李莹又去打开箱子,她像魔法师一样地在变着使人愉悦的戏法。

摸到送给袁良底袜子和领带的时候，李莹跨踌了一下，她还没问起袁良，袁良这样晚没有回家来总有点蹊跷，尤其凤凰从街上跑回来后的痛哭。李莹想她们之间一定有什么争吵的事情发生了，她想最好还是别惹凤凰好。她把那个食物包从箱里拿出来。

包裹包着哈尔滨才有的白俄做的美味的灌肠和好吃的黑面包，还有高贵的糖，另外在包裹着无数层的废纸里，她又拿出来一只烤得发着黄色的油亮的小鸡。

"大家吃一点，我是有点饿了。"李莹说，把那些东西摊在桌上，拉到桌前三只椅子，又倒了三杯茶。

"我真该死了！"凤凰敲了一下自己底头，"姐是刚从火车上下来呢？还是早来了的。还没吃晚饭吧！"

"来是一早上就来了的，饭也吃过了，因为忙着整理了屋子，又饿了，你快来坐下，吃一点，来。"李莹拉凤凰坐在身旁，为她撕下来那肥嫩的鸡腿。

"还得要刀来用用。"李莹翻动着灌肠，撕开包在肠上的银纸。

"我去拿。"凤凰跑到厨房去，拿了切菜的刀来。

"有一柄果刀就行了。"李莹说，接过来那厚重的刀。

"还没有预备果刀，对不起。"凤凰玩笑地这样说，李莹觉得自己做了一件不当的事情，她想自己不应该忽略了凤凰多感的神经，她在凤凰的"对不起"里，觉到了自嘲的意味。

她切好了肠子，又切好了面包。

凤凰突然饥饿起来，面对着这些好吃的东西，她才想到自己今天不但是没吃晚饭而且也没吃午饭，她傍着李莹坐下来，拿起一片面包来。

"等一等！凤姐姐。"勤突然这样说，他过去从大衣的口袋里摸出一包黄油来，他为凤凰细心地涂满了一片。然后问着李莹：

"姐！要吗？"

"不！"李莹摇着头，问勤："买的吗？"

"不是，小五给我的。"

"我看像我家的东西嘛。"李莹说了后，自己笑了。

"小五是谁？"凤凰问，她津津有味地吃着那片面包，另一只手里举着鸡腿。

"就是我告诉你的那个顶小的男孩。"

"是不是他还有姐姐？"

"是，就要出嫁了，聘在新京了，我来替她料理一切的。"

"我说姐怎会这样闲暇呢。"

"那么勤呢？"

"勤是来特意看你的。"

"是吗？勤？"凤凰去看勤，勤笑着点着头。

在勤笑着的眼里凤凰看到了一种亲爱的光辉，这光辉燃烧着她底心，想到就是在袁良底眼里也轻易看不到这样纯情的光闪的时候，心又难耐地痛楚起来。

"姐！"凤凰说，她抛开了一切虚伪的饰词，简断地说："姐！我们吵架了。"

"我早猜着了，为什么吵呢！总脱不了小孩脾气，左不过是针尖大的事。"

李莹也笑语着，她看着凤凰底脸。"妹妹，年纪再大一点就好了，不受磨炼不成佛呀！"

"磨吧！到成佛的时候我也快死了。"凤凰说，眼圈又红上来。

"姐！什么时候了？"凤凰突然这样问着李莹。"快十一点了。"

"差几分？"

"差一点儿。"

"到底差几分？"

"已经过十分了。也许我的表快一点。"

"谢谢你，姐，幸亏你来了，不然今晚我也许抱着孩子跳井去呢。"凤凰说，过去拉开了自己底旧钟，放开摆，把两针分别放在十一和二上。

"净说些没意思的话，招勤笑你。"李莹像母亲一样地申斥着凤凰。

"勤不会笑我的，勤别走了，在新京陪我吧！我快寂寞死了。勤不是最爱凤姐姐的吗？吃馄饨的时候都一定要跟凤姐姐用一只碗。"

勤只笑着，他还不大能十分理解凤凰话中潜藏着寂寞的悲哀，他想凤凰是因为袁良出去没有回来，一时气愤下说出来的。凤凰写给李莹底信，他每封都读过，在凤凰恣意地述诉过的爱情之间，他曾经妒忌过袁良，曾担心凤凰已经完全忘却了自己。"爱"在他纯洁的心中，如同蜜糖一样地带着无限的诱惑。在他，那是一种可望不可及的东西。

"我下半年要到新京来，来考工大的预科。"勤说。"真的吗？姐。"

"是，勤早就打算那样。"

"那么，和我一起住吧！我会作很好吃的饭呢，勤。"凤凰说，看着眼前的食物。想及了自己可怜的菜肴，现在她底口腔中的神经才真正体会到了鸡底美味，她已经好久没吃到这样好吃的东西了。

"只怕勤吃不惯我底素菜。"凤凰接续着说，长长地叹了口气。

"凤姐姐把我看得很尊贵吗？"勤说。望着凤凰底脸，他觉得凤凰像是有点被穷窘怕了，老是说着那样扫兴的话。在勤想，如果能和凤凰整天守在一起，不吃菜饭也会带着甜味。在北京的时候，他常常因为凤凰的归去流过半夜的泪。

"你不嫌就好！"凤凰说，想起袁良因为菜不可口而不欢喜的事，暗云又遮在她多感的心上。袁良直到现在还不回来。

如果他真的是在校长底家，也许他喝醉了，虽然他从来没喝过酒。可是，守着漂亮的女主人。谁能固执地一滴也不入嘴呢。想到漂亮，凤凰底心燃烧一样地忌妒起来，她突然想及了她华贵的新衣裳，她想穿着这样的衣饰。她很有资格去和校长太太比一比了，总不至于比她丑吧！

"我没有弄脏吧！我没有弄脏吧！"她猛然从她底座位上跳下来，

前后左右地审查着那件好看的旗袍，她底为洗濯和煤块磨得粗糙了的手，擦得那丝质的纱沙沙地轻响着。

"你这讨厌的手，粗手，拾柴的手。"凤凰看着自己底手，像奚落另一个人底手似的咒骂着，仿佛所有的幸福都为这双手扔掉了一样。

"这讨厌的难看的手，怎能配得上这样的好衣裳呢！"

"这样的手才真正发挥了手的价值，表示出手没有白白地生了十个会动的指头，若是专为好看，手也像其他的肢体一样不就行了吗。你看我，我底手比你还粗。"李莹说，真的举起来手，伸着十指摆在凤凰底眼前。

"凤凰总不会愿意自己是一个最没用的人吧！有细致的手的人，就等于说给人她是怎样懒惰一样，手只要做事，就会带上做事情的痕迹的。不是吗？凤。"李莹说，她担心她底小妹妹为生活折磨得消失了一切对生活的趣味了。

"你不知道！姐。"凤凰说，她底咒诅只是由于对校长太太的忌妒心理而发出来的。她怎样能把这样飘缈的感情诉说出来呢，意识到自己刚才忘形的动作，凤凰自己也笑出来。

"姐姐你不知道。"她重说着，"你不知道我心里想的什么，我希望我想的都是虚拟的故事，我今晚有点要疯。姐，你看我比从前老多了是不是？"

"老？"李莹笑着，"什么意思呢？小凤？"

"我是说我没有从前漂亮了。"

"我看不出来。"李莹摇着头。"我这样想，每个年龄都有每个年龄的美，不能说是因为年纪大了，美丽也就消失了，不是有很多的老太太看去也特别令人爱接近她吗？那就是她底漂亮，她底引人的地方。小凤是有点反常了，怎么老是这样自馁呢。"

"不是自馁，而是丢失了自信。不说这些了，姐，妈妈好吗？为什么不和你们一块来？"凤凰开始脱着那件华贵的衣裳。

李莹和勤都不答应凤凰底话，勤把头慢慢地低下去，低到眼睛只能看见脚的时候才停住，李莹底眼里开始闪动着泪光。

"妈妈怎样了？"凤凰摇撼着李莹的肩膀，焦急地问。"妈——"李莹抬起来脸，两颗大的泪一块坠下来。

"死了？病了？"

"死了。"

"什么时候？为什么不肯告诉我呢？"凤凰禁不住地带着哽咽说，她像听到自己底母亲底噩耗一样地觉得神经一震。

"什么时候，为什么不肯告诉我？"她捏着李莹的肩，手指像要掐到肉里去一样地紧捏着。

"没多少日子，因为太急。"李莹说，擦去了自己的泪。

凤凰跑到勤眼前去，她用双手捧起来勤底脸，勤底脸上已经横纵地流满了泪，凤凰说：

"是我连累了你们，我本来没有享受母爱的命，所以自己底母亲死了，又……"她底泪流进嘴里，挡着了以下的话。

"勤——"

"凤姐姐——"

"勤！我会像妈妈一样地爱你的，我知道怎样做妈妈了。"凤凰说，用自己灼热的唇吻着勤底含泪的眼。

勤在凤凰底吻下竟不住地颤动起来，他觉得那吻间含着不能形容的纯洁的爱意。他任凤凰捧着自己底脸，用微颤的声音说：

"谢谢你，凤姐姐。"说完，他推开凤凰底手，不能自主地啜泣起来。

小麟在床间转侧了一下，李莹跑过去看他，凤凰也跟着走过去。

"我来吧！他有尿了。"凤凰说，敏捷地抱着小麟到厨房旁的小厕所中去。

"勤！"在凤凰出去的一瞬间，李莹叫着勤，"勤！我们准备走吧！我想袁先生快要回来了，还是叫他们两人单独地相对好，我们在这，凤姐姐要窘呢。"

"嗯！"勤擦去了泪，站起来，望着短短的小窗帘上面的外面浓重的夜色。

小麟在妈妈底抚慰里，很快地又睡着了。凤凰放好了他，用手背遮着嘴，轻轻地哈欠了一下。

"妈妈是——"凤凰问着李莹。

"两个礼拜前，肺炎。"李莹静静地说，站起来去拿自己底大衣。

"走吗？姐！睡这儿吧！我还没跟你说完话。"

"太晚了，家里在等门，明天我来接你。"李莹说，穿上了自己底衣裳。

"姐——"凤凰叫着，她一心想留李莹过夜，可是她连一床敷余的被子也没有，只有一只床的可怜的家。她只有这样热情底叫着，"姐——还不晚。"

"明天见吧！"李莹说，"我要住几个月才走呢。"

"那么，我送你们去。"

"孩子呢？"

"他不会醒的，我就送你们到胡同口。"

三个人携着手走出来，外边已经安静得很了，仿佛连风都停止了似的安静的夜。

告别的时候，凤凰在勤耳旁低低地说："勤！我们互相爱护吧！失去了妈妈的孩子，可是我们还有一个好姐姐。"

"我知道！"勤说。"明天我来看你，我——"他突然想起来姐姐刚才说的话，他想及了那个还没有见过的袁良。他盼望凤凰在这样伤心的晚上不再遇到不愉。他说，在很长的"我——"字下面，天真地说："愿凤姐姐有一个快乐的夜。"

"什么？"凤凰笑着反问，随即理会到了勤话中的含意，慢慢地说。

"见着姐姐和你，已经够使我快乐的了。"

黄昏篇

长篇小说《小妇人》之一章

原刊《苗是怎样长成的》，《文艺连丛》第 1 辑
北京新民印书馆，1944，第 9-29 页

袁良从学校里出来，他心里惦记着一个约会，他不能立刻决定究竟是去还是不去好，他知道凤凰在等着他，并且作好了晚饭。小麟正在窗前，呀呀地拍着窗户，那是一双寂寞的母子，除了等待着他底归来外，很少有人去降到他们底小屋子里去，凤凰整个埋头在被煤烟与尿布污浊了的空气中，袁良觉得对不起凤凰，他不能忘掉凤凰是一位名门小姐，他不能忘掉她娇艳的过去，凤凰像一朵刚刚绽放的花一样，在他们底小家里萎黄了，失掉了所有年青女人的动人的光彩。但，袁良今天觉得自己更委屈，他从来没被人这样轻视过，凤凰底话说得过于刻毒了，她伤了他底自尊心，什么都没有凤凰底轻视使得袁良伤心，一旦知道了自己被爱人否定了自己的身价，比凉水浇头还来得惊心震肺，袁良在伤心之后，变得愤怒了，他想报复，一刹那间，他和凤凰恩爱的过去像烟一样被报复的愤懑吹散了，他心里只存留着艰苦的生活余留着的不愉和平淡，他想，他当然可以去赴这个约会，虽然那是一个女人底约会，但，他和她不过是朋友，而她又是他同事的妻子，他想叫凤凰因为他底没有归来而反省一下，想想自己是怎样伤了丈夫底心。

落日带着余晖在西天嬉戏，那金黄色的光辉使袁良觉到柔媚，他不由自已地想到了张婉莹，他想到她底金黄的绣着五彩凤凰的室内衣，第一次见婉莹，她就穿着那件挑逗人的衣裳，婉莹的黑卷发衬得那些

绣得逼真的凤凰像要飞起来一样，它们和它们底女主人一样，活泼不失大方，美丽而不带傲气。她穿着那件华贵的衣裳在她紫色的客厅中出现，仿佛所有的女人底幸福都带在她身上。她安详地微笑着，周到地向客人寒暄。一时，她雍容的气息曾使得她底客人们无所措止，那些出身寒苦而又月入不丰的小学教员们，在这位漂亮的主妇的周旋里，像刚刚到城里来的乡下孩子一样，只有傻子似的随着别人唯唯地坐着，忘掉了一切预备好了的礼仪。

那一天，袁良显得出众了，只有他能不为那位漂亮动人的女主人所窘，他和往常一样保持他活泼可爱的年轻男人特有的气质，他记得婉莹向他殷勤劝酒，他记得她向他布菜，并且立刻就知道了他爱吃的菜，在那一碟菜被众人吃光了之后，她曾关照她伶俐的下人，又为他做了一份。这一些都使袁良底心觉到女人所能给予男人的温暖，这温暖带着高尚的友情，凤凰不会这样体贴地待人，凤凰底作风是学生式的，诚实又笨拙，婉莹则是八面玲珑，处处周到。在婉莹身旁，像喝醇酒一样，香甜之外有一种微醺的感觉。

以往，袁良并没有这样想过。除了凤凰之外，他没有叫第二个女人在他心里停留过一分钟，一切女人，不管是丑是美，对他都像过眼繁花，他有凤凰，已经完全满足了，他觉得凤凰具备了所有女人底优点，他把凤凰看作他底神，他底天使。今天他底神第一次剥去了圣洁的假面露出来污浊，他真没想到凤凰是那样看不起自己。她把自己骂得这样不值一文呀！他固然是没有赚着钱，他是叫凤凰忍受着最大的苦难，他相信他总有一天能叫凤凰幸福，能叫凤凰安适，凤凰竟而说她还不如去要饭，这在一个正诚心诚意地为着两个人底小家庭在奋斗的丈夫是如何的耻辱，凤凰抱怨现在的生活太苦还有情可原，根本否定了自己底人格真是混蛋，袁良想再揪过来凤凰重重地劈她一掌才痛快，她真是太不理解自己了。

落日收去了它最后的光辉，浓重的黄昏在袁良底头上降落，那青色的纱一样的流质随着空气进入他底胃里，他在那流质中体味到食物的香气，正是该吃晚饭的时候了，他从早晨到现在，也不过仅仅吃了两个烧饼，他想到晚饭，想到凤凰作的晚饭，不由得又怒从心上来，那真是得付于最大的忍耐才能咽下去的东西，不论那一种食物，在凤凰底厨房中，永远是一种作法，一样味道，可是他从来没说过什么，他用对凤凰的爱情来伴着凤凰底小菜下饭，他这样爱着凤凰，凤凰竟而一点也没有觉到，袁良伤心得涌出来眼泪，他擦去它们，立刻加紧了脚步，他要去找婉莹，他底饥饿的胃贪婪地记念着婉莹宴客时的美味。

在婉莹的白色的小楼房前，袁良踌躇着，他不知道婉莹的丈夫，他们那位挂名的校长是不是在家，他今天不知为什么，只想单独地和婉莹相对。他底心，像一匹被创了的猛兽一样，愿意静静地偃卧在森林中的安静的穴里，受着唯一的伴侣的抚慰。他忽然又想回去，他觉得这样背了凤凰来赴另一个女人底约会，实在是一件太无聊的事。

在他踌躇间，那白色的大门开了，一个年青的男仆出来，来请袁良，他说少奶奶已经在楼窗里看见袁先生来了，请袁先生进去。

不容他再犹豫，他随着男仆走进去，在那间一度停留过的紫色的客厅中，他被男仆安排着坐好，等待着女主人出来。

差不多有五分钟过去了，婉莹没有来，男仆也没再出现，袁良底心有一点不安，他想也许因为和他的约会，婉莹正和丈夫拌嘴。想到婉莹底丈夫，袁良下意识地觉得甚于一切的不痛快，那位连一句整话都说不出来只知道享乐的公子，有什么资格来享受这位仪态万方的太太呢？他有钱，他有这样华贵的楼房。自己却什么都没有，女人生来就带着虚荣的根性。连圣洁的凤凰也露出来这卑鄙的本质来了，凤凰看不起自己，婉莹当然更该轻蔑了，袁良后悔自己来赴约了，他想婉莹那一天的口约，不过是漂亮女人底一种交际术，他把它当真，自己是太老实了。他看着自己底旧了的磨损了边缘的西装，觉得自己像一条野狗一样的寒蠢，客厅里的紫色的家具，带着嘲笑的神气，这不是袁良应当来的地方，在两年前，他也许还有这种资格，如今他是穷，是饿，而又赘着一个家，如果他独身，也许婉莹能赐以青睐。袁良想是婉莹正在为自己底来访皱着眉，她已经忘掉了是她请他下个星期一来，她也许根本就不记得那一天是星期一。

又一个女仆来了，袁良想是来给他倒茶，又想是也许说太太请袁先生走，他先去看女仆底双手，她果然什么也没拿，他看女仆底脸，那脸很平常很冷淡，一点也没有欢迎这位客人底表情。袁良拿起他底帽子，他底用脏了的书包，他想还是先告辞好。可是他又想起来那男仆说过，说是太太在楼窗中看见袁先生了，请自己进来的。

那女仆出乎袁良意料外地说，她说太太有一点不舒服，请袁先生到楼上去坐一坐。

袁良以为自己是听错了，可是他不能制止为喜悦而跳动的心，他像是比第一次跟凤凰约会的时候还兴奋，他随在女仆身后，走在铺着条毡的楼梯上的时候，他有点不好意思，他觉得心跳得连那个女仆也听见了。

婉莹坐在沙发前的小桌子旁等他，这间屋子没有那间紫色的客厅华丽，却比那一间舒适，奶色的桌子配着绿色窗帷，小的钢骨的厚玻璃桌上，摆着一满瓶怒放的芍药。婉莹穿着白的室内衣，脸上没有粉，黑发上系着黑的丝带，但不失往日的美丽。

袁良进来，握着他底帽子，他不知道用怎样一句话来开始他底拜访之辞才好。

婉莹立刻明白了袁良底心境，她真没想到他会如约而来，她知道袁良有爱妻，有贫苦但美满的家，她也知道凤凰是怎样刻苦，怎样的教养，怎样漂亮，她也知道袁良和凤凰相爱的程度。

她知道他们还有一个可爱的婴儿。可是，袁良在她寂寞的心上打上了强烈的烙印，她第一次看见袁良之后，像奔驰在沙漠中的旅人看见了泉水一样，她觉得她二十九岁的心复活了，她听见她快走尽了的青春在她耳旁呼唤，她正需要一个这样的男人底爱情，袁良底健壮底身体尤其使她心动。她被寂寞苦够了，一切她丈夫给予她底物质上的享受只能增加她精神上的苦恼，她没有被爱过，她以往曾试验着爱丈夫，她底丈夫不但不接受她底爱和忠告，反倒误解她。结婚来的七年中，她无日不在郁闷中过去，先她还希望要一个孩子，后来知道丈夫已经在年青的荒荡中失去了生育的机能之后，她一切都绝望了，她曾经想自杀，想脱离现在的家，在一阵兴奋的感情度过去之后，她开始恣意地享受着物质所能给予的快乐。她用尽了心思打扮自己，娱乐自己。这物质上的娱乐更使她郁闷，她渐渐地有一点变态了，她甚至连树上双栖的交颈鸟都忌妒，她讨厌一切成双的东西，但因为玲珑的心中融会了过多的人情，她把她强烈的寂寞的感情隐藏起来，周旋着身边的事事物物，对丈夫更加温存。所以表面上她是一个被爱的，有福气的，漂亮的太太。

　　但在袁良底晶亮的双瞳里，她觉得自己的一切都溶解了，她想立刻占有他，比少女时代想占有爱人底欲望还迫切，还热烈，她计算自己所有的条件，她想她绝不会敌不过凤凰。虽然她也想这是不道德的，她不该利用她优越的条件去欺侮另一个纯洁的女人。可是，她丰盛的压抑已久的感情怂恿着她，一切世俗的道德观念都不能构成阻碍她这激动的感情的条件，她只有一条心，那就是占有袁良，而且立刻吞蚀了他，她像一匹饥饿了很久的野兽发现了可口的食物一样，她不能自己地流着垂涎的唾液。她向袁良约会，以及她在星期一的午后遣开她底丈夫，都是她已经在玲珑的心中安排好了的计划，可是她不敢断定袁良是不是能来。

　　袁良真的来了，十分钟前，她还正为这个约会苦恼着，她盼待袁良，像盼待浪子回头的妈妈底心一样的焦灼热烈。如今，什么都使她觉得无兴味，只有占有袁良才能获得生底意义，她尽量用她底智慧来促成这个恋爱，她想如果可能，她可以抛弃这个舒适的家，能和袁良相爱一日，能和袁良共处一天，已经抵得过后半生的享受，她相信袁良能理解她并且可以立刻或为她底相知，她还想到要袁良给她一个聪明美丽的婴儿，这个飘缈的恋爱在她心中开着灿烂的花朵。

　　但，当她焦盼的眼睛真的在她底门前看见了袁良之后，她底"张长庚太太"底身份和这屋中的一切陈设在她兴奋的脑中唤出来一个习惯已久的记忆，那记忆警告她，她是在开始作一件不当的事情，这件事情会使她被环绕她底环境踢出去，而失掉了这舒适的生活的。一霎那间，她愿意她看见的不是袁良，是和袁良相像的另一个男人。她又想袁良是有点学校上的公事来和她底丈夫——袁良的校长——来商量，而不是来向她履约，她有点慌乱地吩咐男仆请袁良进来之后，她扑在她柔软的床上，想使自己先安静一下。

柔软的床使她想到另一件事，一件有着丰富的感情的少妇很容易就可以想到的事。这思想逐渐炽烈，而且立刻燃烧着她底心，吩咐那个跟从她到卧室里来的女仆，叫她去请袁先生上楼来坐，她就穿着那件素白的衣裳，迫不及待地坐到她卧室外间的小桌前，她愿意立刻就看见袁良，看见袁良那双使女人动心的眼睛。

和袁良对面的一瞬间，她看出来袁良有些不痛快，她不知道这对她是祸是福，她又觉得他仿佛有些迷惑，这之间，她想到她底美貌，她后悔她没有修饰一下她底脸。

她微笑着请袁良坐下，自己重新仪态万方地坐好，并且用一种使人听了极其悦耳的声调，吩咐了女仆，叫她为客人预备茶来。

面对着婉莹，她安静娴雅的态度使袁良跳动的心逐渐安静，跳动的心一平复下去，他立刻想起来凤凰，他看见凤凰正把麟儿用带子系在背上，在厨房中调弄着那支时常发脾气的炉子，煤烟呛得她咳嗽着，眼泪流在瘦削了的脸上，小麟正不能忍耐地击打着妈妈底背，他底小眼睛被烟闹得流着泪，他哭着，并且呀呀地呼唤着，他习惯地记忆起来爸爸，每天爸爸在这时候里都会抱开他，让妈妈安心地一个人去做晚饭。

袁良想着，泪像就要涌到眼边来，这屋中清新的空气反倒使得他呼吸不适，那一瓶怒放着的芍药，正把她底香气无忌惮地投进他底鼻孔里，他已经很久没看见这样好看的花了，他仿佛忘记了春天，虽然春天曾在他过去的日子中给他留下了许多馨香的回忆，但这两年来，从自己单独和生活交接的这两年来，袁良不记得春的来去了，只有一次，他记得，记得在一个晚春的晚上，他从一家高楼的墙下走过，他嗅到了忘却了很久的藤萝的香气，那一晚上，他刚刚把他漂亮的做有钱的叔叔底儿子时候穿的春大衣送到当铺里去，拿着那大衣换出来的钱去接凤凰，凤凰在濒死的挣扎里生了他们底麟儿，才恢复了健康。

想及此，袁良底心隐隐地在痛着，他后悔他来得太轻率了，像是凤凰底含着无限凄怨，无限寂寞的眼睛正看着他，那眼睛在述说着一个艰苦的爱情。

婉莹底注意力一刻也未从袁良身上挪开，虽然她表面上装得很寻常，仿佛她接待许多别的她丈夫底男友时候的态度一样，她底有经验的眼睛，正细细地观察袁良脸上显露出来的轻微的变化，她猜想袁良一定是受了一点委屈，他略略带着一点苍色的脸和他忧郁的黑瞳更增加了他面貌上使女人心动的成分，他底黑发有一缕躺在他底额上，额因为黑发的下垂，更显得光润丰满，婉莹想到和自己在一个枕头上躺着的丈夫底黄色的糙燥的前额，觉得自己是怎样糟蹋了大好的青春的时候，她下意识地叹了一口气。

她底叹息，惊动了袁良，袁良不知道该向女主人说句什么样的话好，他预备再坐两分钟就告辞回去，他心里塞满了他底凤凰，他想，他可以这样说。今天太太约他来，是不是校长有话要对他讲，如果是，既然校长不在府上，他可以改天再来，或者在学校里……但，当他抬起头来的时候，他重又迷惑起来，他看见了婉莹底眼睛，那眼睛里包藏的感情他明白。他要说的话堵在他底唇边，他疑惑自己是看错了，他不能这样非分地去评量一位身份好，年轻而又漂亮的夫人。

他张开了他底嘴，他说："——"

"袁先生，您别忙，长庚就回来，他说好等袁先生一块吃晚饭，刚才，有一个推不开的应酬，他不得不去转一下，临走，再三地嘱咐我，叫我留您等一会，他有些关于校务上的事要跟您说，您若是走了的话，我——"

不知道她怎么会把话说得这样委婉好听，袁良底一切却没说出口来的话都被她截回去，婉莹把我字拉得很长，在我底尾音上，她倩笑起来，这时候，她底女仆端过来茶，并且带着一碟点心。

袁良逐渐习惯了花底香气的鼻子立刻感到了点心的美味，那是一碟烤的面包片，面包上的黄油发着光亮，袁良底胃揪着他底神经，他等女仆放好，立刻就去看婉莹底脸，他想看一看她是不是已经看出来自己正饿得厉害，而且很渴望吃一块她底面包。

婉莹在笑，她先拿起来一片面包轻轻地摆到唇间，她说："袁先生，您先用一点，我陪您！"

袁良忸怩地拿起来一块，他底手有一点颤，这久违了的黄油底滋味很快地从他底舌上散布开来，把这美味的感觉送到口腔内的每一条筋肉上去。他第一块刚刚吃完，贪婪的胃正要促使他去拿第二块，而他正竭力矜持着的时候，婉莹拿起来一块送到他刚刚掐着面包的两指间，她说：

"今天的面包烤的还好，您陪我再吃一块。"

接过来面包，袁良感激这位聪明的女主人，他觉得他不是自己要吃，而实在是因为面包烤的好，他应该陪她再吃一块，他更不礼貌地想：难得婉莹有这样的好兴致，不然，一块普通的面包怎会引起她底食欲来呢。她——

他去看她。

　　她把她底头倚在沙发的靠背上，端着她底茶碗，淡青的茶碗恰挡着了她底眼睛，袁良不知道她是不是有意避开自己底视线，她底修长的白色的长躯娇懒地倚在她底沙发上，袁良看见了她底裸脚，脚趾上涂着红玫瑰一样艳丽的油彩，她底银白的拖鞋，在她底脚尖上挂着一点，她看去是这样清洁又美丽，她身旁的粉白的芍药仿佛都不能和她相比，她底身体正发散着女人底特有的魅力。

　　袁良安静下去的心重又跳动起来，他已经很久没和这样悦目的女人单独地相对了，凤凰被家事和孩子缠绕得失去了所有的修饰的时间，虽然她还保持清洁，可是，袁良已经不记得她曾经是很动人的一位女人了，他想他是不是还要告辞回去，也许张长庚校长真的有什么话要跟他说，最近学校里有一个流言，说是现任的教务长要换了，如果换——

　　袁良觉得他这次来访的意义不同寻常了，如果教务主任临到他头上，他长长地舒了口气，虽然薪水不能增加太多，可是，就是增加的那一点数目已经能够安慰他可怜的凤凰了，至少，他可以找一个小姑娘来帮凤凰作一点杂事，让凤凰休息休息。那么，今天宁肯让凤凰多等一会，自己把这个凤凰完全想不到的消息带给她，来补偿早晨的自己底粗暴吧！早晨实在是自己太不该了，就是凤凰再把话说得刻薄一点，他不应该打她，凤凰不知道要伤心到什么程度，这时候，袁良去看楼窗外的天——

　　天空带着可爱的淡青色，新绿的柳梢上已经有了夜底黯影，白色的星在由红变得黑紫而又逐渐淡灭了的晚霞中露出来，可是还没有光。和婉莹栉比的楼房顶上，落着就要归去的鸟儿，鸟儿互相地呼唤着，在温暖的晚春的空气中，发着愉悦的声音，爬山虎的小小的绿叶，娇好的小女孩似的，蜷伏在赭色的老蔓上。夜正轻轻地向这世界上走着。

鸟一只一只地在青蓝的天空中画着黑弧线飞走了，星有一点亮上来，天空变成一匹平铺着的蓝士林布了。这时候，凤凰也许刚刚吃完晚饭，不，凤凰一向是得要自己回去之后才能吃的，那么，她正忍着饿！

在袁良看婉莹的时候，她故意用茶杯挡着了脸，这样和袁良对坐，她禁不住地有一点慌乱，她又怕她失去了她底身份，她还不能拿得准袁良可以喜欢她，如果袁良对她一点动摇的心意都没有，袁良一定会看不起她，她真怕袁良把她想成是一个淫荡的只知道享乐的女人，她还没有叫袁良明白一个渴于爱情而被一切环境束缚着的女人底痛苦，她愈想急切地把袁良占有，她愈想使自己矜持。在袁良看她的前一分钟，她正热切地看着他，因为来不及把眼睛里的热情变成冷淡，她用茶碗挡着它们，待她直觉到袁良已经把视线挪到窗外去的时候，她坐正了身体说：

"袁先生等急了吧！是不是太太在等着您吃饭，您忘了关照她说您今天要到我这儿来的吧！"

说到"太太"她觉得像是有点心痛，想到自己忌妒得过于渺茫的时候，她笑了笑，但她笑得很巧妙，像正是为把她上面的话变得更动听一点才笑起来的。

"不——不——我——"袁良愿意告诉她自己没有急，可是又愿意显示凤凰是在等待着自己，他直觉到这位太太一定不会有什么好的爱情在培润着她，他们那位校长谁都可以看得出来他并不忠于他底美貌的妻，袁良觉得显示自己是被自己底妻在怎样的爱着的事是一种夸耀，婉莹底舒适的家使袁良觉到压迫，袁良和凤凰底爱情也一定能使婉莹羡慕。他底矛盾的思潮把他底话支使得不能代表一个完整的意思了。

　　婉莹看出来他有一点慌，她不知道他底慌乱是不是和自己底相同。她现在正面的敌人是凤凰而不是眼前的袁良，她想先试试袁良是不是能从凤凰身上挪开，而投到她底怀中来，她想要用怎样的话才能打动袁良底心，使得他对自己有好感。

　　她想她还是先赞美袁良好，人总是喜欢别人赞扬自己的，何况为了生活屈闷在张家私立小学中的看去青年有为的袁良呢。当然，她也不能把话说得流于谄媚，她要叫那话听去得体而合适。

　　她把她曼长的白衣在她坐着的沙发上摊开来，让那些好看的纱花露出来它们织得异常精细的轮廓，她用她底食指顶着一朵纱花的透空的花心，有一点幽怨地说：

　　"物质生活舒适只能快乐表面，精神愉快才是真正的享福。袁太太不知几生修来的好福气。袁先生屈尊在学校里，真是太冤枉了。我相信，袁先生绝非眼前的一般男人可比，将来——"

　　被人称赞，纵然知道她说的不是出心之谈，自己也免不了高兴，尤其被比自己身份高的人赞扬，怎样老成的人也免不了要受宠若惊。何况被一位好看女人用音乐一样的调子称赞着，而她底态度又的的确确是诚恳得很，充分显出来这正是她心里所要说的话。

　　袁良觉得心里真是说不出来的舒服，仿佛这两年在社会上遭受的冷淡，轻视都有了报酬，到底明白人能看出来自己底身价。他一向被冷酷的现实压抑下去的雄心重在这蜜一样的几句话中站立起来，今早受过的凤凰底菲薄所留在心上的不愉，也被婉莹这蜜一样的话给盖上了一层糖衣。婉莹竟尔能够理解自己，袁良现在才真的认识了婉莹，她配给张长庚，真是一朵鲜花插在牛粪上，袁良尽心竭力地给张家小学作了一年半的苦工，张长庚也没认识了真正的他。而他底太太——

袁良带着满心的被人理解了的满意和一股不知名的委屈去看婉莹。用她底智慧把她底脸色，眼神做得极其诚恳庄重，其实，她底心里也是这样想，她是觉得袁良超越了所有的她现在所接触的男人。

袁良看着她那诚恳的脸色低下了头，他觉得他底眼角湿润了似的。他问：

"将来怎样呢！"

"将来盼望袁先生不弃长庚，和——和我们现在一样地作好朋友。"

婉莹笑了，笑得很寂寞，像是袁良就要飞黄腾达的远去，而抛下了她一样。

袁良已经整个忘掉了凤凰，他看着她底脸，立刻感染到她底寂寞的感情，他赶紧说：

"只要您，只要校长看得起我——"

"他那里配看不起袁先生，他作袁先生底学生才恰好。"婉莹说，她大胆地牵动了她底白纱衫，裸出来她丰满的小腿，她俯下身去，故意避开袁良底眼睛，这样仿佛客气一样地奚落了自己底丈夫。

听见她奚落校长，袁良觉得校长正一如她所形容的那样只配作他底学生，他虽然在竭力压抑，但他止不住心里因为她底赞扬而唤起来的高兴。

"我——"袁良刚要说一句谦逊的话，婉莹立刻截断他，她用她出色的眼睛看着袁良底脸，有一点撒娇似的说：

"我不愿意听袁先生说那些没意思的自谦的话，我是一个痛快人，想到的就说，没要先生跟我说——"她笑了笑，"就像是袁先生说我糊涂，根本没认清袁先生一样。"

袁良被她说得从头到脚都说不出来的满意，他立刻把她引为自己底相知，他再去看外面的天，他看见了一颗亮得照眼的星，他想说：

"看，那颗星也没有您底眼睛美。"又觉得不合适，可是那句话已经脱口说了出来，他说：

"看，那颗星。"

聪明的婉莹当然已经看出来她底话在袁良身上所生的效力，她高兴又委曲，她盼待的爱终于来了，她将向那无味的嚼蜡一样的过去告别，她一定要珍贵地享受一下，她或者为这次的爱情付出去生命都可以。她没有牵挂，为了自己底利益而把她送到张家来的，她底唯一的老父已经在前半年死去，她在这世界用不着负任何一点责任，要负责任的只有为了自己，她能给自己一个更心满意足的爱情，她完全满意。那没有爱情润泽的生活是怎样的没有意义啊！人生没有爱，如同春天没有花，没有花的春已经失去了她所以成为春天的意义的。虽然这个爱情在她刚刚开始，而且得付出去最大的牺牲，她也愿意，她甚至联想到，如果袁良归给她，她情愿尽她所有的私蓄去送给凤凰。使凤凰底生活安适。

她也去望那颗星，她说：

"真的！一颗好看的星。"

她想她该去修饰一下了，修饰之后她好陪袁良来吃晚饭，她一定要谨慎，别让这个仅有的机会失去，她一定得小心翼翼地保有它才行。

她提起她底衣襟，抬起来脚去找不知什么时候落下去的拖鞋。

真巧，她底脚碰在袁良底没有穿着袜子底腿上。

两人同时一惊，立刻这接触把两人感到的愉快的原子送到各个人底心里去。婉莹底滑腻的皮肤使得袁良觉到和凤凰拥抱是绝不相同的感觉。他虽然缩回来他底腿，可是，他已经被这愉快的感觉扰得心乱了。

婉莹为这不意的接触整个摇动起来，那真是一条坚实茁壮的腿，她像已经吃着一点花蜜了的蜂一样，因为一点而更显得甜，她现在单纯想再接触到那只坚实的腿，她走到窗前去，俯身看看下面的街道，她说：

"袁先生，您看那是长庚回来了吧！"

袁良已经失去了清醒的意识，现在他只想能够顺从她底支配就好，他站起来，穿过那支她坐的沙发，走到她背后去，从她底头上，下瞰着市街。

街上已经充满了夜的玄色的纱流，朦胧得使行路的人们只剩下一个灰色的身影，就是有雀一样的锐利的眼睛也难分辨出来面貌了，街灯还没有亮。

婉莹指着尚在街口的一个人向袁良说，袁良揉了揉自己底眼睛，他说：

"也许是。"在他看去那人的身量仿佛是张校长似的。"您仔细看看，我近视眼。"

　　袁良往前凑了一步，婉莹底身量刚刚比他底肩高一点，他正好从她底头上俯身下视，婉莹身上的香气混合着她底发香浓郁地送到他底鼻间来。他听见婉莹咬牙在忍受着急促的呼吸。他觉得她有些异样，他想到了一件事，他底血从心中冲激到头上来，他的脸热起来。

　　婉莹已经有些不能自已了，她盼望袁良会一下跌在她底后背上，隔着她底薄的纱衫，她觉得袁良身上发散着热。其实那里有什么长庚，她只想把他骗到她底身后来而已。

　　她像昏乱地说。

　　"我看像是他，您瞧清楚了吗？"

　　"我瞧不见！"袁良说，他梦一样地用手去推婉莹底脸，那脸灼热得像一只生着火的暖炉，他不知是她躲开还是他真的推开了她，他底上半身已经挨近了窗沿。他只能往下看，他忘了其他的动作。

　　他已经和她并肩站在窗前了，街上的灯突然亮起来，袁良去看婉莹，他看见她像一匹守在森林中的豹子一样，带着一双灯一样的燃烧的眼睛。

　　谁走上楼来，而且要来开门。

　　婉莹把自己跌在一只沙发上，端起来那只盛着面包的碟子，又放下去换了一只茶杯。

　　门外的人已经进来了，是那个女仆，她说："少奶奶，开饭呢！还是等……"

　　"不用等了，"婉莹平常地说。"你拉开灯。"

女仆拉开了桌中间的一支镂金的灯后走出去。一直在看着外面的袁良回过头来。

西风篇

| 长篇小说《小妇人》之一章 |

原刊北京《中国文学》
1 卷 5 期 (1944 年 5 月)，第 63-70 页

袁良很安静地向婉莹告别出来，这是一个美丽的离别。婉莹底小桌上陈设着桂花，花底旁边摆着婉莹刚刚买来的漂亮的法国人形，婉莹摸着人形底一只手，她底出色的眼睛显示着安娴的样子。她像第一天见着袁良时那样温雅又大方，她微笑着说再见，仿佛送一个普通的男客人一样，稍稍矜持而并不高傲。

袁良关上了那只厚重的门后，安心地叹了口气。一切都过去了，这是一个好的结束。这次总可以安下心去照顾他底凤凰了，凤凰如今是这样沉默又衰弱。从春天到秋天，袁良想到和婉莹疯狂一样的过去，自己是怎样迷醉在那热烈的幽会里的时候，他觉得他实在是太亏待了凤凰。虽然凤凰比较清闲一点了，一个女仆分去她肩上的家里的琐事，可是他并没有用他底爱情填满凤凰底闲下来的时间，他让她一人闷在家里，从没有陪过她散散步或者坐在公园里舒散一会。他为他底新鲜的爱情扰得忘了一切应该给予温顺的妻的安慰了。

"好在都过去了。"袁良想。他觉得自己很坚定，又觉得一种类似解放了的喜悦，他顺着那条荒凉但平坦的路向前走。听着自己底鞋

敲着地面的响音，像听见自己规律的心跳一样。今天，他是这样安定，他没有每次从婉莹家里出来时的那种不宁和后悔。

天黑下来了，这是一条新辟的道路，路是近代式的柏油路，路旁立着美丽的灯，灯底清洁的银色，给人爽快的感觉。两侧，许多尚未完成的各种各式的住宅，显露着工程师的聪明，婉莹底西班牙碉堡似的小楼夹在这些不同风味的住宅中。想到为了两人幽会时方便，婉莹用了过高的价钱从那个狡猾的有钱的商人手里买过来这所房子的事，袁良不由得回过身去细细地看了楼房一眼，楼房的窗子都黑着，只有刚才他和婉莹同在的那间屋子里尚有一线灯光，婉莹做什么呢，为了这誓不再见的别离在哭泣吗？抱着那个法兰西的小姑娘人形在模拟着未来的宝宝吗？

袁良觉得心里一阵热，眼睛立刻湿润了，他遗憾他没有福气看看他和婉莹的未来的小宝宝，那一定是一个美丽又聪明的孩子，绝不会劣于小麟。可是——唉！叫一切都过去吧！袁良是凤凰的，而婉莹是张长庚太太。

路尽处，有一个相当大的圆盘，在用银色的铁链子围成的圆心里，在亮的花形的灯下，稍稍有点憔悴了的美人蕉，楚楚有致地摇摆着大的花瓣。圆盘的那一面，大同公园的"兀"字形的门，在暗黑的夜色中，显眼地屹立着。门后的一只灯，在门外的碎石路上，画上了婆娑的树影。

偶然有一辆汽车，绕过了圆盘跑过去，尾音停留在天空里，很久，才带着回音消失。

袁良想到公园里去坐一会，虽然才八点钟，可是，在新兴的刚刚建筑起来的这一带，已经断了行人。公园中，只有轻吹着的西风伴着潺潺的流水。也许，在暗黑的林中，还有隐藏的爱侣，当然，他们是在絮语着爱恋，而不是吟咏着别离。

袁良苦笑了一下，这极其静穆的四周，反倒使他骚动：他听见婉莹在幽泣；用着魅惑的低音在叫着他底名字；他听见小麟在呼唤着爸爸；他听见了凤凰在长久的沉默后暗暗地吁出来叹息。

走进公园里，袁良在水边找到了一只椅子，他立刻坐下去，不胜疲倦似地叹了一口气，随即，又挪身在草地上，四肢伸展着躺在草上。

地凉得很，土的湿润的气息和着草的特有的气味，浊重地在他身侧发散着。脚边，惊起了睡着的昆虫。蚊子在他脸旁飞着，发着贪婪的哼声。

他仰着头看天：是晴得最好的秋夜，黯蓝的天空，星一个跟着一个出现，最后，眉月也升上来了，慵懒地弯在柳枝上面，并且在黑色的水面上，留下了轻俏的倒影。

记得就是由于一个星开始了两人的爱恋的时候，袁良不能自已地喃喃地叫着：

"莹！莹！"

这呼声使得他底心一刻比一刻炽热，他后悔他那样轻易地就离开了她，连一句知心的话也没有说。他不能遏止地想象着婉莹洁白的躯体，想象那洁白的身躯带着无限的热爱，偃卧在他底身下。婉莹用着灼热的双臂拥着他，在他耳旁馥郁地呼吸着。他们曾在两人同卧的床上，摆了一只红色的纱灯。在那朦胧的红色的光亮里，婉莹底桃色的脸，那是怎样美丽的一个桃色的脸呀！

在和婉莹过从的日子中，袁良变得很暴戾，他常常为了一点小事喝骂女仆，尤其在凤凰底忧郁的表情里，他一点也不能忍耐。有时，甚至可爱的小麟的哭声也会使得他暴躁，仿佛家里只能使他发怒一样。在婉莹身边，他也一样，有过几次他都无缘由地打了婉莹，而且打得非常重。他哭泣着抚摩婉莹身上的伤痕，希望她因为愤怒而遣开自己的时候，婉莹用最可爱的姿势回抱着他，怨恨着自己无力使袁良完全快乐。她说，她明白他底心，她知道他发怒的缘因，她很明白他们是在做着怎样不当的事。可是，袁良在她，直如母亲之与婴儿，失掉他，她会立刻枯萎死去，她只能尽可能地使凤凰幸福来赎取心中的不安。她说，在对凤凰底歉疚上，她底难过是甚于袁良的，因为她深切地体味过没有爱情培育的女人底寂寞。

婉莹底表白更增加了她的可爱，袁良在几次离开她后，又不能遏止地再去会她。在他们底爱情里，婉莹付出了她全部的聪明与热情。她不惜用任何牺牲来换取和袁良仅有的幽会。在这爱情中，她变得更加美丽，她底渴于爱的心为狂热的恋爱滋润着的时候，青春在她体内复活了，她姣好得宛如未婚的少女一样。

对凤凰，婉莹一如她表白给袁良的话那样地觉到了深切的歉疚。她用最聪明最适合她丈夫脾胃的方法，替他预备多量的钱送他到温泉去养病；然后揽过来学校的财政，请袁良做教务长，且代理校长。这样袁良在经济上宽裕得可以用一个女仆来帮凤凰底忙了。并且为了不使袁良觉得难堪，为了使袁良不觉得她是在有意津贴他，她也提高了其余教员们的薪水。一时，张家私立小学成了当时的教员们最满意的就职的鹄的。

婉莹原是一个好性情的女人，只是在奢侈的生活中养得过于骄逸，尤其因为爱情的不满，她有点变相地憎恶着身外的快乐的人群。在和袁良交往之后，生活的苦涩从贫困的袁良身上传到她心里。她开始觉得在生活的享乐之外还总该活得有点意义。她利用了她底多余的钱，为了他底爱人，为了她身边接近的为钱所困窘的人，买来了快乐的生活。

在家庭生活安定之后，袁良把他底全副精力都放在学校上。暑假开学，学生激增了一倍多。大家把张家小学叫着模范学校，听着这样的称赞，看着那些活泼可爱的儿童，袁良觉得他年轻的精力用得正是地方。他每天的生活都充满了可爱的、前进的气象。

在校务的扩展和学生的福利上，只要袁良有所提议，有所申请，婉莹从没有拒绝过，有时她也说出她底意见来，他们常常为了一件事讨论很久，直到两人完全同意时才罢。瞧着婉莹兴奋的红色的脸上发着耀目的光彩的时候，袁良不能自主地用着最热情的姿态拥了她狂吻着，能使一个享乐的太太为儿童教育献身，袁良觉得自己异常可爱、伟大。

当然，袁良和婉莹的关系很快地就传开了，袁良是一个不会掩饰自己的感情的人。在婉莹，虽然不愿意这样的事为大家周知，可是，她又盼望能因为大家底谣传而使他们底爱情有所变化。她盼望袁良从凤凰身边离开，她又觉得那样不该，她底热情和她温软的心里对凤凰的同情冲突着：她一方渴于整个占有袁良，一方又诅骂自己诱引有妇之夫的卑鄙。

在她和她丈夫底关系上，她一点也不觉得难堪。丈夫早在她身前失去了丈夫的资格。在经济上她底私蓄已足以维持两人舒适的生活而有余。她可以在任何时候脱离她底丈夫而受不到一丝阻碍。如果真的能获得袁良，就是丧失了所有的构成安逸的生活的条件都不要紧，只要有爱，她相信她可以牺牲一切。

但在她明白了袁良对凤凰底牢固的爱情之后，她改变了方针。她尽可能使袁良觉得她是一个最好的爱人，尽可能地多享受一点袁良给予她的爱，她知道袁良总有一天会离开她。他们之间的凤凰是一个不能消灭的存在。

想到和袁良的分离，婉莹觉得她底生命一定会随之完结。但在她和学校中那些可爱的孩子发生了感情后，一个新的希望在她身上滋生了，而且这希望立刻在她心中生了根，且扩展开来。她希望袁良给她一个孩子，一个她和她最爱的人共有的孩子。这潜藏在她心中的原始的母性，很快地显现出来且散布得极快，她焦灼地盼望一个婴儿，只有那个婴儿能从痛苦的别离中拯救她。

在第一次单独和婉莹相对之后，那魅惑的黄昏在袁良心中留了一个不能消灭的印象，生活的平淡和困窘加重了婉莹家里的黄昏的魅惑性。他不能忘掉婉莹底颤动着的红唇，那红唇像一个染在布上的墨点一样，用过肥皂，用过水，甚至用了最能消除墨渍的米粒揉擦，墨痕依旧存在那里，虽然表面上淡了一点。在他稍有不愉快的时候，红唇立刻蛊惑他，他带着自暴自弃的心情，带着报复凤凰对他轻蔑、冷淡的心情，去会婉莹。最初，他轻视婉莹，虽然她看去是美丽可爱，他断定她抢不去他心上的凤凰的位置。不久，他就迷惑了，在婉莹的热情中，他像一块冰在烈日下面一样，很快而且不容抵抗地融化了。他底耳旁整天都是婉莹底呢喃细语，他失去了他底听的机能，另有一个人向他说话的时候，至少，得说三遍之后，才能引回他底注意。

他试着把他底注意力移在工作上，他万没想到婉莹也会对这琐碎的工作感到兴趣，她底见解又特别清楚，实用。这使袁良在肉体的贪恋之外，惊异她底崇高的精神。尤其她底慷慨，她对小学生们的无微不至的照顾，对同人们境遇的关心与帮助，在在都使袁良心动，使袁良不能自主地投到她温暖的巢穴里去。

他有时下意识地悔恨着他底婚姻，他恨他没在认识凤凰之前认识婉莹。他用所有的最动人的称呼叫婉莹，每逢遇见一件需要过多的金钱，对学生们有利益的事，他唯恐被婉莹拒绝，而婉莹非常热心地付出来那笔款子的时候，他这样说，"谢谢你，慈悲的菩萨。"

他利用从工作中节省下来的时间去和婉莹相会，后来，把回家的时间忍心地分出来一部分去找婉莹。有一夜，竟尔在婉莹的小房子中过夜了，婉莹把她底卧室装饰得异常美丽。当然她自己也修饰得恰到好处。在婉莹那里，像在天上，在凤凰身边，像在人间。袁良在天上人间之中彷徨着，整个失去了控制自己的能力。

在刚刚知道袁良和婉莹相恋的时候，凤凰和袁良吵着，愚笨地用哭泣来表示心里的难过。到她逐渐明白了婉莹对袁良的不可抵抗的诱惑之后，她变得安静起来，她什么也不说，甚至袁良在外面过夜的事她也不追究。她用最大的忍耐忍受着被弃的悲哀。她把她全副的精神都用在家和孩子身上，因为逐渐习惯和女仆的帮忙，她不像刚刚生了小麟后那样狼狈得连洗脸的工夫都没有了。她比她做小姐的时候瘦了，也沉默了，但有另一种清秀的风度。

在凤凰跟袁良吵嘴的时候，袁良在愤怒的心情里去找婉莹，在特意气气凤凰的心情里去找婉莹。到凤凰安静之后，他在凤凰底寂寞的眼睛前反倒手足无措。他怕看凤凰长久地凝视一件东西的安娴的样子，她更怕听凤凰无意中吁出来的沉重的叹息。凤凰逐渐瘦削下去的脸使他看了尤其心痛，他很知道自己是怎样摧残了她。看见小麟的可爱的样子的时候，他诅骂婉莹，骂她扰乱了他快乐的家庭，小麟已经会说三四个单语合成的简单的话了。当小麟用清越的声音，亲昵地坐在他膝上和他说笑的时候，他总是禁不住地落着泪。

可是，怎样他也摆脱不开在工作上，在精神上，在肉体上婉莹所投给他的锁链。他用为教育献身的话来宽慰自己，他用因为工作的方便才接近婉莹，因为要为天真的孩子找幸福才接近婉莹的这些理由来自己解说对婉莹的迷恋。这些自欺的心理只能使他安静一会，长时间他都浸蚀在非常的痛苦里，对凤凰的爱，对家庭的责任，该给予孩子的做父亲的抚慰，在在都在刺激他底心。和婉莹底不当的关系和人们暗地里的蔑笑，也使得他时时觉到难耐的羞耻。可是婉莹那样热爱着他。

为了报答婉莹的好意，他愿意用任何方法能够在他离开婉莹之后使婉莹快乐，甚至牺牲他底一只腿一只手都没关系。婉莹要一个婴儿，他虽然想到对不起凤凰，想到凤凰也许会因为他丢失了夫妇间纯洁的贞操而终生不愉，可是，他想，和凤凰天长地久，他可以用爱情去挽回凤凰的心，和婉莹，最近就要分手，他不能使婉莹过分失望。

沉湎在和婉莹的性生活中之后，袁良觉得自己无力了，他几乎完全忘掉身侧尚有其他的人群在生活，他心中，整个为婉莹底美丽的身体所盘踞，眼前，能看得清楚，只有那只红色的纱灯，甚至抱着小麟的时候他也梦噫一样不留心地叫着莹。他完全为他底新爱人颠倒了。

在凤凰用最大的耐性忍耐着她底强烈的忌妒的感情的时候，袁良那样疯狂了似的沉溺在婉莹底爱里的样子，使凤凰完全绝望了。她灰心到甚至否定了自己在人世间存留的价值。她为爱情献身，为爱情小心翼翼地努力，唯恐在"妻"底身份上使丈夫有所遗憾，结果她仍旧被弃了。她想到死，她整个失掉了生活下去的意念。可是，小麟在牵着她。想到自己在继母手下悲哀的过去，她底强烈的母亲的感情鼓舞着她，她不能那样轻易地扔掉了生命，因为她不单单是妻，而且是小麟底唯一的母亲，袁良可以在她之外再找爱人，小麟却不能再找出来第二个母亲。

可是，眼前的一切怎样也不能再叫她如往常一样勤劳地生活下去。她想到李莹，想到勤，想到勤写来的"凤姐姐，来吧！我想你"的话，觉得只有那两个人在关心着自己的时候，她愿意插翅飞到哈尔滨去。

她悄悄地整备好了行装，她要出去变换一下心境。在袁良在婉莹处过夜的一个清早，她带着小麟到车站去了。

小麟却为这将来到的旅行快乐得手舞足蹈，他不能忍耐地时时摩摸他底新衣服和帽子，他用极简单的话表示了他底快乐无垢的心，他要求妈妈也带着爸爸去。

凤凰用含着泪的微笑回答了小麟底问话，小麟看见妈妈眼中的泪光的时候，他不安地摇晃着妈妈底双膝，他说："去吗！去吗！妈妈。"

"去的！"凤凰说，并且向小麟做着笑脸。她留给袁良一个字条，说是出去几天就回来，家里有女仆照应一切，还不至太不便，请袁良原谅她。

这一双寂寞的母子到车站的时候，才知道北行的车在昨天九月一号改了通行时间，她们预备搭乘的车比原来晚开三点钟。

凤凰只好带小麟到候车室里去，当小麟因为起得太早，在候车室中很快地就在她底膝上睡去之后，她揽着那健康的孩子，占据了长椅子的一角来歇一歇为抱小麟而酸楚了的两腿和两臂。

候车室里的风光使得她百感交集，她不能遏止地想到了过去的一切。和袁良私奔到新京来时两人热恋的情景，仿佛就是刚才。她忍住涌上来的眼泪，把脸斜靠在椅背上，轻轻地合上了眼睛。可是身边的嘈杂的人声，吵得她不能安静地沉在回想里，她又怕小麟这样睡着招了凉，她用一只手打开那只李莹送她的小红箱子，去为小麟拿了一件小毛衣盖在腿上。

这屋中的陈设和人物，对凤凰都失去了存在的意义，她是在用眼睛看着眼前的一切，可是却一点也没意识到看见了什么。很久，她看清了墙上的一幅照相画，那是国务院的白色的大楼。一会，那壮丽的白色的楼房也在她眼前隐去，她看见她和袁良站在那白色的台阶上，那时候，她已经临近产期。他们来参观那美丽的建筑物。袁良正在招呼一部车子，虽然车夫索了很高的车价，可是袁良很慷慨地答应了，他怕累着凤凰。坐在马车上的时候，在凉的晚风里，他用自己大衣的襟盖上了凤凰底腿，并且紧紧地拥着她。

"别这样！哥，人家看了会笑话的。"

"不要紧，这一带没有多少行人，人多的时候我再坐正，这样你可以暖和一点，你穿得太少了。我怕你会招凉。"袁良说，更亲昵地往凤凰身上靠了靠。

这热情的声音，依然在凤凰耳边，在要离开袁良的一瞬间，凤凰忽然觉得自己是这样地爱着袁良。她想抱小麟回去，她知道袁良现在正在迷梦里，立刻就会醒来的。他们是天生的一对，他们曾誓语过永不分离的，想到在陌生的人群中两人是怎样互相依作性命一样地生活下来的过去，凤凰觉得自己走得太早了，她没给袁良一个回头的机会。

她去看钟，还有三十分钟往哈尔滨去的快车就要开了，身边已经有一部分人在整理着行李，播音机在报告哈尔滨行剪票的话。

凤凰抱起来依旧在睡着的小麟，她正想招呼戴着红帽子的脚行来提东西的时候，她听见袁良在叫着她：

"凤！"

真的是袁良，凤凰不知说一句什么才好，她一点也不知道她坠下泪来，她怔怔地瞧着袁良，她才发觉袁良比春天的时候瘦了好多。

"妹！回家吧！你一定想走，明天我再送你来，我要跟你说一句话。"

袁良说着就去抱孩子，小麟在两人换手之间醒了，看清楚了是爸爸抱着自己的时候，尚带着睡意地说：

"爸也去，去找姨。"

"爸也去，爸跟你去，小麟要爸爸，是不是？"

袁良用小麟底胸遮掩着自己的脸，他没有向凤凰说第二句话，他很快地就抱了小麟走出了车站。他听见凤凰迟疑了一会儿，终于也跟在他们身后走了出来。

袁良原来以为凤凰已经走了，他不知道她是回北京了还是到哈尔滨去找李莹。他午间回家吃饭看见字条的一瞬间，他像被凉水浇头一样立刻清醒了。他不能失去他底凤凰，他带着他为痛楚扭动得几乎不能忍耐的心，到车站上来，他看见凤凰在候车室中无主的迷茫的样子，他用他底心声叫着凤！

从车站上接回来凤凰的那一天起，袁良没再去找婉莹，他很知道自己在婉莹之前是怎样不能自持。他用他全身的精力压抑去找婉莹的意念。他竭力地记忆凤凰的脸——凤凰坐在候车室中，膝上躺着孩子，为阴郁与绝望盘踞了的脸。那脸是只应该摆在垂死的人的颈上的。

袁良秘密接洽好了一个新的职业，一个君强哥哥的朋友介绍他到东京商业学校去教华语。一礼拜只有十六小时的功课，待遇很优厚。袁良愿意立刻就离开新京。虽然从车站回来的那一天起，他和凤凰表面上是和谐了，可是他知道凤凰并没有完全信任他，他自己这样也恐怕不能长久忍耐着不去找婉莹，他怕在学校里遇见婉莹时婉莹底询的眼光。婉莹什么都没说，袁良在她底眼睛里瞧出了她盼待自己的焦灼的程度。

"让我离开这儿吧！让我离开这儿吧！我底凤凰，我底凤凰。"袁良自己在说，他发觉凤凰像是沾染了结核，她弱得很，夜里不断地咳嗽，他想海国日本底清新的气候对凤凰一定有益，他恨不得立刻就搬到日本去。

在新职业完全决定的那一天，他去向婉莹话别。一旦离开了灌入满腔热诚的工作和会为之颠倒的爱人，袁良几乎不能支持自己，他像热病的患者一样地觉得头晕眼花，完全失去了判定事务的能力。他怎样也不能如所想象那样敏捷地整理出学校中一切该移交出来的事件。最后，他决定先去找婉莹，大略地向婉莹说一说就好，另外他又托付了一向就帮他忙的陈先生。陈先生在工作上是他底腻友，那是一个年轻、热情的人。

"你放心好了，我会做得好，我有自信，不过你——"陈颇有把握地说，他很清楚袁良处在他底妻和爱人之间的心绪，他怕袁良没有那样大的毅力离开婉莹。

"我也有自信！"袁良苦笑着说。他放学的时候，在家里和凤凰小麟一块儿吃了晚饭。那是一顿快乐的晚餐，小麟一定要坐在爸爸膝上才肯吃，凤凰怎样阻止也不行，直到袁良笑依了他才罢。他用他底小勺喂着爸爸，很热心地喂，热心到自己都忘了吃菜。

饭后，袁良到婉莹底小楼里来了。

他奇怪竟会那样安定地向婉莹说出来自己的计划，安定得像跟陈说话时一样坦然。他说完之后，想婉莹也许会阻止他的时候，婉莹却不在意地告诉她，她买了一个漂亮的法国人形。

想到红纱灯中的婉莹底脸，想到人形旁边的婉莹底脸，袁良明白婉莹怎样压制了自己底痛苦而帮助他完成了一件最难完成的工作的时候，袁良喃喃的自己说：

"莹！你真伟大。"

当然，婉莹不愿意袁良离开她，她爱袁良的程度在凤凰之上。这样想法也许冒渎了凤凰，凤凰有着一切跟袁良切不断的条件。如果婉莹执拗地缠着袁良呢？不，婉莹不会那样，婉莹是宁肯自己受罪而不愿意袁良痛苦的。

"莹！你明白我，我知道你明白我。"

袁良抱着自己底头，从草上坐起来，脸向着婉莹底家所在的那一面，泪纵横地流在他底脸上。

"莹！你明白我，我知道你明白我。"他重复着说，忍不住地哽咽起来。

"是你吗？良。"

他突然听见婉莹这样问，他疑惑是自己的幻觉，不，真的是婉莹，婉莹急促在他身旁的小道上走近来，穿着他们相见时的蓝衣裳，肩上披了一个白色的披肩。

袁良忙忙地擦去了脸上的泪，站起来，把双手插在裤袋里，严峻地问：

"有事吗？"

婉莹拉了披肩一下，均匀了正在喘息着的胸，点了点头。"什么事呀！"袁良更加不耐，他大声地说。

"别嚷！"婉莹说，"招警察来麻烦，我有一句话忘了问你。"她向前走了一步，静静地说：

"我跟你要一个名字，这个名字算是你送给我的纪念品。"

"什么名字？"

"我底未来的孩子的名字。"

"什么？"袁良吃吃地说，"什么？"他有点慌乱了，"你自己想吧！我不知道。"

"别那样吝啬！这不碍凤凰什么，为什么跟我那样狠呢。"婉莹一向没说过这样近于忌妒的话，今夜，她为她兴奋的感情支使糊涂，她像一般不会表示爱情的女人那样直接到说出来心里的话。说完之后，立刻意识到自己说这句话是怎样愚笨，她咬着了自己的唇。

西风从婉莹身后吹过来，吹得水和草在轻响，土色的蚱蜢在黯淡的灯下展开双翅飞过去，远远地带着响音又落在草上。眉月离开了柳梢，弯在黯蓝的天上，有两颗星紧随着她，发着可爱的闪光。蛙叫起来了，一只，又一只。园外的马路上，一辆马车走过去，马车夫在吆喝着马匹，并且在空中甩舞他底鞭子发着清脆的响声。

一个大的螳螂不知什么时候飞落在婉莹底肩上，两只刀挥舞着爬向婉莹裸露着的颈上去。

"别动！莹。"袁良嚷，他跳到婉莹身边去替她捏下来那只翅尖变黄了的大螳螂。

立刻他又想到了方才的矜持，怎么又这样地跑到她身边来呢，管她被螳螂咬不咬呢！袁良想，他要躲开她，他一定要躲过她才行，她底身上的香气是迷药，他知道那迷药对自己的力量。

婉莹拉着了他。

"良！"她说，她底嘴唇微微地颤动着，她用着最温柔的声音。

"良！想一个名字吧！孩子连这样一点牵连爸爸的幸福都没有吗？"

她底眼里闪烁着泪，全身都随着温柔的声音颤抖着，她底披肩从她底肩上慢慢地滑下来。

袁良替她拉上来披肩，把裹着披肩的婉莹底双肩一下就紧固地抱在胸前，他哽咽着强硬地说：

"你不好，你不好，你叫我死。"

婉莹要听的就是这样的话，袁良和她疏远的这几天中，她知道可怕的离别已经来了。和袁良的欢乐的过去，那是她生命中最可爱的日子，在袁良身边，不但她底爱情复活了，她自身也复活了，现在她才知道人活在世上的快乐。在她正预备为爱情为儿童献身的时候，她生活的原动力停止了。这是一个过于痛苦的停止，这样还不如停止她底呼吸。

袁良向她话别的时候，她故意装得很淡然，她想最后看一看袁良爱她的程度，她真没想到袁良会那样安定。他们像普通的代理校长向真正的校长交还事务一样，很快，很客气，很清楚地就把事情大体地说完了，袁良并且要求在他走了之后，要婉莹继续努力。

婉莹完全伤心了，她真没想到男人是这样薄情的东西，想到自己甚至舍却性命也不惜地爱着袁良，而袁良这样轻易就来向自己话别，她愤怒起来，这怒火立刻烧及了她整个的心脏，她不愿意在袁良面前显露一点惜别的样子，她以为显露了惜别的情绪就是显露失败，她不承认她会失败给凤凰，纵然凤凰是美，是好。如果袁良说清楚了为着已成的关系不能丢了凤凰的话，她还可以原谅他，而袁良是这样淡然的仿佛根本就没有过爱似的来话别，她要报复，她表示她并不在意袁良的离去，她表示袁良只是娱乐了她几个月而已，她并没有把他放在心上。

可是，在袁良走出门去之后，她立刻完全否定了刚才自己的想象，她凭窗外望，看见袁良走出的背影，像是袁良摘去了她底心。她随手在衣架上扯下了一个披肩，开了后门，小跑着追上了袁良，悄悄地尾随在他身后。

她想，如果袁良坐车，她就在他招呼车子之间叫住他，她知道袁良爱她，她不能轻易地放了他走。

　　袁良向公园走去的时候，婉莹明白了别离给予袁良的痛苦并不下于自己，他往常总是走得很快，今天他走得特别慢，他底缓慢的步伐和他时时摇晃一下的头已经表示了他底难过的心。婉莹使自己落后了有一丈远，她想及了袁良，想及袁良在自己和凤凰之间的痛苦，想及袁良在痛苦的心境间给予自己的无尽的爱，那爱超越了时间，已经成了自己终生的宝贝。那么，为了袁良底快乐，叫他去吧，原来自己不该插身在他们夫妇之间，而演成这样的关系的。这样分离最好。

　　这样想着之间，却又不知不觉地走近了袁良，自己宽慰着，限于今晚吧！让我去亲一亲他，明天死去，只要死能解脱袁良，能解脱自己。

　　进了园门之后，在稍稍踌躇的时候里，袁良已经在水边消失了踪影，婉莹立刻不安地想及了投水，虽然她相信袁良不会那样做。园中的黑暗加重了她底不安，她真是像是听见了重东西落水的声音。

　　她焦灼地顺着袁良走过的路跑起来，她心中充满了难以形容的不安和悲哀，西风在她耳边萧瑟地絮语着，落叶带着夜露，几次都几乎摔到了她。她觉得冷，冷得心脏都冻结了一样。她底四肢上，沉重地渗入了风的凉意，凉得像是麻痹了。她揪紧了小披肩，低低地叫着袁良。现在她只想立刻见到袁良，看他是不是平安地活在这个黑暗的园子里。

　　袁良在草上坐起来的时候，她恰好已经走近了他，她不能制止地大声地叫了一声。

　　看见袁良仍旧好好地站在她眼前的时候，婉莹感觉到了甚于一切的喜悦，她想怎样才可以打动袁良，以往在袁良曾向她告别了而又去找她的时候，袁良总爱装得自己很不在乎的样子，虽然过不了五分钟他便会哭泣着投在她底怀里。

"良!"婉莹再叫着,她底双肩被袁良底双臂像铁圈一样地箍着,她流下泪来,她只热情地说:

"良,亲我!"

"为什么我不亲你呢?你原来是我的。"袁良说,抱了婉莹滚在草上,从婉莹底唇一直到脚,他喘不过气来地热烈地这儿那儿地亲着。

白雪篇

长篇小说《小妇人》之一章

原刊北京《中国文学》
1 卷 6 期(1944 年 6 月),第 56-62 页

袁良底信来了。凤凰迫不及待地拆开了它。她近日有一种矛盾的心情,她愿意袁良叫她到日本去,她又愿意他叫她留在新京。她想念袁良,又恨他,又觉得袁良并没有放她在心上。袁良虽然表面上跟婉莹是分开了,可是,凤凰想袁良底心已经被婉莹摘走了,她不愿意要袁良底无心的躯壳。

她住在李莹家里,李莹底丈夫为了商业上的方便,在三月前移家到新京来。那时候,正是袁良决定到东京商业学校去做华语教师的时候。凤凰没有随着袁良到日本去。她不愿意在袁良和婉莹的热恋之后,安慰袁良底寂寞,她不愿意一点报复都没有地依旧去给袁良去做温顺的妻。虽然袁良已经从他热恋的迷梦中醒过来。

袁良动身的时候,他们辞退了他们底小房子,把笨重的家具也卖

了。凤凰想回北京去，她渴想着家和父亲，这新兴的都市的蓬勃气息使她窘苦异常，她盼望独居，盼望安静。在恋爱的角逐场上，她失去她活泼快乐的心情，一切在她底心上都足以烦扰她，她愿意一个人安安静静地坐一天，一句话都不说才好。

袁良带着沉重的悲哀一个人过海走了，他没有说过要求凤凰原宥他的话，语言是一种没用的东西，它并不能充分表示出一个心的忠诚的忏悔来。袁良知道凤凰伤心的程度，他没有勉强凤凰和他一块儿走，他说："我来接你吧！新年的时候我回来接你吧！"他想，在时光冲淡了凤凰底哀怨之后，她一定会再回到他底身边去的，他有这样的自信。

李莹底家里很舒适，李莹又尽可能地叫她伤心的小妹妹满意。李莹底丈夫忙得很，但也对凤凰表现欢迎的热忱。他非常宠爱他底后妻，他早就知道李莹底这位仿佛同胞一样的小妹妹。他特意吩咐下人们为凤凰预备了一间向阳的屋子，他说这样可以使小麟多晒一点太阳。凤凰真没想到这位生得笨头笨脑的大经理，居然会这样细心，她为李莹的幸福高兴，这表面上很不合适的婚姻实际却很美满。每次看见李莹替丈夫写信或者替他写着公司里的秘密文件的时候，她觉得自己底学业白费了。她没有利用过她底智慧，在她底爱情和家庭上，她和没受过教育的女人一样，处处笨拙得可怜，假如能在袁良底工作上对他有所帮助，也许袁良没有机会掉到婉莹底掌中去吧！

可是凤凰没有时间呀！她不能离开她底婴儿，一个女人做了母亲，就等于自由人入了监狱一样，她处处为孩子限制，处处为孩子忙，完全失去了自由活动的机会。妈妈底求知、上进的青春的心，埋葬在孩子底看护里了。

袁良底信写得很寂寞，读过一遍之后，凤凰悄悄地哭了。窗外在飞着雪，一种塞北独有的棉花一样的大雪。凤凰正在挨窗的桌前坐着，她本来预备写信，写信给北京的父亲。从离开家之后，凤凰还没有往家里寄过一个字，虽然时常为想念父亲自己从梦中哭醒，可是，背叛父亲底羞耻的感情，总使凤凰没有勇气拿笔。父亲会原谅她的，她知道父亲爱她的程度，在她生了小麟之后，她更体会到了亲子间的感情。袁良沉溺在和婉莹底爱恋中的时候，父亲的严肃的脸支撑了凤凰的无主的心，她在悲哀到不能自持的时候，惟一的安慰，也只有对父亲底回想与依恋。她愿意和袁良一块儿回北京去，这样父亲还会安心一点，如果父亲知道凤凰一个人在关外而且赘着一个孩子的时候，真不知道要怎样伤心。父亲一定会喜欢袁良，袁良有迎合老年人的持重的举止和端正的面貌。不过怎样向父亲说起呢？望着在灰色的天空中缭绕的大片的雪花，凤凰觉得自己的心正如雪花一样飘浮不定。她又不愿意向袁良要求什么，虽然她知道只要她有所提议，袁良一定会答应。她只想躲开他，这样她觉得愤恨哀怨的感情多少平复了一些，她恨袁良，不在他和婉莹底相恋而在袁良对她的轻蔑，如果袁良看自己超过婉莹，当然他不会为她迷醉。凤凰想无论在美貌和聪敏上，她都不劣于婉莹。在袁良爱上婉莹之后，凤凰失去了自信，她一时甚至否定了自己存留在人世上的价值，这丢失了自信的心。一旦转成对袁良的哀怨之后，凤凰忘掉了一切誓语过的爱情，她只想分离，只想报复。

离开袁良的这三个月，报复和哀怨的感情随着外面的气温下降了。在初雪的那一天晚上，凤凰从梦中冻醒，摸了被想替袁良盖好，到意识是自己睡在李莹家里的时候，凤凰轻轻叹息着而且流下泪来。那一夜直到天亮她都没有睡好，她知道在愤怨的感情下面的自己底心依然在爱着袁良的时候，她觉得这样的分离对她是没有意义了。

袁良底信每次都写得很炽烈，那炽烈并不是婚前的浮浅的相思，而是从心底发出来的精练了的忆念，凡是能形容出丈夫底真诚的忏悔和衷心地盼待的字他都用上了。这封信也是一样！他这样写着：

寂寞的地方，窗隔海对着远山，楼下面，太阳照着冷落的海水浴场，几只海上游艇裸着桅杆，在浴场边上漂浮着。想念着凤，想念着凤在姐家里的寂寞，凤近一年来忧郁逐渐加重了，哥什么也不能叫凤满足，叫凤高兴，凤在哥睡着后痛哭，凤过着没有敷余钱的、劳苦的忍耐的日子，哥有许多地方都不能顾虑凤底意思去做，凤说哥不把凤放在心上。这都是事实，哥安慰不了凤，哥对凤什么也说不出来。

哥怀着一颗怅惘的心，一颗寂寞的心到异国来，这世界是多么寂寞呢，哥觉得好像失去了与凤之间的紧密的联系。昨夜，哥拿着笔，伏在桌上两三个钟头，听着窗外渐渐沥沥的雨声，哥想把哥胸中的寂寞告诉给凤，哥希求凤底爱抚，哥还有什么希求比这更甚的呢。但是哥抑压着激动的感情，哥写不出这心境来，掷下笔寂寞地睡去了。

哥觉得几年来对凤的热恋，被家庭生活上"平常"的接触和在职业上消耗了过度的精神之后的疲劳所束缚着而无力流露。哥安静下来，才觉得是怎样地热恋着凤。假如不是因为"有了凤"与"为了凤"，哥底生活是什么也没有。但哥并不能使这种意义在哥底生活上表现出来，哥的寂寞之情，凤知道吗？

哥兴奋地写给凤，凤总是那样冷淡，哥和在新京时每次从外面回到家里时的心情一样，哥觉得凤并不是在等待着哥底信，哥拿着笔，不知向凤说什么好，时常是重复地说了许多不必要说的话。

哥是多么怀恋凤呢！但觉得凤像是一点点离哥远了，哥下意识地流出了感伤的泪。

面对着海，对着远山，哥不知为什么到这里来，哥不知为什么要离开凤到这里来，哥对凤怎样才能忏悔这带有自暴自弃的倾向呢。

哥底心里，凤是"第一"，其他都失去了存在哥心中的意义，凤原谅吧！凤不原谅哥，哥还有什么活下去的意义呢。哥不在凤身边，凤一切小心吧！虽然知道姐家很舒适，可是哥底心，哥不说了，凤知道的。

凤凰拿着信，觉得现在的自己正和飘落在房檐上的雪花一样，虽然表面上安定了，但这是怎样脆弱的安定呀。李莹底家再舒适，对凤凰又能怎样呢！她只不过是这里的一个客人。充其量住上一年，两年，甚至三年，总得要回到自己底家里去的。凤凰底家在哪儿呢？那个已经一度离开的父亲底家，早已经失去了跟凤凰之间的联系。若勉强说家，也还只有回到袁良身边去。那么，到日本去吗？凤凰看着袁良在洁白的信笺上写的，"有了凤"与"为了凤"的字样，自己自嘲地笑了起来，既然说是"有了凤"与"为了凤"，那么为什么又"有了莹"与"为了莹"呢？想及莹，凤凰底心猛烈地痛楚起来。婉莹不是从她怀中夺去了袁良，而是毁灭了她对爱情的信仰，对生活的期冀。她底忌妒的感情升华得只剩下疲惫，如今，她是倦怠于两性的共栖生活了。

我不能去，凤凰想，为什么我还去过那种平淡的、无意义的共同生活呢？我已经够了，让我单纯地作母亲吧！

虽然这样想，凤凰却不能拂开她心上的忧郁。那忧郁仿佛外面的铅色的天空一样，沉重地压在她心上，一点破绽，一点隙缝也没有地沉沉地压着。这忧郁是爱情的伟力才能掀开的。凤凰底渴望爱情的心，与其说是比婚前淡了倒不如说比婚前还浓重。

凤凰想应该给袁良写一封回信了，她已经有半月了没有写给他一个字。她拿起袁良送给她的刻着她名字的笔，坐到桌前去。

凤凰却不知道写些什么好，她不愿意申述她底哀怨，也不愿故意装做冷淡，她望着窗玻璃上薄薄地结晶着的奇异的花纹，很久没有下笔。

她忽然听见仿佛小麟嚷了一声，就在院子里，她推开两层关得严密的窗子。

窗外挟着雪的冷风，迎面吹来，凤凰不自禁的倒抽了一口冷气，她摇了摇头，仿佛摇落脸上的冷意一样地二次把头伸到窗外去。

正是小麟。在他底毛衣上面，裹着一件勤的蓝格的大绒衣，戴着帽子、手套和口罩，穿着李莹新买给他的长筒的小毡靴。他在欢喜地跳跃着，张开两只小手去拥抱那飘落到眼前来的雪片。

勤伴着他，他拉他在雪地上跳跃，跑，像两只北地的熊一样，欢欣地追逐着雪花，和雪花共舞。地上，杂沓地印着两只大小不同的脚印。

"舅！"小麟用他底清越的声音嚷着，"它飞眼——睛里去了。"一大片雪花撞在他脸上，一部分挂在他底睫毛上，他揉着小眼睛，叫了舅之后，把小脸仰向着天，快乐地叫着："来点雪！来点雪！"勤也学着他底样子，说"来点雪！来点雪"，说完，故意摔躺在雪上，说：

"舅摔了。"

小麟立刻带着他响亮愉快的笑声去拉勤,可是不但没有拉起来勤,自己也摔在勤脚边,于是他们一块在雪上滚着、笑着。让洁白的雪像外套一样地裹住了全身。

他们玩得这样愉快,像重逢了久别的老友一样地跟雪亲昵着,嬉戏着。

小麟无邪的红光焕发的小脸使凤凰想起来袁良,小麟的快乐感染了妈妈,凤凰觉得五分钟前的忧郁从心上掀落下去,她用含着无限慈爱的眼睛,注视着她底麟儿,看他在雪地上怎样踢出来他底小腿,怎样张着小嘴去仰头向天,怎样发出来咯咯的愉快的笑声。她觉得在她本身底爱情之外,她更该顾到她底小麟,她不能忘掉袁良是那样地爱着小麟,小麟是在怎样地想念着爸爸的事。她可以没有丈夫,可是小麟不能没有爸爸,她应该带他回到爸爸那儿去的。

"麟!"她不自觉地叫了一声,勤和小麟立刻都回过头来看她,两张脸带着同样天真快乐的表情。凤凰后悔她打扰了他们愉悦的兴致,她慈蔼地说,"不冷吗?"

"不冷。"勤说,他又转过脸去问小麟。"冷吗?小东西!"

"不冷,妈妈。"小麟大声地说,"麟麟戴帽帽!"他用手指着自己底大帽子。

"玩一会进来吧!"凤凰说,但也为他们快乐的游戏影响,她关上了窗,跑到屋门口去。

小麟瞧见妈妈出来,立刻奔向妈妈来,他把他沾满了白雪的小身体靠在妈妈身上，热烈地要求妈妈也一块来玩一会儿雪。

凤凰笑应了他，拉他走下台阶来。

凤凰只牵了小麟的手，笑着看他在雪上跳。她想俯身去拾取雪，让那粉一样的香雪在手中融化，让那粉一样的香雪变成可爱的人形，却又没有兴致。小麟能够玩得这样痛快，她已经满足了。

小麟一会又扑到勤身上去，勤正做着雪球，许多雪球馒头一样地堆在他底脚旁。他说：

"小麟！舅卖馒头，你买吧？"

"我买馒头！"小麟说。

"两毛钱一个，要不要？"

"要！"

勤把许多馒头都堆在小麟穿着的蓝绒衣上，叫小麟提了衣角去送给妈妈。

小麟提着雪馒头，蹒跚地向妈妈走来，在一块被勤挖空了雪露出结了冰的地上滑倒了，馒头飞了一地。

"妈！舅！馒头跑了。"小麟心痛得大哭起来。

凤凰和勤都去抱他，勤说："舅再给做，别哭！"在凤凰怀里的小麟立刻止着了哭声，又要向地上滑着。

"待会再玩吧！小麟该睡午觉了。"凤凰招呼着勤，但小麟不肯进去。

经过勤底抚慰，小麟才安静地听妈妈抱他回到屋子里去。一会，就在妈妈底怀中睡熟了，带着快乐的微笑。

"不冷吗？勤。"凤凰把小麟放在床上之后，问着勤。

勤正面向着窗，瞧着外面的雪！除了跟小麟一块，勤总不爱说话，他像是跟凤凰比小的时候疏远了一点。实质，勤却是把对凤凰底爱比小时候还炽烈地埋藏在心里，他总免不掉害羞，在凤凰身前，他时常什么也说不出来。他不能明白袁良抛开凤凰去爱婉莹的心理，他觉得凤凰占尽了女人底优点，凤凰在他，纯洁得宛如一位天使，他在她身边，连空气，他都觉得因为凤凰底存在而变得适于呼吸。

"不冷。"他回过他好看的为冷雪冻得绯红的脸，轻轻地说，"凤姐姐！你到日本去吗？"过一会，勤说。看着凤凰瘦削的脸，他知道袁良刚刚有信来。

"勤愿意我去吗？"凤凰问着，重坐到桌前，用两手支住了脸。

"我——我——"勤慢慢地说。

"不愿意我去，是不是？"凤凰故意这样说。

"良哥哥想你的。"勤说，再把脸回过去向着玻璃。袁良爱上婉莹的时候，勤没在凤凰身边，这件事使勤苦恼了好久，勤愿意在凤凰悲哀的时候伴着她，伴着她过得快乐一点，凤凰能够高兴，勤觉得比自己高兴还痛快。在慈祥的母亲和温存的姐姐的爱抚下长起来的纯真的勤，对人类充满了正直的宽厚的同情，他愿意帮助人家，这在他是一件最快乐的工作，尤其对他亲爱的凤姐姐，他愿意贡献出他所有的精力。在他和姐姐搬到新京住的时候，袁良已经和凤凰和好了，凤凰没在信上说过一个关于袁良底外恋的字。凤凰用年轻的心吞食了所有的悲哀，可是，她底哀怨的脸暴露了她底悲凄。这无言的叙述更使勤难过，想起和凤凰一块吃着面包的袁良迟归的那一夜，勤觉得男人底可憎了。就是勤，也瞧得出来凤凰是在怎样地为着两个人的小家努力，怎样在那小小的家庭上，付出了全部的青春的。

不过，和袁良过从的半个月里，袁良处处地显露了可爱可敬的气质。他热心地做着工作，就是在他离开新京的最末的一天，他依旧在忙迫里抽出工夫来去看一个从秋千架上摔下来的小学生。他这样无畏地执拗在工作上的热情，使勤佩服又感动。对凤凰，袁良也恰在那时候用尽了丈夫底温存。勤立刻就变成袁良底好朋友了，他们谈得非常投机，勤把年轻的梦告诉给袁良，袁良鼓励他，并且愿意和他一块儿，和他一块儿去服务社会。

从小在女性底爱情里长起来的勤，第一次接触了这样一位理解他的男性，他底聪敏的头脑和发育得过早的感情使他在学伴中异常杰出于那些和他同岁或者比他大一两岁的男孩子们。虽然在体力上都发展到了顶点，智慧却依旧贫弱得可怜，他们的粗暴的性情也使勤讨厌，他在学伴中，表面上虽然和大家都很好，实际他却是孤独的，他正渴望着这样的一位朋友。

他和袁良什么都谈到了，甚至对女性的憧憬，他也坦白地讲出来，在他们都爱着凤凰的一点上，勤觉得和袁良之间更多了一层亲密的联系。他毫不遮拦地把他对凤凰依恋的感情说给袁良。袁良在临行的时候，这样和勤说，"勤！和凤姐姐一块来吧！你是我底最好的小弟弟。你在，凤姐姐也许更能多原谅我一点，勤！来吧！来帮助我来爱她，她被我惹伤心了。"

　　勤愿意伴着凤凰到日本去，他底中学生活已经在暑假时候结束，他预备去考东京的高工，他并没有把这心愿说出来，他不愿意再用姐姐底钱培育自己。在李莹家里，实际上跟他自己的家一样寄居的事，妈妈没死以前已经使他觉得苦恼，他觉得他该用自己的劳力去换取自己的生活费，这舒适的生活对他不啻一种侮辱。但他不能说出这心境，他知道这是要惹姐姐伤心的。

　　凤凰来的时候，他正和姐姐为了他升学的事在打嘴架，李莹愿意他去日本，勤自己本来也这样想，他想在考过新年招考的官费留日之后再定。如果考上，他当然去，考不上的时候，他想去就职，他要离开姐姐底家。

　　李莹明白勤底心，她不肯勉强他，她知道自尊在骄傲的年轻人身上的力量。对凤凰也是一样，她没有勉强她和袁良一块儿走，她用她慈蔼的心接待了她，但她这样说："过两个月，勤送凤姐姐去吧！"

　　勤从没有说过去日本的话，他只和小麟一块尽兴地玩着，李莹误会到勤愿意留凤在他身边，她怕这纯真的依恋挫伤了勤底壮志。她对勤底期冀的心，比期冀自己的心还热烈，她请凤凰劝一劝勤。

　　勤去学日语去了，他进步得非常快，袁良走后的三个月中，他已经能说简单的会话了，他并且在他回家的时候教给凤凰。他说等他能完全说会普通的话的时候，他要和凤姐姐去找良哥哥。

　　凤凰却并不热心，勤底无言的依恋使得她客居的心异常温暖，她常常故意地惹勤难过，然后再去安慰他。在这样的小风波里，她感到和袁良共处时没有感到过的坦白、纯真、无邪的快乐。今天也是一样，他知道勤看见袁良有信来，虽然勤和凤凰都觉得凤凰和袁良与勤和凤凰之间的爱情不同，这爱情之间没有忌妒，可是总爱不知不觉地用这样的事来互相调侃。

"良哥哥想我，勤怎么知道呢？勤偷看我信了。怪不得我底信像是被人拆过了一样。"凤凰笑着说。

"我不会那样做的，"勤依旧望着窗子，用手指划着窗上的冰的花纹。

"真吗？"

"真。"

"那么，勤不喜欢我了是不是，一点也不关心我，我想勤一定先看看良哥哥的信，然后再拿给我，我和勤什么都不分。要是我是勤，我一定先看一遍，我怕良哥哥写出什么不合适的话来伤了凤姐姐底心。勤大了，慢慢就不要凤姐姐了。"凤凰说，声音一点比一点小，最后，悲哀地低下头。

勤先听着，脸上依然带着微笑，看见凤凰底脸一点点黯淡了的时候，不由得着急起来。

"凤姐姐，你真是，你——"他相信了凤凰底话，他知道凤凰底神经已经被悲哀扭得敏感了。可是他怎好真的看一看袁良写给凤凰底信呢，他爱袁良，更爱凤凰，他希冀他们和好。但他下意识地怕凤凰和袁良重合之后忘掉他，他有时情不自禁地忌妒着袁良，常常不在意地说出这心绪来，虽然那不过是情感变化的一刹那间的事。

"你真是——"他想说你真是糊涂，可是他说不出来。凤凰冤枉了他，他急得脸红了。

"勤不管我，我要走了。我住在这有什么意思呢。"凤凰用信挡着自己底脸，带着无限的哀怨说着。

"勤知道良哥哥底心没在我心上，勤知道的。"凤凰索性伏在桌上，长长地叹息起来。

"凤姐姐！"勤只能这样热情地叫着，他急得流泪了，"凤姐姐！"

凤凰突然跳到勤眼前来，用双手捧着勤底脸，看见勤底好看的嘴唇急得轻轻地颤抖的时候，她用嘴嚌着了它们。

这是一个太突然的动作，在嚌着那可爱的嘴唇之前凤凰并没有一点想吻勤的心，她只是看了那可爱的唇不自觉地嚌着了而已，但在接触着之后，凤凰立刻退下来，她看见勤的脸红上来。才觉得自己底双颊也热灼了，他们虽然亲昵，还从来没有吻过。

勤一时间仿佛傻了一样，嘴唇上的愉快的感觉很快地送到他身体的各部，他觉得全身都震动了一下，他咬着了下唇，愉快得只想哭泣。他伸出一只手，他想去拖着凤凰，那手痉挛的在空中颤抖着，怎样也伸不到凤凰身前去。

凤凰望着勤，望着勤在空中摇晃着的那只手，她拉着了他，并且放在自己心上。

"小勤！我底心跳。"凤凰说，她不知道自己为什么那样兴奋，她从来跟勤一块儿的时候也没有过这样兴奋的感情，她不想遏止，她很久没有这样快乐过了，她心里想到了另一件事，望着勤顾高、茁壮的身体，凤凰说，"小勤！我要看一看你。"

她解开他的纽扣，脱去了他的上衣，又拉开里边的绒衣和背心，她让勤底宽阔的肩一点也没有遮盖的裸露出来。

勤听着凤凰，他不知道她要做什么，他底脸因为羞耻渐渐地由红变紫，一会儿又一点点地苍白下去，他想阻止她。可是他终于什么也没说。

凤凰抱着勤底润泽的肩，用灼热的颊贴着他，她有一点昏乱了，她也不知道自己要做什么。勤底肩长得这样好看，像浮雕的人像一样，美丽得使人不忍释手，她用嘴吻着他，她底泪沿着两颊流下来，斑斑点点地落在勤底肩上。

忽然她想及了勤还是纯贞的孩子，她这样忘形的动作或许有害于他。她知道勤还没有跟别的女人亲过。第一次的两性间的亲昵，她是知道那麻醉了一样的感觉的，那感觉可以使人发疯。虽然她并没有一点冒渎勤的心意，她只是在一种亲爱的心情，一种姐姐爱弟弟，一种类似她亲小麟时一样的心情下亲了勤的。可是勤——

她去看勤，勤闭上他好看的眼睛，双肩驯顺地贴在她手下，她去拿过勤底里衣来，慢慢地裹在勤肩上，抱着他底头，小声地说：

"勤！你真好看。"

她明白在勤是一个非常的冲动。她觉得自己不该了，"勤，原谅我，原谅我。"她俯在勤耳边，热情地说。

"不！凤姐姐，我爱你。"勤抢过来凤凰手中的衣裳，逃一样地跑了出去。

外面的雪住了，风开始呼啸起来，凤凰望着那被勤关上了的门，觉得自己底心跟地上的雪一样地在风声中动荡起来。她站在勤站过的地方，怔忡着，不知道是不是去看一看勤好。

小麟醒了，他刚刚坐正了身子就大声地喊着舅舅，他在梦中没忘掉他愉快的游戏。他一定要妈妈抱他找舅舅去。

凤凰抱着小麟去找勤，勤并没在自己底屋里，凤凰底心恐惧地跳动着，她不知道自己是不是做了一件错事，她站在勤底屋门口，不知怎样才好。

"妈妈！舅舅！舅舅！"小麟不耐地催促着妈妈，往屋门挣着。

凤凰抱小麟到门口去，隔窗，她看见了勤，勤在压满了白雪的榆树下面站着，双手插在裤袋里。

小麟也看见了勤，他大声地呼唤着。

勤走进来，抱起来麟，他躲避着凤凰底眼睛。

"看！小麟！雪住了，有风，待会再玩去吧！"勤说，他底声音和平常一样，只是非常低。

外面的雪被风吹得飞旋起来，像海中的波浪一样，旋成了起伏的曲线，那曲线不停地变换着，翻滚着，正像水在风中，不安地摇动着自己的身体。

"小麟听舅话，有风，一会去吧！"凤凰也这样说。她竭力去看勤底脸。

勤抬起脸来，眼睛里带着一种异样的光闪，他看着凤凰慢慢说：

"凤姐姐！找良哥哥去吧！咱们一块儿去。"

异 国 篇

长篇小说《小妇人》之一章

原刊北京《中国文学》

1 卷 8 期 (1944 年 8 月)，第 18-24 页

开了屋门，恰好瞧见淡红的晚霞变深又变紫，公寓里的婆婆在喂鸡，美丽的白鸡鹤一样高傲地站在笼子里，啄食着撒在地上的谷粒。紫色的明亮的晚霞的光彩，停留在鸡的翎毛尖上。空气清新得如国内的清晨，凉的风，微微地吹着。街上响着清脆的木屐的声音，小女儿在喳喳笑语，突然，一个五色的大皮球从邻家的矮墙内飞起来，在空中转了几转之后，又飘飘地落下去。

地上，枝上还有残存着的桂花，金黄的四瓣的小花朵。一堆堆地枯萎了，但依然保留着诱人的甜香。袁良双手插在裤袋里，看婆婆悠悠然地喂着鸡。

袁良觉得自己忌妒婆婆那样安闲的心境。他就是在最快乐的时候，也没有这样舒过心。

"晚上好！"婆婆笑着招呼着袁良。

"晚上好！"袁良微笑着回答了婆婆，在他说着这句简单的日本语的时候，脸微微地红起来，虽然他知道他并没有说错，而且字音也说得很正确，他却没理由地觉得羞涩。

虽然刚刚住到婆婆底房子里两个星期，婆婆对独处的袁良显示了所有的日本女人底优点，她关心到袁良的冷暖与健康，像关心自己的家属一样。每天早晨在袁良到学校去的时候，她总细心地把他底皮鞋

擦好摆在门口的，这件事情使袁良非常不安。他想阻止她，又苦于说不出自己的意思来，待看见婆婆也把别的客人的鞋擦好摆在那儿的时候，袁良才逐渐怡然了。这件事虽然温暖了他旅居的心，使得他觉到了一种超越了国际的温情。可是，他却觉得另一种难耐的苦闷，他不自禁地想着海外的家乡，这温情更加深了他的乡愁。

公寓是一个简单的公寓，只有七间屋子，住了六个单身的男人和一个单身的女人。都是在什么地方上着班的年轻的男人，有一位画家和钢琴家。女人说是舞女，生得很婀娜而不太好看。常常用清脆的声音唱着歌。

七间客室有六间在楼上，楼下唯一的那间客室住了那位女客，厨房的旁面有一间饭厅，从楼上下来的时候，左面第一个门是女客的房间，第二个门是饭厅，右面住着公寓的主人。

门前种着竹子和棕榈，墙是桂花的丛树，房上爬满了爬山虎，窗子像童话里小精灵们探出头来的小窗子一样地络满了肥厚的爬山虎的叶子，就是晚秋的现在，也还浓密得瞧不出窗框，只是一个个的小黑洞，洞里露出绿的白的灯光。房子的前面是靖国神社后园的郁苍的绿林，很安静的一块地方。

早上，在太阳还没到来之前，小鸟们就来了，唱着不同调子的歌。袁良随着太阳一块儿起来，在早饭之前，热心地自修着日语。

在饭桌上，他和右邻的画家，对门的钢琴家很快地接近了。他们用字代替了语言，交谈了许多嘴里说不出来的话，年轻人们底心，很容易地就结合在一起，虽然语言有着隔阂，好像已经互相了解了。

天逐渐地暗黑下来，仿佛听见了远远的海潮的响声，空气凉得沁入心里，不是觉得冷的那种战栗，但却从心往外地觉得凉意透骨，心止不住地颤动着。袁良拉了拉自己的绒衣。

绒衣是婉莹织的，这细织得像机器织的银灰色的长袖内衣，是婉莹留下的唯一的纪念。连一张婉莹底照片也没有、婉莹写的一个字条也没有的袁良，在这件耗费了婉莹的劳力和脑力的绒衣上，感到了婉莹的说不尽的柔情蜜意。穿着它，仿佛婉莹的妩媚的气息在体腔内流动着一样。

离开凤凰到异国来的时候，袁良抛弃了一切有关于婉莹的东西，他企图整个在生活中推出婉莹去，连记忆也捆系起来。他愿意安静了自己之后，去迎接凤凰，去迎接他失掉的快乐的家庭。

但在他刚刚到学校里上课后的第一个礼拜日，他接到了婉莹寄来的包着这件绒衣的小包。在他们共处的时候，他曾经看见婉莹细心地织着这件衣裳，他没想到婉莹预备送他，更没想到他们别离之后婉莹会寄了这件衣裳来。

只是一个普通的邮包，写着婉莹底住址，之外再没有一个字，婉莹依旧住在她为袁良买的那一所小房子里，好像并没有回到她和她丈夫共有的宅中去。袁良不知道那位张长庚先生是不是已经从温泉里回来。设如他看穿了婉莹底怀孕和他毫无关联，或者是听到了袁良和婉莹之间的微词，他不知道婉莹用怎样的方法对付他，虽然他知道聪明的婉莹总不会把事情弄僵，袁良却觉得说不出的歉疚。他留给了婉莹这些难以分解的烦难，一个人悄悄地过海而走，他觉得自己卑鄙得可耻。

可是，这已经尽了他最大的努力了。为了凤凰，能离开婉莹就是好的结束，不然，凤凰会比婉莹还痛苦的。袁良只恨自己的轻率，恨自己轻率地爱上了婉莹。

哪一个男人能在婉莹底爱情中而不失身呢！那天使一样的婉莹！那天使一样的婉莹！

袁良倚身在门柱上，望着眼前变黑了的丛林，轻轻地叹息起来。

婆婆不知什么时候已经走回屋中去，鸡笼中的鸡发着愉快的咕咕的声音，一会就安静下去，夜来临了。

每天的晚饭后，袁良到钢琴家的屋里去学日语，他们彼此交换，钢琴家姓村上，是东宝少女歌剧的伴奏人之一，说是从今天起作夜班，他们底课程只好暂时中止了。

因为没有往常的工作，袁良觉到了第一次在异国觉到的空洞的感情。这习惯上早起的民族，晚间都睡得很早，九点钟的时候已经寂无人声，尤其这住户很少的靖国神社一带，虽然天也还刚刚黑，也不过八点将过，安静得仿佛连空气都静止了一样。

袁良想回屋子里去念日语，想预备一下明天要教的课程，却觉得无心绪，倚在门柱上的背渐渐地为水门汀的凉气冰得失去了感觉，夜雾沉重地坠下来，在裸露的手臂上留下了寒冷的水珠。袁良用双手抱着肩，唯恐夜雾濡湿了他底绒衣，他底心，越过了山和海，越过了广大的空间，飞到婉莹底身旁去。

他看见她独守着灯，抱着那个可爱的法国人形，穿着她那件银白的衣裳，长久地坐着，没有一点声音。

袁良掏出来手帕，像拂落脸上不意地挂上了一张蛛网一样细细地揩拭了脸，走出桂花的短墙来。

　　路在寒冷的夜雾中濡湿了，踏上没有一点响声，偶尔有一枚小石子被踢起来，跟着就翻落下去。路灯亮着，彼此照出细长的身影。急行电铁带着亮的尾巴，在铁轨上，疯了的马一样，微微倾斜着身体，风一样地急驰而去，电线上迸出来蓝色的火光。

　　袁良信步前走，没有思索，也没想思索，只是走，在晚秋的寒冷的街上踟蹰前行。

　　一会，又一辆电车急驰过来，带着快乐的乘客和亮的灯光。刚到东京，袁良苦于电车的骚扰，每天，头都仿佛被那轰轰的响声震破了一样，吃饭，做事，脑中总是回荡着那讨厌的声音，连觉也睡不了。可是，在习惯下来之后，那差不多相隔五分钟就响起来的声音，反倒成了生活中的一点点缀，在独居的时候，寂静成了可怕的威胁物的时候，反倒盼望电车的响声来震破这可怖的寂静之网。

　　看见电车从眼前驰过，又消失在远方之后，想到那许多人中竟没有一个是自己熟识的时候，袁良觉得心里这样空洞得怕人，完全的孤独。没有爱，没有憎恨，连普通的人情也感觉不到，仿佛孤岛里一样的完全孤独的生活。袁良觉得和所有的人们都失去了联系。踏在脚下的大地，也失去了记忆中的大地的姿态，陌生得像一个庞大的怪物一样，他觉得脚下不安地蠕动起来，仿佛要摔倒他，又像踏在水上，海潮在漂着他行走一样。

　　摸着袖子，想到在认识婉莹之前和凤凰的山盟海誓，两人相依为命的情景，觉得像是隔世一样。好像那是做梦，很久以前作过的一个纯情的幼稚的甜蜜的梦一样，那梦因为岁月的损毁，已经失去了轮廓的清楚的棱角，只依稀有一个旧日的形象存留着。想在那依稀的形象里挖掘甜蜜，像到离去了蜂的蜂巢中去掘蜜一样，尽了最大的努力，掘出来的也不过是残余在巢边上的一点余沥，那甜味是要在反复地吮吸后才能觅得的。这反复的吮吸所需要的忍耐，所需要的毅力，得要怎样长久的时候才能换取到手呢。袁良用作丈夫，作父亲的义务责任感鞭挞着自己，把自己从婉莹底身里拉出来，送到离去了凤凰的蜂巢中去了。

也许因为习惯，无意中走到每天必走的电车站上来，袁良看了看表，还不到九点钟，他突然想到银座去走走了。辨明了来去的电车的方向之后，他踏上了到银座去的电车。

车停下来的时候，望着眼前杂沓的人流，忽然觉得远离，那跑着的汽车，快得使人眼花，在穿过横道的时候，袁良有两次撞在别人身上，慌乱得连交通号灯也分辨不出颜色来。

银座在奏着繁华的夜曲，路两边陈设着不同的摊床。灯光下，五光十色的物品，美丽地罗列着，人们穿行在货物之间，挑选着，评判着，摊主带着微笑，夸示着自己的货物。

女人底香粉在霓虹灯里仿佛更加浓郁，灯下，那些异国的女人在袁良眼中都带着可爱的姿态，日本女人底艳装，白天看去虽然有做作感，晚上却觉得恰到好处，她们笑语着在人间穿行，甩舞着曼长的大袖，仿佛花蝴蝶一样的愉悦又自然。袁良立刻想到了婉莹和凤凰，想到家乡，女人底鲜艳的衣饰，在他眼前幻成了耀目的光彩，他无端地觉得那光彩正在他头上无声地降落，他摇了摇头上的黑发，转向了一个生意冷落的摊床。

袁良忽然觉得有很多人用诧异的眼光看着自己，他们看穿了这是一个来自远方的异国人吗？半年之前，满洲国的皇帝来访问过这东亚的最繁华的都市。宣传很久的日满亲善表面化起来。现在在这都市里到处都装饰着大陆的色彩。百货店的窗饰绘着大陆的秋天，广告画上画着饱满的金黄的大豆，咖啡店里挂着李香兰的放大照片，播音机在唱着"何日君再来"。

这些做了街头谈话的资料，学校里的汉文成了必修课了，北京话成了最时髦的语言。年轻的男女留学生都憧憬着去开发大陆，梦着那遍地黄金的肥沃的国度。对来到东京的学生，在发现了她或他是来自满洲或中国的时候，免不了要细细地打量打量。袁良下意识地觉得踟蹰，他回望着身边的人群，他一想到"一个人"，一个人独居在异国，连身边的人群在群的关联上都和他毫无牵连的时候，他觉得他被孤独的寂寞吞进去，失去了所有的人生的快乐。

他渴望着遇见一个和他同种族的人，一个和他说着同样语言的人，他渴望着说说故乡的语言，用故乡的语言来互相酬答，他觉得他像哑子一样地夹在那杂沓的快乐的人流之中，失去了说话的机能而渴于表达意见。那时候，由满洲经过朝鲜到日本去的留学生像决了堤的洪水一样地灌流到日本去，就是由天津、上海方面乘船去的留学生也多得不可胜数。从这个摊床转向那个，袁良留心着身边的人，渴望着在这灯烛辉煌的街上，发现自己的同胞。

有很多可爱的小衣裳穿在小天使一样的小孩的模型身上，袁良好像从来没看见过这样使人中意的小衣裳，又实用，又好看，他不自禁地想起来小麟，他想买两件带给小麟穿。

他挑选着，女摊主细心周到地替他找寻了许多件，仿佛那聪明的在学生制服上套了一件白的作工服的小姑娘立刻懂了他底喜好一样，她拿过来的每一件，都使袁良觉得中意。

他选了三件，付了钱，在小姑娘为他包裹的同时，他打量着她。

并不好看，普通的日本女孩子底脸，脸上带着谦逊的笑，那谦逊的笑容增加了她底可爱感。袁良无端地觉得那谦逊的笑是在嘲笑他，他知道自己底女同胞的脸上难找寻到这样纯情的表征。他接过来她包好的包裹，在她道谢声中，急急地跨开去，他心里充满了一种难以形容的惭愧的感情。

大的百货店都休息了，紧闭着铁栅的门，庞大得像一匹怪兽一样地偃卧在黑暗之中。屋顶的霓虹灯，做成好看的不同的新奇的图案，一明一灭自变换着颜色，像满天升起来的五彩的花炮，像空中开满了如锦的春花，灼烂地闪烁着。

他信步转入了银座旁面的小巷，那里罗列着食物的摊床。一辆有棚的四轮车做了烹调场，烧熟了的鸡的香味，葱的特有的气味，蛋糕的甜香，豆团的清香，一阵阵地随着模子的翻动飞出来。有人撩开在蓝色的小布帘上印着"烧鸡"的白字的小帘子把头钻进去了，在帘子上印上了端着酒杯喝酒的黑影。

袁良想吃一点什么，在那许多写着咖啡、轻食事、吃茶的字样的精巧的店门前，听着里面那和自己底语言完全相异的谈话和音乐，却又无端地觉得心悸，他想吃一点中国的点心，并且想到中国人的饭馆里去吃。

他在这充满了酒香的街上寻找着，记得仿佛是有一家门面不大的中国馆子。在他来到东京的第二天，学校里唯一的国人同事孙先生，曾经在这儿给他接风，那一天他只记得三越和高岛屋两个百货店的广告牌子挂在两处很高的楼上，又怎样地拐下几拐就完全不记得了。现在三越在眼前，高岛屋也不远，可是那家一度吃过家乡饭的小铺子却怎样也找不到。

袁良叹了一声，连这样的一点点的心愿都满足不了，他越发地觉得无聊起来。他绕了一个圈子，心里好像真的饿得很空似的，他把买来的小衣裳挟在腋下，走进一个卖烧鸡的车子里去。

车正中支着烧着炭的小炉子，炉四边围着光滑的木板。木板的一头，有纸筷子的包，炉上面，摆着一串串在细铁棍上的鸡肉块、鸡肝和切得小小的葱段。一个五十岁左右的老头在翻动着，焦炙了的鸡肉的香味浓重地发散出来。

"来！您。"老头招呼着，并且在光滑的台板下面摸出来一只酒杯。

袁良去接，老头却递给另一个站在车角上的穿着和服便服的一个商人模样的人，但嘴里笑语着向着袁良：

"要酒吗！等一等！对不起。"立刻又摸出一只酒杯来递给袁良，为两位客人斟好了酒。

婉莹爱在临睡的时候，用一点辣的牛肉干陪着袁良喝一小杯酒。因为袁良没有量，她买了本地酿的山葡萄酒，她说是那酒香又力微，不但不会醉人，并且会使人心醉，爱情在酒里比在酒外浓郁。她底喝过酒的双颊，桃花一样地照人。

把酒杯端近唇边，看见酒是日本的清酒，澄清得仿佛水一样，细细地逼视之后，在朦胧的灯光里，才显出了淡淡的黄色。袁良要的不是这样的酒，他要的是黑紫的，凝视中又变成红颜色的葡萄酒。呷了一口，他不知道在他舌上铺散开来的味道是酸是辣是甜，他体会不出那酒的滋味来，浓重的乡愁使得他底味觉神经失去了辨味的机能。

袁良觉得眼里好像有泪了，他放下杯，去裤袋里摸索手帕。这之间，他挟着的衣包从他手臂间滑落下来，滚落在那一位喝酒的商人身边。商人替袁良拾起来，开始向他搭讪。

酒原是最会引话的东西，尤其都是独身，在黯夜中在一个小酒车前碰面，真是再好也没有的聊天的机会。那位客人看去已经跟酒是老朋友了，他珍惜地让酒在舌间打着转，细细地品吮着滋味之后，才咽下去。

他先说天气，又说银座上的灯，又说摊床上的货，又说车中的鸡。袁良只听着他，他不能完全了然他底话。那位饶舌的人也不给袁良回话的机会，袁良也并不想真的跟他说什么，他瞧着他，像瞧件货品一样地瞧着。

那位商人自己连说带笑地讲了一阵之后，忽然发现袁良不但没应和着他，且没注意于他底话的时候，他笑着拍了他底肩一下，并且要请他干杯，他连续着说了好几句萍水相逢的应酬话。

袁良不知怎样回答才好，他会说的简单的话一下就露出了破绽，那位饶舌的客人立刻就追诘起来：

"您是满洲人中国人呢！"

袁良不知道说满洲还是说中国好，他只点了一下头。

"满洲人好！""满洲人真好。"商人说，卖酒的老头也从他底工作上抬起脸来，带笑地和了一句：

"满洲人好。"并且仔仔细细地看了袁良一眼。

商人立刻端起酒杯要和袁良碰杯，他显得非常高兴，他说他要以这一杯酒算开始，从现在起，来和袁良作朋友。他端着酒杯，用十分热诚的脸色等候着袁良。

袁良也端起杯，他只在唇间沾了一沾，那位商人却一饮而尽，看见袁良眼前的酒，他不满意地，用着不笑的声音说：

"这个不行呀！朋友的不是。"

"我的酒的不行。"袁良说，说完却觉得不是滋味，勉强地笑了一下。

"我正在学满洲话，我要去做买卖，我底表弟在奉天。"商人说，为了怕袁良听不明白，从怀里掏出小小的日记本来，在本上写了买卖，奉天，表弟等等的字样。

袁良点了点头。

"这是协和，"商人接续着，他兴奋得忘掉了他底酒杯，他一边写着一边作着手势，"这是亲善，我们是兄弟之邦，要像兄弟一样地共事。满洲人没有力量开发实业，日本人有，日本去开发，这是帮助满洲人。满洲和日本共存共荣。大家一块吃饭。"

也许他觉得他既说得明白又俏皮，他哈哈地大笑起来，"我去卖大豆，把满洲的大豆运往世界的各个地方去，这样的大买卖一定要日本人来作，日本人有这样的魄力，日本人最公平、正直。"

"是呢！"卖酒的老头插着嘴，"日本人最公平，正直，而且最爱帮助别人。"

他们互相瞧了一眼之后，高兴地笑起来，商人热心地来劝袁良干杯。

这酒怎样也不能代替袁良心中的山葡萄酒。商人和卖酒的老头底快乐的、被烟酒和兴奋的感情染红了的脸，和袁良苍白的寂寞的脸成了一个明显的对照。袁良想离开那儿，他心里被酒引出来的哀愁使得他完全失去了再在这小车子中停下去的兴趣。

他咬下来铁棍上的最后的一块鸡肉，他没有觉到肉香，他付了钱，在商人殷殷的话别里，无言地走了出来。

街口的银座上依旧流动人群，那里的光亮显得眼前很暗。袁良想回去睡觉，不知什么时候他变得毫无心绪。他向着辉煌的银座前行，虽然他怕那亮的灯再照上他底脸，可是他不得不走，他要在那儿去上电车。

忽然，袁良听见有人叫他，用他本国的语言，而且是叫着他底名字。

那是一个女人的声音，那声音仿佛仙乐一样地在袁良耳中作了一个极其悦耳的符号，他像在死寂的孤岛上看见了人一样地立刻觉得喜从天来，快乐得心里开了花。

"谁？谁在叫我。"

他忘其所以的甜蜜地反问着，立刻回身看去。

在他身后，在一个烧鸡棚边，有四五个人站着，一个穿着灰色呢大衣的女人正向他跑过来。

"好像是你，我大胆地叫了一声，不料真是你。"女人笑语着，在袁良张开的双手中放下了自己底纤手。

袁良握着下女人底双手，在她圆圆的脸上。尽力地找寻着往日的痕迹。那脸上比从前胖了，显得更圆，仿佛一只熟透的红苹果一样。

圆的眼睛里还多少有一点小时候顽皮的情绪。"你怎么会到这里来？"袁良问。

"你怎么会到这里来？"女人也问，立刻接着说，"不但我来了，妈妈也来了，你更想不到吧！"

"是么。真的？"袁良说，脑里立刻浮出来一个中年的漂亮的女人的面影。

"不信，你跟我看去。"女人说："真的，良哥哥，你什么时候来的？"

"两星期前，"袁良答，"小莲！不！莲妹妹，你们什么时候来的。"

"比你资格老，这个暑假一年。"被袁良叫着莲的说，顽皮地噘了噘嘴唇。

"你来念书，还是——"

"当然来念书！"莲说，"你呢？"

"我来教书！"袁良说，自嘲地皱了下眉头。"嘿！不得了。教谁，教日本学生？"莲问。"暧——"

"真棒！咱们比不了。"莲说，轻佻地大笑起来。

"别闹！小莲，我问你，姨姨在哪？"袁良瞧着系在莲头上的淡青的纱结，仿佛回到十年前的梦里去一样，觉得一种说不出的甜蜜又惆怅的心绪缠在心上。他觉得莲好像并没有比十年前大多少，岁月没在她脸上刻上一丝成人的痕迹，她依旧姣好得一如少女。

"妈在家，告诉你，你也弄不明白，上我家去吧！"莲说着，甩开了袁良底手，招呼着身后的同伴。

那是几个穿着黑色的大学制服的人，其中有一个已经喝醉了。他被其余的同伴搀扶着，踉跄地随着大家前进。

"谁？莲！"一个人问莲，指了指袁良。

"管不着。"莲说，瞧了袁良一眼。又向着他们，"对不起，我要先走一步！"说完，拉了袁良就走。

"莲！大家一块走吧！"袁良说，"不要因为我——"

"管他们！那群讨厌鬼。"莲说，向袁良笑了一下，拉袁良站到电车前面去。

话旧篇

长篇小说《小妇人》之一章

原刊北京《中国文学》
1卷9期 (1944年9月)，第15-21页

莲带着袁良在一幢华丽的洋房面前停下之后，熟稔地伸进一只手臂去开了很矮的院门。门是普通的木门，两边有两条洋灰混石子的门柱，柱上一只球状的灯。就着灯光，袁良看了看钉在门柱上的小门牌：

"麻布区材木町二丁目八番地李田砚琴。"

莲正顺着弯曲的石甬路跑到房门前去，并且大声地叫着妈妈。

一个中国的娘姨迎出来，接过去莲臂上的外衣，她和莲说了句什么，袁良没有听清。但袁良觉得心里异常温暖、舒适，这样的感觉和回到公寓去被公寓的婆婆接进去时的感情完全两样。只是觉得亲，像是回到多年不见的故乡去听见了乡音一样。

他走到房门前来，娘姨迎着他请了一个安。

这样的行礼的仪式，袁良已经有几年不见了，从和凤凰奔到关外去的时候开始，北京的一切都像烟一样地在记忆中变得朦胧起来。几年来的颠沛，像是都被这古老的行礼仪式唤醒了一样，心中微微地觉到了生活的辛辣，但这样的感情一刹那就过去了，一时间，袁良反倒不知道说一句怎样的话才好。莲底母亲迎到门前来，亲热愉快地问着：

"是良哥哥吗？"

袁良觉得一种说不出来的喜悦，听见表姨底圆润的声音，他忙着应了走进门里去。他望着莲底母亲——自己底表姨底脸，竟尔说不出一句话来。

"表姨！"袁良这样叫了，脱去了鞋，踏到擦得晶亮的地板上来。

"真是巧事，若不是莲儿遇见了，我再也想不到你在这儿，家里都好？"莲底妈妈说，亲热地望着袁良底脸。

"我也想不到表姨会在这儿。"袁良说，莲这时候去开一个对着进来的房门的屋门。

妈妈立刻阻止了她：

"莲！让哥哥楼上坐吧！客厅里有客，你们先上去，我就来。"

莲望了自己底妈妈一眼，拉了袁良底手，转过了一个日本式的条屏，到楼梯那儿去。

楼梯也和踏在脚下的板地一样擦得晶亮，袁良被莲扯得快要滑倒，莲还像小时候一样的活泼，走路总不肯安安静静的，仿佛跳着走一样。

上着楼，袁良问："莲！姨父呢？"

"爸爸吗？"莲稍稍地停了停，"没在这儿——就是妈妈和我，妈妈陪我读书来的。"

"姨父在老家？"

"没有，在天津。"

"是么？你也从天津来的吗？"袁良问，莲带他到一间纯日本式的屋中来，屋中的床间挂着郑孝胥写的中堂，画下摆着一瓶怒放的菊花，屋子正中，有一张用贝壳嵌成图案的矮脚的长桌。

莲去拉开了一个随墙的席门，拿出一个四方的坐垫来。

"要吗？"

莲把垫子在桌前铺好，问着袁良。

袁良点了下头，不习惯地在桌前盘腿坐好。莲伸直了两腿随便地坐在细致的叠席上。

"伸开腿吧！一会儿腿会麻的。我总是坐不好，日本人净笑话我，笑由他笑，坐由我坐，我们又不是日本人，用不着练习盘腿。我一瞧见日本女人跪在席子上的样子我就发烦，一瞧就比男人矮一截似的。"

莲说，皱了一下眉，又哈哈地笑起来。

莲底脸并没有变，依旧保持着小时候爱娇的风姿，团团的脸，小小的嘴，小的圆鼻子，嘴旁一个圆的笑涡。袁良想起两人在一块玩的时候，自己曾经叫莲咬着嘴唇，在那圆圆的笑涡里涂了黑墨的事，忍不住地微笑起来。

"笑什么！良哥哥。"

"我想起来往你脸上涂墨的事。"袁良说，看着莲底脸，看着莲梳得高高头，觉得光阴并没有在这活泼的女孩脸上留下时间的痕迹，她仍然像一个不懂事的小姑娘一样，脸上充满了天真的神气，那梳得很高很光滑的时代的发型和她底脸神一点也不相称。

"是么，我不记得，"莲摇着自己底头，"我倒是记得我摔到泥坑子里，你抱我回家的事。"

"还记得么？"

"还记得你留了一碗炸丸子给我，丸子叫猫吃了，你哭来着，哭得好伤心呢。"

莲说，又笑起来。

"良哥哥，你结婚了吧！"

"你怎么知道。"

"我猜你一定结婚了，你底神气带出来了。"

"你还会看神气？"袁良也笑起来，他只是觉到一种非常愉悦的情绪，仿佛几年来都没有这样愉悦过一样，过去的欢乐的景象，生动得电影一样地在他眼前活动起来。他看见了自己底家，自己底爸爸和妈妈，铺着砖的青色的院子，在红色的石榴下和莲一块追赶着那只雪白的白猫。

"你没结婚，我也看出来了。"袁良说："可是你在恋爱。"

"不对！"莲摇着头顽皮地说：

"结婚也没有，恋爱也没有，我不能像你那样忙，谁都不知道，悄悄地一个人先结了婚。"

袁良想及了凤凰，又想到了婉莹，如果在和婉莹底遇合上来说，也许自己是结婚结得忙了一点。可是，对凤凰，他没有一点不满意，尤其异国独处的现在，他只觉得太亏待了凤凰，他底寂寞的心，越过了山和海，萦绕在凤凰身边。他不假思索地说：

"你看见她，你就知道我为什么忙了，她好看极了。"其实凤凰在袁良心中早已失去了容貌上的美和丑，她存在他心中，像内脏存在人类的体腔中一样，有一种不能消灭的功用和价值。离开她，袁良才真正地觉到了凤凰在他生命中所占有的地位是这样坚固又伟大。他和婉莹的恋爱也不过像一片云暂时遮着了月亮一样。到云消之后，月亮更显得晶莹起来。凤凰底美点，在独处的袁良底回忆中，是最温馨的慰藉。袁良底心里，正充满了深重的忏悔，他只这样简单地赞美了凤凰。

"那当然，不好看，也不会中您底意哟！"莲说，霎了霎自己底眼睛，颇有些不高兴的样子。

袁良先以为没有赞美才惹得莲生气，但立刻想起来一件往事，他觉得自己把话说得冒失了，他解释着：

"好看，只是说明她好，其实她不是什么美人，她待孩子过家都好。"

"我知道一定是十全十美的。"莲说，泛笑了一下。

原来，在袁良母亲在世的时候，对袁良和李莲曾和莲底母亲有口头上的婚约，不过因为袁良底父亲不喜欢那位嫁给李司令做三姨太太的姨表妹的风骚样子而阻止过这件事。恰恰莲底全家又在袁良十四岁的时候回南去，所以这件两个母亲口头上的约定无形中搁浅了。那时候，袁良和莲，正是天真的一对，莲从小爱娇，在姨表兄妹的嬉戏中，总非占上风不可，很小的袁良就不喜欢莲的娇脾气，可是因为他生性宽厚，自己又没有其他姊妹，总是大哥哥一样地让着莲的。两个妈妈提起这件事的时候，莲天真地问着袁良：

"良哥哥我跟你一块儿住，你愿意吗？"

"你不好看，我不愿意。"

其实幼小的袁良底心里并没有所谓愿意和不愿意的区别，在孤单的他底独生子的环境里，多一个莲那样活泼的女伴正是惬意的事，他那样说，不过是为了要和莲斗气玩。

"我不好看，你好看！"莲气得哭着这样骂了一句之后，再也不肯理袁良，接着莲底家回故乡去，袁良连一个解释的机会也没有。过了十几年后的今天，莲还把旧日的感情留在心上，袁良觉得很僵，旧日预备好的解释的词句，不但忘了且也不好意思说出口来，他只好微笑地看着莲底脸。

楼梯上有走路声，袁良盼望是莲底母亲来了，对这位仍然保持着孩提时代的易喜易怒的情感的姨表妹，在情海里挣扎过的袁良，竟想不出一句合适的话来岔开她底不悦。

来的是那个中国娘姨，她捧着一盘烤得焦黄的小包子。笑眯眯地走进来。

她先向着莲问："莲小姐！这位是？"

"表少爷。"

"噢！是太太底亲戚，怪不得太太特意叫我炸包子来呢，我还只当小姐底新朋友呢。"她放下包子，重又向袁良请了一个安，她说：

"表少爷贵姓是？"

"袁。"袁良说。

"就是太太常提的那位袁家太太那儿的少爷吧？太太净说您呢！"娘姨说，很亲近地望着袁良底脸。

"瞧你这个唠叨！好像就你知道似的。"莲撅着嘴申斥了娘姨。

"您别怪我，表少爷，住在这儿一出去就跟哑巴一样，闷得要死。出去的时候说什么别人也不明白，一有人来，就像看见了家人似的老是不由得就想说话。表少爷，您别笑话我没规矩。我们这位小姐，怎么又撅嘴啦？表哥大远的来了，还不好好地招待招待，生的哪门子气呀！"娘姨说，站到莲身后去，笑瞧着莲底脸。

"我连你也不如了，你也来排揎我，你怎么看我不会招待人，良哥哥，您吃一个。"

莲拿起包子来，瞥了娘姨一眼，递给了袁良。

袁良望着那绷得紧紧的小圆脸上的笑涡，接过来包子不由得笑了，莲自己也笑了起来。

"表少爷，您知道我们小姐今年多大了？"娘姨说。溜了莲一眼，竖起两个手指头来。

"十二？"袁良故意问。"不，两岁，刚刚会笑。"

"讨厌！"莲笑着打了娘姨底腿一下，又绷紧了脸，大声地说："去！别废话了，去请太太去。"

娘姨笑应着走出门儿去。

袁良把包子送到嘴边的时候，又去看莲，莲完全恢复了五分钟前的活泼愉快，她正拈着一个包子咬了一口，吹着气，连连地说：

"好烫！好烫！良哥哥，你不嫌烫吗！我给您拿小碟去，该死的王妈，说我不会让客人，她才是忙糊涂了呢！连筷子也不拿。"

说着，把包子扔在盘子里，跳起来就去开门。

这之间，娘姨拿着筷子和小碟子随在莲妈妈底身后进来，她们后面，一个日本的下女捧着一个银质的茶盘，上面托着茶壶和茶杯。

袁良立刻从席子上站起来来行礼。

"良哥哥也不惯坐这样的席子是不是，若是日本人早就跪好了叩头了，莲儿也是，总是站在席子上让客，我们瞧着不觉得怎样，日本人不定觉得多么可笑呢。快坐吧！"

莲底妈妈说，她穿着一件深蓝色的绸旗袍，腋下掖了一块白色的刺绣得非常精致的手帕，头髻垂在颈上，耳后，戴了一朵朱红的绸花。

这是一个迟暮的美人，她底秀丽的圆脸和白皙的皮肤依然保持着年轻时候爱娇的风姿，只是眼角和嘴边多了些细微的褶皱。

她说着话的时候，她底碧绿的长长下垂着的翠耳环，轻俏地动了动。那碧色衬着她底蓝衣白颈，看去令人觉到一种说不出的协调的美感。

她总是随着莲来叫袁良"良哥哥"，袁良记得很小的时候她就这样叫他，在记忆中的表姨是非常爱笑的，爸爸就因为她底笑而轻蔑她，不屑和她来作儿女亲家。但袁良却始终对这个好看的表姨抱着好感，她是第一个叫他知道了女性的魅力的女人。记得有一次，他们约好了到公园去吃晚饭，很小的袁良穿了整齐的灰裳坐在大门石上等候着妈妈们理装，他记得等了很久，差不多等到不耐烦的时候，妈妈们才出来。

仿佛当时所有的门前闲立着的人都被两位盛装的太太吸引着了，大家小声地赞叹着表姨的华贵和美丽。袁良看了表姨很久，一定要和表姨坐一部车子，他觉得表姨仿佛用根线穿着了他一样，他总是不知不觉地贴在她身边。

袁良重又看着表姨，他这才真正地体会到了她底美丽：她有一种令人倾倒的柔媚，她底修长的眉和她底小的嘴，她实在是比她底女儿还令人觉得可爱。莲底脸，略具妈妈底外形而比妈妈粗糙——妈妈是杰作，女儿就像是为了骗人而做出来的模仿品一样。

"您也坐吧！"袁良坐下来，把自己的坐垫让给表姨。

"不，我坐惯了，不要。"表姨说，她微微地笑了笑。像一池春水微微地起了涟漪一样地轻轻地笑了一下，便挨在袁良底身边坐下来。

"良哥哥长得真高。我倒是想你大了的时候一定不会矮，没想到你会长这样高,长得这样精神,你娘有这样一个好儿子,不定多高兴呢。"表姨说, 慈爱地望着袁良底脸。

袁良立刻心里一酸, 眼里涌上来泪。在尝过了人世间的冷嘲之后又被人慈爱地看成孩子, 像对一个小孩子一样地说着诚恳的简单的问话的时候, 那种滋味, 怎样才能表白出来呢, 喜也不是, 悲也不是——一种甜又苦的夹杂着无限的惆怅的紊乱了的感情。袁良想起了自己的妈妈,他止不住地坠了一滴泪, 他立刻回过脸去擦了。

"娘在您走后的第二年就死了, 之后父亲也去世了, 我在二叔家。"袁良说, 许多不幸的辛酸的往事潮一样地在脑中激流起来。

"是在银行里的那位二叔吗?"

"嗯!"

"那么你也是来读书的了。"

袁良摇了摇头。"您就知道来读书, "莲插着嘴, "良哥哥在这儿的商业学校里教中国话, 做先生, 教日本学生。"

"良哥哥已经做事了吗, 倒是你早就该从大学毕业了, 那时候我记得你已经上了六年级了, 这十几年的工夫, 可不是。怎么来到这儿的呢, 二叔底事情不是很好吗?"表姨说, 她自己倒了一杯茶, 又给袁良倒了一杯茶, 茶是中国的香片, 带着日本茶没有的浓郁的香味。

"我跟二叔弄僵了。"袁良简单地说。

"是因为好看的太太吧! "莲说, 拈着一个小的包子, 用包着银头的象牙筷子在包子上扎着小窟窿。

袁良苦笑了一下。他不知怎样才能用最简单的话来说明他底婚姻，他想表姨也许会因之对他冷淡，有钱的人是最怕知道亲戚变穷的。在两年前，这样的冷淡曾使得袁良伤过心，如今他对这些琐事是无动于衷了，他原来不知道会在异国遇见表姨，更没想到表姨在日本过着这样舒适的生活。当然这样的生活在国内，在表姨这样身份的人是再平常也没有。在外国，连茶也喝着从中国带来的茶，究竟不是一件容易办到的事。冷淡也好，原来为了要从苦痛的恋爱中自拔，原来为了要报答凤凰底厚意，原来为了要进一层地锻炼自己，抱着这样的心情才到异国来的。能够在这些条件之外，得到亲戚的温情固然是幸事，就是被冷淡了也不会影响了自己什么。经过了苦痛和人世的艰险熬炼过的心，一点不关痛楚的冷淡又算得了什么呢。

可是，话总是要说得叫别人不讨厌才行，这是一件困难的工作，把几年的时光缩在五分钟的谈话里，得需要一番怎样的整理和归纳啊！

"是，莲妹妹说的正对，叔叔不愿意我和我喜欢的人结婚，他要我选一个能够在他底事业上和他合作的人家中的姑娘，我没有听他，这样，我们的叔侄关系就结束了。我们跑到关外去，在新京住了一年，到这儿来了。"

"少奶奶也在这儿吗？"表姨问，袁良简单的叙述仿佛使她很觉得有兴味，她立刻带着无限的关心来问。

"没有。她还留在新京。"

"她那儿有亲戚吗？"

"嗯！"

"为什么没一块来呢！那样十全十美的太太。"莲说，把拈在手里的小包子扔在桌上，斜躺在妈妈底腿上，拿着妈妈底手帕来擦手。

"莲，你总是没人样，这样一躺多难看，快起来。"表姨说，推着莲底臂。

"你瞧，良哥哥不过比你大四岁，就自己出去赚钱养家了，你还是孩子似的。多不好意思呀！"

"他有本事也好，我没本事我不在乎。"莲顽皮地说，用手帕盖上了脸，索性赖在妈妈怀里。

"妈！不是我没人样，您说，我跟良哥哥一块长大的。他哪能笑我，是不是？良哥哥，我真不爱坐着，您别笑我呀。跟妈妈一坐就懒，我一个人在我屋子里不是念书就是写字，都赖妈妈娇的我。"

"良哥哥听听，不是反都跑妈妈身上来了，新鲜不新鲜！"

"还是莲妹幸福，我妈妈在，我也要娇的。"袁良说，他想藉着这个谈题岔开他的叙述，他不爱说明凤凰为什么没有和他一块到日本来，可是莲不放松他，她问：

"说呀！良哥哥，为什么表嫂不一块来呢？"

"她！"袁良顿了一下，"她嫌自己不会说日本话不方便，又有一个孩子，也怕一个人忙不过来。"袁良编着这样的谎的时候，脸微微地红了，他不愿意露出爱情中的破绽来给莲看。

"有小孩了吗？真好玩，女孩？男孩？"莲从妈妈的怀中坐起来，瞧着袁良底脸问。

"男孩。"

"女孩多好，我送她一件小衣裳，我要把她打扮得跟小天使一样。"莲兴奋地说，说完自己笑了起来，"妈！您瞧我是不是发疯？"

妈妈也笑了。

"那你一个人住哪呢！"

"住在一家公寓里。"

"不方便吧！"

"还好。"

"搬我这儿来吧！我这儿热闹着呢！很多留学生都到这儿来玩，省得你一个人闷。饭呢？"

"早晚吃公寓中的饭。"

"吃得来吗？"

"对付！"袁良没有觉得饭食的不可口，反之他倒有新鲜的感觉，他底心被别离和相思缠得昏迷了，好像连对食物的辨别力也消失了一样，真的他并没觉到日本饭究竟是一种怎样的东西，它和中国饭的差别在哪儿。

"谢谢您吧！我那儿倒是挺清静，我想多练点日本话。"袁良说。表姨底样子倒不是为了应酬才这样说，她很亲热，像小时候看待袁良时一样，她底脸上露着和蔼的光亮。她底保留着柔媚的表情的脸，增加了她底和蔼表情的真实性。

"我想多念点日语！"袁良重复着说，看着莲。

"莲妹妹日本话一定说得很好吧！莲妹妹说是已经来了两年。"

"她呀！整天玩，话不会说，玩得倒是精通，舞场自己也去。"表姨说，看着自己底女儿，"我真替我这位小姐发愁，将来怎么得了呢。"

"有什么关系，将来再说将来的，谁能从两岁就定下百年大计，碰到哪算哪，譬如袁哥哥，在我们分离的时候，能算得出来一个人跑到关外去过小日子吗？"莲说，很有道理地瞧了妈妈一眼。

"我说的不是百年大计，我说的是要学点本事；良哥哥若是没有本事，能被人请来做先生吗？能一个人在关外找到事情做吗？你若是一个人，饿也饿死了。"

"是么，您放我出去饿一个看，看看究竟饿死饿不死？"莲说着替袁良斟上了茶。

"良哥哥！妈妈简直是看不起我，您说，为什么一个活人会白白地等着饿死呢？"

袁良只好笑着，他知道莲正和两年前的他一样，还不明白人在所谓的本事之外还得有许许多多人的牵连才能在所在的地方立足，本事也不过是一件立足的工具而已。到一个完全陌生的地方去求生活，就是有本事又谈何容易呢。

"良哥哥来了，替我管管莲儿吧！这样下去，跟姨夫都没法交代，陪着她来念书来了，我也管不了她，我说一句，她说十句。"表姨笑着说。

"是么！莲，莲还得用人管住才念书吗？"袁良笑着向莲问。"听妈妈瞎说，我用功着呢。"莲绷着自己的脸，说完，自己笑起来，袁良和妈妈也跟着笑了。

"良哥哥，接表嫂去吧！我一个人闷极了！"莲说。

接凤凰去吗？袁良自己还没有这样想过，在新京临行的时候，凤凰底凄哀无主的表情，很久很久地存在袁良的心里，撇凤凰一个人在新京，仿佛丢了她们母子不管一样，虽然实际上留在新京是出于凤凰和李莹的心愿，可是袁良总是觉得自己对不起她们，抛弃了她们一样。他底脑中浮现出来小麟活泼天真的模样。在莲和表姨的亲昵中，他觉得自己渴望着见一见小麟的心比往日更加迫切，往日，思念小麟不过是在想念凤凰之余而已。

袁良怕寂寞的异国生活更增加了凤凰的烦恼，他还没有完全使凤凰快乐的把握，他知道自己还没有从相思婉莹中逃脱出来，与其和凤凰同住而使凤凰不悦，倒不如这样隔离开，到自己能完全一心一意地爱凤凰的时候，再和她同住。可是，在莲这样问着他的时候，他觉得这样的独住的生活不但未必安慰得了凤凰，且摧残了他自己，他什么事都觉得没意义，没心肠，他被悲哀浸蚀得失去了全部快乐的心情。这心情只有凤凰能给他带回来，他预备利用他职业上的闲暇来充实自己，可是这不过是一句空话，他不是圣人，在他底生活没有完全安定之前，他没有心肠去做一切生活以外的事。

接凤凰来吧！莲是一个好的女伴，凤凰这两年也苦够了，袁良想也找一个老妈子带来，做一点杂事和看护小麟；凤凰底再做学生的梦，袁良想帮助她实现，她一定是一个最好的学生。

"莲妹妹！表嫂来，你能跟她做好朋友吗？"袁良向着莲，颇有深意的说。

"当然！"莲毫无芥蒂的答着，"你怕我忌妒她底美而不理她吗！

我不是那样小性的人。"莲说着，畅快地大笑起来。

"不是那意思！"袁良说，脸微微地红起来："我是说，表嫂什么都不知道，你要多照应她，多原谅她。"

"更废话了，我照应她，原谅她是在我们相处的情分，你先替她说了不是也没用吗？"莲说，更高兴地大笑起来，"妈，您瞧。良哥哥怕我把表嫂吃了，这样老太太似的只唠叨。"

"良哥哥是客气——"表姨笑止着莲。

"跟我客气？忘了在我脸上涂墨的事了吗，用得着跟我客气吗！良哥哥，您别怕，那位十全十美的表嫂一来，我就先跑出去两站去接，准得比你侍候得还好！您放心，准不能叫她背地里骂：这个讨厌的小莲子！"

"真是讨厌，你瞧你这一套。"表姨说着，劝袁良再吃一个包子。

袁良拿起一个包子来，他担心的是怕凤凰再疑心到莲和他之间的感情，他怕莲像刚才见他时候一样地对他们底婚姻说出了什么气话，莲能这样完全忘却了小时候的芥蒂，他底心安定下来，他觉得自己多虑得毫没意义的时候，他赧红了脸。凤凰和莲都不是那样浅薄得只为了一两句话就发怒的人。在和婉莹的爱恋中，凤凰是那样地原谅了他而等待他底改悔的事，袁良一想起来就悔恨得无地自容，那样聪明懂事的凤凰一定会立刻就和天真的莲好起来的，可是袁良不知道怎样来回答莲底话，他拿着包子，吃了一口，放下来瞧着莲笑了。

"莲妹妹！"

"什么？"

"我不是像你说的那样，我不是怕你得罪了表嫂，我是愿意你们好！"

"行了，"莲打断了他底话，"我明白你的意思。你别当我是小孩子，行不行？"

"我没有当你是小孩。"袁良笑着分辩着，"我是……"

"我叫你别说，"莲说，在袁良底茶杯里倒满了茶，"喝茶吧！少爷，我明白你。"

行路难

原刊北京《妇女杂志》
5 卷 2 期 (1944 年 2 月)

从朋友底宴会中出来，我一个人向家走，那真是一个寒冷的夜晚，虽然树梢上还疏落地缀着绿叶，但那风，那迎面吹过来的风，是使人怎样地战栗呀！并且那一天，为了装饰自己，我穿了一件白天有太阳的时候穿着才恰好的漂亮的短外衣，在薄绸袍下的我底只穿着蝉翼似的丝袜子的双腿似乎失去知觉了。

时间是已经近午夜了，清冷的街上只有我和半透明的街灯。有两部车子从我身边拖过去，且向我兜揽着买卖。但为了使自己更暖和一点，我没有要车，我想我可以一直走回家去的，因为路并不远。

我踽踽地走着，刚才的一杯酒，只是一杯淡得和水差不多的白酒，使我底头涨得满满的。我有一点晕，时时把远处的电线杆子看成两个。不过我知道我并没有醉，我相信我底双腿可以支持我底体重，绝不至于晕得躺下去。

不知怎么那样不留心，我踩在一支蜷卧在街灯旁的狗底腿上，狗立刻站起来向我吠着，我吓得立刻倒退开去，它咻咻地追过来，向着我底淡黄的钱袋，伸出了黑色的舌头。我原本怕狗，这暗夜独行的时候，更使我恐怖，我本能地一面退着一面搜寻着可以制服它的东西，我看见不远的路旁有一块砖，我奔过去，预备去拿那个武器。

真是祸不单行，我狂奔着的时候，又撞在一个人底身上，而且是一个男人。在我没遇到狗难之前，我并没介意到路上还有其他行人。他也许是从眼前那条黑小巷里钻出来的。

我忘了所有的都市人底礼貌，不要说是道歉，我连瞧都没瞧他一眼。我迅速地从他身旁擦过去，去攫取那块砖，我心里只惦记着身后的那一条吼着的狗。

这之间，我听见他吆喝着，在水门汀的街路上顿着他底脚，且挥舞着他手中拿着的一条长方的白的东西。

狗在他底威吓中退回原来的位置去，但依旧不甘地向我吠着，我赶快过到街底那一面去。在这位陌生人底援助里，脱开了狗加给我的恐怖。

离远了狗，我想看一看那位帮助我的人，我看见他在街灯下站着，也正看着我。他底身量很高，并不胖，没有大衣，也没有帽子，穿着和我一样不合时候的短衣裳，因为太暗，我没有看清楚他底脸。

女人底矜持使得我不愿意过去向他道谢，虽然那时候心里很感激他。因为他正在看我，我就挪开了我底视线，继续着我的未完的路。

一会，我听见后头有人在走，而且不缓不急，恰好和我行路的速度相合，我当然要回头看一看，是他，那位援助我脱离了狗难的过路人。

过一会，我又回头，他依旧在我身后不缓不急地走着，而且注视着我底背影，看见我回过头去，他把头低下去，我有一点害怕，我想他也许是有意尾随着我的，但我又宽慰着自己，我想他是和我同路，这不过是一个偶然的巧合。

但那沙沙的行路声在我身后没有间断地响着，在我拐向一条更冷落的街上的时候，我听见他走近了我，近得离我只有两步远，我可以听见他呼吸的声音了。

我底心立刻剧烈地跳起来。我完全不知道他要做什么，可是他带过来有的男人可以在暗夜中加给女人的种种恐怖。我想他也许要抢我底钱袋，但在我撞在他身上的那一瞬间，他可以很容易地就把我底钱袋拿走。那么……我看着我底衣裳，我底袜子，我底鞋，想着我盛妆着的脸，另一个不幸的预感通过了我底全身。我觉到了甚于遇到抢匪以上的恐惧，这恐惧使得我底腿立刻软得瘫下去，我怎样也不能命令它们带了我底身子再走。我只好把我底身子靠在身旁的一支电线杆子上。我想就是要躲也躲不开了，苦难已经罩在我底头上，还是让我来镇静一下，想一个应付的方法好。

我站稳了之后，本能地回过脸去看他，他似乎为我突然的停步所惊，也正向后退着，那一瞬间，和他对面的一瞬间，我看见他底脸了。

天！那是一个怎样可怕的脸呀！我分不出那儿是他底头发！又那儿是他底胡须，我只看见许多乱蓬蓬的毛状物堆在一个尖削的脸上，须发的隙缝间露着青色的皮肤，那两只闪烁的大眼睛，陷在两个黑洞里，假如他不是穿的只有文明人才穿的西装，我一定会想他是一架从棺材中跳出来的僵尸。

他后退了几步之后，许是看穿了我底惧怕，再次走向我来，我听见他在浊重地呼吸着，他底细长的身子在电灯的光影里摇晃着。

我看见他举起他手中拿着的那条长方形东西，我看清楚了那是一个用废报纸裹着的坚硬的长纸包。他把报纸撕开了一点，停住了脚步就着灯光审视着它，那样的长方形的一卷卷，总不会是一柄刀吧！

我看见有一个行人从我身旁的小巷中拐出来，我底恐怖的神经平静了一点，我试着挪动我底双腿，我想随在那人的身后走开。

真是倒霉，这是一个醉鬼，他离我还有十步远的时候我就闻到了他底酒气。他走向我底面前来，用两指叠着打了一个响，用着响亮的声音在我脸底近旁说：

"怎么样？我陪你一夜吧！我有钱，你看……"

他把我当作一个可怜的马路天使了。我不知道是哭还是笑好，那一刹那间的心，我有生以来的苦痛都抵不过那一刹那间的难堪，恐怖，愤恨，窘急，我后悔我底轻率和盛装了，我处在两个鬼之间，我不能确切地想出来他们都在打我的什么主意。如果前面是海，是山涧，我都能不顾生命地跳下去。

我只好从他们之间向后退，急切间预备觅路逃走，虽然我很清楚他俩之间的任何一个都能立刻追上我，攫着我，而使我无从抵抗，但我总还是走一点路比不走强。

这时候，一辆空的三轮车从街的那一面驶过来，我像在地狱中遇见神仙一样，我立刻喊：

"三轮！"

在我喊三轮的时候，那个醉鬼看见了站在灯光下的那个人，他用着使正经的女人呕吐的笑脸向我说：

"嘿！有主啦，说话呀，大爷可以另找去呀！"说完，摸了我底脸蛋一下，踉跄地转向来路去。

　　我底眼睛立刻盈满了泪水。用手摸着那块被摸过的地方，我底脸灼热着，这天上掉下来的侮辱几乎气炸了我底胸，在愤怒的燃烧中，我的胆壮起来，我想我已经受了最难堪的欺侮了，纵然那个尾随我的男人比这个醉鬼还凶，他也不至于做出再甚的举动来，这儿虽然冷落，到底是大街，并且我记得就在这条街口上有一个巡警阁子。

　　但一会我底勇气便馁了，我想痛痛快快地哭一场，我不能分辨出我一定要做什么，我只觉得单纯的恐惧，那恐惧吞没了我整个的神经。我盼望那部三轮能把我送回家去。

　　"哪儿！"车夫不在意地问。

　　"XX 胡同。"说了我底地址之后，第一件事我就去看那另一个守着我底鬼在做什么。他似乎忘掉了我，只在灯光下看着他手里的东西，又掂算着它底分量，他不知为什么咯咯地怪笑出来。

　　他底猫头鹰一样的笑声使我毛骨悚然，我看出来他仿佛并不是在跟踪我，我想他是一个疯子，至少也是一个神经失常的人，我只希望三轮车能救我。

　　"XX 胡同去吗？"我重复着我底话。

　　"要收车了，不往那边去了。"车夫说话间就蹬开了他底车。"我多给你钱。"

　　"多给钱给多少？十块。"

　　我稍稍地犹疑了一下，但我立刻忍痛承认了这个庞大的数目，我想我底性命总远比十块钱珍贵得多，我说。

　　"好。"

车夫已经带着他底车子走远了，他没有等候我底回话，原来他在和我开玩笑。

在我底绝境中，我只有一个念头，就是走，但我又看了那个灯下的鬼一眼。

他抱着他底东西在灯下站着，脸上充满了怨恨和忿怒，我不知道那表情是不是真怨真恨，但我想那是，他底形状像是一个鼓满了气的气球，一会就会炸裂的。

"我还没想到你这样富有，太太，你应该带你底包车出来，有十块给三轮车，还不如赏给我，你怕我会伤害你吗？我不会像那醉鬼那样下流，你也看得出来我是一个文明人吧！"

先我还不能判定是谁在说话，但这冷落的街上除了响着的冷风之外，就只有我和我身前的鬼了。那么，他是说给我听的了。

我底恐惧的心再次剧烈地跳起来，身上渗流着汗水，不由自主地向他看去。

他正向我逼近地一步一步地走过来，像一头被愤怒燃烧着的猛兽，带着他浊重的喘息。

我下意识地挪开腿跑起来。

我底逃跑更惹了他，他两步就追上了我，咻咻地说：

"我不会伤害你，为什么要逃呢？你这只知道吃酒，打牌，看电影，讲恋爱的东西，你底钱袋里装着用不完的钱供你浪费，给三轮车会给十块钱，你知道十块钱对我是怎样迫急吗？你能想出来一个不能使妻和子温饱而又有一个爱女在害病的男人底心吗？

我本来没预备劫你，你与其给三轮车十块钱换这样一小段的车坐，不如把你底钱赏给我，我摸得准这于你并没什么了不起的损害。"

他底样子完全是被愤恨，窘急，贫困缠绕得歪曲了。他像是一个疯子，他底话沉重地落在我底心上。在恐惧和莫名其妙中，我完全不知所措，我被他凶狠的样子威吓得失去了清楚的意识。我完全傻了，我正想这究竟是不是一个灾难的时候，他用最敏捷的手法攫去了我底钱袋，并且把那条长方的东西掷给我。

他吼着：

"认一认看，这是穷人每天吃的东西。"

立刻他带着他愤怒的吼声埋在黑暗的夜之街上，不见了。

我底手背上、臂上留着几颗冰冷的水滴，我不知道是他底眼泪还是口水。天上开始有星在闪烁了，似乎是刚才的风吹走了傍晚的阴云，我看见一部车子迂缓地从一条小巷中拖出来。

"要车吗？"车夫从温暖的双臂中抬起他底头问我。

"嗯。"我过去拾起那件东西。我撕了那上面的包纸，里面是两条切得很整齐的坚硬的黑色长块，稍稍带一点霉味。

"这是什么？"我问车夫。

车夫就着街灯看了一眼，平淡地说：

"花生饼！就是榨花生油剩的花生饼。"他又接着问："是您拾的吗？"

我只好点着头。

"您给我吧！"车夫要求着，我看一看车夫底脸，那是一个五十岁的干皱的积满了风尘的脸。

"从前都拿它喂牲口，现在人吃它还都供不饱呢。"

我默默地把那长条递给他。我忽然发现了似乎包纸的背面尚有字迹，我翻转了它，那里写着蓝墨水的工整的字：

"亲爱的！这是我所想到的唯一的法子，当然小玲吃不了它，她应该吃一块蛋糕，请你们原谅我，我是一个无能的人，再见。"

字的下面写着清楚的地址。那是

XX 街 XX 胡同一号 XX 小学教员 XXX 绝笔

我向那个鬼跑过去的街上看去，我底眼前只有无边的夜暗，

把那两条花生饼给了车夫，我跨上了车子，立刻软瘫在车厢中，我仿佛做了一个噩梦，我底心尚在余悸中跳着，耳边像还有那痛骂我底声音。我忘掉了我头上许多好看的发卷。那时我底心境里，那些发卷不但失去了它们所以被卷成的意义并且使我觉得累赘，我用手帕擦去了淋在我臂上的水滴，我想那一定是他底眼泪。

如果他正是预备去自戕间而遇见了我，那我底惊恐也就有代价了。

我再次不舍地望着暗夜中的他底去路，我愿意他早一点回到他底家中去。

一九四三年冬季

夜合花开
〔未完〕

编者注：《夜合花开》在综合文化杂志《中华周报》创刊号连载至1945年8月19日，该周报停刊，共31期。同时，刊登广告：《夜合花开》单行本即将刊行："梅娘氏长篇小说由本刊创刊号连载以来，深受读者欢迎，要求出刊单行本。兹作者为酬谢赞者盛意起见，特资费出版，由马德增书店经售"。又据载，日本投降后，《夜合花开》从第32节开始，又在8月18日创办的《新平晚报》上接着连载。两个多月后，报纸停办。报社社长为柳龙光，主编人，陈湝塍。这份报纸目前也未见到。战后经济濒临崩溃，纸张短缺，也未见单行本刊行。

一 ｜ 忧郁的少奶奶 ｜

黛黛坐在梳妆台前画眉，嫌眉墨污了眉的秀色，只轻轻在那新月一样的眉梢上涂了一点香的发油，然后把花蕾一样的红唇画好，这样，简单地化完了晚妆。

"吃饭去吧！黛，百乐门新添了淮阳的汤包。"日新说。他正倚在床头的大靠枕上看晚报，心里在惦记着开明的晚场；但诱于太太的美色，这样笑眯眯地问。

"何必又多花一笔钱！家里吃吧！王妈说今晚上有鸡！"黛黛说，她不知她有种怎样的感情。她底亮的眼睛里隐藏着忧郁。她烦日新守在她身边，她怕看他被利禄熏得失去了洒脱气的脸，那脸仿佛代表了所有的愚蠢。

"花几百块钱吃顿饭算什么！你不晓得老头这一批西药又进了三十万。"日新骄傲地瞧着黛黛底脸。

"小黛，用不着担心钱，钱本来是给我们预备的。你看，刚替老头算了算账，顺手就捞了两叠。"

日新从上衣的口袋里拿出两叠土黄色的票子，高高地往床上一甩。

日新底骄傲的脸，在黛黛是一个难以抵抗的威胁，仿佛那骄傲在嘲笑着黛黛底身份一样。黛黛想起作小学校长的可怜的爸爸、长年病在床上的妈妈、在中学里的妹妹，和那被钱遗忘了的困窘的家。

黛黛不自觉地咬了下唇，轻轻地叹了口气。

"黛！你又不高兴，在家里吃就在家里吃。你闷，咱们找姨去打牌，三缺一，你说约谁好？"日新坐到黛黛的身旁来，拉起黛黛底手。

"黛！你没有从前爱笑了，我真不知道你都在想些什么！黛你看，这样舒适的家，这样自由的环境；没有一点拘束，没有一点困难，我们像一对鸳鸯一样地双宿双飞。你说，你要什么，你要天上的月亮我都能想法子做一个给你，只要你愿意。"

黛黛倩笑了一下，她把日新底双手放在自己底膝上，眼睛直望着日新的脸。

"我要你理解我，爱我，把我放在你心里。"

　　"黛！我相信我理解你像理解我自己一样。至于爱，从在王家看见你的头一眼我就爱你了，那爱情与日俱增，现在达到了白热的高潮。"日新兴奋地说，他握紧了黛黛底手。看着黛黛底红润底脸，不自禁地轻吻了一下。

　　"以后就该往下退，是不是？物极必反呀！"黛黛推开了日新底脸，半玩笑地说。

　　"黛！你真是——"日新想及了口袋中那一叠为玲珠照的小照片，不由得脸上一红。他想黛黛一定发现了那一点秘密。"黛！你真是——"

　　黛黛说的倒是真心话。一切享受，一切舒适都不足以安慰她，她要的是知心知腑的、两人化而为一的真爱情。她盼望日新理解她，她盼望日新一如她所理想那样地生活着，在人世中作一个万人仰羡的男子。

　　"别急！"黛黛看见日新底红了的脸，知道话已经到了就该截止的时候，再说下去只有空惹烦恼。"别急！先生。我跟你说着玩呢。来！我们去看姨。"黛黛站起来，拉起来日新。

　　"不是说着玩，就是谈定理。黛！钱支配一切。为了生活，我不能不出去奔波。你说，我底那一点薪水算得了什么，连给你买香水都不够。所以我就要出去。黛！你别疑心我，说那些叫人不痛快的话。能找得着钱的就是伟人。饿着肚子讲良心，那是顶呱呱的傻蛋——"

　　"得了！新，我话说错了，我知道你爱我，我也明白你忙。我一个人不也是闷吗？"

　　黛黛笑着，打断了日新底话。可是她心里却在哭。日新完全被钱占有了；爱情和温存已经在他底脑中失去了原来的意义。对太太，他也像应酬别的朋友一样，只是把话说得悦耳就算了。爱情是需要细致地分析之后再给予适宜的反应的，他失去了接受爱情的纤细的敏感的神经了。

黛黛觉得自己像在深山里，伴着许多有呼吸的生物；日新像一匹陪着她的猎犬，虽然能理解她面部的表情，却不能深窥她底心。其余的那些和她同住在这所大宅子里的人，连种类都不相称；相同的，只是同吸着一个太阳底下的空气而已。她觉得心底深处空着，空得宛如失去了血液，只剩了多皱的心壁，干缩在寂寞的胸膛里。

日新说是爱她，可是他连一点倾听黛黛的爱情的絮语的耐性都没有，遑论理解呢。

"闷？我不在的时候，你想法子找开心呀！姨和她底女朋友们虽然没有大学毕业，跟你谈道理是谈不来；可是论消遣，却不见得比你不精。"日新说。他总愿意黛黛能和姨打在一起，他嫌黛黛底迂阔的学生气太重了。学生气，换言之就是幼稚。黛黛老爱说些什么为国为民，这样的年月，日新哂笑起来。

"你又笑我不会玩是不是？我今天偏要玩一个给你看，你放我一晚上假，让我一个人跟姨玩去。"黛黛说。她已看见日新口袋中那个小坤伶的照片，她又发现日新在注意地看着报纸上的戏院广告；她知道日新说过的小高捧戏子的事他自己也一定卷进去了。她故意这样说，陈玲珠今晚有戏，如果照相片不是为了应酬朋友，日新一定要去捧场的吧！

"我陪你吧！回头你又说什么热度退了的话！"日新说，心里却止不住地高兴。为了晚上的约会，他正无法开口，难得黛黛给了这样的好机会，他特意装得神气活现。

"今晚上天大的事我也不走了，太太生气，那才是没法弥补的损失。"

"得了！先生。别拿我当女学生了。我是堂堂王会长的少奶奶，难道打打牌还得跟一个保镖的！你瞧着我，准赢。你别跟在我旁边，叫我一个人一心一意地玩。"黛黛故意逼近了一步，她早看穿了日新底做作的脸色。她小女儿一样在日新底胸前来回地揉着自己底脸。

"你别跟着我，你别跟我一块。"

"好！我不跟你一块，那我多闷哪！"

"你去看电影，国际改名亚洲会馆，演周璇的《鸾凤和鸣》，你不是说马路天使里的周璇是你底小爱人吗？几年不见，去看看你的经过了婚变的爱人是不是更漂亮了。"黛黛说，捧起来日新底脸，"可惜周璇不知道北京有个王日新。"

"黛黛知道就行。"日新笑了起来。

"那么，一言为定，今晚咱们各奔前程。"黛黛说，看看镜中的自己底脸，"我去找姨去约手。"

"好，可是只限于今晚，一点钟我等你一块睡。"日新伸出了一个手指。

黛黛努了一下嘴，走到朱红的廊上来，嘴里哼着"莫忘今宵"。

初秋，连雨刚晴。蜻蜓黏在花上，枣闪着红光，而葡萄从浓密的叶隙中一球球地坠了下来，带着可爱的银灰的细霜，玉簪棒开着长的白花朵，花香飘散在微凉的空气中。黛黛跳下台阶去，摘了一支白花簪在鬓边。但，她快乐的脸色消失了。

当然黛黛没心去找姨姨去打牌，她底寂寞不是牌所能排遣得了的。失去了爱情润泽的少妇的心，比渴于爱恋的少女的心还来得焦躁。单单是牌桌上那无聊的应酬，已经使黛黛头痛了，何况还得分出精神来照顾手中的，甚至于别人手中的牌。

黛黛渴想着从日新身上取得温存与爱，可是永远失望。日新甚至说话的姿势都使她生厌，她失去了和日新恋爱时的明快的心境，她底贫寒的家也使她在日新身前踟蹰，她总觉得日新在有意无意地嘲笑着她。

发现了日新袋中的玲珠的照片的时候，黛黛觉得自己可以解放了。她渴想着一个新鲜的爱情，她要去猎取一个和自己志趣相投的爱人。日新有外遇，正中黛黛的心。这样，她可以毫不顾虑地去爱任何一个人，因为日新已经先她失去了夫妇间的纯洁。

可是在她故意留给日新机会，放他去捧玲珠的时候，她又觉得自己是被弃了，寂寞孤独的感情使得她底心酸楚着，她觉得她的大好的青春浪费得可惜，想珍贵已经晚了。

她绕过了廊子，到自己住房的后面去，她看见日新正背向门，在翻动那叠亲手照的照片，脸上带着得意的微笑。黛黛咬了一下牙，悄悄地走回来，绕过葡萄架，故意跑得很响地上了廊子，进了自己底屋门。

日新早已收好了手中的东西，他在梳着头。"交涉顺利。"黛黛说，在镜前戴正了那朵长的白花，望着袭进来的暝色，拉开了妆台上的灯。

"新！晚饭我也不陪你了，我跟姨去吃螃蟹。"

"打牌不要我，吃螃蟹总该有我份吧！"日新安心地说。本来他已经约好小高和玲珠在百乐门吃便饭，时间就快到了，先他还想约黛黛去，他并不知道黛黛发现了袋中的秘密，他可以把责任推在小高身上。现在他却巴望着黛黛躲开。他脸上一点也不露声色地反来为难黛黛。他想小高的电话一来，他就可以走了。"我也去吃螃蟹，你刚才不是说吃鸡吗，净骗我。"日新并没停止他底梳妆，用梳子细心地梳理擦得晶亮的发。

"我也是才知道！" 黛黛说，电话响，她拿起听筒来。是日新的电话。

放下电话之后，日新笑着说：

"你不陪我，我可真走了。我去看周璇。张逢辰请我萃华楼，吃完饭看电影也倒不错。"

他笑着换了衣裳，高高兴兴地走了出去。

黛黛倚在长椅子上，心里不知道怎么那样不是滋味。她闭了灯，听着姨屋子里的笑语，觉得自己跟这个家庭是这样的难以融合。自己像水面的萍被水波带到了岸上一样，唯一的归宿，就是干死，真的就这样白白地干死吗？

娘姨在窗外叫："少奶奶！有客！"说着，走进屋来，打开了近门的灯，送上了一张名片。

"谁呢？"黛黛沉吟了一下，立刻，她想起来了。她拉开柜子，在她底皮夹里，她找出来一张名片，两张完全一样。她记起来芮克的暗夜，她看了看娘姨底脸，眼睛转了一下：

"是找少爷的吗？"

"不是，说是找您。"

"找我？请小客厅里坐吧！"黛黛说，疾忙凑近了镜子，端详着自己底脸。

二 | 不速之客

黛黛拿着胭脂，觉得镜中的脸比胭脂还鲜艳。名片放在窗前的小圆几上，娘姨走回来，她说：

"少奶奶，请到小客厅去吧！"

黛黛又去看名片，她记起来三个月前一个寂寞的黄昏——日新有宴会出去了，黛黛从姨底屋里溜出来，她好容易才从那几位闲逸的太太群间脱开，她们一定要她来玩扑克，姨并且愿意和她合资。她却讨厌这样的消遣，她觉得她不能像她们那样地浪费了青春，让时间在她毫无成就的生命史上划上享乐的——无聊的享乐的痕迹。并且玩扑克也使她觉得窘，她总不能玩得和别人一样的巧妙，虽然日新曾经教了她许许多多的花招。

回到自己的屋子里，黛黛没有开灯，她倚在窗前，看着夜幕降落，看着星星出现，听着嫩叶的絮语，嗅着槐花的香气，她觉得槐香比白天浓郁得多，她觉得那些个玩牌的人真是糟蹋了这样好的花和好的天气。她坐到院中去，在盛开的石榴树前，双肘托着后颈，斜倚在廊下的红漆柱子上，悄悄地望着黑绒一样柔软的天空。

银河一点点地显露了，黛黛在银河底两旁寻找着双星。可是找了很久，只找见了一颗。她不知道是牛郎还是织女。当然是织女，男人总是漠视妻底寂寞，仿佛随便的应酬也是大事，抛开妻去和别人厮混。牛郎也许藏到哪个星星小姐底家里去了吧！黛黛自己无声地笑了起来。

和日新同在，黛黛觉得另是一种寂寞，那样的寂寞跟哑子吃黄连一样，苦咽到肚里。好像和日新越来越离得远了，恋爱时渴望的亲昵和拥抱，如今像褪了糖衣的药一样，一点滋味也没有，甚而有时候使人发烦。日新一点也不想在拥抱和接吻之外的共同生活上来满足黛黛，黛黛需要的是一个在"吃饭"，换言之，也就是在"赚钱"之外还抱有一个伟大目的的男人。日新只要生活满意就完全满足了。他要的只是舒适的生活，美貌的妻正是舒适生活中的一件装饰，高雅的衣料当然是穿在漂亮的人的身上来得悦目。日新宠爱黛黛正因为黛黛美。黛黛底心里的寂寞他没想过，也许根本就不知道，他觉得这样的丈夫已经是十成了。

黛黛觉得自己被蔑视了，她愿意轰轰烈烈地作点什么，她觉得自己是池中的龙，总有一天是会腾身云上的。没有理解，没有目的，没有真正的两性体会的意义的夫妇生活像囚在笼中的鸟一样，纵然吃着最好的粮食，住着华丽的屋子，受着珍贵的照顾，纵然是——

黛黛底蓬勃的心被寂寞浸蚀得变质了。她要去寻找一个新鲜的、有意义的爱情来滋润着，一个新鲜的，不止于两性间的肉体的爱欲的爱情。她愿意日新也放荡一些，这样，她可以少受一点折磨。她还胆怯，她不愿意先于日新失去夫妇间的纯情。

日新不在，黛黛又苦于安静。天上孤单的织女不知道有没有同感。微风吹起来了，小的槐花无声地坠落在黛黛底发上。黛黛细心地把那小小的白花穿在自己的发针上，穿成了一个白色的半圆，然后簪在鬟上，跑回屋中去，拉开了灯，在镜台前，在灯下，看着自己底俏丽的脸。

"少奶奶真是漂亮！"娘姨在后面突然这样说，吓了黛黛一跳。

"您没玩牌去？"娘姨接着说，替黛黛斟了一杯茶。"我嫌头痛！"

黛黛拿起来茶杯。

"您一个人多闷！不爱打牌，去瞧电影吧！"

"电影也没意思！"

"少爷陪着就有意思了。"娘姨笑起来。

"胡说！"黛黛笑啐了一口，又瞧了瞧镜中的自己的脸，她忽然起了一个奇怪的想头，她要去尝尝暗夜中独行的滋味，说不定像小说里描绘的那样拣了一个奇妙的钥匙，拿它开开了理想的宫门。

"我一个人瞧电影去了！你看，没少爷陪着也是一样。"黛黛说着拿起钱包和小外衣，笑着走了出去。

在芮克的楼上，在旁面的第一排上，黛黛找到了一个座位。电影已经开场了，正演着华北电影公司的新闻片。黛黛匆匆地四周看了一眼，就坐下去，看着银幕。新闻片立刻就完了，黛黛只看见了一个拖着战车在雪地中跋涉的兵士的背影。

电影是龚秋霞、王丹凤演的《浮云掩月》。仓隐秋扮演一个时代妇人，饶舌得使故事中的人物讨厌，却欢悦了幕下的看客。那真是一幕最好的讽刺，既有兴味又不过火。仓隐秋演得恰好，这女丑角赢得了看客开心的哄笑。黛黛一想到自己身边也正是充满了仓隐秋所扮演的人物的时候，她不自觉地轻吁了一口气。忽然，黛黛觉得有人在注意自己，好像他已经凝望了自己好几次。他时时把眼睛从银幕上挪下来放在黛黛身上。那是一位男客，他底白色的上衣在黑暗中反映着银幕的微光。他坐在黛黛右手的第四只椅上。

黛黛觉得踟蹰，她装着不知道的样子看着电影，可是，她止不住有点心跳。她想悄悄地看一看那究竟是怎样的一个人，她刚一歪头，立刻就遇见了一双晶莹的目光，她忙着正过脸来，她不知怎样作好了。

休息的时候，黛黛假装不在意的样子向右边看去，可是那位白色的看客不知什么时候走开了，在空着的座位上放着一张折在一起的报纸。

黛黛不甘地向身后找去，一个白衣的人在她身后的台阶上倚墙站着，黛黛不知道是不是那个人，她没有勇气细看，就疾忙回过脸来。

电影重开的时候，那人的座位空着，过了十分钟依然没有人来，黛黛觉得自己是有点神经过敏了，不，是有点被寂寞缠得晕了。怎么这样轻易地就感觉到了别人底注视，也许他是注意着另一个人，和黛黛并肩的三位都是年青的女客。

黛黛无端地觉得若有所失，她再次地向后望了望，后面的墙上倚着的是白衣的茶房。黛黛觉得被嘲弄了似的委屈。她忽然想及了头上的槐花，她摘下它来，在两指之间捻碎，扔到脚下去。电影完了，黛黛杂在人群中往出走，她想一个人通过金鱼胡同再坐车，她又想到住在八面槽的赵家去迎一迎日新，她觉得自己出来得没意思了。

在她正拐向那条黑暗的胡同的时候，她听见有一个人在她身后急走了两步，停了停，若有所思地稍待了一会，又急急地走近她底身边来。

又是一个白衣的男人，真是见鬼。黛黛想退回去叫一部车子了。

那男人转到黛黛眼前来，摘下来帽子。"您是李黛黛小姐吗？"

黛黛点了点头，她细细地打量了那白衣的男人一眼。

这是一个讨人喜欢的男人，魁伟的体格和潇洒的脸，仿佛刘琼一样的厚厚的唇。

"我是——和您在学院胡同里住在一个院子里的。"

"啊！"黛黛喜悦地啊了一声，又点了一下头。"啊！我想起来了，难得您还能认得出来是我。您若不说，我一点也瞧不出来是您呢。"

黛黛底脑中演着一幕喜剧。在学院胡同的大院子里，两个孩子拿着虫网扣蝙蝠。八岁的黛黛摔在台阶上了，大哭起来，小游伴急急地把自己手中的蝙蝠送过来，看看手中那黑色的动物柔软的双翅，黛黛又笑了。

"您一向好？"

"托福！"男人说。"我就坐在您右边，我看了您很久。仿佛您知道我瞧您来着，我只不好意思，后来我站到您底身后去，隐在茶房底身后又看着您，才断定是您。我真怕认错了，唐突了漂亮的小姐那还了得。您比小时候更好看了。"说完，男人微笑了。

黛黛只笑了笑，在这个曾经一同度过了金色的童年的美男子身上，感到了一种飘忽的甜意。黛黛想说：您也好看了。可是没好意思说出口来。她想起一个带着鼻涕的小黑脸来。她轻轻地笑了一下。

"您笑什么，在笑我小时候底脏脸吧！"男人也像正在回忆过去，这样问着。

没想到两人底思潮会这样巧妙地相同，她又看了他一下。"您现在是——伯父还在作校长吗？"

"嗯！"黛黛应着，立刻爽快地说："我结婚了。"

男人瞧着黛黛底脸，像要在那好看的脸上瞧出来由女孩到少女、又由少女到少妇间的变化一样地仔细地瞧着。半晌，仿佛他轻叹了一口气。黛黛躲开了他底凝视，她觉得自己底脸红上来，她不知道自己为什么觉得羞涩。

"那么，您贵姓是——"男人慢慢地说，虽然声调中还保持着初见时候的愉快，可是好像杂进了些失望似的。

"王。"

"府上在——"

"前圆恩寺五号。"

"不！"男人仍然看着黛黛底脸，"我问的是伯父底家。"

"还是旧地方。"黛黛说，"要去看看故居吗？"

"嗯！"黛黛忽然觉得男人底脸上失去愉快底光彩了，她看了看头上黄色的路灯。

两人沉默了一会。

"从那时候回南，一直没到北京来吗？"黛黛问。

"是，我一个人刚刚回来不久，妈妈还住在老家。"男人说，望了望头上的天，"我常常在有星星的夜里梦见小时候的事，您也许早就忘了吧！"

"我吗？"黛黛微微地笑起来——

——正是他，那个由拖着鼻涕的小黑子变成了刘琼一样的韩青云。名片上的字像在脉脉笑语，黛黛忽然觉得胆怯起来，她望了望身后的娘姨，好像那娘姨看穿了她盛装着的身体里的女儿心一样；她慌乱地想抓一句话来掩饰，可是她不能制止她跳动的心。她没想到韩会这样大胆地来找她。芮克见过之后，他们没有通过消息。虽然其间有一次，在中学

224
225

1944 夜合花开

里的妹妹来告诉黛黛说是韩家的云哥哥去看爸爸来着。

她说："是找我的吗？也许你弄错了，我不很熟。许是少爷的朋友，我且看看去。"

通过了夜暗中飘散着栀子花香的走廊，黛黛用微颤的手，拉开了小客厅的门。

三 | 这是王会长的小客厅

随着门开的同时，韩青云站了起来，他不知不觉地用手梳理了一下头发，带着满脸的微笑。

黛黛像王妃一样仪态万方地略略地点了点头。小客厅的朱红的灯照着她酡色的双颊，她底出色的眼睛像院中刚熟的葡萄一样闪着银色的光辉。

黛黛想韩一定会招呼一下的，她闭着她好看的嘴等候着，可是韩什么也没有说。他望着黛黛，望了有一分钟之久，才轻轻地说：

"没有等您允许，我太冒昧了吧！我来，没有什么不方便吗？"

他底凝望，使黛黛稍稍地有点慌乱，她只笑着摇了一下头。王妈进来——这是黛黛忠心的女仆——望着黛黛底脸色，

细心地问：

"少奶奶，红茶好，还是……"

"红茶吧！"

"带点儿点心来吗？"

"嗯！"

黛黛想起忘记请客人坐了，她说着：

"请坐！"的时候，韩望着她，说：

"少奶奶请坐！"

他的称呼，使黛黛一惊，这听惯了的称呼在韩嘴里说出来的时候使黛黛觉得过分的不舒服。这样，黛黛觉得自己被圈在一个画就的圈子里，被剥夺了一切自由。

她咬了咬自己底嘴唇，慢慢地把纤细的身子安放在一只小的沙发里。

韩望着黛黛，他真没想到黛黛会出落得这样美丽，更没想到黛黛会嫁到这样阔绰的家里来作少奶奶。黛黛底脸上充满了美貌的女人娇逸的情意。他断定她生活得很优裕。他想，如果爱情也使黛黛满意的时候，他底来访就毫无意义了。

"王先生在？"

黛黛摇了摇头，她想说一句什么，她不愿意叫韩知道她心里的寂寞，她又愿意他知道。他看上去很温存、很知趣，他底脸上带着接受一切的谦逊的表情。想起来幼时同处的愉快的时光，黛黛觉得心里热上来。

"我到伯父那儿去了，"韩说，低着头，"伯母底身体不大好，所以伯父和妹妹都显得不十分高兴。"

"妈妈总是不好。"黛黛说。皱了一下眉，深深地叹了口气。她真怕看爸爸为家室累得过分地疲惫的样子。虽然只有一个老妻和女儿，但那只会拿了一点月薪来生活的忠厚的爸爸，怎样也无力使家庭安定。对着升腾的物价，老人只有叹息，只有紧缩生活的范围，到生活缩减到最小限度而依旧不能使病着的妻有一点钱来买药吃的时候，老人变得异常灰心起来，他很少有笑容，沉默得像一块化石一样。

在黛黛底婚事里，他反对过，可是后来他同意了。他怕黛黛会受气，他很知道穷人到富人家去作媳妇的难处。那时黛黛相信日新底热情，相信日新底志愿，虽穷而清高的家，黛黛觉得自己跟日新没有一点可以羞愧的地方。婚后她知道钱在人世上的势力之后，她渐渐地觉得了日新底家和她是不合适的，她觉了金钱在爱情上的势力了。她接受日新对她自己底家的接济的时候，她像接受侮辱一样地觉得难堪。

"妈妈总是不好。"黛黛重复着说，她望了望韩，她不知道他在作什么。他底样子仿佛生活得并不困窘。他底家黛黛知道跟自己底家一样。在生活容易的过去虽然小康，可是，黛黛再去望韩——

韩恰好在这个时候抬起来他底脸，他底脸上盖满了同情，还仿佛稍稍地夹杂着悲哀，他说：

"生活真是可怕。好人简直难活，吃饭成了大问题了，吃饭成了惟一的努力的目的了。"

"不过——"韩接续着，他笑了笑："我不怕！我想人总该在吃饭之外还有一个目的。不然，生活岂不完全没有意义了吗！"

黛黛望着他，他底话使她迷惑，这样的话她已经很久没有听见过了，她底耳膜上留着这新奇的语句，她像在学生时代梦见了理想的世界，听到了理想的声音一样。

"吃饭之外的目的是什么呢？"黛黛笑着问，她为自己底阴暗的家所引起的不快完全消逝了。

"为国！为民！为大众！"韩也笑起来，他高兴的却是能打动了黛黛底心。他这样说，生活在他也正是一个难以抵抗的威胁，他底月薪甚至连他自己吃饭都不足，虽然另外他还有点暧昧的补助。不过，在不能真的去皱起眉来吃窝头的他，固定的一点补助费算得了什么呢。从芮克遇见黛黛那一天起，他就打着黛黛的念头。设如能从黛黛身上取得一点什么，这真是一个阔绰的靠山。有这样一位漂亮的情人，不也很说得过去吗，不过，他在担心着黛黛底爱情是不是能分得出来。他猜忖，多半黛黛是寂寞的，正是在爱情的饱和点的夫妇，是不会一个人去看电影的。并且没有孩子底少妇是最容易动情的人。

"您也许笑我说的是老生常谈了吧？"

"我！我怎么能笑您呢！这不是应该的吗？真是，单单地为了吃饭，生活又有什么意义呢？"黛黛热心地说，她端起茶杯来，请韩吃一块点心。

这样细致的点心，仿佛许多年前曾在大食品店的玻璃橱中摆着过似的，细致得像是非现时所能有。那样白的面，那样白的糖，那样气味芳香的奶油和酪。韩拿起一块来，来不及谢谢女主人便填进嘴里去了。吃完，他才觉得也许自己贪婪的样子使得黛黛轻视，他看看黛黛底白色的脖颈，仿佛乳酪一样细致滑腻的脖颈，他冒渎地想到了一点什么，他解嘲似的笑着，用着一种双关的语调：

"您底点心真好吃！"

黛黛连碟子里都摆着了怎样的点心都没有注意，她为这个新鲜的来访者兴奋着。韩真是一个讨人喜欢的人，既大方又潇洒，而且充满前进的气象，话也说得异常悦耳。黛黛觉得理想中的男性来了，韩和她幼小时代的渊源，增加了她兴奋的心绪上的甜意。她交握着自己底双手，觉到了一种说不出底安慰，她劝他再吃一块。她说：

"真的好吃吗？"

"是！"韩盼望黛黛亲手拿一块来送给自己，这样的美人拿了这样悦目的点心，吃下去，神经都会愉快的。

王妈进来，她先看了看黛黛底脸，然后轻声的说："少奶奶？晚饭……"

黛黛咬了下嘴唇，她生气王妈冲散了她心上的愉悦，她想厉声地告诉王妈说等一等；可是她突然一转念，王妈总不至于连有客人在，等等再吃饭的事都不懂，她一定是别有用意。那么？黛黛想起来这是王家，这是王会长家的小客厅。她觉得今天自己是有点忘形了，留一个陌生的年轻的男客人在家里谈了很久，纵然坦白，在这样的家庭里也是说不通的。可是，她真不愿意在这时候一个人回到屋子里去挨过寂寞的暗夜。

她踌躇着。

当然，韩立刻就看出来她为难的情绪了。他放下他底茶杯，故意说：

"王先生不在，我也不扰您了。"他说着，站了起来。

黛黛知道这是故意说给王妈听的，他底体贴的细微的感情更使黛黛心动，她看着王妈，说：

"等一等再说！"她已经想好了一个主意，她想把韩带到开明去。如果愿意跟韩把关系拉长，总得要日新知道，她愿意借着日新和韩的交往真正地认识一下韩。她已经草率过一次了，她决不会再用自己底芳华来跟无意义的爱情打交道。并且，她想，在日新说了谎之后去揭开他底隐秘，正是对自己有利的地方。可是，她不知道怎样跟韩说才能使她底意思巧妙地表现出来。

"给您的名片都没有地址，我再送您一张吧！您如果有闲，打电话给我吧！我想您一定不会不愿意我认识王先生吧！"

在黛黛踌躇之间，韩决定告辞，他想最好是不要叫黛黛为一点难，能使黛黛满意，而且可惜这次的会面太短的时候，自己就成功了。他拿出印有职业住址的名片来，递给黛黛。

这么问，黛黛已经想好了一个主意，她说：

"日新在开明，我正想去找他，您如果没事，一块去坐会儿吧，说是有位刚刚下海的陈玲珠小姐相当不错呢！"她拿起韩底名片来，仔细地看了一下。

"噢！您作记者吗？可羡慕的职业。"

使韩心跳的，不是黛黛底赞美，而是黛黛嘴里说的陈玲珠，他笑着说：

"穷记者，听了就让人头痛，我已经腻了。王先生也跟陈玲珠认识吗？"

"有钱的少爷捧捧年轻的坤伶不正是最好的消遣吗？"黛黛解嘲似的说，她突然觉得说得不合适，她迅速地看了韩一眼。

韩底心里却在惦记着另一件事。他想起来玲珠这半月来总是不在家的事。如果这所大宅子里的少爷若是真的捧了玲珠，自己就不堪设想了。在纯洁的玲珠身上，"钱"也同样具有不能抵抗的威力吧！

"好！我陪您去吧！不过，王先生不至于——"韩说，他自己下了个决心，他要去看看跟他山盟海誓的玲珠怎样在有钱的少爷眼前周旋。他底心，激动愤怒地跳动着，他竭力装得不动声色。

"如果韩先生觉得不合适，我们开明见吧！等我坐好了之后——"黛黛说，看了看韩，"王先生倒是没关系。"

"我明白您底意思。那么，我们一会儿见吧！我先走一步。"韩说，拿起来帽子，望了一下黛黛，用着最漂亮的姿势行了一个礼，之后拉开了盖在紫呢绣花的门帏下面的门柄。

四 │ 怅惘与追求 │

在去开明的路上，黛黛盘算着怎样向日新说自己所以来到开明的理由，她虚拟了许多条都觉得不满意，在她正沉湎在她的思索里面的时候，她听见有人叫她。

那是妹妹黛琳，她提着一只白色的书包，在人行道上招呼着黛黛。

黛黛命令车子停下来，看着那个几乎完全和自己相同的脸。"妈妈好吗？"

妹妹摇了摇头，看着姐姐今天迥异寻常的艳丽的装束，看着姐姐涂得像玫瑰花一样的双唇。

"妈妈想你，正要叫我去找你。我给你打电话，说是你出去了。"黛琳说。

黛黛想起来已经有两个星期没有去看妈妈了。一方厌倦自己舒适底生活；一方又不知不觉地任光阴把生命在慵懒的生活中带走。黛琳底光彩焕发的脸，像镜子一样照着黛黛底心，黛黛无端地觉得有些悲从中来。她捏着黛琳的一支黑亮的垂在背后的长辫子，像看见了没有和日新恋爱前的自己一样。那纯洁得白色的花蕾一样的小姑娘，她觉得自己底涂着脂粉的脸比起黛琳底脸，实在是逊色太多，她低下自己的头。

"我明天回家去吧！"黛黛说，看了看盖满了尘土的黛琳的蓝布鞋，问着黛琳：

"琳！是学英文去了吗？"

"嗯！"

黛琳在女青年会里跟着一位老小姐学英文，本来因为爸爸底收入不好已经一度停止了。后来黛黛替黛琳拿出学费，黛琳才又继续着学了下来。每次，在黛黛付给黛琳学费的时候，黛琳总是不安，她愿意用姐姐底钱而不愿意用日新底钱，她总是劝姐姐去找一个职业。当黛黛把黛琳底意思无意中跟日新说起的时候，日新大笑着：

"小黛黛去作事情吗？连你底车钱都不够，目前能维持生活的女子职业只有卖淫，那还得是最漂亮的姑娘。"说这样话的时候，黛琳也在黛黛一块。日新底话使黛琳赧红了脸。晚上，当日新叫人叫了车子来送黛琳回家的时候，高傲的黛琳拒绝了。她徒步从北城走到西城的自己底家，走了两个钟点。她觉得日新污辱了姐姐，污辱了纯洁的女性。从那之后，她拒绝了所有的黛黛对她的补助，但为了不使黛黛过分难堪，她只要了每月五十块钱学英文的钱。每天她从西城的家走到西堂子胡同来念书。有时候，因为学校里放学晚，才去挤一段电车坐。

"黛琳！"黛黛不知道是怜惜妹妹还是怜惜自己。"坐车回去吧！

为了妈妈，早一点回家去吧！"

在黛琳拒绝之前，她雇好了车并付了车钱，她勉强黛琳坐上去。

黛琳想说一句什么，可是瞧见黛黛脸上比往日的神情更加黯淡，她底盛装跟她底脸色一点都不相称的时候，她底敏感的女儿心也觉到了黛黛底不悦，她闭了嘴。

黛黛看黛琳的车子走到了王府井去的立着炸弹的小圆盘，才坐上了自己底车。可是，她又立刻催促车夫追上了黛琳。她从皮夹里拿出五百块钱来，用她底手帕急匆匆地包好，递到黛琳的手中去。

"带去给妈妈！"她简单地说。

黛琳立刻意识到是钱，她焦灼地皱起了眉，说："你明天不是回家去吗？还是——"

黛黛没有说什么，她只催促着车子，车夫推了车子，绕回来，向着王府井的南口急驶下去。

黑暗的王府井，商店过早地熄了灯。卖水果的小贩在路旁展览着自己五光十色的商品，嘴里在劝诱着过路的人来尝尝鲜。许多漂亮的女人散步，走进东安市场去。男人跟在她们身后，那样闲适地踱着方步。空气中流荡着高贵的化妆品底香气。这里只有安闲和快乐。百货店里的秋货到齐的广告牌子刺眼地挂在没有灯光的墙上，这里的空气和几年前几十年前一样，仿佛战争的紧张没有波及到，生活的艰难也没有波及到。虽然霓虹灯是没有了，但正帮助了这所在的高傲性，仿佛那是一种嘲笑，嘲笑失去了购买力的人们，说明不屑等待那为生活压迫得吝啬了的顾客一样。

　　黛黛底眼前浮动着黛琳穿着自己做的蓝布鞋子的双脚。她无端地觉得黛琳在走向光明自己却正趋行毁灭。她今晚穿了一双刚刚买了两天的红色的皮鞋。她觉得在她底脚下呻吟着病着的人群。他们在咒骂着囤集了救命的药品的该遭天谴的药品商人。鞋是日新送给黛黛的，他用了一千块钱的代价，因为在老太爷的一批药品出手的时候，他得到了一部分钱，这是他送给黛黛过七巧节的礼物。

　　黛黛不知道今晚自己为什么这样神经不安定，她努力地把思潮集中在筹划见了日新之后的对话上，可是不能。她觉得自己出来得没有意义了，她仿佛看见黛琳在嘲笑她。真的，自己这样奔来奔去的，追求的是什么呢？

　　"爱情！"是的，没有爱情的人生正如断了弦的琴一样，纵然有着最完美的音阶也无从表现出来；爱情才能建设人生，才能表达人生，才能使生活上进。没有爱情的人生已经失去了生活的意义。

　　可是对日新，就是用尽了女性温存的心又有什么用呢！他已经失去了接受爱情的心境了。他底心里只有钱，钱才是他底最爱的爱人。黛黛想着，下意识地用鼻子笑了一下。

　　我不能放过他去，黛黛记起来韩青云底微笑的脸，他会一如所约地那样赶到开明去吗？黛黛忽然觉得焦灼起来，她催促着车夫，车子正通过了五牌楼前面的宽敞的马路，走上了热闹的大街。

　　车子在开明停下来的时候，黛黛反倒踌躇起来，她不知道怎样去见日新。她断定他在这，她怕韩不来。韩如果真的不来的话，她这样从北城奔到南城来见日新简直太无味。她看了看表，已经十点了，开明底场内正敲着很响的锣鼓。

忽然她想好了一个主意，她到附近的一家铺子里去借了电话。

她找张逢辰，张没在，张宅说高先生约走了。她又打电话到小高家，说是跟王先生到开明去了，她满意地放下了电话。

这正是她所希望的答案，她走回开明来，在一个露天的摊床上，买了一包热的刚刚上市的炒栗子。

走进场内的时候，在喧嚣的人群中，她很快地就看见日新了。他坐在第三排正中间的座位上，左面是张逢辰，右面是小高。

她走近了他，小高第一个看见了她，她听见他小声地警告了日新一声之后，就满面带笑地来招呼。

日新仿佛一惊，立刻就笑了起来，他让自己的座位给黛黛坐好，张逢辰往左又挪了个座位，日新在张逢辰的位子上坐了下来。

"没想到我会来吧！"黛黛笑着向张说。"日新说您在打牌。"

"我本来预备打牌，临时家里又来了一位客人，我让了。因为知道您请日新吃饭，我就打电话到府上去问，说是在高先生家，又问高宅，才知道在这儿。我一个人太闷，冒昧地赶来了，张先生不会嫌我来的不是时候吧！"

张逢辰瞧了日新一眼，他不知道这位漂亮的少奶奶闷葫芦里卖的什么药。他本来知道黛黛不知道日新捧玲珠的事，特意来查一查的。

他想，也许黛黛知道了一点风声。

"哪有的话！"张说。"今天是高先生做东。"

"请都请不到您，这正是我底光荣。"小高立刻接过来说着，他暗中拧了日新一下。

日新虽然有一点心惊，可是他相信了黛黛底谎话，他知道黛黛不惯玩牌，让给客人这是最可能的事。他后悔自己多说了一句话，若是不说出张来的话，黛黛自然无法来找。他倒是不怕黛黛看出什么破绽来，他相信聪明的小高总会替他遮掩的。只是一件事情让他揪心，吃饭的时候，本来约好了玲珠，送她回家。黛黛来自己是脱不开身了。他瞧着小高，故意说：

"小高，咱们还有几个位子呀！没有敷衍的话，我们楼上去吧！别把你底客人给挤跑了。"

"还有三个，陈志他们一会儿来，来的时候叫他们另想法子吧！怎么能叫嫂夫人走呢，嫂夫人是贵客呀！"小高笑着说。他心里在暗笑，其实前面的三排座位都被日新包买了，前三排的看客都是大家拉来捧场的人，别说是添一个黛黛，就是添三个五个人也不愁没座位的。

"对了，您别客气，别因为我挤跑了您底朋友，我们到楼上去也好。"黛黛说。她心里却另一种打算，她焦急地想找一找韩。照理说他也应该到了。可是她没有看见他，她底座位是一个最不适合找人的地方。她又不愿意日新看出来她在找谁。如果在楼上，居高临下，看看台上的时候就哪儿都可以看见了。在这儿，若想看一看门，一定得要完全回过身子来的。她故意站起来，向楼上看了一眼，说：

"日新，楼上还有厢，你去问问看。"说着这样话的时候，她向入口看去，一眼，她就看见了韩。韩一只臂上挟着大衣，迎着她底目光，轻轻地点了一下头。

黛黛慌忙地坐下来，她安心了，却又觉得局促。日新把手中拿着的黛黛底大衣还给黛黛，拉了小高一下。

"高！你跟我瞧瞧去，若是楼上有地方我们换一换也好。"说着，拉着小高走出入口。

日新嘱咐小高关照那些个认识黛黛的人不要来向黛黛道谢，不认识黛黛的人不要来打招呼，戏散的时候再去关照玲珠之后，自己先小高走了回来。

"有吗？"黛黛问。

"高先生就来，他来了就知道了。"日新说，特意向后面看了看。

日新说话的时候，黛黛又趁机向入口瞧去，她看见韩正看着站着说话的日新，他向黛黛会心地笑了一下，慢慢地走过来。

五 | 日新轻薄地说："一个记者"

在看见韩的一瞬间，黛黛在觉得安心的同时，稍稍地觉得局促。她不知道韩将怎样来向她寒暄，他当然不会笨得说出来他们刚才的约会。在对韩没有一点真正的认识之前，她不愿意因为和韩的交往而使日新不悦。

在她这样沉入自己底思索里的时候，日新正怀着鬼胎在小心翼翼地注视着她，他瞧出来她像是有点不高兴，也许她已经知道了自己底秘密。日新倒不是一定想从这个刚刚下海的小女伶身上取得什么；因为了黛黛就是不理玲珠也不要紧，日新只是想在结婚之外的爱情上，另寻找某种的甜蜜。他这样想，太太只是一种必要的滋养品，仿佛吃饭的时候的饭一样。饭不可以缺,没有菜却吃不下。爱人是珍肴,假如跟玲珠闹翻了,还可以去求其他。主要的还得黛黛高兴。他以为人生原为了享受,女人虽是享受中的珍品,可是也犯不上为女人来自寻烦恼。

他看看沉思的黛黛,想起来黛黛要换座的事,他想借着这样的话来岔开她底沉默。他看了看小高,小高正从过道上绕回来。他很明白日新注视他的意思,他先向日新微笑着挤了一下眼,然后说:

"楼上满了!就是这儿吧!他们来的时候再说。"日新不过是怕大家揭穿了他底秘密。小高既然很有把握地留黛黛在这儿坐,自然他已经关照好了。

在小高说着话的时候,黛黛仍旧低着头在抚弄自己的绣得异常精致的手帕,她完全沉湎在自己底思索里面,一点也没注意到其他。

小高和日新对看了一眼,日新轻轻地用肘碰了黛黛一下。"小黛!"日新说,"高说楼上满了。"

"我原来无所谓,"黛黛微笑着看看小高,"哪儿都好,我在想,我来是不是扰了你们底清兴?"

黛黛只是想抓一句话来解释自己底沉思,她怕日新瞧出来她局促的情绪。

"哪有的话!"小高说,他暗暗地捏了日新一把。

这之间,台上正唱着的一出什么武戏收场了,一个插着小旗子的人亮了一个"相"之后随着锣鼓点跑了进去,玲珠的戏就要出场了。

戏目是《贵妃醉酒》,在宫女和太监之后,那个姣小的女孩把窈窕的身段藏在肥大的戏衣里,巧妙地曳着全身的流苏,走着风摆着柳枝一样的步法，走了出来。

那是一张纯洁秀丽的脸，在涂了很多铅粉的额下，晶亮的眼睛海波一样地闪烁着。

许多捧场的人怪声地叫着好，坐在黛黛前面的人鬼鬼祟祟地回过脸来瞧着黛黛。

黛黛却没有注意到这些，她对那个扮演着一代美女的玲珠，觉到了好感。她看看她那样小心翼翼地扭动着腰肢，在规矩的旋律中企图用舞步来表现出杨贵妃底寂寞、焦灼、混乱的情绪的时候，她觉得这小女孩被捉弄得怪可怜的。玲珠顶多十八岁，也许十六岁，她娇好的脸上充满了天真无垢的神情。用这样一张天真无垢的脸来现一个丰盛的少妇的爱情和忌妒的时候，就是做得再认真一些，杨贵妃浓烈的感情也无法使人体会出来，这实在是个完全不合条件的存在。

黛黛忽然直觉到韩青云来了，而且已经走到了他们底身边。这一瞬间，她觉到了一种不能说出来的惭愧、后悔的感情。这一晚上的自己底行动，在这一瞬间里都被否决了。她想最好是韩不要招呼她，让她安安静静地来欣赏一下这流传了百年的民间艺术，然后伴着她底丈夫回家去，去过平定的、舒适的生活。

可是，韩在凝望着她，仿佛在等待她底回顾而来决定行止，这样无言的趋奉，正投黛黛所喜。她暗暗地计算着韩已经在那儿站了一分钟、又一分钟的时候，她不由自已地回顾了一下。

韩正在瞧着台上的玲珠，他底脸上有喜欢和焦灼相混的双重的表情，他早已经瞧见黛黛底丈夫了，并且已经打听明白日新今晚上在玲珠身上投下的资本的数目，整个前四排的票都是日新一个人包买了去。这一笔数目已经等于韩底两个月的薪金了。这真是一个阔绰的情敌。韩想，他绝对不能放过去相识这位阔少爷的最好机会，并且他一定要把这件秘密透给黛黛知道。

他走到黛黛底座位旁来，一面企图在表演着戏的玲珠身上，看出来她是不是已为日新底阔绰所用，一方面又留心着观察着黛黛是不是表示不愿意在这时候见到他。

在黛黛底回顾里，他狡黠的心立刻明白了少妇纷乱的感情。他想了想，立装做非常惊讶的样子，急行了两步，跑近了黛黛坐着的那一排，对着黛黛身边坐着的日新和日新身边的小高很客气地点了点头之后，大声地、庄重地向着黛黛说：

"李黛黛小姐，真是幸会，我万也没想到在这儿遇见您。"这样说着的时候，他又热诚地瞧了日新一下，非常客气地接着说了一句：

"这位就是——"

"啊！韩先生。"黛黛这样回应着，她底脸像绽苞的桃花一样的闪着可爱的粄红的颜色，她从她底座位上欠起身子来，笑指着日新：

"是的！这就是外子。"

韩去拿名片，一边笑着说："我上一个礼拜日和家母一块到学院胡同您府上去，家母问起来您，李伯父告诉了您底地址。家母正要叫我接您到寒舍去玩玩，并且叫我也请王先生陪您一块儿去，我正要到府上去，今天没想到……"

他说得很恳切，亲近而不失庄重，脸上的态度也十分合体。黛黛没料到他用这样的方式来开始他底寒暄，她觉得十分中意又安心，她向着日新说：

"黛琳前天告诉我说是韩家的伯母去过了，说是想我。就是我跟你说过的和我家一块住了二十年的韩家的伯母，这位是韩伯母的少爷、我们底韩大哥。"

黛黛说得很自然，真像是见了一位久别重逢的多年的邻居一样。

在韩青云招呼黛黛的时候，日新仔细地瞧了韩一眼。他知道，黛黛并没有男性的朋友，这位陌生的男人那样亲近地跟黛黛招呼着的样子，他想也许是黛黛底亲戚。黛黛和他都很坦白自然，没有一点暧昧的形状。

黛黛向他解释着的时候，他恍惚地记得仿佛是黛琳说过这样的一家，他笑着接过来韩底名片，看了看名片，慢慢地说：

"久仰，我是王日新。"他拿出自己底名片来回送给韩。

韩把日新底名片捏在手里，瞧瞧背面之后，爽快地说："过几天到府上去拜访您两位时再谈吧，打扰打扰！"说着，他准备向后面走去。

"这儿坐坐不好吗？"日新让着。

"不！谢谢您，那边还有朋友。"韩说，点了点头，回身走开去。

日新和黛黛重又坐好，日新望了望黛黛底脸，他叫着："小黛！"

"什么？"黛黛不知道他要说什么，她也回望着他。

"真是你底邻居吗？是你从前的朋友吧！"日新小声说，把头凑在黛黛底肩上。

黛黛底心一跳，她故意说：

"信不信由你。"

坐在日新身旁的小高忽然问着日新：

"刚才那个人是谁？"

日新从衣袋里掏出名片来，轻薄地说："一个记者。"

"穷记者，少不了是要钱吧？"小高说，想及了刚才韩是先招呼黛黛的事，很快地缩回了自己底话，瞧了黛黛一眼。

黛黛还在看着台上的戏。贵妃在跟高力士调着情。那个鼻梁上画着白粉的高力士正嬉皮笑脸地向贵妃要着帽子。

"我岳父的邻居，二十多年的老邻居。"日新说，也看了看黛黛。

黛黛并没听清小高和日新的对话，她底心不由自己地有些忐忑。她断定日新和小高不是在讲说她，就是在说韩。她不能像刚才那样地把注意力集中在台上了。日新刚才的话，那自然是一句笑话。他们之间常有这种借题调笑的往事。但她愿意知道日新和小高说的什么，她愿意知道，因为韩来所引起的日新底感情。

她向着小高，愉快地问：

"高先生，您看贵妃作得怎样？"

"还好，稍嫩一点。"

小高说，应酬地笑着。

"你呢？"黛黛又问着日新。

"我跟高先生底意思一样。"日新说，故意看了看正挟着高力士底帽子的玲珠一眼，又摇了摇头。"神情不像，也嫌瘦一些。不过扮相倒挺漂亮。"

"台下更漂亮吧！是不是？高先生。" 黛黛说，她故意抛开日新不看。

"是！"小高说，哈哈地笑起来，"我给您介绍介绍好不好？人也不错，小孩，您指教指教她。"

"这又得要我们先生同意？"黛黛说："我们先生就烦我和生人说话。"

"倒是得你不生气，我早就见过玲珠了，你是不像我那样小气的。是吧？"日新说，也愉快地笑起来。

"我相信你！别说是玲珠小姐是高先生底好朋友，就是你先认识她——"

"怎样？"日新截断了黛黛底话。

"我也要跟她作朋友的，这样好看的小姑娘谁都会喜欢的。"黛黛很诚恳地说。

"是么！"日新望着小高说："那么我们到后台去吧！让我们这位大量的少奶奶见见玲珠。"

"好极了，戏就要下了，咱们走好不好？"小高说，先站起来。"去吗？"日新又问。

黛黛点了点头，随在小高身后走出来。

穿过了肮脏凌乱黑暗的小过道，后台的下场门那儿，黛黛看见了正从台上走下来的玲珠。一个老又瘦的女人迎着她，把一条宽大的毛围巾披在她底肩上。在小高过去招呼玲珠底时候，黛黛看见韩从黑暗的小过道上急忙地跑了过来。

六 ｜ 玲珠感激得几乎哭出来 ｜

黛黛瞧见韩青云急急地跑过来的时候，她底心不能制止地惶惑地跳起来。她想韩也许是来找她的。假如他是来向她约会来日的相见，她怎样回答他才好呢？在日新底朋友的面前，就是拒绝韩，也会使得他们传为谈笑的材料吧！

她下意识地藏在日新身后，低头前行，在黑暗的通路上，有两次踏着了日新底裤角。

到玲珠底化妆室里的时候，有两个穿着黑色长衫的男人站起来迎接大家。其中的一个，脸粗糙得仿佛盖了一张橘皮一样，他笑着请大家坐一坐，用大褂底袖子拂去小凳上的尘土，另一个帮助玲珠去卸装。

随着玲珠身后的老女人也来向大家周旋。她笨拙地说了两句客气道谢的话之后，默默地退在玲珠身后，不习惯地站在那里。

在这许多人之间，急急跑过来的韩并没有进屋来，也许是在屋里转了一下又出去了。黛黛站在日新和小高之间看着玲珠洗脸，看着那个老女人细心地把玲珠卸下来的花朵收在一只退了色的红漆小箱子里。

这是间狭小凌乱肮脏的屋子，到处都是灰色的尘土，旧的缺了一只桌角的方桌上，摆着镜子和白粉，镜子旁边的一只土黄色的木匣子里，有梳子和假的发髻。桌边、墙角堆着几只箱子。系着肮脏的蓝布垫子的小凳，左一只右一只地散扔在屋里。

那个橘皮脸的人机警地瞧了这群来访者一眼，他殷勤地给黛黛请了安，瞧着日新底脸，笑着说："这是少奶奶吧！我叫朱四，难得少奶奶赏光，我们小姐真是感恩不尽，您坐您坐。"

他搬过凳子来，又用袖子擦了擦那蓝色的垫子，恭恭敬敬地摆在黛黛身边。恰好这时候玲珠洗好了脸，他立刻叫着：

"小姐！您还不来给王少奶奶道谢，老太太也过来见见吧！"

黛黛新奇地瞧着这间屋子。她第一次到这样的地方来。小屋的门外，许多人嘈杂着，许多人挟了衣服之类的东西跑来跑去，不时地有人向门里探着头。那景况配合着朱四底如笑的脸，她觉得玲珠像一颗埋在土里的珍珠一样，被尘土封闭了晶莹的光辉。朱四那样半命令式的说法，也使黛黛觉得刺耳。她记得他就是在台上给玲珠送茶的那个人。看着玲珠，黛黛不知道为什么突然联想到黛琳；同样聪明美丽的小姑娘，却一个在走向光明，一个在走向黑暗。如果玲珠也提了一只白色的书包上学去呢？黛黛底心里油然地生出来对玲珠的同情。

"谢谢您赏光，这儿太脏，您到我家里坐坐吧！"玲珠随了老女人来行礼。黛黛底美丽的面貌和豪华的衣饰使得她忌妒；可是黛黛底和气的脸又使得她觉得可亲。她跟日新也不过刚刚认识两个月，日新是一个不过分讨厌的男人，她不明白日新为什么愿意花那么多的钱来帮助她唱一场戏。他从来没向她要求什么，既不调笑也不动手。他底朋友就比他坏得多，他们时常说着非常难听的话，有时甚至窘得使人哭泣。

玲珠想日新是诚心帮忙她，愿意她成名的一个好人。黛黛来，更增加了她这样的自信。她向着黛黛说着这样的邀请的话的时候，脸上带着十分诚恳的样子。

"我们去吗？不太晚吗？"黛黛问着日新。玲珠使她觉得可爱，她忘却她所以来到开明的目的了。玲珠在她平静的生活里正是一个新奇的闯入，她愿意认识她，她愿意去看一看玲珠那样女人的家。她不等日新回答，看着玲珠身旁的老女人，那个面貌和玲珠完全相像的苍白多皱的老人底脸，和蔼地说：

"不打扰你们吗？老太太！"

在老女人喏嚅之间，朱四抢着说：

"哪里的话，请都请不到您，您请您请。"

"我们去吗？"黛黛愉快地再问着日新。日新笑着说："随你便。"

"我去好吗？高先生。"黛黛去看小高，小高正向日新作了一个可笑的鬼脸。他慌忙地应着：

"好好，太好太好。"

随在朱四底身后，日新扶着黛黛走出后台来，他不明白黛黛为什么有这样好的兴致。黛黛似乎完全没有介意到自己底行动，她像往日一样的愉快。好像她也很喜欢玲珠。今天能这样圆满地过来，日新觉得非常的高兴。他殷勤地搀扶着黛黛，窥看着黛黛底侧脸，黛黛底脸上带着愉快的微笑，她倚在日新底肩上，婀娜地走着。

在戏院门口的摊床上，黛黛买了两包栗子，她交给玲珠，笑说送给她见面礼，她拉了玲珠和她坐在一辆车子里，日新陪着她们，老太太和小高坐在后面的一辆车子上。

在车中，黛黛请玲珠吃栗子，她把日新为她剥好的栗仁放在玲珠的掌心里，她觉得玲珠正像黛琳又比黛琳温柔。玲珠羔羊一样驯顺地挨着黛黛坐着。

"陈小姐！"黛黛热心地说："你以后别唱《贵妃醉酒》了，那样的戏你唱不合适。"

"您是说我唱的不好吗？"玲珠谨慎地问。

"不是！我说你这样的年纪唱那样的戏不合适，因为你不能明白杨贵妃底感情。"黛黛说。在暗的车厢中看着玲珠底洗净了脂粉的素脸。

"杨贵妃底感情什么样呢？"玲珠不解地惶惑地说："师父叫我这样唱，我已经练习过很多次了。"

"你还是听错了我底意思了，我不是说你唱的不好，我是说你不能表现出杨贵妃底复杂的内心的感情来。我是外行，我不明白怎样是唱得最好。可是我想，戏是表现感情的，如果单单地在台上唱、做，而没有一点内心的表现，那是不是和木头人一样了吗？"

"那么得怎样才行呢？"玲珠小心地问。她虽然不完全懂得黛黛底话，可是她明白了她话中的大意。她从来没听见过这样热心地批评她唱戏的话。她看着黛黛光润的在黯黑的车厢中变成了深红的双唇，觉得黛黛伟大得吞没了自己。黛黛说的话，正是她日夜在追求着的东西。她总想怎样才能把戏唱得最好，可是她不知道怎样去努力。

"要把你自己完全放在戏里才行。譬如你唱贵妃醉酒，你就得想你是杨贵妃，喝醉了酒的杨贵妃。"黛黛说，忽然觉得自己这样大发议论也许可笑的时候，她笑着，止住了自己底话去看日新。

日新正微笑着望着她，听她住了嘴，又等了一会，日新问："为什么不说了呢？玲珠难得听见这样的高论。"

"你又该笑我说空话了，没意思的话。"黛黛说，去剥着栗子。

"不！我爱听您说，您也许觉得我不够跟您说话的资格吧！"玲珠惶急地说着，她不知道黛黛为什么不说，她怕黛黛是嫌她听不懂她底话而不高兴了，她急于想来响应黛黛底话，又不知说什么样的话才好。她怕黛黛看她幼稚，她怕黛黛看她跟一个普通的没智识、不知上进的唱戏的女孩子一样，她局促地说：

"您说吧！我照您底话去做，我一定那样去做。"

"我想你唱小姑娘的戏一定能够非常的好。日新，那出闹学？是有一出闹学吧！"

"是，春香闹学。"日新说。

"那样的戏对你正好。"黛黛说。她没想到玲珠竟尔质朴得这样可爱，她有点后悔自己那样顺口就说的许多话了。这样质朴老实的人是该鼓励她的。她拉起玲珠的一只手来，慢慢地说："陈小姐！你这样聪明，很快的就可以什么都会的，你上过学吗？"

"小学毕业了！"

"十几？"

"十八！"

"我教你念书吧，你不唱戏的时候就来找我。"黛黛说，诚恳地说。

"谢谢您！"玲珠说，她不知不觉地哽咽起来。在看惯了师父底气脸和朱四底丑脸之后，她受到这样一个漂亮伟大的少奶奶垂青，玲珠感激得几乎哭出来。在困苦的和妈妈相依为命的日子里，仿佛世上的温情之泉都涸塞了一样。除了韩先生，那位自动地来教她念书，又在她清纯的处女的心地里，种下了爱苗的人以外，她没有遇见过这样看得起她的人。

"您真好！王先生也好。"玲珠说。她想说出来正有一个人在帮助她念书，她底处女底羞赧、她底对初恋的珍贵阻止了她底话。她这样简单地赞美了黛黛和日新。

这之间，车停下来，朱四从后头跑过来拉开了车门。

玲珠向外面急急地看了一眼，先跳下来，一边去扶黛黛，一边说：

"您请下来吧，到了。"

黛黛走下来，四外看了看，轻轻地问着日新："什么地方？"

"香炉营！"日新说："黑！小心点，别掉在泥里。"

他们站的地方，是一条黑暗的小巷口。朱四拿着手电灯往巷里走去，大家随在他身后。路不平，且有小的石子。在巷口的第四家，朱四叫开了口，玲珠在黛黛身边，指示着路。

进门后曲折了几道高墙下的窄小的甬路才到了一个院落，仿佛院中很多的树，朱四先去抢开了院中的灯。黛黛四外看了看，那是一所小的庭园，屹立着白色的山石和白色的石头的雕像，房子藏在树后面，在紧密的树木间，小得可怜。

玲珠和黛黛走在最前面，在她们转过了房前的一株大树向屋里走着的时候，玲珠"咦"了一声，黛黛看见一个人从屋里走出来，没待看清楚是谁，那个人立刻藏身在房左的树里不见了。

到屋子里，黛黛才发觉随在她身后的并不是日新而是小高。她问：

"高先生！日新呢？"

"和朱四在说话。商量给您预备夜宵呢。"小高笑着说。

"我们坐一坐就走吧！"黛黛还没有说完，日新掀了帘子进来，他坐到黛黛身边来，稍静了静他俯在黛黛底耳边说：

"我看见你底韩哥哥了，他刚从大门出去！"

"噢！"

朱四在外面大声地吆喝起来，一个老娘姨端着一壶茶走进来。

七 │ 走向黑暗的实在是自己 │

在朱四指挥着刘妈，一件件往屋中搬着夜宵的时候，玲珠正陪了黛黛坐在暗间的自己底卧室中。那是一间陈设得很可笑的屋子，床边摆着一只立体的冰箱，玲珠在那上面铺了一块花布算作床前的便柜，上面摆着茶壶和碗。冰箱底旁边是一架旧了的风琴，琴底一只踏板用红色的丝线系着。琴底对面，走了点水银的一面大镜子放在一个有抽屉的柜子上，柜面摆着化妆品和一个玻璃杯。玻璃的茶托下面压着重重叠叠的纸片。柜角上，有大字纸、墨盒、笔、蓝墨水和一叠书籍。墙角堆着唱戏行头的箱子，屋中没有桌子也没有椅子，只有一只圆顶的小凳。

玲珠让黛黛坐在铺得薄薄的床上，把垂着的洗得变灰了的白布帐子挂好，自己倚着床柱站着。

黛黛用充满了同情的眼光看着这屋中的陈设，她一定要拉玲珠和她并坐在床沿上。所有的这个家庭的体面的东西都摆在外间了，剩余的拼凑在这里。说不尽的窘苦在这些拼凑起来的陈设中已经表现无遗了。黛黛不但没有觉得可笑凌乱，相反的她却觉得亲近，融和，她觉得比在日新底亲戚家里舒心、畅快得多，虽然后者的家具不但让身体舒适，也摆设得非常悦目。

她看着身边的玲珠，用着一种诚实、坦白、热情的眼光，她拉起玲珠底一只手，把它放在自己底两只手掌之间。

"玲珠！"黛黛说："你跟王先生很好吗？"

一见黛黛，玲珠就想到黛黛会问这样的话。她想也许黛黛会骂她，甚至泼得要来掌自己底嘴。不久以前，曾经为了一许姓的老板，玲珠被那位胖夫人结结实实地骂了一顿；要不是朱四手快，也许脸都被她抓破了。其实那位许老板也不过刚刚被朱四拉了来，玲珠一点也没沾到他什么。黛黛跟那位夫人完全不同，她底高雅的气魄和和蔼的态度使玲珠一时间竟觉得惶惑局促，她底大量也使她异常感动。黛黛这样问着的时候的坦诚的脸，使玲珠相信这绝对是一种善意的问询。不夹杂一点妒忌的感情。

"我底意思我先告诉你，"黛黛抢先说："我不是来查问王先生和你之间底秘密的，我只是想问问你们好到怎样情形，我相信他作不出什么坏事来，他如果能够真心帮你忙，这是你底幸运。我怕他底朋友们不好。"

黛黛说，她并没有表白出自己底真意来，她也不知道什么才是她底真意。她想知道日新在玲珠心中的位置，她想知道日新爱玲珠爱到怎样程度。她愿意听到玲珠说和日新好，她又禁不住有些说不出来的妒意。她想日新也许是真心地帮玲珠忙，也许真是小高一个人的事，日新不过是为了应酬朋友。说完话的时候，黛黛意识到自己底话说得又乱，又叫人听了不容易明白真意在哪的时候，她又加了一句：

"玲珠，我愿意你成名，我知道日新也是这样。"她想及了黛琳："我愿意你作我底小妹妹。"

"我！"玲珠忍不住地哽咽起来："王先生也好，您也好。我是穷孩子，我没有法子，我妈妈有病，我妈妈得抽烟。我穷，我没有法子。王先生对我很客气。"

那么多的泪，断了线的珠串一样地迸飞下来，玲珠咬着嘴唇忍耐着哭泣的声音。她看着黛黛底脸，反复地，哽咽着说："我穷，我没有法子，您明白我吗？您没看不起我吗？"

"我没有！"黛黛微笑着摇了摇头："我明白你！"

玲珠竭力制止自己底哭泣，可是没用，那是一种委屈的申述，一种压抑的解放。她从没有遇见过一个这样漂亮可爱的人。她被握在黛黛手掌间的那只手颤动着，承受着黛黛双手间的黛黛底体温。她觉得她底郁闷着的心境逐渐开朗起来。

"王先生很客气，他比谁都好，他帮了我不少的忙，他告诉朱四不要管我。"

黛黛突然想到一件事。她想到许多小说中描写着坤伶私生活中的阴暗面中的事，她看着玲珠悲哀的样子，她关心地说：

"你——"她顿了一下："你已经受过欺侮了吗？"

听见这话的当时，玲珠愣了一下，随即飞红了脸，很快的说："没有，我不能那样，我一定不能那样。"

"那好极了，我一定帮助你。你不唱戏不好吗？我给你想一个办法。"

黛黛底心整个为玲珠感动了，她恢复了她作学生时候的爱人类为人群服务的泛爱的伟大心境，她想一定要尽自己底能力来帮助这个可怜的姑娘才行。她正在坠落的悬崖上，一失足就成千古恨。这样聪明可爱前程辽远的少女，她不能瞧着她堕落。"有什么办法好想呢。妈妈得一笔很大的钱才能生活。我不能平白地去累您，这样的年月。"玲珠悲哀地说，擦去脸上的泪渍，站到镜前去看看自己。

"我替你找一个事情作，一面作事情一面念书。"黛黛热心地说，站起来，扶着玲珠底肩。

"什么事情能给我作呢？我能作什么呢？我没有本事。就是有本事，得挣多少钱才能够妈妈治病抽烟呢？"

玲珠说，突然想到这是会冒犯黛黛的，她不能抹杀黛黛底热心。虽然黛黛说的话是一篇不能实现的美丽的空话。可是黛黛并不是拿这样的话来应酬她，她的确是一种好意。她是富贵中人，她还不明白生活的艰难。

"我不是不明白您对我底好意。我难得很，我一定得赚很多的钱，"玲珠说，惟恐黛黛不悦，不安地望着黛黛底漂亮的脸。

黛黛想起来日新说过的娼妓才是女人目前最好的职业的话，她觉得没意思起来，她喃喃地说：

"钱——"

"是的！"玲珠立刻接着说："您不知道钱有多难挣，钱愈不值钱的时候愈是一个钱也难得到手，您不知道那种苦处。"

"我知道！"黛黛底明亮的眼睛里储满了盈盈的泪水，"我知道，我原来和你一样穷。我幸福的是比你多念了几年书。不过，细想起来，这几年书于我又有什么好处呢？我寄生在别人底钱上，我反不如你，我没有养活我自己，我更没有扶养我底妈妈。"

黛黛突然感伤起来，她觉得玲珠和黛琳有许多地方好像完全一样；黛琳蔑视自己的情绪，也在玲珠底坚定的声调中隐藏着。一点钟前她还想玲珠是在走向黑暗，现在想起来走向黑暗的实在是自己，挣扎的本身就是光明，能够跟生活正面斗争的人，就是接近光明，奔向光明。享乐才是黑暗，才是死。才是日趋毁灭。

想及了来到开明的目的和怎样支使了韩，黛黛觉得自己自私得可卑可耻，刹那间，她失去了她畅快的心绪，她底好看的脸上罩上了一层淡淡的哀愁。

"是么？您也过过穷日子？"玲珠兴奋地抓着黛黛底手，反过身来注视着黛黛底脸："您明白我底苦处了吧！您没有看不起我的意思吧？"

黛黛点着头，她觉得揭撕了一切障碍，撕破了一切她从王家得来的高贵的身份地这样和玲珠接近，有一种形容不出来的痛快。她底眼睛从玲珠的脸上望过去，望着那叠书籍。

"你念的书吗！"

"是的。"

"什么书？"

"初中的课本。"

"自己自修吗？"

"不！有人教我！"

"谁？"

"一位——"

外间屋里已经一切都摆设整齐了，大家都在等待黛黛来一同入座。黛黛这样很快地与玲珠厮熟而且亲近，日新觉得安心又没意思。在黛黛和玲珠到里间屋里去了之后，外间因为玲珠走了而觉得冷落了的小高，不止一次地问着日新：

"是太太的一种战术吧？"

"不！我想她是因为玲珠可爱，她原是热心肠的人。"日新这样地辩白了。可是他总是不能完全安心地坐在那里，他一次一次地看着自己腕上的表，五分钟过去了，又五分钟过去了，又五分钟。他坐到挨近里间门旁的椅子，但在许多人的嘈杂的声音里面，他很难听清黛黛和玲珠说的都是些什么。不过，他听得出来她们谈得很投机、很高兴。在朱四提着酒壶过来的时候，他忍不住地敲了敲那糊着花纸的板壁，大声说：

"黛黛！吃点心来吧！"

在日新底话尾，玲珠听见了一个低郁的口哨的声音，她犹疑了一下，向着黛黛说：

"您擦擦脸吗？我没有好粉。我总是擦不惯粉。王先生在叫您。"

"不要！我这儿有粉，我不擦，我底脸不脏吧？"黛黛说着，在镜中端详了自己底脸一下。

"不脏，一点都不！"玲珠说着，走到门前去，一只手去掀帘子。

口哨的声音又响起来，比刚才急了一点，仿佛窗外的秋风一样地从白色的窗纸的空隙间，灌流进来，清晰地送到了耳膜上来。

"有人在吹哨！"黛黛说。

玲珠底心一跳，看了看黛黛底脸。"是吗？"她说："我没有听见。"

"好像就在墙外。"黛黛歪了歪头，"你听，又来了，听！跟刚才一样。"

玲珠底心剧烈地跳了起来。她不但听见而且明白吹哨人正在冷的秋风里的热的心。她如果能够扔了黛黛跑出去，她一定会立刻两步并一步地跳到门外去。她稍稍慌乱地说："我听见了，是，是有人吹哨！"

"一定有作用，是暗号，约会的暗号吧！这样有节奏地断续了三次。"黛黛无心地说，她跟在玲珠底身后往外走。忽然，在墙角的一只箱子上，她看见了一张写满了字的大红格纸。

她过去捡起来，看了看柜面上的砚和墨问着玲珠："你写的吗？"

玲珠不好意思地点了点头。

纸上纵横地写满了字，写的只是青云两个字，大的小的青字和云字，密密匝匝地布满了纸面。

"是预祈你底艺术青云直上吗？"黛黛笑着问。

"唔——"玲珠含糊地应了声，一只手掀开了帘子，说着："您请！"

八 | 向理想的天国奔驰

黛黛看着习字纸的时候，玲珠底心跟被追逐的小鹿一样虚空无主，她想就是跟黛黛说出来她底相爱也没有关系。黛黛是这样明白又热情。可是，外间屋里的日新在催促，怎样能在一两句话里交代清楚少女底珍贵的爱恋之情呢。她只好含糊地应着黛黛，她请黛黛去入座。

黛黛到外间屋来，他们仍然笑着来应和着她。仿佛他们都不像刚一来到玲珠家里那样高兴了。黛黛在日新身旁坐下来，在她端起酒杯来的时候，她明白她是作了怎样一件不当的事情了，她扰了所有人的兴致，连朱四也扰了。如果今晚她不来，他们都会比现在来得起劲、热闹的。想及此，她恨不得马上站起来走开才好。

玲珠出去看酒，她又听见了那使人心动的哨声，她再也忍耐不住了，她把酒壶交给娘姨，熟稔地转过屋前的大树，穿过了一条不平的黑暗的小径，到一个丛生着茂草，又隐在假山石后面的小丘上来。

因为心慌，她被一株蔓草绊倒了，仿佛蜥蜴一样水泡的东西在她扶在地上的手背上爬过，她禁不住低低地"呀！"了一声，很快地抬起来手。可是黑暗中她什么也没有瞧见，只有失去水分的草，在风中飒飒地响着。

她爬起来，摸到一块常坐的突出的山石那儿去，那儿谁都没有，她立刻又摸向距离不远的另一块。那几块山石，都巧妙地互相作了彼此的屏障。已经习惯了黑暗的玲珠底眼睛，只能看到俯盖在石上的，为庭闇包裹了的树底密叶，石块后有生苔的光面，露着可怪的白色。

常坐的几块石头都找不到了，她没有找到吹哨的人。她想也许是自己底耳朵听错了。今晚真是一个不寻常的夜晚，什么事都来得这样蹊跷，这样不容易对付。她底头，为过重的唱戏的冠佩压得到现在还痛着，那一幕费力的表演，在她身上留下来沉重的疲乏，她觉得这样烦躁不安，她站定了身子，望了望头上黑暗的天空，叹息了一下，无目的地在一块石上坐了下来。

夜凉得很，为夜露濡湿了的石块冷得像冰一样，玲珠又站起来，抱着自己底裸露着的肩，她听见自己呼吸的声音，听见可怜的虫子在叫着的声音。她不知道为什么想丢开一切藏在这样寂寞的地方哭一场。说不出的委屈，说不出的委屈缠系着她底心，她怕回到那笑语纷然的屋中去，今天那一些人都对她特别客气，她摸不清是祸是福。生活真是一个奇怪的东西，愈是去屈就它，它就愈使你窘，使你无可如何。

躲开了今晚的骚乱，明天还会来，后天还会来，也许因为今晚的躲藏而使明天后天加倍的不好对付。能把梦变作真事才有脱开这一切骚乱的希望。梦究竟是梦，梦底实现是得要付出去所有的精力争取的。玲珠不知道自己是在作什么，自己是在向理想的天国奔驰吗？这样被阔绰的人们捧着唱了一场戏，再过几天，还是这样被阔绰的人们捧着唱了一场戏；什么时候能把握观众，什么时候能不卖红票，真真正正地唱戏来赚钱吃饭呢！这真是一个艰难的跋涉，那些，那些在自己身上投下资本的及贪婪的人，会平白地放自己去成名吗！

所有的和韩计划了的幸福的将来，怎样才能平安地攫取到手呢！说是为艺术，说是也是高尚的职业，事实上什么地方表现了为艺术的努力了呢！这样仿佛暗娼一样地在家中招待着陌生的男人，清白，谈何容易呢。玲珠困惑地想着，突然，像要摇掉发间粘着的东西一样地激烈地摇着自己底头，失声地哭了起来。

立刻她用手帕掩着了自己底嘴，惊惶地四外地看了看。虽然她知道绝没有人听得见；可是她怕，她心慌得很。她仿佛看见朱四在皱着橘皮一样粗糙讨厌的脸。已经出来了很久了吧，她底单弱的身子，为夜凉冻得颤抖着，踏着脚下的潮湿的草，折向了来路。

"刚来就回去，不来好不好！"

她突然听见这样的声音，她迅速地转回身子来，她看见韩就在她刚站过的地方不动地站着。

"我等了你那么久，你刚来了就要走，连等我五分钟的耐性没有了吗！"

韩气忿地说，一只手搂过来玲珠，把她紧紧地抱在胸前，趁势坐在身后的一块石头上。

"我——"

"我知道你不爱理我了，他们都比我有钱，我穷，我不能给你买红票。"

韩毒辣地说，一只手揪着玲珠底头发。

"你小心，我没有钱，我有命。我宁肯掐死你，我自己再死，我也不放你掉到他们手里去。"

这样说着的时候，他紧紧地抱住玲珠，他底体热立刻温暖了玲珠。他底毒辣的语调中洋溢着他底热情。

"玲珠，我要你，玲珠！你跟我好，他们都是骗你的。"他突然变软了，哭泣着低声说。

玲珠刚刚遏止着的泪瀑布一样地进流下来，她倚在他胸前，承受着他热情底拥抱，不能自禁地难过地哽咽起来。

"玲珠！我要你！"韩重复着说，把玲珠底冰凉的脸贴在自己底脸上。

对这美丽纯贞的少女，韩有着说不出来的热烈的爱恋之情，玲珠在他荒芜的生活里，继续了黛黛留给他的童年时代甜蜜的记忆，成了唯一的慰藉，她像太阳一样光明而温暖地围绕着他，除开金钱，他用尽了他底智慧，在取得玲珠的欢心上，他贡献了所有的精力。他底智慧和生活上的经验，立刻使得玲珠热烈地爱上了他，她驯顺得像一只小羊一样，依在他身边，依从所有他说过的话。

生活拆散了他们，担负三个人的生活费，就是最俭省的生活费也不是一件轻易的事，没有有力的靠山，没有敷裕的资本，没有接近有钱的捷径怎样也难以抓到有油水的职业和发财的机会。单单凭本事赚来的那一点薪俸，连年轻人的体面都装饰不过来。所以韩在两人底恋情由火一样熊熊燃烧起来的顶点过来之后，抛开了和玲珠同栖的理想，尽量地用稳固的方法来把握着玲珠底心，等待着完全占有玲珠的时机。

他教她读书，介绍她看描写着怎样在恶劣的环境中为爱情为生活挣扎的人们所写的书籍。他告诉她为他们理想的家来努力，他自己也那样作。他教她在这样困苦里的生活里怎样忍耐。他底话在玲珠底身上发生了最大的效力。对韩，玲珠像仰视一位伟人一样地觉到敬慕和依赖。清白纯洁的她底心，在母亲底温煦的爱护里长成起来的她底心，为孤寂，困窘的环境养得敏感了的她底心，在韩底无边的爱里，觉到了人间的仅有的同情，觉到了谜一样的两性间的不能抵抗的爱力。

在她看过《茶花女》的时候，韩问她：

"玲珠，茶花女伟大吗？"

"嗯！"

"我们一块去过苦日子吧！"

"好！不过——"

"怎样？"

"妈妈怎么办呢？她病着，她那样弱，她得要好好地保养着才行。"

"抛开妈妈吧！"韩试探着说。

"不，那怎么能行呢。我就有两个亲人，一个是妈妈，一个是你。我们都年轻，我们相聚的日子长得很。妈妈年纪大了，身体又不好，我走就等于逼她死一样，我不能那样，你原谅我。"玲珠说着这样的话的时候，伤心地哭泣起来。

"我和你说着玩儿，为爱人，茶花女宁肯牺牲了自己来完成他们亲子间的圆满的家，我又有什么不能呢。只要你底心里有我，这样相守一世又有什么要紧呢。你底妈妈跟我底妈妈一样，我岂能叫她受罪。"韩说，用最温存的方法安慰了玲珠。

他痛苦地自怨着："玲珠！都是我穷。"

"穷有什么要紧呢！我们不能泯灭良心，我们不能走歪路。"玲珠这样有自信有把握地说。

在逐渐和生活正面交接了之后，为了获得延续妈妈生命的随着风飞涨着烟费，听从着朱四，和阔绰的人们交往以来，玲珠怀疑到那从书里面得来的纯正的理想了，见着韩的时候，她底困惑和烦躁不能遮掩地流露出来。

"什么是对！对的事情在哪里呢！"她暴躁地说，推开他手里的书："一切都是骗人。"

韩开始觉得他把事情想得太容易了，玲珠底心能为他把握着，也同样地能为生活把握着；勿宁说生活的力量大于他，而且大得太多。

他不能自主地怨着："穷！都是我穷。"

今晚也是一样，他贴着玲珠底冰冷的脸，痛苦地说，"玲珠，都是我穷，叫你受罪，他们欺侮你了吗？"

"没有，今晚上他们特别客气，也许因为有王少奶奶的原故，他们连笑话也没有说。"玲珠不胜幽怨地说，她拿过腋下的手帕来，替韩擦着泪。

韩想及了日新，他看见他轻薄地笑着，他手上的钻戒闪烁着恼人的光芒。黛黛在他身边，花一样地盛开着。韩本意想在玲珠底家里遇上日新。这样，好像比较容易说话。暗夜中在坤伶家中相聚，白日的假作出来的体面是不好意思拿着唬人的。韩想，一方面和日新进一步地接近，一方面把日新在玲珠家的事当一件珍贵的消息去报告黛黛，所以，在开明出来之后，他立刻跑到玲珠底家中来。

他万没想到黛黛也会来，为了来日和黛黛相会，他只好躲开他们，可是他又不甘心走。他藏在他和玲珠幽会的地方，他用他底暗号招呼了玲珠。

想到黛黛底好看的脸，想到黛黛脸上的骄逸的情态，韩觉得玲珠在自己身边是委屈了，她也该像黛黛那样享受着细致的供养的。

　　日新已经向玲珠伸出来魔手了，早晚这美丽的少女也要被他攫去，像黛黛一样在他身边开花、萎谢。韩忍不住憎恨起日新来，仿佛日新揪住了他的脖颈一样地觉得窘苦，气塞得难以呼吸。

　　我一定得报复，你敢来轻薄我底爱人。韩想，他恶意地笑了笑。他想到日新家底小客厅，他家底茶、点心和那位漂亮的年轻的女主人。

　　"王少奶奶漂亮吗？"他问。

　　"漂亮极了，人也好。"玲珠说。她担心朱四已经发觉她底不在了，她不能惹翻了这位阎王爷，他是她实际的师父，她家底擎天柱，她妈底救命星，没有他，她简直想不出法子弄出钱来养活她底家。她急于想结束她底幽会。她贪恋着爱人底怀热，她贪恋着在韩身边的不能比喻的甜蜜，她咬着嘴唇，她说不出要说的话来。

　　"那样漂亮的少奶奶还出去瞎闹，有钱的男人真没有好心。"韩说，他怕玲珠底心已经动摇了，他利用所有的能利用得上的机会把握着她。

　　"玲珠！你走吧！回头招你又被妈妈说。"韩说。他用嘴牢牢地噙着玲珠底温软的唇。"玲珠！别忘了我！"他知道不能再留玲珠了，说不定他们一会就找到这儿来。饭桌上丢了女主人怎么能行呢。

　　他扶玲珠站起来，再热烈地吻了她一次，俯在玲珠底身边。

　　"明天见，你练习写字了吗？"

　　"写了很多。"

　　"好！明天我们来看一本新书，一本最好的书。"韩说。恋恋地抱了一下窈窕的爱人，退到黑暗里去。

九 | 钱——

被姐姐命令坐在三轮车上之后，黛琳不知为什么难得只想哭，她脑中浮动着姐姐底艳丽的衣饰和忧郁的脸，她觉得姐姐是离得她远了，远得像是一个在天上一个在地下一样，她不能理解姐姐底心，姐夫看来并不是一个十分可爱的男人，那样一个面貌上既不特别动人喜爱，又是一个只知道"钱"的人，不知姐姐怎样会爱上他而且嫁给他，姐姐原来是一个很有雄心的人，曾经立过为国为民的大志，如今，好像一双新鞋已经能使她欢悦很久，她底心里最关心的，怕是现在流行怎样的发型吧。和姐姐一块坐在黑暗的院子里，数着亮的星子，憧憬着将来的时光，梦一样地过去了，自己景仰的，被看成女伟人一样的姐姐在安逸的生活中枯萎了，现在活着的只是她底身体，她底灵魂被钱消化了，黛琳觉得像是自己失掉了灵魂一样地无比空洞。

由热闹的西单进了黑暗的胡同，黛琳想为了妈妈底药，昨天大夫看过了没有去拿的药，去拿来吧，说是现在的药因为价值太高许多药里都增入了廉价的麻醉剂，一时可以小康，结果病情反倒转剧，可是，到底病是得要医才能好，得要吃药才能好的，不管是麻醉剂也罢，吃了总会比不吃强吧！

她叫车子停下来，在挂着白色的XXX病院的木牌子的门前，把还握在手里的姐姐包好的钱包塞在书包里，跨下车来。

白牌子旁边的门已经关好了，时间还不算晚，照理说，医院总是应该随时接病人的，黛琳推了两下门之后，看见没有人出来，就去按门柱上的电铃。

按铃之间，她底心焦灼慌乱地跳动着，昨天曾因为带的钱不够受尽了那个白色的药剂师兼账房先生底奚落，把自己积攒的十块点心钱也加上，才勉强凑足了施诊名目的出诊费，药费没有，药就只有等着有钱来取，大夫的出诊费比穷人的命尊贵，没有钱买药可以捱，没有出诊费却绝对不行。

黛琳愿意今天接待自己的还是昨天那个骄傲得像一只愚笨的孔雀一样的药剂师，她捏着姐姐给她的钱，她把药方和钱卷在一起，她想，也带着骄傲地掷出来妈妈底药方。

铃按了好久也没有人来，黛琳把手指紧紧地按在电铃上，一直按了五分钟之久，仿佛连远远站在大门外的自己都听见铃响的时候，有一个人开了房门跑出来。

黛琳站到门正中去，意外地那个人并没有开门，他拉开门上的一只小窗洞不驯地嚷着：

"院长不在！看病明天。"

嚷完，立刻关上了那只唯一透出来一点亮光的小洞，嘟哝着往回走。

"不是看病，是取药。"

黛琳忙嚷着，她听见他已经去拉开了房门，她用手使劲地敲着眼前的门。

"先生也不在，取药也得明天。"

这样地嚷了一声之后，仿佛接着还骂了一句什么，立刻

"梆"的一声关好了房门进去了。

黛琳气得只想哭，她报复地用力按着铃，按着，像是把屋里的人吵得无可如何的时候，才又有一个人跑出来。

那是一个孩子，在门内用脆亮的童音问了一声之后，开了好半天才把门开了一个小缝。

"干什么呀！紧按起来没完，上房有客，吵得院长烦了你替我捱打吗？"他睐起来一只眼睛，把头伸一半到门外来讨厌的说着。院内的灯光，由门隙中随着他一块射出来，照在黛琳底黯淡的布鞋上。

"不是我紧按，怨你紧不开门。"黛琳压下去心头的怒火，平和地说。

"过了办公的时间了，都走的一干二净，我一个人又管打杂又管听门，来不及，小姐，最好您再来的时候，在太阳当头的时候来，大家都伺候着您，您也省得累得手指头发酸，我也省得吵得脑袋发胀。对不起！对不起。"

孩子说，那样小小的年纪话却说得这样刁钻。

"看病取药还得论时候吗？"黛琳忍不住气愤地问，"难道说病人还得找大夫闲的时候再生病吗？"

"嗳——不然的话，钱上找齐，大秋天的晚上，凉凉飕飕的没人给你白跑，现在算是特别门诊，门诊费一百元，小费十元。您先拿出钱来，我恭恭敬敬地请您进去。"

孩子出黛琳意料外地突然拉开了门，不屑地上上下下地打量了黛琳一眼之后，拍地声关上了门，大声地说：

"谅你也拿不起。"

说完，跑到房门面前去，高声地附加着，"你别动铃了，我把铃锤搬起来，按也不响。"

跟着院子里的灯也闭了，把黛琳整个地留在黑暗中。

黛琳气得快要炸了肺，车夫在身旁不住地叨唠着耽误了买卖，他说：

"您到底是怎么着，紧站着，我不只拉您这一趟买卖呀！半点多钟了，小姐，这个工夫一趟商场都能回头了，车租太贵，我们耽搁不起呀！"

又是钱，黛琳不加思索地说："你走好了，我不坐还不行吗！"

"谢谢您！"车夫真的推了车子跑开去。

黛琳自己走在凸凹不平的路上，两次踏在孩子们拉在路旁的屎上，仿佛倒霉的事情都聚在今晚了一样，黛琳只是想早一步到家，她年青的很胜的自尊心，从来没这样被人摸不清头脑就排揎过一阵。一辆洋车在她身边擦肩过去。

她不知不觉地说：

"车！"

车夫停着了脚问："哪儿？"

"学院胡同。"

"哪头。"

"西头。"

"八块。"

"什么，穿过这条胡同就要八块？你们真是欺侮人。"刚才医院的委屈涌到舌上来，黛琳本能地这样说。

"什么叫欺侮人哪！您爱坐不坐，跟您说实话，我还真不愿意往那边去，拉一趟放一趟，八元钱也是苦买卖。"

车夫说，索性往前走去。"好！等你拉甜买卖吧！"

黛琳说，自己迈着大步前行，逐渐习惯了黑暗的眼睛已经能清晰地分别出来路上的东西，她紧紧地抱了书包，刚才在医院门口卷好的药方和钱在白色的软布书包中凸出来，讨厌地磨着胳膊。

"都是钱！都是钱！我就不信钱有这样大的势力，我偏不屈服给它。"

黛琳自语着，愤怒的情绪仿佛由重重地踏在地面上的脚下发散了一部分，她只觉得委屈，一种无从说起无从排解的别扭。

进了家，进了在暗黄的灯光里的家，黛琳穿过了空旷的卖掉了家具的堂屋，奔到妈妈底床前去。

妈在就着豆似的电灯给爸爸纳着鞋底，身边，摆着那小小的痰盂。

"您不是咳嗽吗！干嘛又起来。"黛琳皱了双眉，把书包放在妈妈底枕边。

"躺着也是一样。"

说着，妈妈呛咳起来，苍白的脸由青变红又变紫，额角的血管，高高地凸出来。

黛琳慌忙在身边的茶壶里倒了一点茶捧到妈妈嘴边去，一边替妈妈捶着背。

"您别作了，我作吧！您躺下吧！"

妈妈像秋风里的叶子一样，枯黄，萎缩，又无力，在生命的树上被吹落下来，在狂风中消耗着身上仅存的精液，不久就会无声地干死。

伏在枕上喘息了好久，浊重地吐了两口痰，妈妈平静地抬起来脸，咳嗽的暴风过去了。

"爸爸呢？"

"去给王宅写挽联。"

"爸爸总是爱给人家帮忙，挺冷的，出去奔。"

"交个朋友也是好呀！"妈妈软弱地说，又去拿起鞋底子来纳。

"谈什么朋友，有钱有的是朋友，穷人想要朋友，卖了性命也难交成。"

黛琳说，把书包掼在床上，长长地吁了口气。

妈妈瞧着女儿花蕾一样的脸，黛琳从来是温和的，对谁都好，一切苦境都逆来顺受，没有黛黛想安逸的心，又肯吃苦，在艰苦的日常生活里，绿叶丛中唯一的红花一样地安慰了双亲的暮年。

妈妈担心小女儿受到什么刺激了，她从来没这样愤懑地说过怨言，她和年老的爸爸一样，是一个最爱帮助别人作事的人。

也许又在有钱的姐姐家受了闲气了，姐姐虽然看得起妹妹，爱惜妹妹，姐姐家里的别人却都是黄金眼，妈妈有点后悔叫黛琳去找姐姐的事了，妈妈慈蔼地问：

"是姐姐？"

黛琳正在翻着自己底书，把一册红得很好看的书拿出来又放进去，像没听见妈妈的话一样。

"姐姐好吗？"妈妈重复的小心地说。

"您瞧！我找东西呢？刚作好的三角习题哪去了呢！您别跟我说话。"

黛琳不耐地翻动着书，把书包里的东西一古劲地倒出来，细心地一本一本地翻着。

"真是！真是！"

"什么东西没有了呀？"妈妈忍不住又问起来。"一张纸，一张纸。"

"那张不是吗？瞧都卷皱了。"

妈妈指着那张卷着钱的药方。

"不是。"黛琳暴躁地说，立刻想到了药，妈妈底病，妈妈病着挣扎起来底心，她把黛黛给她的手帕包和卷着钱的药方卷慢慢地放在妈手中：

"妈！姐姐给您带来的。我去买药，没有买来。"

说着，就在妈妈瘦得只剩了骨头的双膝上，委屈地哭泣起来。

十 ｜ 妈妈底心 ｜

听见妈妈挪动炉子的响声，黛琳突然惊醒了爬起来，天阴着，透过白色的纸窗，阴霾的晨光朦胧地散在屋内。是星期日的早晨，妈妈原不必早起来生火的，时间也就在七点左右，黛琳看着床旁小茶几上的旧的马蹄表，表在三点半的时候停了。冷得很，虽然不像冬天那样冷到战栗，可是被窝具有十足的诱惑性，躺下去，就是在薄的被子中，也觉到无穷的暖意。

听见妈妈断续的呛咳的声音，黛琳很快地踢开被子，披上了用爸爸底旧呢袍改好的夹袍，赤足穿了鞋到院里来。

"妈！"黛琳叫着，妈妈抬起俯着的脸，用洋溢着爱怜的眼睛看着女儿，说：

"星期日就多躺一会儿吧，看，连双袜子也不穿。"

"是呀！您为什么不肯多躺一会儿呢？"黛琳说，看见妈妈在搅着炉灰，回到屋子里去拿来劈柴和纸。

"您进去吧！等我来生火吧！"

"爸爸不大合适，想喝碗热茶。"妈妈底声音软弱得很，仿佛就是说这样简单的话已经费了最大的力气。

"爸爸怎么啦？"

"许是昨晚着了点凉。"

黛琳抬起脸来看着妈妈，她突然觉得妈妈太瘦了，瘦得怕人，据说妈妈年青时候是出名的美人，黛琳在那为皱纹遮满了的脸上，一点美的痕迹也找不到，那是一张过分衰惫的脸，仿佛连大的声音也会震破它一样。

"妈！"

"妈！"黛琳叫着。她不知道她想说什么，昨晚跟医院里看门的孩子怄气的事也来麻烦妈妈，叫妈妈不安，黛琳觉得自己太不该在妈妈身前撒娇，妈妈禁不起什么了，妈妈前天那样人事不省地晕倒在床上，虽然那是常有的现象，今天就起来生火，妈妈底心，其实不是满可以叫自己起来吗？这样年轻健康的女儿躺在床上睡觉，年老衰落多病的妈妈反倒来生火，妈妈底心。黛琳底泪从心里涌上来，盈盈地停在眼角。

妈妈没有答应黛琳底呼唤，但用慈蔼的目光代替了言语，妈妈坐在门前的一只小板凳上，勉强支撑着弯曲了的脊柱。

"妈！您进去吧！回头烟呛了。"

"不！这儿好，屋里气闷得很。"妈说，看着女儿底赤足，忽然想起来一件事情，看着黛琳底脸，犹疑了一会慢慢地说：

"用姐姐拿来的钱去买一双黑袜子吧！颜色贵得不得了，五块钱的颜色也染不黑一双袜子，那双白袜子也不行了，既然学校里一定要穿……"

黛琳在妈妈说话之间背转了自己底脸，妈妈知道黛琳最讨厌无缘无故地用姐姐家底钱，看见她背转了脸，立刻停住了嘴。

黛琳想的却不是这个，她觉得因自己底倔强连妈妈也跟着受罪的事真是不该，就是用一点姐姐底钱，在人情想不也是应该的吗！爸爸底那一点可怜的薪水，那一袋也不过只能三人一天吃一顿的配给的掺了沙子的白面，怎样拼凑，怎样简省也凑不够三人底衣食。用姐姐底钱来叫妈妈吃饱，叫病弱的妈妈多吃一点帮助身体的食物，算得了什么耻辱呢！姐姐是妈妈用心血养大的，姐姐是爸爸用仅有的精力教育起来的，姐姐不正该来扶养爸爸和妈妈吗？姐姐变了，姐姐底钱不是姐姐用自己底手用自己底脑子赚来的，姐姐寄生在姐夫身上，用给姐夫作漂亮的装饰品得来的报酬来接济妈妈，用受着姐夫奚落的受着姐夫蔑视，被姐夫像布施一样掷下来的钱来接济妈妈，用姐夫企图获得姐姐笑脸而拿出来的钱来接济妈妈，自己这样想，自己这样有着受苦的决心，妈妈呢？

妈妈老、病、穷，钱是唯一能治疗这三者的妙药，有钱的又是妈妈底女儿。自己那样地在姐姐身前焦躁、不耐，讨厌地拒绝姐姐底钱的样子，使得姐姐因为羞于自己底寄生不安，使得妈妈被困窘逼迫，结果怎样呢？自己底自尊的清白的心是满足了，妈妈也快死了。

"妈！"黛琳突然呜咽起来，在炉子升起来的浊重的烟雾里，看见妈妈细心地在炉灰里挑着半残的煤球的手，那瘦得像木乃伊似的一碰就会断了的瘦骨嶙峋的手，心难忍地痛楚起来。

"妈！我不要什么黑袜子，您应该要的东西都比我底黑袜子要紧得多，我不穿黑袜子也死不了。"

黛琳疾忙端起来煤球向小的炉口里倾倒着，劈柴的生烟呛着含泪的眼，泪像开了闸的水一样地流泻下来。

"小琳！我不愿意你受窘，人家都穿，我底女儿单单没有，你穿上，跟别人一样，一点都不比别人逊色，妈妈底心才高兴。"虽然背着风向，烟底气味已经使得老太太衰弱的肺承受不了，妈妈很久地抽了一口气之后，制止不住地呛咳起来。

十一 哥哥的萝卜丝饼

煤炉好容易燃着了，黛琳把那只用了十年的水壶注满了水放在火上，自己到屋子里去拿了牙刷来漱口。

妈妈软弱地倚在门框上，像没有骨骼的软体动物攀附在一条硬的木棒上一样，仿佛坐都没有精力坐直了似的，那样衰慵地阖着双眼。

"妈！"黛琳叫着，她看见病的不可抵抗的威力那样在妈妈身上跋扈的情形，她突然意识到死，她不知不觉热烈地叫着。

"妈！"

"妈！您到屋里去吧！我来作，我什么都能作呀！妈妈。"妈妈抬起来脸，勉强地笑着：

"真是老了，还没作什么，就觉得累。"说完，作出不在意的样子扶着门框站起来：

"琳！水开的时候，和一点棒子面粥吧！爸爸喝了也可以暖和一点。"

"嗯！"

"不要把面放得太多，稠了要糊的。"

"是！我明白呀！妈妈，我不能糟蹋东西就是了。"

黛琳说，看着妈妈底脸，"妈！我会作，您快进去吧！听！爸爸已经起来了。"

年老的爸爸在屋中呛咳着，旧的藤床吱吱咀咀地响着。

简单地吃过了早饭，看着爸爸佝偻着身子出去之后，黛琳拿着爸爸的鞋底，勉强着妈妈躺好，自己到清冷的堂屋里来作活计。

静得连穿针的嘤嘤声都听得很清晰，外面天仿佛阴了，阴得并不厉害，一会，透进黯黄了的纸窗，阳光轻佻地跳进来，停在黛琳底指尖上。

黛琳默默地穿着针，妈妈像是睡熟了，一点声音都没有。能这样安静地睡睡，妈妈多少还能舒服些。黛琳想不去学校来侍候妈妈底病了，妈妈实在是无力来支撑这个家了。姐姐说是要找一个女仆来给妈妈做饭，不要说是用姐夫底钱来那样消费，就是真的姐姐做事情赚钱，妈妈也不肯的，只要能够不饿，妈妈就已经满足了，就是这样困窘的环境里，妈妈总是尽量来满足女儿，装饰女儿，宁肯自己吃苦。妈妈底心呀。

黛琳底泪无声地转在眼里，很久，坠下来，落在爸爸底瘦长的鞋底上。她无缘由地想到了学校中要穿的鞋，要穿的袜子。

不去上学吧！又要作防空服了，冷天，单单地穿了单的布裤和衬衫去上学吗？一双袜子的市价已经等于爸爸一月薪金的五分之一了，裤子，就是最普通的蓝布裤，也得要二百元以上吧！说是不穿防空服算是缺课，做防空服的事黛琳还没有跟妈妈说起，说了之后，妈妈只能着急，能够穿在身上的材料，旧衣裳都已经穿尽了，妈妈就是想给黛琳改做一条都不可能。姐姐愿意带黛琳去做两条呢长裤，姐姐做了两身男士的西装，穿都没有穿就讨厌地扔在柜底去。又是姐姐，为什么一定要找姐姐去呢！设如姐姐不是嫁到这样阔绰的人家，也是嫁给一位像爸爸一样自顾不及的清白人呢。

不去学校吧？这样的时候还要来累着爸爸的事，黛琳一想起来就觉得心痛，找一个职业吧！说是还有一点配给的粮食，至少自己总可以管自己了，能够省出来一个人的调费，妈妈也可以吃一点滋养的东西了。

这样想着的时候，觉得像卖火柴的小姑娘在火柴的光亮里看见了理想的殿堂一样，随着火柴燃烧起来的那一瞬间，显露了的光明很快地就消失在寒冷的黑暗之中。学校中的梦，在宽阔的绿色的草场上，白鸽一样地飞翔着的少女的乐园的门，在黛琳底眼前无情地关闭起来。黛琳觉得自己孤寂，幼稚得可怜，忽然，她想起来一件事。

不去学校的话，为了减轻爸爸底负担的话，到理想的国度去吧！黛琳想及了在同学之间的一个秘密的憧憬，秘密的希望。去吧，许多人都去了，为什么自己不去呢！青年的血和热的集合所，实现青年的梦的园地，去，去！为什么不去呢？

黛琳兴奋起来，她仰起头来望着黄渍斑斑的屋顶，双颊红红的，眼睛放着可爱的纯洁的光芒。

那样的所在，钱是会失掉它底势力的，正义、纯情，人类的崇高的情感的汇合所。只要工作，只要能为主义为理想献身，一切都没有问题。

当然妈妈不会放自己走，暂时不要说穿吧，妈妈之外，黛琳想及了另一个人，那个人，自然没有问题，那个在方的角帽上嵌着大学徽章的人，一定会伴着自己走的，这是两个人憧憬了很久的梦。实现了梦境后的快乐，一切别离的痛苦都可以抵补过来吧！如果能够很快地打好了职业的根基，妈妈也可以接去同住的，总不会像这儿这样窘迫的吧！在秩序良好的社会里，物价会安定的吧！

可是怎样才能走呢？说是有很多人被派在这儿，专门来替想走的年轻人服务，那样的人，到那儿去寻呢？用怎样的方法才能结识他们呢？

黛琳觉得困惑起来，不知道什么时候天又完全晴了，温暖的阳光散在屋内，阳光的光亮的线条间，飞着尘埃。

"李黛琳！"

清脆的少女的声音，黛琳从椅上跳起来，跑到院中去。

梳着长的辫子，穿着新的蓝色的布衫，提着和黛琳一样白色的书包，圆的脸，圆的眼睛，微凸的嘴，脸上疏散地带着淡黑的雀斑，左嘴角，可爱地藏着一个小小的梨涡。

"王梅兰！"黛琳叫着，拉了女伴底手，替梅兰推着那辆喷着红漆的轻巧的跑车，一块走进屋里来。

"伯母呢？"王梅兰问，好看的笑窝，顽皮地显现了一下。

"睡了，咳嗽。"

"还没有好？"

"嗯！"黛琳叹息了一下，不知不觉地叹息了一下。

王梅兰是黛琳底同班，两人要好得像同胞的姊妹一样，梅兰很小失去了母亲，有一个哥哥和一个姐姐，父亲经营着一家营业很好的杂货店。后母又有了两个小的弟弟和一个梅兰年龄相若的妹妹。哥哥在大学里读着书，姐姐随着战争，悄悄地离开了没有母爱的寂寞的家，辗转到辽远的内地去了。

梅兰打开了书包，拿出了一个包裹了很多层报纸的纸包，纸包的上面，掖着一个折成菱形的白色的纸条。

看见那个纸条的时候，黛琳底脸无缘由地热上来，梅兰把纸条扔在黛琳手里，一层一层地打开了报纸。

纸条上写着潦草的铅笔字：

"小琳，外婆送来的萝卜丝饼，我底一份我没有吃，我想带到你家里去和你一块吃，爸爸突然叫我跟着去看一样货，我正想弄一点钱，我要弄钱的原因梅兰会告诉你的。所以我虽然满心不高兴，我也要去一趟，我托梅兰送去饼，你先吃吧！我事完的早，我去找你，你别出去，等着我，你先吃一块，你一定已经吃点心了，我知道你起来的早，我知道，可是你吃一块，替我吃一块，我忙着要走，我随便地写了这条纸条，爸爸催我，一会见。"

黛琳把纸条贴在胸上，看着梅兰打开了纸，又拿出来做得精致的小的饼，她闻见了油的香气，喝了一点棒子面稀粥的她底健康的胃，难耐这样的香气的刺激，不安的蠕动着，发出来令人难堪的响声。

她看看饼，想着一个人底温情，不自主地嫣然地微笑着。

"怎么紧在那儿发愣呀！你找一个碟子来呀！小姐！"梅兰嚷着，嚷得黛琳噗哧地笑了出来，到碗橱中去拿了个碟子出来。

"好吃极了！"梅兰说。拈起一个来送给黛琳，"还不太凉，你尝尝看。"

黛琳没有去接，只笑着摇着头。

"等哥哥一块吃是不是？他今天来不了，并且这一个星期中也来不了。"梅兰说。

"为什么？"

"为的呀！"梅兰笑了起来。顿了一下，欲说又止地咬了下嘴唇。"为的叫你先吃一个饼，他要是能来，不就不叫我来了吗？你吃吧！香得很。"

"他说他一会儿来。"黛琳说。借着这句话的机会，又去看那张纸条，她怕梅兰笑她紧看起来没完。

"你看，他说他来找我。"黛琳指着纸条上的字，"你看呀！他不会骗我的。"

"不吃拉倒，管不着那些闲事，我是好心，叫你尝尝新，倒好，真正同心，早晨，我劝哥哥，哥哥也不肯吃，他说，不跟你一块，吃也吃不出香味来，所以他一定得要你吃了之后他才吃。你等着他吧！我送伯母吃去，吃光了的时候，你可别馋。"梅兰睐了下眼睛，望着黛琳。这时候，老的藤床又在吱吱咂咂地响着，黛琳听见妈妈在叫着自己。

"妈！梅兰来了。"

"伯母！我给您送点心来了，您好。"梅兰说，端起来桌上的碟子向屋里走，慢慢地轻轻地在黛琳耳边说：

"你别馋，我跟伯母一块吃光了。"

"讨厌。"黛琳笑着，替梅兰掀开了门帘。

十二 | 我不想去上学了

梅兰是个会讨人喜欢的人，在她和妈妈娓娓地谈话之间，黛琳端详着她，不由自己地这样想。设如她是自己，一定能和姐夫姐姐相处得十分和谐吧！

所谓和姐夫姐姐的和谐是什么呢？是无忌惮地用他们底钱吗？不！当然不是，可是除了钱之外，黛琳并没有跟姐姐说不来的地方，也没有使姐夫轻视的地方，和梅兰，和梅兰的哥哥那样清纯的友情仿佛怎样也不能产生在和姐姐之间，钱给姐姐作了生活的屏障，那屏障隔开了姐妹间的感情的联系。

想到为了那样可怜的一点数目，爸爸带着发烧的衰老的身躯去教那个星期日上午的家馆，黛琳觉得甚于早上在妈妈身边觉到的追悔和不安，并且她心里在惦记另一个人，她底年轻的心，焦灼又混乱，逐渐失去了愉快的情绪。她看着梅兰和妈妈，幻想着梅兰结了婚后两人之间的可能的感情的变化，幻想着自己和爱人怎样地写着约定，为父母挣扎到丰足的衣食之间的奋斗，怎样度过了难忍的等待，达到了理想的同栖生活。

妈妈只吃了一个萝卜丝饼，黛琳知道妈妈是为了梅兰底好心才吃的，妈妈无论吃怎样的美味之前也没有过先了女儿和丈夫来吃一口的时候，甚至只要女儿和丈夫能够吃，自己一点都不吃已经完全满足，当然萝卜丝饼是最好吃的点心，喝了一点稀薄的粥汁的胃，正需要它来充实，黛琳底胸间，难堪地燃烧起饥饿底火焰来，她咬了一下下唇，看看身边的旧了的钟，看看窗纸上的黯淡的日影，距离吃饭的时间还早得很，她突然拈起一枚小巧的饼来，送到妈妈的唇间。

妈妈不得不张开嘴来接着，这样的举动使得妈妈和梅兰同时地瞧了黛琳一下，黛琳底脸，困惑又兴奋，两太阳穴之间有一点发青，光亮的眼睛里蕴藏着泪。

妈妈刚刚咽下，黛琳又拿起一枚来，送到妈妈底嘴边去，妈妈推开了黛琳底手。

"您吃吧！"黛琳执拗地用手贴着妈妈底脸，一定要妈妈吃下去才罢，妈妈吃完，她又去拿。

"琳！"妈妈明白了黛琳底心，泪升到眼里来，用爱怜横溢的声调这样叫着：

"琳！我吃油太大，腻得很，待会吃饭时一块吃吧！"

"油是有油，并没有到腻的程度，妈！这么多，您吃饱了不就完了吗！"黛琳说着，把头索性躺在妈妈底怀里，一只手搂着妈妈底脖子，一只手往妈妈底嘴里送着点心。

"您吃吧！"梅兰也附和着黛琳底话。"本来是送给您吃的，我家里还有，明天带到学校里去和黛琳一块再吃，您不用怕她吃不足。"

在小的萝卜丝饼之间表现出来的浓郁的母女之爱刺激着梅兰，在寂寞中长大的梅兰底敏感的心，像冬初的未死的秋虫一样迅速的觉到了第一次袭到大地上来的寒意，心颤抖着，妒忌地望着黛琳底脸，无端地悲从中来。她忍住了泪，把饼盘捧到妈妈底眼前去，用着和黛琳一样热情的声音，催促着老太太。

"您吃！"

"谢谢你。"妈妈说，拉起来黛琳，用瘦的手握着梅兰底柔软的手，慢慢地说：

"你真好，梅兰，黛琳像你这样懂事，我就不惦记着她了，她那样的倔脾气，迟早会吃亏的。"妈妈说，抚摩着梅兰底手，"你们是好朋友，你多原谅她。"

"不！黛琳比我好，您说的不对。"梅兰承受着这样亲爱的抚摩，忍不住坠下泪来，颤着声音说，"黛琳多幸福啊！有您这样的好妈妈。"

"你也来作我底女儿吧！"老太太搂梅兰在怀里，用自己底手帕擦着梅兰底脸，"有什么好，没有本事的妈妈，连双袜子都买不起的穷妈妈。"

"什么袜子，黑袜子吗？"梅兰看着黛琳底脸。"我送你一双，爸爸去年买了很多，转手卖了些，分给我一打，我一时那穿得了。"

梅兰说，认真地说，一点夸饰、一点虚伪都没有地那样认真地说，她只是想帮助她底学伴，像平日相赠一枚可爱的难得的红叶一样的自然，黛琳明白梅兰底意思，可是她说：

"不，梅兰，谢谢你，我不要你底东西。"

"干吗跟我那样远！"梅兰红着脸，不好意思了，她想也许是自己话说得不好，叫黛琳误会了自己底意思了，"我爸爸不会知道的，继母又从来不管我底闲事，东西是我的，我愿意送谁就送谁。"梅兰慌急地解释着。

"不是黛琳不明白你底心，她一向是这样偏，连自己姐姐底钱都不肯花一个。"

妈妈这样说，企图来缓和梅兰底窘急。

"妈妈说的也不对。"黛琳坚定地说，"我不要梅兰的袜子，不是不好意思，也不是偏，我不想去上学了，黑袜子当然也不必要了。"

"为什么？"梅兰和妈妈同时问。

"做防空服的事我也没向妈妈说起，我不愿意再累爸爸了，吃都吃不上，为什么一定要去上学呢。学问不一定在学校里才能求得，何况现在的学校又不像从前的学校。"

"什么防空服？"妈妈问。

"说是要配给呢！如果配给的话，用不到多少钱的。"梅兰说。

"说是配给，什么时候能领到呢？在配给没来之前，我也没有长裤子可穿。"黛琳说，望着妈妈，又望着梅兰。

"那总不能因为衣裳就不去上学。"梅兰说。

"话是那样说，没衣裳也没法去上学，我们这样讨不到训育课欢心的穷学生，没有力量给训育主任出份子的穷学生，你还不知道训育主任那种挖苦人的本事吗？"

"作一条裤子吧！我找哥哥去想法子。"梅兰不假思索地说。

"不！"黛琳愤怒地嚷着，"我不去找哥哥，我为什么要找他想法子呢？"

在和爱人的清纯的关系上，也加上了钱底联系的话，那真是不能忍受的耻辱，黛琳底心，不能制止地狂跳起来，可是嚷了之后，她立刻想到梅兰，自然梅兰是诚心为帮助自己才说出这样的话，她没有一点轻侮自己底心，这样，一定会使梅兰难堪的，她去看梅兰。

梅兰刚刚退了红潮的脸再次飞红起来，她分辩着："黛琳，我没有坏意思，我没有坏意思呀！"

"是，我知道梅兰，你别生我气，你不能明白我底心，我是穷孩子，你不能明白穷孩子最不爱听别人说起钱底事情的心。"

黛琳抱着梅兰，把自己底脸贴着梅兰底脸，热烈地说："梅兰！你是我底好朋友，你哥哥也是，可是，我不愿意累你们。"她底泪沾湿了梅兰底脸。

"照你这样说，连互相帮帮忙也是一种罪恶了？"梅兰说，转过身来瞧着黛琳底脸。

"不是，梅兰，我不能解释清楚我底心，我不是像你说的那样想。我这样想，互相帮助自然好，不过得要用自己底劳力换来的钱去帮助别人才行，这样受的人心里也坦然，像姐姐现在给我钱，我用了总是心里不舒服，如果她自己去作事情赚来钱，我就肯花。"

"哥哥虽然没有作事，他这样跑来跑去地给爸爸办事，也可以说是自己赚钱的人，他底钱，跟姐姐底不同呀！"梅兰说，望了床上的妈妈一眼。

"不！无论怎样说，我不想用他底钱。"黛琳摇着好看的头，长发摆动着，像微风吹绉了海面，许多后浪在追逐着逝去了的前浪一样。

"你们那样好——"

"就是因为好，"黛琳说，"梅兰！你不知道，就是因为好。"

"什么长裤子呀？"妈妈插着嘴，从老的床上垂下来两腿，眼睛望着女儿，脚去找地上的鞋。

黛琳疾忙把被自己无意中踢远了的妈妈底旧鞋片送到床前去，向着妈妈。

"像男人一样的裤子，长腿肥裤角的。"

"要什么颜色呢？"

"深兰。"

"布的行吗？"

"行。"

"姐姐有一条穿着打球的白裤子，从前好的白斜纹，还新得很，我怕你也许要用，一直收在箱子里，拿出来染一染吧！还新得很。"

妈妈说着，站起来，去开箱子。

"不！妈！我不要。"黛琳阻止着妈妈。"新得很！琳，决不难看。"

"我不是嫌难看，姐姐也说带我去作两条新的裤子来穿，我今天想了一早晨，我想开了，与其这样拼凑着去上学，反不如待在家里好，我想去找一个事情作，多少也可以帮助爸爸一点，这样的时候，我这么大了，为什么一定要累着爸爸和妈妈呢！高中毕了业又能怎样呢？大学毕了业又能怎样呢？念了许多书结果像姐姐那样地嫁给有钱的人，我不愿意那样。"黛琳说，推妈妈坐在床上。

"那太对不起你了。"老太太说，"我不能那样。我有一分的力量就用一分力量，我愿意你多念点书。"

"是，我知道妈妈底心，可是，我不愿意因为我把妈妈累成这样，我最不爱坐着吃妈妈作的饭，妈妈老是在我放学的时候就把饭做好，我吃的时候总是不安，妈妈有病，我应该来侍候妈妈，应该尽着妈妈来用钱才对，妈妈已经为我们累得太苦了。妈妈该休息了，我长了这样大，难道说还不该来帮着妈妈吗？"

黛琳说，哽咽着，脸上泛滥着可爱的微笑，眼睛直视着妈妈底脸。

"你还没有成人。"妈妈感动地，望着黛琳光彩焕发的脸。

"那是姐姐像我这样的岁数时候，妈妈该说的话，那时候，生活好，妈妈不叫我们上学，我们也会不依妈妈的，现在不是那样了，妈！妈！您别伤心，我说这样的话不是怪罪妈和爸，妈和爸不能因为我享福，也不要为我累得甚至吃不了饭，妈！把吃饭的钱撙节出来叫我去上学的事，我再也忍受不下去了，妈妈……"黛琳哭泣起来，"妈，东西总是这样贵下去，妈！我不愿意您着急。"黛琳突然伏在妈妈身上，把老太太压躺在床上。

"你看你！"梅兰疾忙过来拉起来黛琳，又去扶老太太。

"琳——"妈妈这样叫着，剧烈地呛咳起来，多皱的脸上的青筋，可怕地凸出来。

黛琳去给妈妈捶背，外面有人在敲着门。

"哥哥来了！"梅兰雀跃着，"哥哥最会安慰妈妈和小琳的，我去开门。"

"不，是爸爸回来了。"黛琳说。

十 三 ｜一夜苦思焦虑｜

从玲珠底家里出来之后，在黑暗的长夜中，韩青云像一只装满了气的氢气球一样，蹒跚着在冷落的马路上前行，他底心，愤怒地激动着，他觉得他被侮辱了。

日新在黛黛和玲珠之间得意地呷着热酒，自己却在这清冷的街上喝着凉风，韩自信没有抵不过日新的地方，除了钱，除了钱，他用力地在大街上跺着他底脚掌，黛黛已经去了，他要想法子捉她回来，那样美丽的和自己一块度过了纯情的童年的黛黛，他不能看着她在铜臭中枯萎死亡。玲珠，在动摇中的玲珠，他要抓着她，使她站稳，日新是女人底魔劫，他用他底钱劫去了女人底青春，韩不屑地把日新想得一点感情也无，他断定日新不过是一个有钱的嫖客。

在没来到开明之前，他并没想把黛黛怎样，在见着日新之后，在知道日新在玲珠身上付出的金钱与势力之后，日新变成了他底敌人，黛黛成了他心目中的俘虏品，第一步，他要稳住了玲珠，第二，他要抢回来黛黛，第三，他要叫日新在这社会上滚下去。

他计划着，在愤怒的情绪中构想着种种路径，种种能够圆满地达到目的的路径，走过了西长安街口，他在一个馄饨担子前面坐下来，要了一碗馄饨和两套烧饼。

他沉湎在自己的思考中，完全没有理会到和他坐在一条板凳上的人怎样站起来走开，又换了另一个人坐下去。热的馄饨在他身上增加了暖意，他渐渐地觉得舒畅了一点，咀嚼着香的芝麻，眯视着那张印着深蓝色花纹的粗糙的碟子，他想出了一个计划，他很快地喝尽了碗中的余汁，用裤袋中的手帕擦了擦嘴，一条腿跨过了板凳站起来，付钱的时候，掏翻了两个口袋才把那张土黄色的票子寻到，和他并坐着的一个三轮车夫却不在意地从腰间很快地掏出来一叠纸币，不在乎地把钱掷在案上。

这更使韩急切地想攫得钱，他把找回来的油腻的票子收在袋里，重新走入黑暗中去。

许多件利用职业获得了外快的经验帮助了他底幻想，他打定了一个要挟日新的主意，不过，在要挟日新之前，第一得要先顾到黛黛，能够不惹起黛黛轻视才算圆满成功。黛黛生长在小康的家里，在生活刚刚碰到了可怖的洪流时候，又跳到阔绰的木筏上去，她当然理解不到等着抓钱来买米下锅的人的窘急的心绪，她心里还存蓄着生活安定时候所谓的

"正直"的理念。这样的行为会使得她蔑视的。不过，现在不是指责黛黛这样迂阔的理念的时候，没有地位没有资本的人，在这样混乱的时候，就只好生活在自己的机智上的事，黛黛是做梦也想不出来的。现在要的是黛黛底信仰和欢心，能够得到了黛黛的欢心，自己就算成功了。

日新在《贵妃醉酒》的演出上所付出来的金钱与势力，韩已经打听得明明白白，这是一条动人的新闻，如果再在词句间加意地渲染一下，足可轰动一时。为了使日新立刻就范，更不妨再加进去一点猥亵的场面，好在主要的并不是一定要拿它刊在报上，就是搬上一段性史来也不怕检阅老爷们嫌碍眼。

标题，韩想了许多条都不满意，得要像这样——专员专情，为女伶一夕掷万金，等等显眼又漂亮的字句才合适，在字句间，还得留给玲珠体面，设若王日新倔强起来，逼成了不得不公布出来的骑虎场面的话，韩不愿意自己心爱的玲珠跟着王日新去丢脸。

日新虽然不会把自己因为捧戏子而被记者敲了竹杠的事告诉给黛黛，却总免不了在黛黛眼前菲薄自己，所以，第一，还得在见日新之前去见一下黛黛。

见日新，韩预备先通了电话之后堂堂皇皇地找到王府上去见，见黛黛呢，约她出来吗，吃一次茶的话，就已经所费不赀了，或者还得要替她雇一辆车子。那么，到李家去吧！这是一个好主意，既省事又省得出嫌疑，刚刚上市的栗子买一斤给老太太，已经很可以了。明天是礼拜，又可以看见黛琳，在惊讶黛黛底美貌之后更使得韩觉得惊奇的是黛琳，那个只会坐在门槛上哭着的小毛丫头，会出落得这样美丽，这样令人目眩，这样令人心动，对着漂亮的少女，就是默坐，已经够愉快的了，黛琳又具有着音乐一样的声音。到李家之后，再找机会约黛黛来吧！说不定殷勤的老太太还会留吃一顿饭，晚饭的饭费已是可以抵偿栗子和车资了。

一切都计划定了的时候，韩变得安静下来，他面着清冷的空中吐尽了胸间的闷气，急急地走向了自己借住着的死去了舅舅的舅母的冷落的家。

叫开门的时候，他又受到了那个曾经服侍过自己的母亲，现在和孤零的舅母相依为伴老得掉尽了牙齿的老妈子的规谏，那个老女人担心他已经坠到下贱女人的掌中去了。她絮絮叨叨地描绘着她记忆中的少年人怎样在女人底手掌中毁灭了的故事，韩漫应着，一口喝尽了床前小几上摆着的小暖瓶中的水之后，遣开了给他铺被的老妈子，坐到惟一的那只脱了漆的桌前去，展开了印着报馆名字的稿纸。

他斟酌着，今天特别觉得文章写得不应手，很久，费了很多的纸张，才写成，其间，垫在桌子断脚下面的砖被他踢开了两次，墨水倾洒出来，染污了桌子上堆积着的书籍和纸。

他写了许多题目，都觉得不好，在他苦心写就稿子之时，他觉得自己的才拙了。

第一在这题目里，需要提出来的是日新的官级，和在这样生活中一夕掷万金的事，能够说出来在女伶身上浪费着难得的钱，才能表现出得钱之难，才能暗影着在钱外的日新的不轨的行动，才能使日新有为此失去职业和被调查的可能。

他写：专员何多情，万金空相掷，女伶太无义，不作并头莲。

专员热心艺术，一夕掷万金。

多情专员爱热闹，万金一场空掷。一幕捧角辛酸史。

玲珠不过是为了要要挟日新才拉上来的，就是不拿出去发表，韩也不愿意在自己的笔下糟蹋自己的爱人，记事之间，他写着怎样专员一头热，怎样要利用财势来污秽那个豆蔻年华的姑娘。怎样那个女伶纯洁得一如皎月。为了迎合读者，他在专员的相思账中，加进去许多令人肉麻的话。他写，那个纯洁的刚刚下海的姑娘不明白专员老爷的热心，竟尔拒绝专员纳妾的要求，他又附带着形容了大妇的美，借以表现专员的下流。最后，他暧昧地写着，听说该专员在进账上八面是路云云。

他企图在题目中表现专员之贪和女伶之美，可是怎样也想不到贴切的字样，他犹疑着，瞪着由黑变蓝，由蓝变成淡蓝的窗纸外面的天光，很久不能决定。

最后，他睡下了，他想他已经才尽了，明天早上再来想一个合适的题目。

直到正午的十二点他才从连续的不愉快的梦中醒来，黯淡的天色加强了梦中遗留在身上和心上无可奈何的成分，他起来，梳洗之后，拖着酸懒的身子到班上去。

工作间，他总是心神不属，他所负有责任的，正是大家都爱看的影与剧的副刊，他胡乱地东剪西裁的凑了几条发下去，就来斟酌昨夜未竟的题目。

心里比昨夜还乱，他想就这样就算了，这样，反倒易于说话，当然他不能说这是他写的，他说有一位同事写了，拿来要登，好歹自己才算把那位先生劝住，把稿抽了出来，为了大家的面子，并且，等着贿赂的事也可以推在那位莫须有的先生身上。

从班中溜出来的时候，他想是不是给黛黛打一个电话好，同时，他想起了玲珠，而且想见玲珠底心一刻比一刻炽热，他急于想问问黛黛在玲珠家的情景，以及黛黛和日新之间所交谈的话，要紧的是，他想听一听玲珠底声音，试探试探那声音是不是减少了对他的热情。

他在一家只摆着粮食笸箩，而没有粮食的清静粮食店里借了电话，打电话到玲珠家借用电话的杂货铺子里，请玲珠来听电话。

等了好久，来接电话的是那个讨厌的朱四，朱四在问了姓名之后，不客气地说了老板在调嗓，不能来接电话的话就放下了耳机，连一句话的时间也没有留给他。

平日，在玲珠家，韩总是躲避着朱四，这是玲珠底意思，玲珠不愿意和韩亲昵的事被朱四知道，她知道朱四只有破坏而决没有成全他们的心，偶尔朱四遇上了韩，玲珠落落大方地招待韩，像招待一个普通的记者先生一样，暗中，玲珠对朱四表示为了成名不得不利用报纸来宣传，不得不来招待招待记者先生的苦衷。朱四对韩一向倒也还客气，从来没有像今天这样的不逊过。

朱四的不逊越发使韩觉得焦心，他站在电话前踌躇了一会，再叫电话到那家杂货店去，他说他是前圆寺王宅，少奶奶要请陈小姐说话。

这次是玲珠来了，她客气地称呼着王少奶奶，并且给少奶奶道着乏。

韩拿着听筒，倾听着玲珠底声音，在那有礼貌的寒暄里，他听不出来玲珠底心声，他静默着，试验着在电底波动中捕捉到玲珠底呼吸，可是，杂货店中的嘈杂的余音扰着他底神经，他什么也体会不出来。

那边似乎玲珠被这奇怪的沉默弄得不知所以了，她问："这是王少奶奶吗？"

"是我。"韩说。

玲珠迟疑了一下，立刻知道了通话的人是谁，但是用着客气的口吻说："对不起得很，朱四陪我一块来接电话，他正在给我调嗓，我今天出不去。谢谢您。"

和朱四一样，她没有留给韩一句说话的机会立刻挂上了电话。

韩不知心里是怎样一股滋味，在电话前站了好久，才觉得紊乱的心安定下来，他不知他想了些什么，仿佛一时间变傻了一样。他抽出上衣袋中的名片夹子，看着写在自己的片子后面的王家的电话号码，打电话到王家去。

那边立刻有人来接电话，他先问了问少爷在没在，之后，他说是李宅，请少奶奶来听电话。

接电话的人客气地说要去看一看才能知道，请他稍候，一会儿回话来了，说是少爷没起，少奶奶已经到李宅去了。

现在，只有去见黛黛了，在对抗日新之前，先去抓着这个漂亮的内应吧！

离开了粮食店，在一只刚炒得栗子的热锅边，买了一斤热栗子，韩打起精神来走向李家去。

十四 ｜ 哥哥来了 姐姐也来了 ｜

妈妈留梅兰吃饭，把爸爸学校中配给的有虫子的面，叫黛琳拿来过箩，自己切着白菜，又叫黛琳去买羊肉来吃饺子。

　　"妈妈！我去买吧！小琳在弄面。"梅兰说，把书包中的东西倒了出来，提了空的书包出去。

　　"妈！您给梅兰拿钱呀！"黛琳说，用沾满了白色的面粉的手扯着梅兰底衣襟。

　　妈妈把昨晚黛琳拿回来的票子拿了一张塞在梅兰底手里。"我有钱！妈！您就告诉我买多少就是了。"梅兰说，拒绝妈妈拿过来的钱。

　　"那怎么好意思呢。"妈妈说，勉强着梅兰收起钱来。

　　"妈有钱！梅兰，姐姐昨天给了许多。"黛琳知道梅兰底心，她知道，梅兰不愿意因为她之来而使妈妈有所破费，她帮助妈妈这样解释着。

　　梅兰望了望黛琳，红着脸接过来钱，跳着走出去。

　　梅兰去了之后，黛琳想到并没有指示给梅兰卖肉的地方，也没说明数目，她放下了面，随后追出来。

　　梅兰提了轻的书包走着，她忖度着横街那儿一定有羊肉铺，她忙着赶出来的时候，忘了问问买多少肉了。爸爸、妈妈、小琳，还有自己，再加上也许要来的哥哥，得要多少肉才合适呢？梅兰想不出来，这样的事情她没有作过，这样的家里的琐事，梅兰连听都没有听说过，她看见的饺子，是端到桌子上盛在碟中的煮熟的饺子，饺子用怎样的方法作成的她不知道。

　　怎么会连这样一点小的事情也不知道呢！梅兰羞惭地自己想，幼稚得连做饺子的事都不知道的自己，还有什么脸面来谈什么时代女性呢！时代的女性总不该是只知道念点死书的人吧！

　　"梅兰！"

黛琳在身后叫，她愉快地追上来，替梅兰去提书包。"还没有买。"

"是，我知道你没有买，让我拿着。"

"为什么呢？"

"我怕你不好意思，你是小姐，比不了我这样的穷丫头。"黛琳笑眯眯地说。

"别奚落我吧！我是废物，没有你能干。"梅兰说，扭过头去，眼圈不由自己地红上来。

"梅兰！我是跟你说着玩，你别多心，你别多心，梅兰，我说的是玩话呀！"黛琳也红了脸解释着，在她，委实是一句无心的话。

"我也知道你不会诚心奚落我，我说的是真心话，比起你，我真真是个废物。"梅兰说，望着前面来往的行人，"我都会作什么呢？黛琳，想起来，真是难堪，我连我自己都服侍不过来，我还谈的什么空道理呢，那些废话说了又有什么用呢。这样的时候，大家都挣命的时候，却放着我这样一个废物。"

"梅兰！你生我气了吧！"黛琳要说的不是这句话，她也不知道究竟要说一句什么，梅兰说着大家都挣命的话的时候，她不由地想到了刚刚进了屋子就累得躺下去的爸爸的衰弱的脸，自己又何尝不是废物呢。

"我为什么生你气呢！靠着我爸爸弄来的那一点钱过太平日子的我，今天才真正地体会到了生活的不易，我本来想说妈妈不做饺子吧！我又怕妈妈误会我的意思，何必吃饺子呢，爸爸那样累，妈妈也在病着，宁可把吃饺子的钱多孝敬爸爸妈妈，我倒心里舒服，我要买肉，你又多心我……"梅兰说，她底清越的少女的声带微微地颤动着，眼里包着晶莹的泪水。

　　"黛琳！去上学吧！你走，我多么寂寞呀？我帮助你，黛琳，你没有拒绝我帮助你的理由，朋友间的互助，是一种美德吧！是一种真情的流露吧！你怎么会否定这样崇高的感情呢？"

　　"梅兰！我明白你底好心，我愿意你帮助我，我不去上学，主要的是想帮一帮爸爸，爸爸太累了，与其叫爸爸为了一点钱还跑去教家馆，我想莫如我去找点事做，爸爸能多休息休息，我心里比甚么都高兴。梅兰，我又何尝不想去上学！梅兰，我爱我们一块过着快乐的日子，可是，我得先顾我底爸爸，我底妈妈。"

　　黛琳坚定地说，热情地握着梅兰底手。

　　"我知道！小琳，你别生气，左不过是钱的事，我们想法子弄点钱就好办了。"梅兰说，很有把握的点了一下头。

　　"想什么法子弄钱呢？其实姐姐可以完全供给我们，我不愿意那样无功受禄，我一定得用我自己的劳力换来我底享受才心安。梅兰，你知道我，梅兰，你知道我底脾气的。"黛琳拉梅兰进了一家羊肉铺。

　　两人的谈话暂时中止，梅兰新奇地望着铺中的陈设。

　　铺子里的人把黛琳要的肉称好了拿过来，在黛琳眼前寻了一枚白菜叶子包着。

　　"等一等！"黛琳认真地说，"把你们的秤借我用用。"

　　铺子里的伙计狡猾地看了黛琳一眼，把秤递过来，笑微微地说："您不用称，分量没错。"

　　黛琳不理他，把秤拿在手里，看了伙计一眼，"多少钱一斤？"

　　"三十六。"

黛林熟稔地拾起了秤杆上的细绳，把肉放在秤盘里，用手推动着秤锤。

肉只有十三两，甚至连十三两也不足。

黛琳把秤指给伙计，把肉从盘子上拿下来掼在肉案上。

"怎么啦？黛琳。"梅兰问。

黛琳没有说什么，只用眼睛看着伙计。

这之间梅兰突然喜悦地嚷了一声："群哥！"

黛琳不由自已地跟了梅兰的声音走着，街上爱群从一部亮的三轮上跳下来，很快地跨进肉铺来。

"群哥。"黛琳像梅兰一样天真地喊了一声之后，又去看肉。"买肉吗？"爱群说，柔情脉脉地望着纷披着秀发的黛琳底脸。

"妈妈给我们作饺子吃，哥哥。"梅兰说。

又一个伙计走过来，切了一块肉添在原来的那块上，殷勤地说：

"他刚来，秤上不熟，您多担待，老主顾了，我们那能少给分量呢。"说着，细心地把肉包好放在案上，又回头向着原来秤肉的人：

"真是，怎么就老也认不清秤，来！来！我告诉你，这是一两，这是……"

梅兰望了黛琳一下，呢喃地说："谁是你们老主顾！"把肉放在书包里，三人前后地走了出来。

"你真行！黛琳！要是我，今天又得吃亏了。"梅兰说，愉快地溜了哥哥一眼，悄悄地在哥哥耳边说："你真有福气。"

爱群直视着黛琳底脸，黛琳回望了他一下，用手拢了一下头发。

"哥哥！小琳没有吃萝卜丝饼，她等着你，都叫我和妈妈吃光了，我说你今天不能来，她说你一定来，还是她知道你。"

梅兰在黛琳和爱群之间，三人并肩走进了胡同。

"原是带给妈妈吃的。"爱群说，落后了一步，替黛琳掸落了肩上的一点白色的面粉。"只要妈吃得好——"

"我不说了，真没意思，你们两人一条心，就是多余我，黛琳说妈妈吃好，群哥也说妈妈吃好，我吃不好是不是？"梅兰顽皮地撅着微凸的嘴，笑涡灵活地凹进去再平复过来。

"反正我一个人没意思，我躲开你们就是了。"梅兰说，向黛琳咬了下左下唇，挤着左眼，突然一阵风似的跑了开去。

"梅兰！"黛琳叫，也要去追。

"我给妈妈送肉去，你们慢慢地说一会话吧！省得屋子里人多。"梅兰大声说，转眼，已经跑出去很远。

黛琳底脸立刻红了起来，跟着红色褪下去，她抬起脸来望着爱群。

爱群在望着她，爱群轻轻地叫着："黛琳！"

黛琳注意到爱群并没有像每天一样地穿着制服，他穿着材料很好的灰色的绸夹袍，深赭色的西服裤子和同色的皮鞋，没有戴帽子，头发干净明亮地躺在头上，两鬓也修饰得很整齐。仿佛剑一样的眉也像刮了一样，很像梅兰的微凸的嘴，紧紧地闭着。

"梅兰说你不会来。"黛琳低声说，仿佛像说给自己听一样。"本来我跟爸爸去吃饭，吃饭之前有一点事，没想到事情很顺利地就结束了，我就抓空跑了出来的。"爱群说，眼光只在黛琳底侧脸上巡行着，带着无尽的深情。

"中饭吃了吗？不是，你吃过点心吗？"黛琳说，觉得话说得颠倒了的时候，又不好意思地红了脸。

因为黛琳和爱群之间清纯得仿佛兄妹一样的爱恋，不知不觉间浓郁起来，黛琳时常觉得神不守舍，只是盼望着见到爱群，看见之后，却又不知说着怎样的话才好。

爱群也是一样，他底二十四岁的心，他底在许多美丽的小说中养起来的温柔的心，渴想着见到黛琳像理想中的女神一样照耀着他底生命。一切人生的坎坷，一切人生中的机诈，爱群还都没有领略到，在父亲圆滑的事业手腕下养起来的爱群，在温存体贴的长姐手中养育起来的爱群，有着非常快乐又仁爱的心，虽然在随着爸爸逐渐和社会百态正面地交涉了之后，他悄悄地知道了人群间底丑恶，他底心依然保持着仁爱、愉快，他是一个出名的爱帮助人的人，话也说得恰如他底忠诚的心一样，给人以可爱的感觉。

黛琳底侧脸，道尽了少女底可爱的风韵。仿佛每次黛琳都比前一次见面时候又好看了似的。她底旧的蓝布褂和旧了的蓝布鞋，带着说不出的魅力，别人在黛琳身上觉得到的拼凑和穷困，在爱群眼中却变成难以形容的美丽，黛琳底黯淡的衣衫，像绿色的荷叶一样，托衬着亭亭玉立的稍稍带了一点粉色的荷花一样的黛琳。

"没有吃，我什么也没有吃，从早晨到现在。可是我不饿。"爱群说，"不骗你，我一点也不饿。"

两人已经走近了黛琳家的大门，黛琳双手握着旧的门环，把身子贴在大门上，回过身子来。

"群哥！"黛琳叫着，咬了一下下唇。

"琳！"爱群走上来一步，对着黛琳，看着黛琳黑绒一样的双眼。

"我——"黛琳欲言又止，梅兰突然从后头拉开了门，看看黛琳和爱群，高兴地说：

"黛琳！姐姐来了，带了许多许多的菜和罐头，还说是吃过饭要带你去作长裤，给妈妈买了一包大米，妈妈作饭呢，饺子晚上吃了。"

十 五 | 是谁来了

姐姐买的许多菜，黛琳觉到了迥异以往的美味，吃饭之间，黛琳和爱群对面，爱群和爸爸坐在一边，梅兰和姐姐一边，妈妈在梅兰的对面，黛琳自己坐在下首，时时站起来去照应那只煮着鸡的小锅。

因为姐姐和爱群的来，家里显得十分融洽，不知不觉间，黛琳吃了许多东西，在爱群把那只肥得滚圆的鸡腿奉给爸爸的时候，梅兰噗嗤一下笑了出来。

大家都瞧着梅兰，和梅兰坐在一块的黛黛，笑着问："梅兰！笑什么呀？"

"您看，群哥巴巴地扭下来鸡腿，我只当是他自己要吃呢，原来是奉给爸爸的，大概是怕咱们抢光了，爸爸吃不着吧！多孝顺哪！刚刚和小黛妈妈一块吃萝卜丝饼，黛琳也抢着往妈妈嘴里送，合着我跟大姐坐在这儿是多余，大姐！咱们趁早躲开这儿吧！省得哥哥和黛琳劳心。"梅兰说，笑着放下筷子，去拉黛黛。

爱群底脸突然红上来，直红到耳根，黛琳笑着去抢梅兰的筷子，说着："好贪嘴！"

"妈！小黛不叫我吃饭。"梅兰往回夺着筷子，尖锐愉快地叫着。

软弱的妈妈用温柔的声音呵止着黛琳，连不爱说话的爸爸也被惹得笑了。

梅兰索性放下自己底筷子，到煮着鸡的锅前去，盛了一碗热热的鸡汤，看见爸爸放下了筷子推开了眼前的小碟的时候，梅兰捧了汤到爸爸面前去。

"您喝一点吧！喝完了躺躺，我保您伤风会好的。"梅兰说，向着黛琳挤眼睛。

"还是你想得周到！这回该是我们走了，留你一个人伺候爸爸就行了，我们没用了。"黛琳说，一面去收拾大家吃残了的鸡骨。

"我们？是指着你跟谁？是大姐还是群哥。"梅兰忍着笑，瞪着圆圆的眼睛，一脸正经地问。

"爱是谁是谁，是我，我和妈妈。"黛琳说，红了脸，拿了一叠碟子到屋外去了。

"为什么要拉妈妈呢？就说是我们，我们——"梅兰说，也端了一碟子骨头跑出去。

"都吃饱了吗？放下吧，一会儿我来收拾吧！"妈妈也放下了筷子，向着站在窗外的黛琳和梅兰说。

"妈！我是吃饱了，她，我可不知道。"梅兰说，把鸡骨倾在小黑狗的饭盆里，把碟子放在梅兰注了清水的釉子盆里。

"妈！我也饱了。"黛琳说，卷好了袖子，开始洗碟子。

"吃饱了也进来吧！也该陪陪哥哥呀！"妈妈说。自己扶着桌角站起来，看着一直没有怎样吃东西的黛黛，慈蔼地问：

"黛黛！不舒服吗？怎么吃那么点。"

在活泼愉快的黛琳和梅兰之间，黛黛显得过分的安静，她薄薄地涂了一点胭脂的脸，也被黛琳和梅兰光彩焕发的脸比得很苍白，青的眼窝，加重了脸上的苍色，黛黛看上去真像是病了一样。

"昨天睡得晚，今天有一点头晕。"黛黛说，娇好地笑着，望着妈妈底脸。

"妈！我没有什么，您放心吧！"

"干嘛妈妈也跟我开玩笑。为什么单叫我陪哥哥呢？姐姐不在座吗？"

黛琳在窗外说，手中的碟子碰着盆响。

"妈！我吃饱了，您看我吃得最多。"爱群借着这个机会站起来，欣悦又不好意思地笑着，用自己底手帕擦着嘴。

妈妈整理着桌子，黛黛退到一边去，拿起黛琳纳着的鞋底来看。

"妈！我帮您来弄。"爱群说，也去端碗。

"脏了衣服！爱群！叫黛琳来吧！"妈妈说，拿起抹布擦桌子，黛琳跑进来端了脏的碗出去。

"坐吧！爱群！"黛黛说，看见爸爸向里间走着，立刻过去替爸爸打起门上挂着的白色的布帘。

"爸爸！不好过吗？"

"头痛！昨晚吹着风了，叫黛琳拿点开水给我吧！"爸爸说，到里间去，歪在老的藤床上。

黛黛向着窗外的黛琳，高声地说，"琳妹妹！爸爸要一点开水。"

"嗯！"黛琳答着，她和梅兰在愉快地吱喳着什么，妈妈也被梅兰推回屋里来了，妈妈坐到爱群身边去，看着爱群气色很好的脸，关心地问：

"爱群！你琴姐姐有信吗？"

"有，昨天刚刚接到一封信，琴姐姐说是苦得很，想回来，又没有路费。"

爱群说，把自己坐着的椅上的垫子铺在旧了的大太师椅上，请妈妈坐下。

"琴姐姐还在什么地方呢？"黛黛插着嘴。

因为梅兰和黛琳之间的诚笃的友谊，爱群和梅兰在李家仿佛比在自己家里所受到的关心和爱护还要多得多，就是连不常回家来的黛黛，也在爱群和梅兰身上，给予了长姐的抚爱。

"还在我们的老家，湘潭。"爱群说，望着黛黛底好看的脸，那脸在和黛琳相像之外，另有一种引人亲近的娇美的风姿，这一对姐妹，恰像一支树枝上的两朵花，一个刚刚绽苞，一个已经盛开。

"那怎么好呢！有方法给她寄钱去吗？"黛黛说，靠在身后的糊着纸的隔扇上，两手托着后颈。

"是呢！就是那边一切都好，女孩子一个人在外面终归不方便，还是回来的对。"妈妈说，拿起黛琳作着的鞋底，从口袋里拿出来顶针，就着窗间的亮光，穿着针。

"寄是有法子寄过去，能不能收到可不敢说，我正在给她筹划。"爱群说话间，黛黛突然走到妈妈身前去。夺开妈妈手中的活计。

"您歇歇吧！"黛黛说，又看着爱群，看了有一分钟之久，才慢慢地说：

"爱群！钱不够的话！找我去吧！"

"谢谢您。"爱群也微笑着，"我有法子！"

"哥哥！今天怎么样？有一点眉目了吧！"梅兰抱了一摞碗踢开门帘进来，把碗摆到碗橱中去，这样看着哥哥底脸问。

"差不多了。"爱群答。

"谢天谢地！"梅兰说，"我大姐姐回来，我可美了，省得在家里孤鬼似的。"

"梅兰！索性搬这儿住来吧！"黛黛说，在这活泼愉快的少女面前，她像浴在春日的骄阳中那样地觉到了蓬勃的生气，她像被梅兰快乐的情绪传染了一样，忘去了所有心上的烦躁、郁悒，她这样说着的时候，脸上带着作姐姐的温厚的爱情，"梅兰，搬这儿住来吧！我来代替你走了的姐姐。"

"好极了！只要妈妈不讨厌我。"梅兰说。

"妈妈也愿意你来，不过妈妈这儿没有好吃的，怕把你饿瘦了呢！"妈妈说，手中依然拿着那只已经穿了线的针，神色愉悦地望着爱群，又望着黛黛，再望着梅兰。

"不要紧！馋了就叫大姐买鸡吃，还省得哥哥抢鸡腿。"梅兰去接过来妈妈手中的针，把针插在被黛黛放在窗台上的鞋底子上，自己这样说着的时候，愉快地大笑起来。

黛琳正在这时候跨进门来，扎煞着两只湿手，莫名其妙地看着大笑的梅兰。

"也省得她抢！"梅兰指着黛琳，笑着说。

"什么？"黛琳已经听见梅兰说的哥哥的字样了，她疑惑梅兰又在开玩笑了，虽然和爱群纯洁的交往在妈妈和爸爸之前，没有一丝隐匿，她总是不知不觉间就觉羞赧，听了梅兰这样说着的时候，她又止不住地脸红上来，她勉强这样笑问着。

"怕你抢我嘴吃。"梅兰说，鬼祟地指了指自己的鼻子。

也许自己底脸上涂了脏的东西了，爱群这时候把洗脸盆里的手巾拧干了递给黛琳，黛琳到他身边来，轻轻地问。

"我脸上有脏的地方吗？"说着，用手巾去擦脸。

"没有！"爱群摇着头，看着没有擦粉但红得花一样的黛琳底脸说："水凉，只擦擦手吧！"

黛琳擦了手，爱群接过手巾去，放在盆架上。

他们这样自然，一点都没有做作地表现了两人之间的亲密的感情的样子，刺激着黛黛底寂寞的心，她仿佛已经忘却了这样细致体贴的表现感情的方式了，黛琳底脸，也许因为爱情的滋润，黛黛觉得她美丽得使人惊异，在美丽之外纯洁、信赖、快乐的表情说明了黛琳整个欢悦的心绪，爱群也是一样，他是怎样带了无尽的爱在看着他美好的爱人呀！他底眼睛，像流动的清澈的水一样，无声地一一述说着他底温柔的心。黛黛轻轻地阖上了自己底双眼，忍着眼中的泪，她站起来，到挂在墙上的那只菱形的镜前去，看着自己底脸。

这只由少女时候就照着自己底脸的镜子，像魔镜一样地幻出来过去、现在，又幻到将来，黛黛看见自己白得失去了血的红色的脸变皱，变老，在寂寞中枯萎了。她扯过腋下的手帕来，印去了眼中储藏着的泪水，无意识地细细地揩拭着眼角。

"您要擦把脸吗？"梅兰在黛黛身后说，"我给您去打水。"

"不！"黛黛轻笑了一下。

"大姐真好看。我没看见过像大姐这样漂亮可爱的人。"梅兰说，说得很认真，一点讨好的意思也没有，真真的在说着她心里的话。

"是吗？"黛黛回过脸来，笑着走到原来的座位去，拉着梅兰底手。

"是因为梅兰跟我好，才觉得我好看的，其实，我有什么好看呢。"

"不是！大姐！您是漂亮，不但我一个人说，看见您的人没有不这样说的。"梅兰把黛黛底手放在自己底掌上，黛黛底手，美好白皙像一只象牙的雕刻品一样，梅兰轻轻地抚摩着，举起来自己底手。

"您看，我底手多难看，弹琴的时候，我都不好意思伸出来，我底手像您那样该多好。"

梅兰底手，很短，很圆，小的充满了健康的血色的指甲像粉红的小花苞一样。这双手正像梅兰底脸一样，虽然并不是十分美丽，可是却可爱得很。

"不，还是你底手好看，我底手太瘦了。"黛黛说，把梅兰双手摆在自己底胸上，用着最温柔的动作抚摩着。

"小琳底手也好看。"梅兰说，想去找黛琳来一块说话，她看见黛琳和爱群并肩俯在作为黛琳书桌的长案上在絮絮地低语，黛琳底手中拿着爱群底手帕。她把那大又白的手帕扭成两股，把爱群底手指绞在两股之间。

梅兰顿了顿，黛黛也注意到他们了，她不知不觉地轻轻地叹了口气。

"妈！我听有人敲门。"梅兰歪着头，眼睛瞧着窗外。"是！妈妈。"黛黛也听见了。

"我去开吧！你和大姐谈得正好。"妈妈说，扶着椅子站起来。

"我去吧！"梅兰推开门跳出去。

"什么？"黛琳回过头来，"有人叫门吗？我去吧！"她看了爱群一眼，向着门走去。

"梅兰已经去了。"黛黛轻轻地说，"这时候是谁来了？"

十六 ｜ 这不是我的事 ｜

韩青云随着梅兰身后进来的时候，屋里的人都站起来招呼他，韩恭恭敬敬地向着李老太太行了礼之后，用着亲密的眼色看着黛黛，又去看黛琳。之后才仔细地看了爱群一眼。梅兰俯在黛琳耳边，小声地问："小琳！谁？"

"韩——"黛琳也轻声地答着。

"是在厢房住过的那一家吗？"梅兰溜着韩，再问着。黛琳点了点头，把手中拿着的铅笔不在意地递给爱群。"我来介绍一下吧！"黛黛说，望着韩青云和爱群。

"这位韩先生，是我们多年的老街坊。这位王先生是黛琳底好朋友。"说着，又看了看梅兰："这位王小姐，也是黛琳底好朋友。"

"王小姐去开门，我只当是琳妹妹呢！我太不客气了。我说'开吧！是我呀！'王小姐原谅我。"韩说，微笑着望着梅兰。

梅兰也笑了，她想说一句什么，停了一会，没有说出来，又笑了。

李老太太张罗着去沏茶，韩阻拦着，他拉着老太太底袖子，把茶壶拿过来放在桌子上，诚恳地说：

"您别忙，我渴的时候，再跟您要。"说着，他把压在大衣底下的栗子包拿出来，向着黛琳。

"琳妹妹，热栗子，快来吃吧！"

黛琳看了爱群一眼，接过来栗子包，撕破了包纸，倒在大的铜茶盘里，举到妈妈眼前去：

"妈！韩家哥哥买的热栗子。"

"又叫韩哥哥费心，我不吃，跟梅兰、大姐、爱群一块吃吧！"李老太太说，慢慢地走到桌旁去，拿起来茶壶，到屋外去了。

"梅兰！姐姐，吃呀！"黛琳叫了一声，退到爱群身边去，把手中捏着的一个栗子举给爱群看。

爱群笑着，转动着手中的铅笔。

只有黛黛一个人到桌前去和韩坐了下来，黛黛底脸，苍白中隐隐地透露了一点红晕，被黛琳、爱群的亲密的情景所刺激着的她底寂寞的心，韩突然地来临，像久旱的花草被注了清水一样，她止不住地兴奋起来，在桌旁的小凳上坐好了之后，她才发觉只有她一个人到桌前来了，她旋回了她好看的脸，用着最可爱的声音叫着：

"梅兰，琳！来呀！爱群也来呀！凉了就失去栗子的美味了。"仿佛栗子是她买来的一样，她热心地劝着。

"是呀！吃栗子也得找好时候，过去这个时候，就失去栗子的滋味了。"韩说，用着一种使人联想到某种感情的柔软的声调，他又加了一句。

"王先生！王小姐！别客气呀！"

爱群只笑着，梅兰被黛黛拉到桌旁去，坐在黛黛身旁的一只凳子上。

看见黛琳依旧站着不动，韩说：

"琳妹妹！伯父呢？"

"不舒服，睡了。"黛琳说。

"我去看看，"韩站起来，"在里间吗？"

"刚睡着，醒的时候再说吧！"黛黛阻止着，李老太太端了茶进来，倒了一杯，送给韩。

韩起来接了茶，又坐下去。黛黛瞧着他毕恭毕敬的样子，微微地笑了。

"琳不吃吗？"李老太太拈起来一个栗子，向着爱女，慈蔼地问着。

"您别管我，我会吃呀！妈妈。"黛琳说，走到桌边来，拿了一个栗子，又退回原来的地方去，从爱群手中拿过来铅笔，依身到书桌上。

韩端起来茶杯，看着黛黛。"您早来了吧？"

"嗯！"黛黛点了点头，用门牙咬了一点栗子皮，像树林中的小松鼠一样，顽皮地啮着。

"我往府上打电话，说是您早来了。"韩说，心不在焉地喝了一口茶。

"您打电话来着吗？什么时候？"黛黛问。"半点钟以前。"

"王家的人说什么呢？"

"说是王先生还没起来，我有一点小事要告诉王先生知道，我又一想，还是先告诉您好。"韩颇有含蓄地说，曾使黛黛心动的厚的唇紧紧地抿了一下，他故意不看黛黛底脸。

"什么事情呢？"黛黛问，在去看韩青云之先她先去看妈妈，妈妈坐在大的太师椅子上，勉强地挺着腰坐在那里。手交叠在双膝上，眼里带着慈母的无尽的爱。

"妈！您歇会儿去吧！"黛黛皱了下眉，"您刚好，用不着挣扎着来陪我们。"

"是呢！"韩也说，"您歇着去吧！您跟我还客气吗？"

"我来陪妈妈去。"梅兰说，借着这个机会站起来，她不爱看韩青云那样瞧着黛黛微笑的样子，那样子殷勤得令人不好受，这个刚刚见面的有着潇洒的外形的青年人，使她觉得不知哪点儿有些讨厌，黛黛拉了她来，她勉强地坐了这半天，早已坐得心里发燥，她愉快地拉着李老太太，说：

"妈！给我讲故事去吧！那次，您讲的小琳掉北海里的故事还没有讲完呢。"

"干么又提我？"黛琳突然回过头来说，她和爱群并肩俯身书桌上，一点声音也没有地在写些什么。

"好事！"梅兰笑着挤了一下眼。

"那么我不陪了！"李老太太站起来，扶着梅兰底手，走向里间去。

"什么事情呢？"黛黛重复地说，吐出嘴中的栗壳来，把一个剥好的栗仁，在尖的指甲间捻碎了。

"我先问您吧！"韩说，声音很平常，脸上却机伶地笑了一下，"我先问您。王先生跟昨天唱戏的那位陈玲珠小姐很要好吗？"

"我——"黛黛犹疑了一下："我不大清楚。"过了一会，她又加上了一句，"我想没有什么了不得的关系吧！"

"那就好。不过……"韩拈了一个栗子，放在两个拇指间捻开栗壳，眼睛瞧着黛黛。

"不过怎样呢？"黛黛并不知道日新和玲珠之间究竟已经有了一个怎样的关系？在没有看玲珠底戏之前，她所知道的玲珠只是一个被小高们捧得很高的一个好看的女伶而已。看过玲珠底戏，和玲珠谈过话之后，玲珠底纯正、诚实的样子感动了她，她相信玲珠底话，她信玲珠跟日新并没有什么不得了的事，可是，虽说是她决心放弃日新，愿意日新在结婚之外的爱恋上，有所发展，借以来解放自己，到底听了丈夫有外遇的新闻的时候，还免不了为它牵惹了去，她故意装得很平常，愉快地笑着说：

"不过怎样呢？最多也就是给陈小姐租小公馆吧！昨天，不是您也到陈家去了吗？"

在黛黛，提到韩去陈家，不过是一种玩笑式的反诘，她底意思是说，到陈家去是平常的事情，谁也可以去的，何止日新和他底朋友。

韩青云却被这无意地反诘吓了一跳，如果黛黛知道他和玲珠之间的关系，那么在黛黛身上树立的他底计划，将全部推翻了，他捺下了惶惶地跳起来的心，也笑问着，"说是我到陈家去，谁看见了呢？"

"我！"黛黛故意指着自己底鼻子。

"您说谎，我没有看见您呀！"韩说，笑了一下，又捻起一个栗子来剥，把先剥出来的栗仁放在茶碟里，把茶碗拿到桌上。

"单问您去没去就得了。"

"我去是去了！我真没看见您。"韩说，他心里已经想好了一个主意，他拿出纸烟和火柴来，点燃了一支，吸了一口，喷尽了口中的烟之后，接着说："我听说您在那儿，我才没有进去，跟着就回家了。"

"为什么呢？"

"我，我听说您那儿正高高兴兴地预备酒菜，喝酒，没敢打扰您底清兴。"韩说，吸了一口烟，笑起来。

"您加入不正好吗？"

"我加入有什么意思！跟客人主人都不熟，何况那位陈小姐又不见得欢喜我这位掏不起钱的穷记者。"韩说，偷偷地审视着黛黛的脸，看这样的话在黛黛身上发生的效力。

黛黛的脸保持着娴雅的微笑，韩这样说着的时候，她撩了一下眼皮，轻轻地哼了声：

"哼！女孩子最受人捧，焉知那位陈小姐不是正在盼您呢？"

"我实说吧！我的去，是为王先生去的，我没有进屋，真的是怕您生气。您别跟我开玩笑了，我哪有那么多的富余时间和精神去照应小女伶呢？您别冤枉我。"韩说，非常率直地，带了一点撒娇成分那样率直地说。"我好心，我真怕您生气。"

"是么？"黛黛用着使韩安心的神气，说："我信您的话，谢谢您关心我。到底是什么事呀？是日新底事呢？还是我底事呢？我叫您闹糊涂了。"

"不是您底事，也不是王先生底事，是……是……"韩说，望着黛黛。

"黛妹！"他故意用了小时候叫惯的称呼，"黛妹！假如王先生跟陈玲珠有了分解不开的关系，你怎么办呢？"

"也不过像浮云掩月一样罢了，云过，天也就晴了。"黛黛说，看见韩剥的许多栗仁，出了一小会神，韩底称呼，使她不安！一种甜得无可奈何底不安，她觉得仿佛哭一下才会解消这自己也闹不清的复杂的心绪似的。

"你若是这么大量的话，我给你看一样东西，看过之后，我们再谈对策。"

韩说，郑重地从上衣的里面口袋里掏出来昨夜苦心写就的新闻原稿，递给黛黛。

黛黛接过来，立刻展开来看着。

韩底心，得意地笑着，他咬着自己厚底嘴唇，抑压着这得意的情感，好像黛黛已经投到他底怀中来了一样，他佩服自己说话的技巧和随机应变的谋略。

黛黛不动声色地看着，仿佛脸色黯了一点，韩故意掉头去看黛琳，黛琳和爱群靠在一起，铅笔画着纸在响，韩去看外面的天，天近黄昏了，对面的房檐上，留着柔和的太阳的光亮，一只大的白猫踏着房砖一步步地走了过去。

黛黛匆匆地看了之后把那叠纸放在桌上，默默地剔着自己底指甲，待了一会，黛黛问。"谁写的呢？"

"一个同事。"韩说，把那叠纸卷起来，又收到衣袋里。"预备登吗？"

"当然！我勉强给压下了，我想去找王先生，后来想找您，您底意思怎么样呢？您愿意怎么办，我必尽力。"韩说，在一个栗壳上捻灭了烟头，站起来，站到黛黛背后去，"只要您高兴，我必尽全力。"

"待会再说吧！好在这不是我底事，您还是——"黛黛说，拨开了脸上的不愉，笑着，抓了一句话来岔开她稍稍有点僵了的表情。"没事情吧！天不早了，在我们这儿吃晚饭吧！我去看妈妈，商量商量菜。"说完，不待韩回答，姗姗地走进里间去。

李老太太阖着眼，坐在床头的梅兰在看书，以为是睡了的李老先生，却睁开着眼睛。

"是韩家哥哥吗？"老先生问，轻轻地嗽了一下。"嗯！"黛黛点着头，李老太太也张开了眼睛。

"妈！留韩哥哥吃饭吧！"黛黛说，坐在床沿上。

"别麻烦您吧！我回家去。"韩在外间说，再拿出纸烟来，望着黛琳底茁壮的后背得意地微笑着。

"不！我请你，待会我还要你陪我回北城去呢。"黛黛走出来，这样慢慢地说。

十七 | 有谁是在为黛黛呢

黛黛看着腕上的表，估计着离开这儿的韩已经到了前圆寺的家的时候，到里间去看了看爸爸，回来向着妈妈。

"妈！我也要走了。"

"走吧！早点回去好，日新还在家等你。"李老太太说，慈爱无边地看着黛黛。

"叫黛琳送你到大街上吧！"

"不用！"黛黛瞧着仍旧和爱群伏在桌上谈得那样融洽的黛琳，打开自己底手袋，从小的天一样蓝色的皮钱夹里，抽出来五张鸢色的纸币，递在李老太太底手里。

"妈！您还是接大夫来看看吧！别疼钱。"

"不要！"李老太太推却着，眼里不知不觉地升上来眼泪，"黛黛！

我还有钱,你叫黛琳拿来的钱我还有很多。净累你了,你留着自己用吧!"

"不,妈妈,我有钱!我有钱呀!"黛黛说,把钱掖在李老太太底衣襟里,穿好了大衣,向门口走着。

"黛琳!"李老太太叫着,"去送送大姐吧!"

"嗯!"黛琳应着,很快地站起来,过来瞧着黛黛:

"姐姐!就走吗?"

黛黛点了点头,向着也走过来的爱群说:"爱群!再见!琴姐姐底事找我去吧!"

"谢谢您。"爱群说,"我送您去吧!您慢慢走,我先去替您找车。"说完,很快的跨出门去。

黛琳跟在黛黛身后也跟了爱群走出门来,在门口,遇见了去给爸爸买生姜片回来的梅兰。

"走吗?大姐。"梅兰说,亲热地拉了黛黛底手,"我也送您去。"

"谢谢你!梅兰,你这个热心肠的小姑娘,你真好,梅兰。谢谢你服侍爸爸。"黛黛说,像靠日新底身傍一样紧密地倚了梅兰,想到梅兰底爽快和诚挚,不由自己地这样说。

"别谢我!大姐,我该谢您,跟您在一块我心里痛快极了。"梅兰说,望着亮起来的路灯,"每天灭灯的时候,我都烦得要命,常常闷得哭着睡去,今天,灭着灯跟您说话的情景我永远也忘不了,您告诉我那么多有益的话,我真是说不出来怎样地感激您,黑暗中您那样轻轻地抚摩着我底脸,我都感动得哭了,谁也没像您对我这样好,大姐,我真谢谢您。"梅兰底清晰的声音颤动着，洋溢着少女底芬芳，洋溢着少女底芬芳的纯情，仿佛她已经遏止不住兴奋的泪，在暗黄的街路下，她底双眼，水汜汜地转动着。

"梅兰！你实在好，我已经没落了，我不配受你底尊敬，我现在只有享受，我只有享受我那安逸的生活……"黛黛感动地说，她停下来，就着灯光用自己底双眼不放松地看着梅兰："你底前程远大，你别看不起我，我已经就满足了，我是一个没用的人。"

黛黛说，她底善感的心，锐敏地反应了梅兰底兴奋的感情，立刻就觉到了自己无聊的生活中难耐的寂寞，觉到自己已经从少女底群中被逐出了的难堪。

在黛黛倚到梅兰底身旁去的时候，黛琳底心，不能遏止地痛悔着自己对这人世上唯一的姐姐的冷淡，在和爱群守在一起的无可比拟的欢悦的心情中，黛琳觉到了许多黛黛底美德，今天，除了爱群，她没有一分注意到这位特意撇开了丈夫回到家里来的姐姐身上，许多姐姐对她底爱护照应的事，镜子一样清晰地反照在她底脑里，她觉得自己太不该了，她不应该忽略了姐姐底寂寞的感情，她们姐妹之间，原来是最亲密不过的，黛黛甚至连跟日新之间的小摩擦也愿意说给妹妹，妹妹是她唯一倾诉心情的人，可是，黛琳想起来自己因为高傲逐渐离开了姐姐，因为和爱群底相会而逐渐离开了姐姐，想起了在鲜艳的衣饰中的姐姐底黯淡的心绪，黛琳底泪一双利箭一样地从心上迅速地射进眼里又双双地坠了下来，梅兰底热情的声音尤其使得黛琳不安，她走上了一步，在黛黛底身边，轻轻地捉着了黛黛底手。

黛黛看了看黛琳，向着梅兰：

"梅兰，你多原谅黛琳，她比你小。"

"姐！我跟梅兰学吧，我脾气不好。"黛琳说。

"你没有不好，黛琳，你……"黛黛这样说着之间，爱群带了一辆三轮车从亮的街上转入黑暗的巷里来，他大声地叫着，"大姐！"并且命令车子停下来。

黛黛跨上了车看着那三个排在一起的青春的脸，亲密地说："再见，黛琳带着梅兰、爱群去找我吧！我等你们。"

从西单大街进了丁字街，三轮车向着北海前面的宽阔的柏油路奔驰着的时候，黛黛后悔自己从妈妈底家里出来得太早了，她不愿意在日新底家里再会到韩，可是，又怎样也在妈妈底身前不能安心地坐下去，在王家，渴想着自己底父母，回到妈妈身边之后，又觉得无味，妈妈家中的窘苦更使人烦心，衰弱的妈妈，不爱说话的爸爸，阴天一样的家，黛琳底蓬勃和高傲使得黛黛忌妒，像黛琳夺走了自己底欢悦一样，在黛琳身边，黛黛总是无缘由地觉得气馁。

她想抢过来爱群，爱群温存得叫人发狂，那是怎样使人动心的脉脉含情地凝视呀！爱群像幻想中的男神一样地具备了所有的男人的可爱的条件，他底强健的体格增强了他底美，这真是使女人动心的男人，黛黛咬着自己底嘴唇，到小的牙凸进了红唇之后，火一样烧起来的疼痛刺激着她底心，这样无味的虚想，难道说还要真的去夺黛琳底爱人吗！这样卑鄙的姐姐！这样想着，仰头向天，在星子的闪烁中看见了黛琳底为爱情润泽得光彩焕发的脸和光亮的眼睛。

"黛琳，祝你幸福。"微语着，低下头来，向着远处黑绒一样的天空，吐尽了胸中的郁气。

　　和爱群绞缠在一起的是韩青云底脸，韩青云是谦逊、知趣，他底厚的唇也正投黛黛之所喜，可是，韩没有爱群底倔强和勇敢，把倔强和勇敢装在温柔中的男人底爱，压抑着迸跳着的勇猛无畏的感情投身在女人身上的男人底爱，韩脸上没有，韩底谦逊，快近于日新底狡猾了，在爱群身边，黛黛整个否定了韩，她一点都不留恋地遣开了他，韩说的那些个诽谤日新底话，黛黛越想越觉得无聊了，他见了日新之后会说些什么呢？那个小女伶，纵然能够使日新为她筹款唱戏，为她组织小公馆，结果，又能怎样呢？这样用金钱缚结了的爱情，又能找到什么乐趣呢？

　　又想远了，日新和玲珠，是日新和玲珠之间的事呀，关自己什么关系呢！在这些个追逐与恋爱里，有谁是在为黛黛呢？车绕过了北海前的小拐弯，过了北长安街口，在景山的红墙间，拐向了景山东大街，清冷的街，在高大的镶着黄瓦的红墙下，黑衣警察，不耐寂寞地敲着鞋底。远听，朦胧得像柝声一样，风吹着树梢，黑色的树，黯红的墙，一只鸟不知为什么惊了起来，飞起来，又飞落下去。

　　"有谁是为黛黛呢？"

　　"那是韩，"是，那是韩，在影院中，在王家，在开明，在李家，表示了对黛黛的细致的注意与关心的是韩，表现了对黛黛的尊敬和赞美的是韩，小心翼翼地追随了黛黛的也是韩，为什么呢？韩，黛黛的心忽然热上来，像枯萎的树在春天中苏生了一样，她问着自己底心："为什么呢？韩，韩为什么要那样呢？"

　　为了"爱情"吗？为了童年的不能消灭的无比的愉快吗？在一个已经嫁了的少妇身上，在中国的半封建的迂阔的社会里，要织起爱恋之网吗？

不会吧？虽然韩还在独身，虽然韩不止一次地提到了那可爱的过去。

黛黛想到在《浮云掩月》中龚秋霞新演的妇人怎样在丈夫的冷淡里又受到另一个人底垂青的事，龚怎样唱着"人是未婚的好"的歌的事，她淡笑了一下，从皮包中拿出来手帕，细细地擦着自己底脸。

不过！韩是那样笑着，那样把所有的感情都集在嘴角，诚挚地笑着，那样用眼睛说出来体贴呀！

抛开眼前的无聊吧！在韩底温存的爱里更生一次吧！黛黛想，韩是比日新来得有希望，和韩一块去作一点事业吧！在吃饭之外，去作一点有益社会，有益人群，有益国家的事吧！爱情正是工作的基础，爱情正是工作底鼓舞。

让自己在新鲜的爱情中再生一次吧！

黛黛不但不觉得在妈妈家，在刚听过韩说了日新底事之后就为妒忌支配得冒失地说了自己兴奋的心里没有一点不对，反倒觉得这正是无形地向韩展示了自己底寂寞的心的一个最好机会，如果韩真的是在对自己用心，那么，他会知道这寂寞的感情是要用怎样的安慰才能平复的吧！他会知道该用怎样的方式来开始两人之间的可贵的爱情的吧！

黛黛突然想见到韩，想在他和日新说话之间看到他，她愿意在另一面再认识他，她要把握他，她要抓着他，让爱群去爱黛琳吧！那样古骑士一样的勇敢诚挚的爱群，是不能和现实的社会接触的，爱群是书里的王子，韩青云才是现实社会的英雄。

"快点吧！"黛黛不知不觉地催促着车夫。

"到了！到了！"车夫说，"进口就是吗？路哪一边？"

黛黛才发觉已经走进前圆寺了，高墙中夹着的窄的巷，蛇一样地蜿蜒在夜暗中，在自己家底红色的大门前，她跳下了车子。

她在拿钱的时候，车夫已经推着车走开了，她说"车钱！"

"已经给了。"车夫说，向着大街走去。

黛黛没想到爱群还会这样周到，听说爱群正在学习买卖的事情，那，那样的话，爱群只是比日新年轻一点就是了，他和日新又有什么分别呢？

她用手按着门铃进了院子之后，在随在她身后走进来的拉车的老孙身上，仔细地看了一眼。

"老孙！少爷没有出去吗？"

"是！有客，在大厅里。"

"熟客吗？"黛黛问。

"不是！说是一位报馆里的先生，第一次来。"老孙说，"您去见见吗？"

"不！"黛黛想了想，走到廊子上，轻悄地奔向了自己底屋子。

十八 │ 一只好吃的梨 │

经过大客厅的时候，黛黛轻轻走上了廊子，贴近了窗，在透出灯光的白色的纱帷间，窥看着室内。

日新和韩青云对坐在那里，眼前的方桌上放着茶杯和纸烟，他们都在沉默，似乎已经过了一番寒暄，两人都很不自然，都在想找寻什么话来打破沉寂的空气。

日新穿着他心爱的茶色的底上绣着黄色的团龙的室内衣，衬衫的领子很随便地翻在那软又光滑的缎领上，他衔着平常不常吃的雪茄，无名指上的钻戒，仿佛夸耀着他底财富一样，反映着亮的灯光，闪烁着逼人的光芒。雪茄的蓝色的烟，一丝丝地从他底嘴旁飘散开来，袅娜地围绕着他底脸。

很显然地日新并没有一点看起这位客人的心思，不但他底雪茄没有让，且茶也只是斟了最普通的茶，那些势利眼的仆人，连一只盖碗也没舍得给这位陌生的客人来用。在看惯了盖碗的黛黛底眼前，那只不常用的蓝色的茶杯，像在红色的鲜花里粘上一团黑色的尘埃一样，这样难看得叫人心里别扭。

这样情形使黛黛联想到了自己底家人，虽然在自己眼前，来看自己的妈妈和妹妹还没有受过这样无形的蔑视，当然只认得纸币的仆人们也是存了说不清的轻蔑的。就是日新底心里，恐怕也早就嫌到了自己底家人底穷气。黛黛忽然觉得日新底脸实在是骄傲得可憎，那些绣在他身上的黄色的龙，像许多条讨厌的蜥蜴盘在那儿一样，给人冰冷的感觉。

黛黛同情着韩，她猜想那踏在几乎有一寸厚的地毯上的韩底双脚，一定非常地不舒服，黛琳曾说过这样的话，黛琳说："我宁可站在砖地上，我也不愿意站在你们那好看的地毯上，与其小心翼翼地唯恐踏脏了你们底地毯，倒不如在屋外的砖上来跟你说话好。"韩是不是也有这样的感情呢？黛琳底褪了颜色的布鞋，在地毯底花纹间，显得过分的寒酸，韩穿了一双怎样的鞋子呢？黛黛忘记仔细地瞧瞧了，日新惯爱注意这些琐碎的事，韩底鞋如果很旧，日新一定不会对他有什么太好的印象。

日新轻视韩，几乎等于轻视黛黛，原来是因为黛黛的关系日新才认识韩的，黛黛后悔刚才没有和韩青云一块回到北城来了，如果韩跟她一块出现在王家底客厅之间，也许情形会好一点的。

黛黛急切地想看一看韩脸上的表情，她愿意韩能用巧妙的舌锋压倒日新，她再俯身向前，在澄清的冷秋的静夜中，去捕捉从窗隙间透出来的他们底谈话。

韩低着头，把一只纸烟不在意地在桌上顿了很久，在他刚刚去拿烟碟中的火柴盒的时候，日新从他底口袋中拿出他底自来火来，故意显示那只自来火是怎样漂亮应手似的，用着优美的姿势，很迅速地点燃了送到韩眼前去。

韩欠了欠身，接过了火，点燃了纸烟，闭好了，回送给日新。"王姐！少奶奶回来了。"

还没听见室内的两个人底任何一句话之前，黛黛听见刚才出去给她开门的男仆张祥这样说，她下意识地离开了大客厅的窗子，退到回廊上来，她忘记张祥随在她身后进来的事了，张祥是个狡猾的东西，总是看着主人底眼色来行事，仿佛天生带来了下贱的骨头一样，一脸的唯唯是是，叫你摸不清他究竟是不是自己还长着一个有思想的脑子。

张妈迎到回廊上来，笑着说：

"您回来了……"

黛黛点点头，带了满心的不愿意走回自己底屋子，王妈随在她身后进来，替她拉亮了妆台前的灯。

"闭了。"黛黛不耐烦地说，脱了大衣和鞋，无心绪地倚到床上去。

床上扔着报和日新底透明的烟盒，日新随身带着的小钱包，日新底雅致的手帕。黛黛一古脑推开了那些东西，躺在枕上去。王妈随在她身后，替她收好了衣裳和鞋，望着黛黛底脸，要说一句什么的时候，黛黛说：

"去替我打盆水来。"

"您要做什么？"

"不要了，我自己去洗吧！"黛黛又立刻改变了主意，她站起来，到套间的洗澡间去，捻开了热的水龙头，细细地揩拭了脸。

坐到妆台前的时候，黛黛又觉得无聊，她看着自己白皙的脸和没有血色的唇，看了很久之后，在唇上涂了一点唇膏之后，把梳好的头发卷，拆开来让黑发长长地披在肩上。

"少奶奶！"王妈在身后叫。

"嗯！"黛黛站起来，脱去了旗袍，穿上了和日新一样的室内衣，一会，又脱去了它，把一套自己在上海买回来的稍稍瘦了一点的一件室内上衣和裤子穿好，她底丰满的胸，在白缎子的胸衣中，美丽地凸成了半圆，她拉了袜子，穿上了朱红的拖鞋，鞋上绣着的银凤，斜回着头，像是在鉴赏女主人底好看的脚一样。

"少奶奶！"王妈又叫。

"什么事呀！"黛黛诧异地望着王妈底脸。"会长刚叫周姐来看看您是不是在家。"

会长是这个家庭里对日新底父亲的官称，上自姨太太、少爷、少奶奶，下至打杂的小孩，都这样叫，黛黛曾当做一件笑话一样地问过日新，为什么大家都称老太爷会长，日新说是因为老太爷做过几任名目不同的会长的缘故。

"看我，还是看少爷？"黛黛问。

"是看您！在少爷去会客之后。"王妈说，脸色很平板。"姨奶奶在家吗？"

"没有，给王宅去做满月，说是明天才回来呢。"

"为什么呢？"黛黛自语着，她不知不觉间又坐到妆台前面去，拿起梳子，梳着长的发。

为什么这位会长会来看看黛黛在家不在家呢？和这位公爹，黛黛保持着敬而远之的态度，她很少跟他说话，一直还不知道这位公爹究竟是一位怎样的人。公爹过于享受的生活，常使黛黛很自然地就觉得格格不入，会长先生什么都不做，除了和朋友花天酒地、赌博之外，就只有闲在家里纳福。比起来暮年还在为生活奔波的自己底爸爸，黛黛无缘由地憎厌了他。

"为什么呢？"黛黛重复着，她真想不出有什么事情会用得来找她。

"大客厅里的那位找少爷的客人不是上次来过的那位韩先生吗？"在黛黛沉思之间，王妈忽然这样问。

"是。怎么？"黛黛底心止不住地一跳。

"少爷挺不愿意见他似的，韩先生来的时候，我正在这屋里，张祥来回，我去给少爷换茶，张祥不知说了些什么，我瞧少爷不怎样高兴。"王妈说。

"高兴不高兴，也不干我底事呀！"黛黛故意撇着清。

"昨天韩先生来！张祥也看见了。"王妈说，仿佛意犹未尽，这时候，周妈在窗外叫：

"王姐！会长来了。"

说话间，在王妈赶过去打起帘子之间，王会长进来，手里拿着只锦盒。

"少奶奶！"会长说，他底和日新一模一样的四方脸上，带着老人常有的微笑，秃的前顶的左右，灰白的头发伏贴地贴在两鬓间。"别人送来的两只象牙镯子，姨没在家，你看看是不是能用，送的人一定要让我留下来。"

说着，打开了手中的锦盒，王妈过去接过来递给黛黛，黛黛从玫瑰紫的缎垫之中，拿出一只来。

镯上雕刻着玲珑的人形和花朵，精致得很，两只的口圈都不算太大，黛黛试戴在自己底手臂上，镯子仿佛特为黛黛做好的一样，恰恰在黛黛底手腕与肘节中间，不动地嵌在那里。

"倒是挺好看。"黛黛说，看着自己压在乳白色的牙镯下面滑腻的臂，臂仿佛比牙镯还光润细致的时候，不自觉地这样说。

在黛黛试戴着镯子之间，王会长打量着这位美貌的儿媳，在他熟习的年青的女人之中，他没有看见像黛黛这样引人注目的女人，他没有一点猥亵的心思，像看着自己底女儿一样看着黛黛，他发觉黛黛跟那些女人不同的是脸上端庄的表情，在端庄之外的一点娇柔，加强了她底端庄之美。在度过了将近三十年的糜烂生活之后，这样端丽的年轻的少妇，像一只好吃的梨一样。给予清新、适意、甜美的感觉。

王会长看着黛黛戴着的镯子的手臂，就是年轻时艳称一时的名妓湘云老七——自己姨太太的手臂也没有那样光润，他觉得这两只象牙镯子是买对了。他总是愿意跟黛黛亲近一点，消除了公公和儿媳之间的隔阂，像父亲跟自己底女儿那样，他鉴赏着那只手臂，待看见凸在白缎衣上的黛黛饱满的胸脯之后，王会长的在好看的卖笑的女人身上疲倦了的心，止不住地跳了一下。

但他立刻遏止着这样的情绪，他说：

"年轻人戴才好看，你喜欢的话，留下玩吧！那一只拿去送给妹妹。"

"姨不要吗？"黛黛说，看见王会长底眼睛停留在自己底身上的时候，局促地脱下臂上的镯子来，放回锦盒中去。

"姨老啦！戴上也不会好看的。"王会长笑着说，向外走着，临行，他看了黛黛一眼，黛黛没有脂粉的素脸和那身白色的衣裳，发散着说不出的魅力，他惊诧黛黛的美丽了。

周妈替会长打起来帘子，随在会长身后走出去，黛黛向前送了两步，看了看自己的衣裳，退下来要说什么之间，会长底脚步声已经走在回廊上了。

黛黛再过去拿起来那只锦盒，刚刚关好盖，日新大步跨进来。

"刚刚回来吗？"日新问，不耐烦地摇了下头。"有一会儿了。"黛黛说。

日新揪开身上的衣裳带，没再说什么，转身向王妈：

"王妈铺被！"

十九 关照我的人多得很

躺在床上之后，日新仍然沉默着，黛黛猜忖不出他想的究竟是什么？当然，韩底来也一定惹他不高兴了，纯真的黛黛一点也没想到围绕在韩拿出来的那条新闻记事之间的种种暧昧。她想日新只是为了他和玲珠的事这样的公开出来不高兴而已，她没想到日新所不高兴的却是韩青云本身。

她转动了一下，看到了摆在妆台上的王会长刚刚送来的装着象牙镯子的锦盒，她无意识地咬着了下唇，想及了王会长的浮着微笑的精明的脸。

"送给妹妹一只吧！年轻人戴了好看。"王会长这样说。

这阔绰的家族，对黛黛的一家，只有王会长表示了真正的亲戚关切之情而不含丝毫轻蔑，今晚也是一样，王会长那样自然地想及了黛琳的事，使黛黛觉得心里安慰异常。这位被人在商场上称为辣腕的公爹，在黛黛心里却无比的慈厚。虽然黛黛跟他之间表面上离得很远，黛黛底心，却仿佛小女儿依恋慈父一样蕴藏着说不出的渴慕。在日新身上觉到的对于钱的憎恨和讨厌，在王会长的身上，仿佛烟一样地淡了、散了。她不知不觉地喃喃细语。

"您真好，谢谢您！"

"什么，你说什么。"日新突然问，他原来仰卧在被中的，听见黛黛说着这话的时候，转向黛黛，焦躁地问。

黛黛底脸忽地红了上来，她笑着，忙忙掩饰着："我想起了黛琳。"

这样说了之后，又觉得掩饰的没有意义，觉得冒渎了公爹和她之间纯洁的感情，黛黛说：

"阿爸刚才送我两只象牙镯子，说叫我给黛琳一只。"

"阿爸也喜欢黛琳，你也喜欢黛琳，黛琳就偏偏地不爱理我。奇怪，我真不知道黛琳为什么怕我？我一点没有坏心，那位漂亮的小姨，怎么会看不起我这位姐夫呢？"日新说，搔了头发一下，看着黛黛底脸："你不用说！当然也看不起我喽！"

"为什么要拉上我呢？"黛黛说。

"你看不起我，你底朋友也拿我当傻瓜，来蒙骗我，王日新岂是省事的家伙。"日新说，躺正了身体，嘿嘿地冷笑着。

"我爸爸底好心肠我没学来，机伶儿、鬼迷眼可都学得地地道道，谁想在我身上咬下肉去，那才是混蛋呢。"

"我没惹你呀！先生。"黛黛说，她心里的温馨的感情刹那间消失得干干净净，她想日新一定以为她在韩身前说了自己什么坏话了，日新说着那样流氓话的样子使她讨厌已极，她背转了脸，不悦地吸了一下鼻子。

立刻她又想到和韩底相会日新并不知道，当然无从疑惑到其他，这是自己神经过敏了，左不过是日新底气话，可是她想不出日新为什么会生这样的大气。

也许日新为了有损于玲珠吧？黛黛不自觉地冷笑了一下，她的心，转瞬间，整个充满了忌妒，她俯脸在软的枕下，遏止着愤怒的心跳。

"你笑什么？"日新扳过黛黛底身子来，脸逼近了黛黛底脸，双目炯炯地看着黛黛。

黛黛不由己地气馁下来，在日新炯炯的双眼下，她无缘由地觉得心慌，她不知那位机警的韩先生都说了些什么？她虽然知道韩绝不会说出来两点钟之前他们还在一起的话，可是，她忘却了辨别的机能，她不知道说一句什么样的话好。

"你冷笑什么？小黛。"日新突然变软下来，他搂住了黛黛，鲁莽地亲着黛黛底脸，问。

"我没有笑什么。"黛黛摇着头，前额上柔软的发卷跟着顽皮地滚动着。

"你还不向我道歉！大好的礼拜天，你一个人溜走了不管我，叫我一个人冷清清地躲在家里，你说，诚诚实实地供出来，你到什么地方去了？"日新说，替黛黛拂开了额上的云发。

"我去看妈妈。"黛黛说。

"看妈妈为什么不带着我。"

"我们家那样的穷地方，岂是你去得的。"黛黛说，促狭地笑了笑，"何况你心里又惦记着什么珠？我怕你又有约会不好出口，所以躲给你一个空。"

"你这个小东西，又跟我贫嘴，你看，我有没有方法制服你。"

日新说，双手插到黛黛腋下，用力地抓起来。

黛黛笑着滚在床上，身上盖着的被也踢开了，她好不容易才从日新底双手间脱开，坐起来，倚身在床头上。她底脸，因为大笑涨得很红，配着她底白色的睡衣，仿佛将开的花蕾一样的美丽。

"躺下，招着凉，我不抓你了。"日新说，望着黛黛底秀脸，情不自禁地用了最温存的声音。

"不。"

"那么，披上毯子也好。"日新说，拿了床头上的薄绒毯裹着了黛黛，抱她在胸前热情地说：

"我想什么珠，我想的是你这颗如意珠。"

"真话？"黛黛指着自己底鼻子。"如意珠也不如灵珠，灵珠，才能善解人意，才能称心如意呀！"

"你还说！你用不着跟她争。"日新用手扪着黛黛底嘴，"她是苦孩子，她除了受罪之外，还有什么呢？你应该同情她，你若是想我会和她怎么样，你就太小了。你比她高得多又多呢！"

"我——"

黛黛刚刚要说话，日新立刻阻止了她，日新说，带着一脸的正经：

"她刚刚唱了一场戏，就有人跟上了，应酬我们这些个捧客还不算，另外还得应酬那些不相干的人，漏一点空，就是不是，就得遭殃。"

"应酬谁？"黛黛问。

"你底韩大哥就是其中之一。"日新轻蔑地说，用嘴角笑了一下。

"他怎么？"黛黛底心不由得一跳，她勉强装得很不在意，仿佛什么也不知道的样子，在黛黛心里，一点也没有像日新脸上所表现的轻蔑的感情那样地否定韩，她想，不过是日新想借一句话来说明了韩来的事情而已。

"他要给玲珠登报，要玲珠底名誉破产。"

"那与他有什么好处呢？"黛黛说，吸了一下鼻子。日新拉上来毯子，包住了黛黛裸露着的后颈。

"左不过是想占点便宜罢了。"日新说。

"她一个穷孩子，就是占便宜，又能占到几何呢？许不是像你猜想的那样吧？"黛黛说，很不在意很平常地说。

"是呀！所以你底韩大哥很聪明呀！他没去找玲珠，找到我头上来了。"

"为什么找你呢？"

"表面上是跟我套拉拢了，实际上还不是跟我要钱用。按理说，我是不能给他，不过他也怪可怜的，我准知道他赚的钱吃不上饭。"

日新说，他自满的声调刺激着黛黛底耳朵，黛黛觉得句句刺心，又是显弄你底钱，黛黛在心里这样自语着，咬了咬自己底指甲，什么也没有说。

"韩写了一份记事，把我跟玲珠拉在一起，说了些不三不四的话，当然我不能叫这样的东西刊在报上来招摇了。我——"日新说着，黛黛打断了他底话：

"没有亏心事，不怕鬼叫门，若是真跟玲珠没关系，由他登去好喽！"

"话是那样说呀！"日新急急地接下来，"看报的人谁知道是编报的人自己造的谣言呢？谁知道我王日新是冤枉的呢？"

"那你怎么办呢？"黛黛睁大了眼睛，她急于听听韩和日新之间都谈了些什么，她带着无比的好奇，迫不及待地问着。

"我吗？"日新淡笑了一下，"我有钱呀！韩青云不是要的是钱吗！"

"他就那样明明白白地说出跟你要钱的话来了吗？"黛黛说。她到底相信韩底好心，她想韩是维护日新的，她不信那叠她看过的原稿是韩写就的，她想，日新这样武断地来断定韩底行动，乃是因为日新一向作惯了这样用钱来解决一切问题的事的缘故，她想日新没有一点人情。

"谁也不会像你这样单纯得可爱呀，我底小黛！话还不会拣好听的说吗？你想也可以想得出来呀！他说同事写的，他给压下了，他说因为有你底关系，虽然跟我还不太熟，他说叫我请请客。"

"请客是请客呀！"

"请客就是要钱。我给了他一千块钱，他只推辞，结果是收下了。给完他钱，他得意了，他觉得骗我骗成功了，一点也不领我情，我给了他一颗后悔药吃。"日新说，这样重述他底得意的作为的时候，很高兴。

"什么？"

"我当着他面，给他们底编辑长打了一个电话，其实那个电话打不打都可以，我是叫韩知道知道，他底稿子不是他说登就能登得出来的，关照我的人多得很。"

"谁是他们编辑长？"

"跟小高很熟，天天黝在小高家里，昨天跟小高借了两万块钱去。就是那个小矮子。有一次我们在'新月'遇见过一次，你也许不记得了。"

"我不知道是谁！"黛黛说，心里逐渐阴暗上来，她不知日新的那些话是不是为了奚落韩故意说得这样卑鄙，她总想韩不是那样，仿佛人一沾上日新，就变俗变丑了一样。

"那你为什么要给他钱呢？稿子扣下来不就完了吗？"黛黛说，很不高兴。

"这就是俗话说的小鬼难挡了哟！一千块钱在我算不了什么，叫他知道我不是傻瓜就完了，我犯不上得罪他。"日新说，突然扳倒了黛黛。

"不过，叫他敲一千块去，我心里实在不舒服，他说，为了你，你补付我一下吧！你负责任叫我高兴。"

"胡说！我管得着吗？找你底玲珠去吧！不也是为了她吗？"黛黛推开了日新，双腿垂到床下去，预备站起来。

"我看你跑得了。"日新揪着了她，拉到被里去，大笑着拉灭了床前的灯。

二十 | 午夜

日新鲁莽地在黛黛身上发泄了他底兴奋的感情之后，很快地睡熟了，抛开了一切不愉，一切口舌，像一匹原始的动物一样，发着令人奇怪的低吼一样的鼾声，沉沉地睡着。

黛黛怔忡着，一时间觉不出自己究竟有种怎样的感情，倦得很，但不能即刻睡去，一种极其无聊的心绪，她把柔软的脸靠在日新肩上，企图来弄醒他，她觉得寂寞得很，夜黑暗得可怕，安静得仿佛死去了一样，她愿意日新陪她说一点什么再睡。

她把柔软的脸在日新底肩上擦着，擦得双颊仿佛在暖炉前烤着一样逐渐灼热起来的时候，日新动了一下身子，抚摩着黛黛的云发，含混着声音，亲密地说："睡吧！小黛，明天我们去公园，我请你客。"

黛黛要的不是这样敷衍式的安慰，她也不是要日新来满足她疯狂的欲望，她只是想，在暗夜中，在一点声音都没有的可爱的暗夜中，两人剖出心来，让心声纠缠在一起，让心底的细致的感情融洽起来，变成一样的流质，流在两个人的身上，这样的时候，才是两个人追求最高理解的最好的时候。丢掉一切人世间的机巧，丢掉一切欺骗，赤裸裸地贡献着身体，赤裸裸的贡献着心，什么事情能够比这样的融洽还幸福呢！这才是真正理解夫妻间的纯情的时候，可是日新说了那样一句话之后，立刻又睡熟了，仿佛梦中的呓语一样，仿佛妈妈对付讨厌的夜里哭泣着的孩子一样，他放在黛黛头上的一只手，无力地滑落到枕头上。他再用奇怪的鼾声代替了语言。

黛黛凝视着日新底脸，在有一点月光的黑暗的室内，凝视着这位和自己百年偕老的爱人，她在那五官周正的脸上寻找着爱，寻找着两人同生共死的伟大的爱，寻找着知肺腑的理解的爱，寻找着无穷尽地海一样深邃的爱，日新底脸像是一个笨的雕塑匠作出来的人像一样，只是代表了他的确是王日新，决不是另一个人，脸上，木然的，一点感情也没有，甚至最单纯的喜、怒和悲哀的感情也没有。

黛黛索然地转过去身子，紧紧地用绒被包上了自己。秋的夜，冰冷的秋天的静夜，有风在吹着失去了水分的绿色的草，夜暗中有什么东西坠落到地上了，许是一颗熟透了的葡萄吧。许久，一只小虫嘶着声音叫起来，声音颤动着，仿佛难耐夜寒，又仿佛为沉重的悲哀所压抑，断续地刺破了夜暗的密网，不胜委屈地灌流到天空中去。

黛黛底心也像跟着虫声颤动了，她觉得心痉挛起来，突然觉到了寒冷的感觉，她用自己的双手抱着撕开了纽扣的在白睡衣中裸露出来的前胸，眼睛瞧着从呢质的厚的窗帷的空隙间，渗流进来的朦胧的月夜，月偏西了，光黯淡起来。黑暗整个拥抱了大地，黛黛底眼前的一切，也跟着暗下去，终于什么也看不清楚了，只是闪着微光的锦缎的被面，还留着可怜的光芒。

黛黛把脸挨紧了枕头，试验着睡去，心里有什么东西在搅动一样，只是一种说不出来的不安适，难堪的静夜中一个人独处的滋味，像表皮中不经意地揉进去辣子的粉末一样，一种无可奈何又无法驱除的感觉。

在枕上来回地转动了几次，知道睡，成了不可能的希望之后，黛黛委屈的哭泣起来，她底幽怨低泣声也没有吵醒日新，日新睡得出奇的安甜，在他，他是一切都满足了，在美丽底妻的身上，消灭了不愉，获得了快感之后，他需要的只是休息，他没有想到妻，他没有余暇的心绪来理会女人的敏感底神经。他恣意地睡着，在温软的床上，舒展地放置了他底身体和四肢，身上的被缠在腰上，一只手扔到黛黛底脸上的时候，他突然惊醒了。

"怎么——小黛，打着你了吗？"

他惊惶地，用充满了睡的香味的声音问，随即，出乎黛黛不意地拉黛黛到怀里来，高兴地说：

"小黛黛，我作了一个梦，梦见和你抢苹果，你没有抢到手。黛黛，别着急，明天我买最好的苹果给你呀！"说完，他愉快地笑起来，紧抱了一下黛黛，抱怨着，"看你干么离得我那样远。"

黛黛俯身在日新怀间，为他稚气的话逗得笑出来，想这次他真的醒了，要跟他说一句什么的时候，半天日新没有声音，原来他又睡了，黛黛咬着自己底下唇，不耐烦地叹息一下，拉开了床前的灯。

灯亮得刺眼，半天，眼睛才习惯了灯的光亮，黛黛踏了拖鞋站起来，她想去找一本书来看看。不意间看见了那只搁在妆台上的锦盒，她过去打开了它。

那一对光滑的牙镯娴静地躺在玫瑰紫的缎带上，像安娴高雅的小姐靠在她底紫色的椅中一样，虽然无言，却有一种说不出来的引人注意的风姿。黛黛看着牙镯，想及了王会长的话："年轻人戴才好看，你喜欢的话，留下玩吧！那一只拿去送给妹妹。"

这真是两句使人熨贴的话，黛黛底心，空旷的，在暗的静夜中失去了欢愉的蓬勃的心，像憔悴的花，找到了一滴润泽的甘露一样地恣开，她把牙镯双双地套在两只臂上，觉到了渺茫的满足，觉到了一种孩子找见了妈妈时候那样的信赖的冲动，一会，她又觉得这样冒渎了自己，且冒渎了送镯的人，她烦恼地退下镯子去，歪在床上，灭了灯，眼睛望着天花板。

什么事情才能使得黛黛底敏感的心满足呢？黛黛困惑地想。为什么老是觉到不愉和寂寞呢！这样的感情，只是黛黛一个人有，和自己相貌一模一样的黛琳，和自己同床共枕的日新，和黛琳海誓山盟的爱群，小鸟一样愉快吱喳着的梅兰。生活在他们都像一颗糖一样，为什么单单自己觉不到甜味呢。

是因为没有爱吗，是因为生活得一无事事吗？是，黛黛肯定地下了结论，如果日新用无尽的爱包围自己的心，一定没有这样在暗夜独醒着的事，即便偶尔醒了来，也一定觉不到这样困惑地无从述说的难耐的感情。只要有爱，只要有爱呀！

有爱就能满足黛黛吗？也未必，黛黛是一头小的牛，小的马，这样的比喻，都不恰当，黛黛是一匹温良的小动物，她愿意贡献出她最大的精力来度过她底一生，如果她真的是一只小牛，她可以追随着她底母亲，付出她底劳力来为人们尽力，小马也是一样，他们都有一个好的榜样，生下来，已经有了工作的目标，黛黛失去了生活的指针，在学校里学到那些空洞的理论，加上年青时候不着边际的理想的梦，敲击着她底心，使她难以安于闲逸，难以安于无所用心的生活，她在她底生活里不安着，企图捉到一些什么来引领她。

也许时间会慢慢地使她在安逸中的生活中就范，但，那是后来的事。她底心，在父亲精心的调护下长起来的，嫁到阔绰的人家来的，没有受过一点折磨的她底心，在生活的领域里摸索着，探求着最善，这探求为时间磨去了棱角之后，就成了一种不能满足的渴望，渴望什么呢，逐渐地自己也模糊了，只是渴望而已，渴望爱，渴望有意义的工作，渴望什么都好。

由于生活环境的变化，虽然社会的压力还没有直接压到黛黛头上，由于妈妈，由于爸爸，由于黛琳，黛黛已经觉到时代的沉重的喘息，她也窒息着，生活变得令人可怕了。在这样的时代里，她下意识地忐忑着，不满意享乐也不知怎样消费自己，这样的感情，升华了表现在她心里的，只有彷徨和寂寞。

突然间，她想到韩，想到和韩在自己底家里分手之后，坐在三轮车上的自己的激动的心。她仿佛找到了什么，她兴奋地喃喃地说："让我更生一次吧！在韩底爱情里。"

这样，她安心了，把垂在床下的双腿拿上来，双腿凉得很，她从床边的软椅上扯开了另一条被子，包上了自己，悄悄地捱到枕头上去。

已经黎明了，窗帘上面的窗缝间，天变成了可爱的蓝绒一样柔和的颜色，黛黛忽然想看看这未明的天色，她裹着被子走下来，掀起来窗帘的一只角，把脸贴在窗玻璃上。

能够看得见的天，只有圈在四合房上的这一点点，就只这一点，已经说尽了等待着太阳的万物的愉快。植物上的露，闪动着，在天色由蓝变成淡蓝，又变成竹布一样可爱的颜色之后，露滴晶莹的，被小风摇动着，在宽大的葡萄叶上滚动着。

小鸟在叫，极其愉快地叫，是麻雀，也许是另外的什么鸟，总之可爱得很，黛黛忽然对麻雀好感起来，她想看看它们，看它们怎样在蓝天下面跳跃，怎样在晨风中互相呼唤着，去寻求食物。

天上出现了一条淡粉的晨霭，黛黛轻声地说："太阳来了。"她放下窗帘，退身在黑暗的室内，到床前去，躺下来，闭上了眼睛。

黛黛醒来的时候，日新已经不见了，屋子里充满了蒸人的闷气，她转动了一下，抬起来脸。

王妈正在替她揩拭着屋子，她蹑着足，像出洞的老鼠一样小心地动作着，唯恐弄出一点声音来，刹那间，黛黛把自己想象成一只残酷的猫，王妈底样子，畏缩得可笑，她笑着叫，"王妈！"

王妈立刻放重了她底脚，亲密地反应着。"我想您睡的正香，也没敢吵您。"

"打开窗帘。"

黛黛说，她只是想看看天。

天上，充满了太阳的光和热，早晨的风景一点都没有了，大陆上的秋热，和早上的温度相差很多的仿佛夏天一样热法的秋天的午间。

黛黛站起来，脱掉了睡衣，穿好了衣裳之后，才觉得四肢讨厌地酸楚着，她坐在妆台前，看着自己一夜未睡的脸。

脸青色，眼圈着很大的黑晕，连日晏睡，青春的气色都叫夜吃尽了，留下的，只有这样近于死的白，近于死的青白色，黛黛想到黛琳的光彩焕发的脸，真正地觉到了毁灭自己的就是自己本身。在早晨自己去睡的时候，黛琳正是从床上起来的时候，她呼吸的是那样清新的空气呀！

黛黛拿着梳子，把昨夜散披着的头发卷成半圆形弯在后颈上，到洗脸间去洗脸。她想好了一个主意，她要回家去，不是，她要找韩去，她要变换一下她底生活。

洗好脸回到房中来的时候，王妈说：

"等着您开饭呢。"

"谁？"黛黛问。

"会长！"

"姨太太呢？"

"还没有回来，刚才周姐来说，说是等您起来之后，就开，因为只有您跟会长两位。会长已经等了很久了。"王妈说，很平常的说。

每天，吃饭成了固定的习惯，一点也觉不到公公，姨太太，和日新之间的差别，今天，在只剩和公公两个人一块吃饭，且又被公公等了很久，黛黛突然觉得不平常起来。

"会长为什么不先吃。"黛黛问。

"说是没有事，等等您也好，省的厨房太麻烦。"王妈接过来黛黛手中的手巾，又继续着：

"少爷上班去的时候关照过，说请您在家里等他，他下班就回来。"

"为什么要我等他呢？"黛黛不耐烦地说，为什么老用绳子拴着我呢。

她走出了屋子，王妈追上来，问：

"您？"

"我去吃饭。"黛黛说，忽然又转回屋里来，脱下来身上的绸夹袍，换上了件竹布褂，把那只象牙镯子戴在臂上，问王妈："我像妹妹吗？"

"像，"王妈说，"头发不像。"

"是呀！"黛黛说，散开了头上的发卷，发卷就是一个环绕自己的铁箍，为什么不可以梳两条辫子呢。

她真的梳了两条辫子，很短的两条，黛黛用黑绒线系着了辫梢。

"您要去上学吗？"王妈打趣地说。

"嗯。"黛黛也笑起来，她那样地走向饭厅去。

二十一 | 岳家 |

日新刚刚回来,王妈便过来请黛黛去接电话,黛黛正在不耐烦,日新虽说是下班就回来,可是他回来的时候,天已经黑了,差不多快八点钟的样子了。

日新从班上很早地就溜出来了,但被小高拉到玲珠家里去坐了些时候,不知不觉间弄得这样晚,他讪笑着看着黛黛,想说一句什么。但被王妈打断了。

黛黛接了电话回来的时候,噙着泪慌慌张张地跑进屋里来,差点被地毯的边缘绊倒。她惶急地说:

"妈妈晕过去了,黛琳叫我去。"

"我陪你去吧!"

"好,好。"黛黛六神无主地说,随便在衣柜里抽出来一件衣裳转身就走。

"叫他们预备车子吧!"日新说,拉了黛黛一下,"好在也不差几分钟,你也该换件衣裳。"

"还换什么衣裳。"黛黛气愤地嚷,差不多哭了,她也不管日新,一个人跑出了屋子,急急地走向大门去。

日新吐了下舌头,跟从在她后面小跑了出来。

路上,黛黛不断地催促着车夫,漂亮的擦得照眼的游艇式的三轮车在宽阔的柏油路上风一样地急驰着。平日,黛黛出来是不喜欢坐王家的车的，尤其是到母家来，今天，她完全没心计较这些琐碎的事情了，她一心记挂着老母的安危，眼前，浮动着的只是自己贫困的家，她觉得对不起妈妈，一个人扔下了爸爸和妈妈去过安逸的生活，她底心，悔愧交集，她很知道，养育她，爸爸和妈妈是费尽了他们微少的精力的，黛琳一向对她的蔑视，她也觉得是自己罪有应得了。

到家，跑出来开门的不是黛琳而是爸爸，李老先生底灰白的头发配上了褪了颜色的灰色衫子，仿佛带满了不吉的气象，黛黛叫：

"爸——"她底泪忍不住落了下来。

"好了。"李老先生迟缓地，在黛黛没有说出第二句话之前，这样说，日新也招呼了一下。

黛黛冲到屋里去，掀开里间帘子的一瞬间，她底心，骤然地凝结起来，声音在喉间，她不动地钉在门槛上窒息了。

黛黛看见了什么呢？用旧的被和失去了花纹颜色的布枕头，围成的半圆形中，坐着自己底妈妈，苍黄的，只剩了皮肤包着骨骼的妈妈底脸，额角蜥蜴似的盘满了奇怪的青筋，眼睛陷在可怕的深洞里，下颌顶着胸口，像吐掉了最后的一口气之后，头自然地下垂下来，下颌撞在胸膛上一样。

黛黛回身看了一下，她咬着自己底下唇，在她涨得滚圆的眼睛里看见的只是日新，她要的不是他，而是爸爸，她底嘴皮动了一下。

"黛黛！"日新叫着黛黛，在走近了一步，拥黛黛在怀里，向里间看了一眼之后，惊惶地叫起来：

"爸爸！"

这声音惊醒了床上的病人，李老太太慢慢地抬起来脸，自己用颤抖的手擦去了嘴角挂着的口涎，她底眼睛看见了黛黛的时候，微笑了一下，用微弱的声音说：

"你们来了。"过一会，又说，"我刚才睡着了。"

黛黛奔到床前来，她底心，打着的鼓一样咚咚地跳着，她跪在床沿上，用自己手捧起来李老太太底脸。

脸凉，但并不是凉得石头那样，半响，才把仅存的人的温热传到黛黛手上，这一点温热安定了黛黛底心，她重新获得了希望，她压抑着呜咽，叫着。

"妈！"

"妈！不要紧呀！妈妈。"

黛黛安慰着母亲，像小母亲安慰着自己的婴儿一样，用最简单的话，但说尽了母子间的感情，黛黛用手指擦去了李老太太自己没有擦干的留在嘴角的口涎，歪着头，像小女儿时候那样无邪地看着妈妈底脸，捕捉着妈妈眼里的说不出来的母爱。

"妈，躺下不好吗。"

"气短。"老太太勉强支撑着苍老的头，看着黛黛泪汪汪的眼，慈蔼地用着极微弱的声音说：

"我不要紧，我就是想看看你。"

"妈！我知道。"黛黛笑着，泪双双地坠下来，像两颗晶莹的珠子一样，落在老太太盖着的被面上，慢慢地渗流进被里去。

　　黛黛下床来，四处找寻了一下，走向站在门侧的李老先生面前去。

　　她看着爸爸底脸，在一向表现在爸爸脸上的倔强的感情之外，找到了沉重的哀愁，在老妻底病里，倔强的老先生变得软弱了，黛黛觉得爸爸底眼睛里仿佛有一种茫然无主的表情，虽然他从来没有这样过。在对所有的压抑，所有的窘迫都泰然处之的老先生身上，最后，在穷窘的环境里，终于受不过老妻因为贫而至病重的打击，低下头来，黛黛觉得自己应该来作爸爸的后继者，爸爸这样茫然的神态，刺痛了黛黛底心，设如自己不是女儿而是儿子的时候，爸爸也许不会这样地表现了孤独无助的感情吧！可是，在培养自己长起来的过程中，爸爸付出来的精力，是跟培养一个儿子时是一样的。想到嫁出去过安逸生活的自己，黛黛底心里像倒翻了五味瓶一样，完全说不出来是一种怎样的滋味。

　　"爸！"黛黛叫："爸！您别着急，有我呢。"她说，很有把握地说，并且把爸爸的手放在自己底脸上。

　　"是的。"日新继续着黛黛底话："您别着急，岳母养几天就会好的。"

　　黛黛那样拉着爸爸底手贴着自己的脸，时光拉回去，和小时候跟爸爸撒娇时候一样亲密的流质在黛黛心里泛滥着，黛黛底迥异婚后的朴素的装束，使老先生也觉得这个逐渐离开了他的女儿是回来了，他想起来小小的黛黛捏着乌黑的小辫梢，悄悄地在他耳边说，黄蜂在她底窗槛上作了一个窝时的情景，他的心温暖了，他看着黛黛的脸，用不寻常的声音说："小黛，都是我对不起妈妈，不能叫她享一点福。"

　　"不！"黛黛哭泣起来，"不！"她说："是我，是我累得妈妈这样的。"她索性俯在爸爸胸间，恣意地呜咽起来。

　　这时候，黛琳撞进来，并且拉开了一盏豆一样的灯，手里拎着一瓶药水，她叫："大姐！"看了日新一眼之后，到床前去，兴奋地说："妈！药。"

　　黛黛擦了擦自己底脸，在旧的暖水壶中倒了一点开水在杯子里，看了看药瓶上的字，倒了一格药水在另一个杯里之后，捧到妈妈眼前去。

　　"妈。"

　　李老太太闭着眼，一点声息都没有地阖着疲惫的双眼，像完全没有听到眼前的声音一样。

　　"妈睡了，"黛黛无可奈何地说："待会再说吧！"

　　"什么事，喂，琳回来了。"李老太太说，她竭力装得很安适，装得并没有病得十分了不起的样子，她像在甜梦里被人惊醒了那样地看着她底女儿。

　　"药吗？琳。"

　　黛黛把药捧到母亲嘴边去，喂母亲喝了，母亲底嘴已经没有力量，闭得太紧了，口角流出来一点苦涩的药汁。

　　"妈！大夫说您躺着就行了。"黛琳说，立刻去服侍妈妈躺下，黛黛也过去帮助她，老太太在两个女儿的服侍里，很安适地睡下去了。

　　"黛琳！"黛黛退到堂屋里来，日新跟着她，李老先生跟黛琳走在最后面。

　　"黛琳，妈昨天不是还很好吗？"

　　"大夫说，"黛琳安心地长叹了一口气，到盆架旁面的手巾竿上面拉了一条手巾下来，去擦额角的汗，"大夫说，心脏太弱，贫血，缺少维他命 B，一着凉，就支持不了，肺也太弱。"

"那么，得怎样才好呢？"黛黛说，皱起来双眉。

"倒是也不要紧，不再晕过去就没危险了，多养，多打药针，多——"

黛琳说着，突然俯身在身旁的方桌上，竭力忍着声音哭了出来。

"琳！妹妹，"黛琳底眼泪招出来黛黛底眼泪，她用双手去抱黛琳，但没有抱动她，结果自己也哭了。日新在旁边眼睁睁地不知怎样才好，他拉着黛黛，反复地说着两句话，"小黛，吵醒了妈妈呀！""黛琳！不哭吧！"但他底话没在哭泣的两姊妹身上发生一点效力。

半晌，还是李老先生说："琳！姐姐们还没有吃晚饭吧？"

这样，黛琳才慢慢地止住了哭声，把盖在脸上的一条手巾扔开，抽啼着到屋外去看那只烧着开水壶的煤球炉子。

李老先生底话提醒了黛黛，她倒是没有觉到饿，可是她想到了日新，她四处打量了一下，屋里似乎什么可吃的东西也没有，妹妹，爸爸，和她，只要妈妈安适就行了，可是这样的感情是填不满日新底胃的。给日新吃什么呢？难道还要黛琳在悲哀之外再给日新去做饭吃么。

她想了想，向日新说：

"你回家去吧！车子还等在外面。"

"为什么单单多余我呢？"日新说，撒娇似的说。

"不是那样，"黛黛说："你在这，小琳还得为你忙着作饭，结果你也会不安的，你回去吃吧！"

"你呢？"日新问：

"我吗？我不饿。"黛黛说，过了一会，又加上一句，"我随便吃点什么都行。"

"我跟你一样，为什么你们总不肯把我看得跟你们一样亲呢！我也可以随便吃一点什么的。"日新说，很低很低的声音，他想，在这样需要帮忙和爱护的时候，他不高兴黛黛一定要撵他回家去。

"并且，一个人在家，我也惦记着你。"过了一会，日新又说，忽然，他想出来一个主意，他说：

"小黛！我去买点什么吧！又省事，又方便。"

黛黛看着日新十分热心的脸，觉得只有他，是自己患难中的唯一的帮助者的时候，泪双双地忍不住地落下来，她说："好吧！我怕你吃得不合适。"

"不要麻烦吧！"这时候，站在墙角的李老先生说："有黛琳早晨蒸出来的丝糕。你们不嫌的话，吃一点吧！"

"爸爸！"这时候，黛琳跑进来，打断了爸爸的话，"爸，叫姐夫回家吧！他那儿吃得下丝糕。"黛琳说着，到墙角的碗柜中，端出来被煤烟熏得乌黑的蒸锅，又跑到屋外去。

日新追着黛琳出来，外面天完全黑了，星一颗颗地闪烁着，微风吹着煤炉口跳出来的蓝色的火焰，火的红光照着黛琳底脸，黛琳底双眼有一点肿，眼里含藏着泪。

"黛琳！"日新跑近了黛琳，勉强着牵了黛琳底一只手，诚恳地说：

"琳妹妹！"

琳挣脱着，但日新紧紧地握着她，日新说："黛琳！你不爱姐姐吗？"

"爱！"黛琳说，知道挣不脱日新的手的时候，索性静静地站着，在炉火的微光里，严肃地望着日新。

"我跟姐姐不是一样吗！"日新说。黛琳摇了摇头。

"黛琳！"日新又走近了一步，"我刚跟姐姐认识的时候，小琳不是很亲热的叫我新哥哥的吗？现在不爱理我，是不是因为我把姐姐抢走了，你一个人太寂寞，就恨起我来了。"说着这样的话的时候，日新底脸上很纯洁，很真诚，那是一付很使人感动的样子，又带着些调皮的神气，他接着又说："所以我敢断定，琳一定不是从心里讨厌我。"

"不从心里讨厌你又怎样。"黛琳说，实际，她也并不是十分讨厌日新，在日新阔绰的举动前，她总是感到压迫，日新不经意中伤了她骄傲的自尊心了，在自信除了贫，没有一样不可以拿出去跟人相比的黛琳底要强的心里，并没有把穷看成一种耻辱，日新没有体会到她这样的感情，他不知道生活不太富裕的女孩是有另一种敏感的心绪的。他又要说一句什么的时候，有人咚咚地敲着门，黛琳趁他注意力分开的时候，挣脱了手，跑开来，把放在地上的蒸锅，摆在火上，很快地扭转身，跑到黑暗的大门洞里去。

二十二 ｜ 黛琳的钱是自己挣来的 ｜

日新追在黛琳后面，也跑到黑暗的大门洞去，他抢到黛琳前面，温柔地说：

"小琳，我开吧。"

门开了之后，出乎黛琳和日新意料外的是黛黛屋里的王妈，她提着一个很大的食盒，迎着日新和黛琳，请了安。

"王妈！你怎么会来了呢。"日新惊诧地问。

"会长打发我来的。"王妈说："有一个字帖，是写给少奶奶看的，还说，请少爷回去有事。"

王妈提了食盒跟在日新和黛琳的后面进来，先向李老先生招呼之后，看看黛黛。

"老太太欠安，我进去看看吧！"

"睡了。"黛黛说，接过来王妈的字帖，凑到灯下去看。

那是王会长自己写的，用着黛黛在书房里常见的很绵软的白宣纸。

"知黛媳高堂欠安，汝等未及吃饭，恐人少事杂，特遣王妈携今日晚间饭菜前往，如无甚变故，即着新儿回家，黛媳切切不可着急，吉人自有天相，外附洋五千元给黛媳零用，父字，即日。"

黛黛捏着那枚装着纸币的封筒，伫立在灰黄的灯下，心里，不知道是一种怎样的感觉，仿佛在大海中看见了救生的船只一样，兴奋、感激之外，只想哭泣，可感激的不是正在饥饿的时候送来了饭，也不是正在贫窭的时候送来了钱，而是那一份记挂着的心，黛黛不知不觉地摸着手臂上的象牙镯子，泪，从她的长睫毛间坠落下来。

王妈把饭菜都移到方桌上去，本来说是要去温一温，日新说还不算凉，他拉了李老先生坐到桌前去，又叫着黛琳，一面说："我可真饿了。"

回头，看见黛黛还在那里呆立着的时候，又叫着黛黛：

"黛黛！吃吧！别着急，吃饱了再想好主意，我给找一位好大夫，看了，包你立刻就好。"

黛黛擦了擦眼睛拉黛琳到桌前去，自己在日新身边坐下来。只有日新一个人吃得最香，黛琳吃了一点便走开了，李老先生也没有吃多少，黛黛只是拿着筷子应个景就算了，吃饭间，日新突然问着黛黛：

"爸写了些什么。"

"叫你回家。"黛黛简单地说。"爸没闲工夫管我的事。"

"是让您回去呢。"王妈擦着嘴："我听周姐说，会长明天早晨要上天津去。"

饭后，经过几次催促，日新才回到北城去，黛琳坚持着叫日新带王妈走，她说，她自己足可以忙得过来，黛黛也说王妈回去也好，省得日新自己在家不便。

只剩下爸爸和妹妹同守在灯下的时候，黛黛的心，觉到了解放后的安定，她站起来，过去牵了爸爸底手，走到里间去看妈妈，黛琳拉灭了外间的灯，也跟着她们走进来。

李老太太在沉沉地睡着，药仿佛是某一种催眠药，忘了所有的悲哀和痛楚，忘了所有的困窘和着急，那样安然睡着的样子，使得父亲和两姊妹都安心了，黛黛在母亲的枕边坐下来，抚摩着李老太太底额角，过一会，向着在靠墙的板凳上坐着的父亲，亲密地说：

"爸！去睡吧！您在黛琳底屋里睡吧！我来陪妈妈。"

"我还不困。"李老先生说，看着黛黛底脸，很久，慢慢地说："黛黛！不要骗爸爸，日新待你很好吗？"说完之后，顿了顿，"你比结婚时瘦得多了。"

"唔！"黛黛停了一下，"很好。"她也只能说很好，本来有什么不好可说呢，黛黛感觉到的寂寞，就是说出来，李老先生也未必能够懂，黛黛自己也不会用恰恰合适的字样述明自己空洞的心，她说着很好的时候，无可奈何地哭了。

哭泄露了她底幽怨，像阶外的秋虫一样，一切说不出来的难耐的情况，都用哭表现了，黛黛底哭，断续地，颤抖的，不胜其悲地表现了芳华虚度的少妇底心。

一直没有说话的黛琳，走到黛黛身前来，姐姐底心，她很明白，她想象日新是不会体贴人的，觉得日新不是真正的爱姐姐，她一直在替姐姐叫着屈，可是，吃晚饭之前，日新追着她说话的诚笃的样子使得她这样的观念动摇了，日新在她眼前第一次表现了坦白，表现了真实，她对日新的轻蔑消灭了一点，看见姐姐这样幽泣着的时候，她突然想到了一件事，她想日新所以那样向自己说话，也许日新有坏心，这样想，她又想是冒渎了自己，也冒渎了姐姐，这样困惑的感情，使她失掉了来劝慰姐姐底愉快地心绪了，她甚至这样想，假如，日新真的像其他有钱的公子一样，对自己不怀好意，对其他的女人不是更要无节制了吗。

她挨着黛黛坐下，挨得很紧，用她清朗的声音说："姐姐。"

黛黛渐渐地止住了哭泣，她不知为什么哭，也不知为什么不哭，只是觉得心里不舒服，像在外面受了委屈的孩子见到了妈妈自然而然地哭了一样。

"黛琳！"黛黛也叫着，握着黛琳底手，嫁后所生出来的生疏都消灭了，像原来两人深夜谈着心腑话时的那样亲密的感觉萦绕了两姊妹，过了一会，黛黛站起来，走到李老先生面前去，两膝贴着李老先生底两膝，双手放在老先生的肩上。看着李老先生的脸。

"爸！"黛黛叫着，在那瘦的脸上黛黛看到了自己，在那苍老的皮肤里面流着的是自己的血液，不，应该说，自己的血管里流着的是爸爸的血，自己原来是爸爸的一部分，爸爸的代替者，这样的关系。天崩了也不会消灭，地陷了也绝没有影响，只要亲子之间有一个人存在，就等于都生存了，什么样的关系还能超越这样的关系呢，什么感情还能比这样的感情再伟大真诚呢。

"爸！"黛黛再叫着。"日新待我不错，就是待我不好又算得什么呢！有爸爸，还有妈妈。"说到这儿黛黛回头看了看睡在床上的妈，坐在床沿上的黛琳看见黛黛往床上看的时候，站起来，也走到黛黛身边来，黛黛继续着，"又有黛琳，他一个人待我不好又算得了什么呢！爸爸！我有爸爸呀！"

黛黛说，她底声音因为感情的激动颤抖着，脸因为兴奋失去了红色，晶莹底泪沿着两颊流下来，一滴接着一滴地落在李老先生放在膝上的手背上，白玉似的脸上的纯情的光辉，增加了黛黛的美丽，李老先生看着自己的女儿，下意识间觉得自己是再生了，从手背上的热泪间，觉到了黛黛底奔放的纯情和蓬勃的生命力。李老先生说："我总愿意我底女儿生活得最好。"

"我知道爸爸底心。"黛黛说，把自己的脸贴在爸爸的脸上，柔声地说："爸——爸，爸爸，只要妈妈好。"

"是呀！"黛琳说："只要妈妈好起来。"她站到爸爸的背后去，双手搂着爸爸手臂压在姐姐底手臂上。

"我们无论如何不能失去妈妈。"黛黛坚决地说，假如这样情景中没有妈妈躺在床上的话，黛黛底心骤然痛得沉下去，就是这样想一想已经禁受不起这打击了，妈妈如果真的有不幸的话，会像人们失去了太阳一样，那样黑暗阴郁的生活，那无从弥补的缺陷。

"我们无论如何不能失去妈妈。"黛琳重复着姐姐底话，压抑着不知什么时候升上来的呜咽，凝望着姐姐底脸。

"不会的，孩子们。我们没有作过亏心的事。"李老先生说，两只手分别地拉着了两个女儿底手，这时候，黛琳突然叫着，"妈！"并且脱开了爸爸的手跑到床前去。

李老太太在枕上的脸，转到外面来，看见跑过去的黛琳，说：

"琳！爸爸呢。"

"爸爸在这。"黛黛说，和李老先生一齐走到床前去，轻轻地说："妈。"

"你没有走。"李老太太说，环顾着床前的三个人，看着眼前的灯，"不早了吧！睡觉吧！"

说着这样的话的时候，她本来想要笑一笑，她知道她们焦急的程度，可是，仿佛一切意志都失去了坚持的能力了，她底头里像一盆讨厌的浆糊一样，什么都想不起来，什么都不知道，她底双眼，像戴着沉重的石片一样，不知不觉地合拢起来，挣扎了半天，她勉强着说："我好了——我只是困。"

"妈睡吧！过两天就会全好的。"黛黛说，看见妈妈阖上了眼睛，站直了身子，催促着爸爸，"爸！您也去睡吧！招您累着。"

"不！你们两人去睡吧！还是我来陪妈妈。"李老先生说："我一点都不累，倒是黛琳累了，黛黛也该睡了。"

黛黛还要说话的时候，黛琳拉着姐姐的手，说："听爸爸话吧，不然明天早晨我们一起来也得吵爸爸，爸爸在这儿，倒省得我们吵他。"

黛黛顺从着黛琳底话，走出屋来，黛琳底屋子是这房子旁边的一间平房，本来在黛黛没有出嫁之前，这一排三间的东房是两姊妹住着来的，爸爸妈妈住在北房里，后来，日子紧把北房让给从外省回来的死去了丈夫的房东太太，把从前做厨房的油腻的耳房收拾收拾，黛琳摆了一张老式的书桌和一把椅子，墙上钉了一张和梅兰、爱群合照的青色的大相片，另外放下了和姐姐同睡过的大藤床，小屋子便挤得再放进一只椅子的地方都没有了，就在这样简陋的屋子里，黛琳像初春中的花一样，恣意地生长着。

进了屋后，黛琳开了灯，把床上的被子铺好，请黛黛睡觉。"你呢。"黛黛说，坐在床沿上，脱掉了鞋袜。

"我有一点功课。"黛琳说，把挂在墙上的白布书包拿下来，拿出来刻写板和油纸，坐到书桌前面去，沙沙地抄写起来。

"黛琳，学校里要演剧吗？"黛黛问，她以为黛琳是在抄剧本，预备油印了大家来排演的，从前她在学校中的时候，她们常常这样做的。

"不是。"黛琳摇着头，微笑了一下，热心地迅速地写着。

"那么，是数学习题？"黛黛问，脱掉了身上的长衫钻到被筒里去。

"也不是。"黛琳再摇着头。"是什么呢？"

"不是学校里的东西。"黛琳说。看着姐姐好奇的脸，微微地笑了笑。

"既然不是功课，睡觉来吧！何必一定写呢！你今天吓也吓够了，累也累够了。"黛黛说，很舒适地在老的藤床上伸展开四肢，铺得很薄的床褥给她又凉又硬的感觉，她底心里却充满了安适的情绪，她像漂泊了多年的浪子回到旧家中一样，一切都是这样的亲近，她想拉黛琳来躺在床上，她想跟黛琳说一点什么。

"我不累。"黛琳说："明天还要用呢，我一定要写完了才行。"

"什么东西这样严重？"黛黛说着，从被中爬出来，来看黛琳抄写的东西。

黛琳迟疑了一下，才把抄本递给黛黛。

抄本只有内页，没有题目，也没有结尾，仿佛某一种宣传类的东西。

"黛琳。"——黛黛叫着，莫名其妙地看着黛琳的脸。

"是同学的东西。"黛琳说，停了停，忽然很真挚地看着黛黛的脸。"姐，这是我的工作，有一家日本人找人写这样的钢板，一张五块钱，我跟班上的刘敏一块去的。本来在日本人的家里写，写熟了带到家里来也行了。"

"为什么要赚这样的一点钱呢。"黛黛说："黛琳，为什么要赚这样的一点钱呢。"

"这样的一点钱在用着的时候也没有地方要去呀！用着的时候没有也是一样着急呀！我只有这样一点能力，我这样尽了我底能力来帮助爸爸，妈妈，有什么不好呢。"黛琳说，很快地说——

"黛琳！"黛黛哭泣着，打断了黛琳底话，"我没有说你不好，我是说你何必写得很累的才赚五块钱呢。"

"我并不是只写一张，我可以写五张，再多的时候也有。"黛琳分辩着。

"是！"黛黛说："我知道，你就是写五张，又能有多少钱呢？我可以给你。"

"我不愿意用你底钱。"黛琳说："你底钱是姐夫的。"

"黛琳！"黛黛叫着，一屁股坐在床沿上，泪像瀑布一样地飞落下来。"黛琳！我？"黛黛的泪淹没了她底话，黛琳底话像一根利针一样，把黛黛裹在身上的钱的外衣挑破了，是呀！黛黛底钱不是黛黛的，黛琳底钱是黛琳用自己底精力挣来的，黛黛底钱是黛黛用什么换来的呢。

"黛琳！你不要看不起我呀！我没有坏意思。"黛黛不知说什么好，她心里的情绪乱得很，她索性伤心地痛哭起来。

"姐！"黛琳哽咽着，急得脸也红了起来，"姐，我并没有看不起你，我就是这样不知世故的脾气，姐，我绝没有看不起你底意思，姐，你明白我，你明白我吧！我只是想要尽我一点力量而已！姐！我们是最好的姊妹呀！"

"是！黛琳。"黛黛抬起来盖满了泪的脸，"我知道你，黛琳，我知道你底心，我知道家里的情况，黛琳，应该是你原谅我，我一个人出去过那样的日子。"

"不！姐姐！你不要说那样的话，我们都愿意你好。"黛琳说，重坐到座位上，用手背擦了一下脸，预备继续写。

"我来帮你写！"黛黛说，也坐到书桌前面去。

"不！你睡吧！我立刻就完了。"黛琳说："并且也没有钢板。"

"我记得抽屉里有块石板，我来试试看，也许能好用。"黛黛说，熟稔地在书桌最底下的抽屉里，摸出来一块小学时候用的石板，拿着黛琳敷余的一支笔，拿过黛琳写着的稿子来写了一下。

"行！黛琳，看，跟钢板写的一样。"黛黛高兴地说。

"是么，"黛琳见着黛黛浴着泪光的苍白的脸，亲密地回应着，把搭在床头上的自己的黑夹袍，拿来替姐姐披在肩上。

二 十 三 | 熟透的樱桃 |

日新从李老太太病了的晚上走了之后，没有再来，他打发拉车的给黛黛送来了信和三千块钱，日新被王会长带到天津去，日新底信上说是去交涉一批货卖，他说他要去赚一大笔钱来陪小黛开心地玩一玩。为了李老太太底病，他担心他底小黛会愁坏了。

黛黛要的是钱吗？不是，是要用钱买来的快乐吗？也不是，每天，天刚亮，在冷的空气里，她跟着黛琳起来，看着黛琳开火做饭，看着黛琳倒水洗衣裳，看着黛琳抄写钢板，看得仿佛连自己的生活力都叫黛琳夺去一样。她要帮忙黛琳，又无从插手，跟着黛琳转来转去，又妨碍黛琳底工作，因为觉得自己没用而起的烦躁，增加了她心上的不愉，妈妈虽然一天一天地好起来，黛黛却病了，她什么都不想吃，什么事也不知道从那儿下手去做，最后，好像连黛琳很好的食欲也是在嘲笑她一样，她忌恨黛琳吃饭时的那种神气了。爱群和梅兰在李老太太病了的第二天就都来了，以后每天都来，来的时候，梅兰帮忙黛琳作事，爱群跑街，整个的家有这样三个愉快的青年就什么问题也没有了，甚至好心的梅兰还用闲余的时间来娱乐黛黛。

"大姐！"梅兰神采焕发地说，"大姐！我告诉您一件有趣的事。"说这样的话的时候，梅兰牵了黛黛底手坐到院里去，在秋阳的夕晖里，坐在东窗下，梅兰有声有色地叙述着某一件发生在白衫黑裙的女学生间的故事。

黛黛看着梅兰底脸，不知道这件很普通的故事怎会使得梅兰感觉到那样有趣，但她被梅兰底欢乐愉快的情绪感动了，她好像很有兴味似的应和着梅兰，感觉到了黛琳和爱群的娓娓细语，暗地里咀嚼着心上的寂寞，脸上浮着淡淡的微笑，到觉得不耐的时候，就去拉了梅兰的手，要梅兰一块进去瞧瞧妈妈。

妈妈事实上是无需乎她们照料什么的，妈妈要的只是休息，过度的疲乏后的休息，比一切安慰都来得有效，李老太太安静地睡，睡得异常香甜，仿佛病已经没有什么威胁，就是每年秋天都犯的咳嗽病，也轻得很多了。

李老太太病后的第四天，黛黛回到北城的王家去了一次，拿了一点衣服和零用品回来，王家只有以赌为事的姨太太在家，黛黛回去的时候，虽然已经过午，姨太太还没有起来，空气沉闷得令人难耐。黛黛像是客人似地各屋子略看了看，就回来了，现在黛黛在盼望日新回来了，日新虽非黛黛所想，但是他总还能使黛黛破除独处的寂寞。

一个礼拜过去了，日新没有回来，也没有信来，黛黛觉得自己像浅水中的鱼一样，连一个有水的地方都找寻不到了，她开始很少说话，连脸上淡淡的微笑也丢失了。黛黛这样的情感，黛琳觉到了一点，黛琳想也许是自己的态度使得姐姐伤心了，黛琳在姐姐面前变得很小心，看着姐姐底脸色，生怕姐姐有什么不痛快，后来，这样的体贴连爱群也传染了，爱群在和黛琳同在的时候，总要来招呼黛黛。

爱群像一个可爱的弟弟一样，虽然跟黛黛很亲热，但不能使黛黛寂寞的心满意。一天，爱群穿着很合身的绒线衣，替黛琳在隔着不远的水井那儿提了一大桶水回来，又脱掉了被水溅湿了的衣服，裸露出来宽阔的肩的时候，黛琳很自然地替他擦去了胸前的水，又替他烫着湿了的衣服，黛黛突然强烈地忌妒起黛琳来，这强烈地忌妒又变成恼怒，黛黛皱着眉躲开了他们，她直觉到他们在嘲笑她，她一个人躲在耳房中的藤床上，流下来泪。

这情形爱群和黛琳并不知道，他们整个的注意力都被自己底意中人占有了，直到爱群穿上了他底绒线衫的时候，黛琳才想到黛黛。

"姐姐呢。"黛琳问，收拾好了黛黛婚后送给她的那只白亮的电熨斗，这样问。

"是呀！"爱群也说，爱人的熨斗像连他底心也烫的服帖了一样，他微笑着，用着无比的温存声调，说着，细心地拉平了他底衣裳。

黛琳到里间去看了一眼，那里没有黛黛，病着的妈妈却正睁大了眼睛躺在那里。

"妈！"黛琳叫着。

"谁和你在外屋？"李老太太问。"是爱群。"黛琳说。

"梅兰呢？"

"她没有来。"黛琳说。

"就你们两个人吗？"老太太说，很慈爱地看着女儿底脸。

"是的。"黛琳回答着，不知不觉地红了脸。"妈！大姐没有来吗？"

"没有来。"老太太说，倚着枕头要坐起来，黛琳忙着过去帮忙她。

"黛琳！"正在李老太太要说一句什么的时候，爱群在屋外叫着。

"黛琳，有客人来了，韩先生来了！"

黛琳立刻跳出里屋来，她用最大的热诚欢迎着韩青云，她刚刚等韩脱掉了大衣，就眼巴巴地望着韩青云的脸，"韩哥哥！"黛琳叫着。

"快谢谢我吧！"韩用着他一贯作风的笑脸，带点调皮的神气向着黛琳，"琳妹妹？你怎么样谢我呢。"

这时候，黛黛恰好走进来，韩进来的时候她听见韩跟爱群招呼着的声音，小屋里沉静的空气使她激动的心平复了，她正想借一个机会走出来，她不愿意她这样的情绪被黛琳和爱群发觉，听见韩底声音的时候，仿佛听见了一件失调的心爱的乐器又恢复了原来的音韵一样，她觉得很安慰，很喜悦，略略地整整头发，她走过来。

"什么事呀！"在门口，黛黛用着她一向的娴雅的态度跟韩招呼之后，这样问。

"姐姐！"黛琳像早春的小鸟一样，活泼地飞到姐姐的跟前来，很快地说。

"我托韩哥哥给我找一个职业，找成了，我要去上班了！我要自己去赚钱了啊！"黛琳说，高兴地笑着，看了爱群一眼，跳到里间去了。

"究竟是——"黛黛被黛琳弄得莫名其妙了，她这样追在黛琳后面问。

"妈！"黛琳并没理会到姐姐底询问，她愉快地叫着"妈！我找到事情了。妈！我能赚钱了呀！"

"什么事呀？小琳。"李老太太问。

"那时候，您没病之前，我托韩哥哥给我找一个事情做做，我不愿意再去上学了，妈！我不上学去的事我不是早已经跟您说了吗！妈！答应我。"黛琳说。

"为什么呢？黛琳。"黛黛跟着黛琳进来，听见黛琳这样说的时候，问着她。

"我不愿意再读什么书了，家里这样情况，我不愿意再累爸和妈。"黛琳说，看着妈妈和姐姐，很坚决地说。

黛黛没有说什么，她咬着她淡红的下唇。李老太太说："不！黛琳，你还年轻哪！"

"有什么关系呢？妈妈。"黛琳说，过去搂着李老太太底脖子，"年轻有什么要紧呢！我能作得好，妈，我能作得好的。"

李老太太看着小女儿坚定的脸色，不知不觉地流出来一点眼泪，她说

"黛琳！你不能那样做，那样太对不起你啦！你还没有上大学。"

"这就是我底大学，这样的大学比真正的大学里的智识还要来得丰富。"黛琳说，她底脸上的神色表示了她坚定的心，一种别人绝对不

能动摇她底决心的神色，她牢牢地凝望着妈妈底脸，用着不平常的声调说："妈！您一定要答应我，我知道您一定会答应我的。"这样说完，黛琳离开了妈妈，去牵了黛黛底手，高兴地拉了姐姐走出里屋来，并且说："来！大姐，我还没有跟韩哥哥问清楚呢！"

韩青云和王爱群各据一边地对站在方桌的两面，爱群在注意地倾听着隔着白布门帘里的黛琳底声音，他急于想知道黛琳底心和求职的经过，韩底脸上带着疲倦的神色，刚才看见黛琳时作出来的微笑已经消失了，他深皱着两眉，眉梢带着浓重的悲哀，听见黛琳说着这样的话的时候，爱群迎上去，韩又舒展开了双眉，重新在脸上作了一个微笑。

黛琳很快地冲出屋子来，黛黛被她拉得跟跄着，黛琳放开了姐姐底手，站到韩的面前去。

"韩哥哥！快告诉我，什么事情，什么时候上班？"她说。

"就到我们的报馆里去，你跟我说过之后，我就跟编辑局长说了，恰好昨天早晨有一个位置空下来，你底机会来了，黛琳，要你去作助理编辑去呢。"

"是吗，"黛琳高兴地霎动她底大眼睛。"我做得了吗？"

"当然，"韩说，"像你这样聪明的小姐，一个星期就保你什么都学通了，我来教你，容易得很。"

"那我更得好好地谢谢您了。"黛琳说："不叫您韩哥哥，该叫韩老师了。"

这是一个好职业，不但黛琳满意，连黛黛也觉得满意，作报纸，在青年学生间，是大家憧憬的高尚的职业，能够不费力地有了加入这样职业的机会，真是最大的荣幸。爱群也被这新鲜的职业打动了，在他，是更明白学校中的情形的，黛琳既然不愿意再到事实上几乎完全丢掉了学校的精髓的学校中来读书，他一点都不迂腐地觉得可惜，只要黛琳能够生活得高兴，满意，他就完全安心了。这样想过之后，他底宽大的胸襟恢复了原来的平静，刚才，在黛琳见着韩，那样亲热的样子，曾使得他莫名地觉到了忌妒。

黛黛真是迷信韩了，韩底一举一动都使她满意，既然黛琳跟韩在一起，她相信事情绝坏不了，看着韩底脸，她突然敏感地觉得韩瘦了，颜色也很难看，那一夜，在自己单单地醒在卧房中等待着日出时的情景，她记起了她说过那一句要在韩底爱情里重生的话的时候，她底脸不知不觉地赧红上来，她急于想抓一句话岔开这样的情态，好像黛琳跟爱群要看穿了她底心一样，她看了看站着的韩和爱群，说：

"黛琳真是乐疯了，也不请客人坐。"她客气地让韩坐，叫爱群也坐。

"不但没有坐，茶也没有。"黛黛继续着说，去拿茶壶。

"我来吧！我来吧！"黛琳真地高兴极了，她的脸像初开的鲜花一样，带着无限的生气，灵活的眼睛带着可爱的笑，红唇轻轻地动着，几乎包藏不着她底清朗的笑声了。她拿了壶跑到屋外去了。

"黛琳真是个小鬼头，什么时候找的您呢，家里谁都不知道。"黛黛说，自己也在一只椅上坐下来，宛尔多姿地笑着说。

"爱群应该知道吧！"黛黛问着爱群。

"我也不知道。"爱群说，他正要出去找黛琳，听见黛黛这样问着的时候，停了停，安静地说了之后，推开门走出去。

"有一天，在街上遇见琳妹妹，她顺便托了我，那一天，她神色很慌张，我还没来得及问她什么事，她就走开了，求职的事再三地托了我，并且有信给我，所以我想一定是大家都同意了的。"

韩说，看着黛黛，黛黛脸上只有美丽，只有娴雅的成熟了的女人的风姿，那种在玲珠脸上表现的略带点惊奇的，少女底蓬勃的美一点都没有。玲珠像一颗包着青皮的鲜果，黛黛却像一只熟透了的樱桃，滋味虽有，却少了挑逗人的香气，可是，这样挑逗人的香气是得要付出钱来换的，爱情跟钱来角逐，爱情是贫弱的，玲珠——韩的心，骤然地痛了一下，他竭力扔掉脑中的玲珠底脸，努力地把心意集中在黛黛身上。

"琳妹妹那天为什么那样着急呢？"韩继续着问。"哪一天？"

"一个礼拜以前。"韩想了想之后。"妈妈病了。"黛黛说。

"是吗！"韩说："还没有好吗？我可以进去看看吗？"说着，他站起来，仿佛很着急的样子。

"好多了！您请吧！妈妈正醒着，"黛黛说，跟着韩站起来，这时候，黛琳在外面得意地叙述着她的新的职业，黛黛听见李老先生说话的声音，她看着韩，说：

"爸爸回来了，让我们把小琳底事先来告诉爸爸。"

二 十 四 ｜ 彷徨

不知道由于哪一点，朱四看穿了韩青云在陈玲珠身上的魔力了，他皱着他粗糙的脸，严厉地告诫着玲珠不许再跟韩青云往来，他说："用不着交那穷光蛋，就是他能写两篇文章也算不了什么，捧也不见得有什么好处，骂也添不了什么麻烦。"另外他还说了许许多多难听的话，并且，他还威胁着玲珠底可怜的母亲，说是如果她再放纵玲珠跟韩来往，他就立刻讨回他一向替她们母女俩垫付的款项，并且，绝不再替她们张罗一分钱，叫她们挨饿去。

玲珠跟朱四分辩，朱四强硬得不可理喻，说急了的时候，朱四把老太太底烟灯敲碎了，并且抢走了熬熟的烟膏。

失去了烟的陈老太太，像是抽去了筋一样，萎缩在床上，鼻涕跟着眼泪，不住声地咳嗽，连说话的力气都没有了，只有仿佛幽泣一样的叹息，玲珠被妈妈底样子吓得手足无措，不知道怎样作才好，上次唱过戏之后，去了朱四开来的花销之外，只剩了一点钱，玲珠本来想自己积攒起来，想攒到一个相当的数目的时候，省得了为钱再跟朱四去讨脸。这样的情形，她只好把钱拿出来，叫刘妈先去给老太太买烟。

有了烟，陈老太太总算是安静了，虽然她仍旧在为着母女不幸的命运哽咽，可是，烟给她带回来活气，她比起刚才的情况，像是已死的人又回生了一样。

玲珠自己跑到掩闭在树丛中的山石那儿去，一个人，坐在凉的石块上，恣意地哭泣起来，山石上和爱人依偎着的甜蜜的回忆，加强了她底幽泣，她把那爬满了蔓草的石块比作了朱四底丑脸，她用脚猛力地踢，踏着它们，像不知道痛一样地在石块上踢撞着自己底脚。

很久，这样冲动的感情才平复了一点，玲珠不能自已地想起了黛黛，黛黛说过的鼓励和赞美她的话，像留在唱片上的好听的歌词一样，不知不觉地在玲珠耳边响了起来，她想去找黛黛帮忙，黛黛像是月亮一样，她想她清纯的光辉会无条件地笼罩她的，她相信黛黛会理解她底爱情。另外，她更想到了日新，这种渴想勿宁说是比渴想黛黛还来得迫切。本来，在玲珠纯洁的心里，完全没有男女之分地反映着人们所施予她的好恶。不过，为了黛黛，玲珠总觉得自己对日新应该有所节制。

她把眼泪擦干，想去给黛黛打电话，这样的念头一起，她便立刻想使它实现。朱四那鬼，像是玲珠一生下来就带来的魔头一样，迟早都会吞了她，玲珠不能放过去黛黛这样的一个好人。

她又在石块那儿稍稍地停了一会，等待脸上的泪光消失，她怕妈妈因为她底哭泣更加伤心，妈妈底哭，是使她觉得非常难受的事，在这位和自己相依为命的懦弱的母亲面前，玲珠是一筹莫展的。陈老太太伤心起来的话，有时候一天两天都完不了，几十年的陈话都叨啰出来，叨唠得人啼笑皆非。

玲珠回到屋子里的时候，师父已经来了好久了，正坐在那里默默地喝着茶，一看见那装着胡琴的蓝布白袋，玲珠就觉得呕心，仿佛得呕吐出胸间的东西来才痛快，她去里间看了看妈妈，陈老太太含着一包眼泪在烟灯前面打瞌睡，失去了油的临时用了一个雪花膏瓶子作的烟灯，棉花的灯芯烧得通红，那微弱的黄色的灯光照着陈老太太浮肿的脸，这情形比听着朱四底辱骂还使得玲珠难过，玲珠推醒了陈老太太，从墙角掏出一个破了口的玻璃瓶子，给烟灯装满了油，之后，自己咬了一下牙，到师父底身边去，背向着师父，听师父拉开了胡琴，试了一下弦。

琴弓扣在琴弦上，那颤动的音波，像一个人被捏了喉咙似的泄出来窒息的声音，玲珠觉得心麻，对这每天必作的功课，本来没有丝毫爱好的工作，今天更像要被逼着去上刀山一样，四肢百骸都疼痛得难受，玲珠伏在那个仿佛没有感情的严厉的师父面前，失声地痛哭起来。

师父放下了胡琴，半天没有说什么，他早就知道发生在这个简单的家庭里的风波了，原来师父跟朱四是一条路的，他也同样地不能看着玲珠这棵摇钱树凭空失去，玲珠就是他下半生的依靠，在这个失去了青春，失去了号召力的五十岁的当年是有名的花旦的老头身上，美貌的玲珠跟他手里的胡琴一样，正是他找饭吃的工具，他已经跟朱四约好，在他没来到这儿之先，他正是来作说客的。

师父把胡琴谨慎地收到袋里去，这不平常的举动使得玲珠惊愕起来，她抬起来脸，抽出来腋下的手帕来擦着眼睛。

"别哭呀！玲珠，有什么难过的事说给我听听。"师父底口气，不知为什么比平常温和得多。

"朱四欺侮我。"玲珠简单地说，抽噎着。

"为什么事呢。"师父动了一下剃得晶亮的头，这样的举动忽然惹起了玲珠底反感，她真觉得师父是在作着戏里的一个身段，师父不平常的口吻，使她联想到独占花魁中的刘四姨，那出被师父和朱四逼着说是学了最能卖钱的使人难堪的戏，朱四正是那个讨厌的王九妈，他们作好了圈套来捉弄坠到他们手里的可怜的小姑娘，自己说真的，比那个逃难的小姑娘还得没有办法，小姑娘还可以横心一死，无牵无挂，自己是要死都死不脱的。玲珠泛泛地说：

"您早知道了，何必还来问我呢。"这样说了之后，怕师父底脏话污了自己的耳朵，立刻夺门走出来，在激怒之后，一切的顾虑都没有了，玲珠没有心再考虑到师父生气不生气的问题了，她就是想躲开他们，不看见他们就好。

玲珠呆呆地坐在房前的阶石上，刘妈手里拿着一个铺在小凳上的蓝布垫，走过来，爱怜地说：

"石头凉呀！给您垫子吧！"

玲珠摇了下头，没有理会到刘妈话中的意义，她在倾听着屋内师父底动静。

她听见他在那儿坐着，转动着手里的胡桃，那对磨得晶亮的胡桃，好像两颗弹子一样，玲珠后悔没有好好地练练弹弓，像十三妹那样，一弹飞出去，就弹掉了坏人的脑袋，那该那么痛快，多么解气，强死受这个肮脏气。

师父坐了一会，玲珠听见他站起来了，咳嗽了一声之后，走到里面去了，一会他在妈妈那儿吱喳地说起来，玲珠想听一听，但听不清楚。

总之，师父也不会说出好听的话来的，玲珠听也不想听了，她站起来，要去给韩青云打电话，本来韩说是下了班要来，她正有许多委屈的话要告诉他，玲珠想约韩去中南海坐一坐，她要离开这阴沉沉的家。

刚刚走了两步，玲珠发觉刘妈跟踪在她后面，她停下来，回头看了刘妈一眼。

"刘妈！跟着我干什么呀！"玲珠气愤地嚷。

"我没有。"刘妈惶恐地说："我看您没有站稳，想扶您一下。"

"得了！我又不是八十岁的老太太，就是站不稳，也摔不死。"玲珠说，又往前走。

刘妈依旧跟在她身后，玲珠立刻就明白她的心了，她急走了两步，倚在一棵大树上站好，直视着刘妈的脸，困惑地嚷着。

"刘妈！我待你不错，你不该也来欺侮我。"说着，玲珠的泪流下来，忍不住地哭出了声。

"您看！小姐！小姐，这是怎么说的，我哪敢，我也是为您好。"

在老刘妈底脸上，和玲珠一样地带着困惑的表情，她本来是一个很老实的人，平常跟玲珠的感情不错，但，在朱四爷的面前，她连一个错字也不敢说，她怕朱四，就像老鼠见了猫一样，朱四发起脾气来的时候，她总是吓得手足无措，今天朱四走开的时候，关照给她，叫她看住玲珠，她不过是来履行她底职务，听见玲珠这样说的时候，她真的不知怎样好了，她说：

"我也是为您好。"

"这就是为我好吗？"玲珠哭着，她真没想到刘妈也会来跟她捣乱，真的，这世界上就一个好人都没有了吗？干嘛这么许多的人都联合起来欺侮一个小姑娘呢？

"好吧！"玲珠突然说："为我好，你叫我一个人待会，别跟我在一块。"

刘妈看了玲珠一眼，困窘地走开了，她藏到门房边的她底下房里去，由下房的窗户，可以看见整个的院子，并且如果玲珠出去，一定要经过那个角门的。

被刘妈这样一搅，玲珠打电话的兴致也没有了，她呆呆倚在大树上，望着天，只剩了流泪的份儿。

玲珠这样情形使得刘妈不安了，她在下房中藏了一会儿，看玲珠一动也没动的时候，又走回来，站在玲珠旁面，斟酌了好久，笨拙地说：

"您别生气吧！朱四爷也是为了您好。"

"我真没想到这么些人都惦记着我，都是为了我好。"玲珠冷笑着说。

"您享福大家跟着借光，韩先生好是好，就是穷。"刘妈早就看得一明二白，说真话，刘妈也没有一点看得起韩的心，韩那样玄天玄地夸张地表现自己的方法，能使玲珠颠倒，并不能使玲珠身侧的人也中意，尤其韩在刘妈身上并不大方，刘妈除了觉得韩吝啬、穷之外，还觉得他油头滑脑。

"是呀！你们自然都是认得钱的。"玲珠说，索性离开了倚着的大树，刘妈的话越发挑动了她底反感，她拼了，大家都嫌韩，更增加了韩在她心中的美感，她要去给他打电话，就是刘妈跟着她也不要紧，她正好趁着这个机会跟妈妈表明自己底心，跟韩去过苦日子又有什么关系呢！抛弃这可厌的学戏，唱戏，哄人家笑脸的生活，朱四再横，也不过是欠了他一点钱，搭了他从父亲死后照应了娘儿俩的这一点情分。可是，他终归是姓朱，他不能管得了陈玲珠。

玲珠的心，激动地跳着，她满心相信她底爱人，只想找到他，就一切都可以解决了，她听见师父在妈枕旁吱喳了好久，妈妈仿佛是嘤嘤地啜泣起来了，玲珠捂着自己底耳朵，大踏步地走出院子去。

刘妈又在她身后追踪过来，刚才，批评韩青云的话惹怒了玲珠之后，胆小、老实的刘妈不敢再开口了，可是，又不能不遵守朱四的吩咐，她畏畏缩缩地随在玲珠身后，蹑着脚走着。

玲珠明知道刘妈是随了她来了，她没有理她，装着不在意的样子，走出了胡同口，到借电话的那家杂货铺去，打电话到韩底报馆找他。

好半天电话才叫通，一个可爱的女人底声音，说是韩先生下午没有来，到什么地方去了也不知道。

放下电话机的时候，玲珠突然又想起来黛黛，找她去吧！她一定能帮助自己的，向黛黛和盘托出来自己纯洁的爱，她说过要在自己困难的时候帮忙自己，还有王日新先生，玲珠咬着自己的嘴唇，想及日新总是那样似笑不笑的温柔地样子，她愤怒的心里，下意地妒忌着黛黛，设如是韩青云换了王日新呢！不消说朱四一定满意，就是刘妈也该高高兴兴地称赞两句吧！

自己是没有那样的福气的，能占到黛黛底位置，也不会很小的死了父亲，流到唱戏这样的地步。原来自己是生成的苦命，该过受罪的日子，这样想，玲珠不但觉得冒渎了自己崇高的爱人，并且也对不起黛黛，黛黛是那样大方，慷慨，美丽，有学问，自己哪一点能够比得上她呢！

她叫电话到王宅去，说是少奶奶没有在家，踌躇了一会，她问及日新，接电话的人说是少爷陪着少奶奶一块出去的。

玲珠的心，为两重失望打击，给缩得痉挛着，王少爷自然是要陪王少奶奶出去的，可是，韩青云跟谁走了呢？为什么报馆里接电话的小姐，声音来得那样悦耳呢？

玲珠踽踽地走出了杂货店，险些把一个端着大酱碗的小孩撞倒，她用小手帕印着忍不住流出来的泪珠，早就忘记了跟在她身后的刘妈的事。

刚迈进胡同口，她听见在她身后的刘妈咦了一声，她发觉她无意中又走到回家的路上来，为什么要回家呀！为什么不走开去呢，韩既然不在报馆里，为什么不可以到他的家去呢。即或是家里没有他，也可以在他家里等他呀。

刘妈惊愕地呼声，惊醒了她，有两辆三轮车从她身边擦过去，一辆非常漂亮，车厢像只小游船一样地跨在旁边，里边坐着一个穿着大衣戴着帽子的男人，到她注意去看的时候，车已经走过去很远了，一家街坊突出的门脸恰巧遮住了他们，她没有看清楚车上坐的人是谁，她记得日新家里也有一辆那样的三轮车的，是他和黛黛来了吗？

二 十 五 ｜郭二爷｜

玲珠只盼望来的人是黛黛，也以为一定是黛黛，她慌不择路地往家跑，一只脚鲁莽地踏在一个积满了人家泼出来的污水的小坑里，溅了一腿一脚，那双家常穿的妈妈手作的绿花布的鞋，脏了一大片。

身后的刘妈走近了，搀住了玲珠，玲珠在路旁石阶突出的角上，擦掉了粘在脚底下菜根什么的，看见刘妈走近了自己，忘却了刚才的不愉，很快地说：

"刘妈，你快去看看，是不是王家少爷来了。"

刘妈看着玲珠浮肿的眼睛，摇了摇头，她知道玲珠说是刚才过去的那两辆车，她早已看清楚车上的人究竟是谁了，老实的，连一句谎话都编不上来刘妈，纵然知道车上的人正是玲珠愤恨的人，可是也不会顺着玲珠底口气说出一句玲珠爱听的话来。

看见刘妈摇着头的时候，玲珠立刻急急地问："不是王家少爷是韩先生吗？"

刘妈又摇了下头，正要说一句什么的时候，嘴皮动了动，用手指着对面走过来的那个人。

被刘妈指着的人正是朱四，仿佛脸上的各个糟疙瘩里都填满阴险奸诈一样，玲珠一看见他，气就不打一处来，转身往胡同口就走。

朱四迈着大步，一步能抵玲珠两步，一眨眼，他就走到刘妈眼前了，他悄悄地问着刘妈嘴向着前面一努：

"干什么去了？"

"打电话去了。"

"给谁？"

"王家少奶奶。"刘妈说，惶恐地看了看朱四的脸。

"还给谁？"朱四严厉地高声说，一种形容不出来的威严都在那低低的声音里表现得很清楚。

"韩……韩……韩先生。"

刘妈口吃起来，手无目的地乱摆了几下。

朱四长吁了口气，眼珠转了转，又悄声地说："去，追上她，就说韩家那个王八蛋来了。"

刘妈低着头，听朱四说完了，立刻拐动了短的腿，向胡同口跑去，在刘妈跟朱四说话之间，玲珠已经快走出胡同口，刘妈知道自己决追不上的时候，她高声地嚷起来急的声音都岔了。

"小姐！您快站站，姑娘，玲姑娘，您先站站呀！"

玲珠没有理她，她只是想走，走开这个可恼的家，听见刘妈嚷着的时候，她索性放开步子跑起来。

这样，惹怒了朱四，仿佛一阵风一样，在玲珠慌慌张张地跨上了一部车子，车夫抄起车把来的时候，他赶到了，他命令车夫放下车子来。

朱四逼视着玲珠，像要用眼睛吃进去这个可怜的姑娘一样，一瞬间，他又笑了，笑得令人心都颤抖着，他说：

"回家吧！我知道你一定会生气的，你不用自己去找韩先生了，我给你找来了，你消消气，日子总得过，其实我也是死心眼，你跟谁好都是一样，只要他能养活得起你们娘两个，我就放心了，我也不白受你爸爸托付一场。"

在朱四的逼视里，玲珠不自己地觉着气馁，她从车上慢慢地下来，她知道朱四是不会放她走开的，她想，与其在大街上跟他吵架丢脸，不如回家去再跟他讲理，他管了这一会儿，管不了那一会儿，管了今天，还有明天，反正自己是铁心了怕他作什么。

她并没有注意听朱四底话，她心里在捉摸着主意，她咬着下唇，连看都不看朱四一眼，大踏步走回家里去。

堂屋里坐着师父，另外还有一个人，那个人自然不是她底韩青云，她眼睛直视着前面，直走进里间去。

师父叫着了她。她停下来，横睨着师父底脸。

师父想说什么，但被正走进来的朱四给拉出去了，玲珠看见朱四出去的时候，对着另外的那个人点点头，又抱歉地笑了笑。

鬼！玲珠心里骂着，朱四卖的究竟是什么药呀？她不由地向着那个人看了一眼。

是谁呢！玲珠认识他，见过他，可是想不起来他是谁。

四方脸，精神饱满的眼，半白的头发，气色很好的脸，对了，是他，那个在玲珠第一次唱戏时替玲珠还了戏园子亏空的人，替玲珠定绣大幛的人，送给妈妈五十两烟膏的一个人，开了几个银号的阔绰的郭二爷。

玲珠没有忘记郭二爷对她的好处，他刚一见玲珠就在玲珠身上用了那么多钱的事，像一个奇迹一样的是玲珠心里的一个疑团，并且，在跟郭二爷一块吃过一次饭之后，郭二爷就不见了，羞涩地不惯和异性来往的玲珠甚至连郭二爷底面貌都没记得很清楚，这位财神爷就走了，朱四说是二爷为了一批要紧的货物到上海去了。

这是一个诚心帮过自己忙的人，玲珠这样想，她还不知道郭二爷要要求她怎样，她心里只知道郭二爷底好，她本来正要往里间去的脚，不知不觉地停住了。想招呼一下，少女底矜持使得她难以开口，她也不知道称呼什么才好，那些习惯在朱四嘴上的什么爷什么爷她总是说不惯，今天，在这样恼、烦的心境里，勉强学来的那一点应酬人的词句，早就忘得一干二净，玲珠愣了愣，索性一头扎进里间去，就在妈妈底枕边痛哭起来。

陈老太太在前站着，在梳着蓬乱的头发，像是正预备去招呼外间的客人，被突然冲进来的玲珠吓得一跟跄，看见玲珠哭起来的时候，也抹着眼泪，笨拙地拉着这豆蔻年华的女儿。她说：

"玲珠，去招呼一下郭二爷吧！人家特意来看你。"

说完，看见玲珠没有起来的意思的时候，退身到床上，自己也委委屈屈地哭泣起来。这哭泣惹起来玲珠的反感，玲珠气愤的，不胜苦烦地说：

"妈！您哭什么呀！烟也抽了，饭也吃了，谁委屈得了您呀！"

"是呀！"陈老太太幽咽着："是呀！是我累了你，没有我，你就全好了，可恨的死鬼，扔下我一个人受活罪，惯了我一身的大烟瘾，我底命呀⋯⋯"

"得了！"玲珠坐起来，擦去脸上的泪，"得啦！我去见什么二爷还不行吗？您饶我吧！别连着死去的爸爸也跟着我挨骂。"玲珠打断了老太太的话，用手帕横横竖竖地抹了抹脸走出里间来，那位四方脸的客人仍旧坐在那儿，他底红润的脸上带着微笑，看见玲珠来的时候，他很亲密地叫。

"玲珠！还记得我吗？"没等到玲珠开口，又接着问："是朱四欺侮你了吗？"

这句话正投玲珠所喜，玲珠点了点头。

"那么，叫朱四躲开好了，什么时候你高兴再叫他来。"郭二爷说，看见朱四正从门边探进头来的时候，郑重地告诫着朱四：

"玲珠生你气，你回你家去吧！等她高兴时候你再来。"

"是！是！"朱四诡笑着，谦卑地请了一个安，退出去了。

"我还高兴见他呢，一辈子不见他才好。"玲珠撇着嘴，冷笑着说。

"那么，就一辈子不见他。"郭二爷顺从着玲珠的语气，说完，自己觉得有趣地笑了。

玲珠也禁不住地破颜笑了，脸上还挂着没有擦干的泪，但是脸上露出来一星喜色，这样带着泪光的少女的脸，像初春浴在细雨中的梨花一样，另有一种说不出来的风姿。

郭二爷看着玲珠，她比他第一次见她时又好看得多了，身体正发展到了恰好的程度，几个月以前，还嫌瘦一点，现在，仿佛表皮已经包裹不住她蓬勃的生命力了，青春的活气从身上的各个部分凸出来，整个的身躯像一朵正在怒开的花一样，新鲜，美丽。像收藏别的可贵的珍品一样，郭二爷正预备从朱四手里收买玲珠，在事业一帆风顺的发展里，钱，和其他的享受已经失去了刺激的意味，郭二爷想取得玲珠，除了因为玲珠美丽可爱之外，主要的是因为玲珠底纯真，他想自己剥开她，像剥开一个自己亲手从树上摘下来的，刚刚成熟的浆果一样，他渴想着那略带点涩味的鲜美的果汁，那充满了水分的润泽的果肉。在第一次见过玲珠之后，他就中意了，可是为了事业上的一点纠葛，他到上海去了，回来，见着朱四之后，知道玲珠依旧保持着她原来的生活方式的时候，他带着他惊奇的，像探险家去寻找某一样新异的东西一样的惊奇、欢悦的心找玲珠来，他带着把一切雄心志愿都抛在事业上之后，在家庭里满足不了的寂寞的心找了玲珠来，他想从苦难中拯救出玲珠来，像调护一只可爱的小动物一样地叫玲珠在他掌中长大。

承受着郭二爷的注视，玲珠觉得不好意思起来，这样，在这个虽说是对自己不错而实际并没来往得亲密的客人面前，仿佛撒娇一样地犯了脾气的事使得她发窘，她急于想找一句什么话来说，又偏偏想不出合适的话来。

她只好瞧着窗外，可是脸上的颜色已经由愤怒愁苦中转过来了，她盼望有一个人来冲除眼前的沉默。给她一个说话的机会。

刘妈来了，端着很讲究的一只漆盒，盒里装着瓜子和糖，玲珠知道这是朱四底主意预备出来的，她忍不住向着刘妈问：

"朱四没有走吗？"刘妈摇了摇头。

"郭二爷叫他走，他为什么不走呢！"玲珠说，脸又气得涨红起来，她知道自己是撵不开朱四的，她盼望郭二爷的话能在朱四身上发生效力，她还没有看见朱四对别人像对郭二爷这样卑顺过。她想郭二爷应该有点势力，这希望又成了空的时候，她难过地哭泣出来。

"我知道都在骗我，我知道都在骗我的。"她跌坐在半新的沙发里，双手捂着自己的脸。

玲珠这样毫无遮拦地表现了自己的好恶，毫不做作地裸露了自己的感情，反倒使得郭二爷觉得意味无穷，在受惯了女人底阿谀和顺从的郭二爷心上，像买到了一匹刚刚从草原上运来的小马，他为玲珠那样奔放的感情，那样小马一样的野性迷惑了，

他只想顺从她的心，叫她喜欢，叫她慢慢地就范。他比去交涉一票大买卖还觉得来得热心。他先不看玲珠，也向着刘妈：

"去叫朱四来。"

朱四被叫来了赔着笑半弯着腰站在门口，那样卑鄙的样子招得玲珠几乎气炸了肺；他站在那儿，身上挂满了鬼魅，玲珠不知道由于什么胆壮起来，她大声说。

"去！你走，你再别进我家里来。"

朱四只笑着，动也不动一步，郭二爷瞧了玲珠一下，说："玲珠既然不叫你在这，你为什么不走呢。快走吧！再迟一会，我也恼了。"

"我在侍候二爷，老妈子太笨，怕您不方便。"朱四笑着，完全换了声调，早晨跟玲珠发威的样子，像冰放在烈日下一样，不但消灭得一干二净连痕迹都没留下。

郭二爷笑了笑，当然他是知道朱四的心的，看遍了人世的风波，朱四这样的角色，在他，也不过像我们看一个自作聪明的孩子一样，他说：

"叫你走就走好了，明天我们老地方见吧！"

"您赏我一个时候。"朱四笑着，往前走了一步。"十二点吧！"郭二爷说。

"那么，我走了，二爷明天见。"朱四又打了一个千，然后，向着玲珠。

"姑娘，您跟我生气是跟我生气，二爷对咱们可不薄，您是聪明人，别招二爷生气。"说完，又向着郭二爷：

"二爷，您多担待她吧！"

这次，朱四真的是走了，玲珠的心里立刻想及了韩青云，她仿佛是听见了口哨的声音，韩青云白天来的时候，从来不吹哨，今天一切的事情都来得出乎意料，玲珠想也许是他，她怕朱四在门口遇上韩，朱四那个鬼，他会毫不顾情面地给韩难堪的，她急于想去迎接她的爱人，她忘却还有一个客人需要她应酬了，朱四的影子刚刚走出角门去，她站起来就往外走。

"玲珠！"郭二爷叫着，"你不用去看了，朱四一定走了。"他以为玲珠是去看朱四，"来！我给你看点东西。"

玲珠只好停下来，她看见郭二爷打开了那个一直就放在茶几上的包袱，她只好走到桌去。

包袱里包的是两件衣料，衣装公司里最使人垂涎的华贵的衣料，软得使人摸着异常舒服的好材料。玲珠觉得眼花了。

郭二爷又打开了一个小盒子，那是一个装着小弹簧的精致的小盒子，盒子的橘色的缎垫上，躺着一只流行式的女手表。

"朱四说你要去上学，我拿一只表给你看时间。学校找妥了吗？"郭二爷说，把表拿出来摆在玲珠眼前，很热心地催促着，"戴一戴看，包你好看，现在女学生都戴着这样的表。"

玲珠并没有要这只表的心，但为了敷衍郭二爷的好意，她把表戴到手臂上。

表发着悦耳的滴滴答答的响声，玲珠的手臂上还没戴过表，这是一个可意的装饰，玲珠觉得自己的手臂比平常美得多了。

忽然，她想到了韩底话，韩说，在玲珠身上投下资本的人，就是要玲珠用肉体来还他。她摘下手臂上的表，望着郭二爷，鲁莽地问：

"您为什么送我这样贵重的东西呢，我是一个穷孩子，我也不能报答您。"

"我不要你报答！"郭二爷意味深长地说，"我送你东西，是因为你可爱。并且，我还要帮助你上学呢。"

"是吗？"玲珠以为是自己的耳朵听错了，她惊喜地连续着问，"是吗？是您要帮助我上学吗？是真的吗？"

二十六 | 晴天霹雳

韩青云如约地找了陈玲珠来，在晚秋的夕晖里，带着被红墨水染脏了的指甲，穿着小心保藏了很久的一身体面的秋装，大踏着步，走向了爱人底家。

他底大衣口袋里放了一本《简·爱》自传，上次，在玲珠家，在布满了秋藤的山石上，两人依偎着读冰岛渔夫时，玲珠激动的样子，仿佛就是刚才。为了那个刚刚和相思很久的爱人结了婚，爱人就葬身在海里的可怜的少女，玲珠遏止不住地流下了泪，玲珠不但是感情丰厚，而且那样的聪明，在对书底理解上，甚至有时超过了韩青云，虽然书中的字她还有很多不能认得很清楚。

这又是一本好书，勇敢的简·爱怎样献身给残废的爱人的故事，又会使可爱的玲珠感动吧！韩想起了玲珠的含泪的眼，亮得那样使人心动，玲珠紧紧地靠在自己身上轻轻地用了颤抖着的声音说："不会吧！我们不会遇见这样悲惨的事吧！""不会的！我们永远守在一起。"自己这样说了的时候，玲珠是用了怎样脉脉含情的眼睛在看着自己啊！韩想着，心里甜甜的。是得想一个方法从玲珠家里接玲珠出来了，玲珠的身边是围满了魔鬼的，那些鬼都在等着吮玲珠底血。用什么方法呢？什么方法也得钱，这样在逐渐高起来的物价中，拼命来维持自己，已经是筋疲力尽了，从什么地方去弄一笔大钱来呢！纯洁的玲珠得要用钱来买的事使韩觉得难受。可是，这是讨厌的事实。玲珠能像简·爱那样平空地掉下来一笔遗产才好。自己能有一笔意外的收入也好。自己底家是没有一点油水了，韩想起来被炮火消灭了的自己底村庄，被战争隔在山边的自己底老母。意外谈何容易呀！

可是，王日新就有意外进钱的可能，打一场牌，可以意外地进几千，甚至几万，买一批货，可以意外地多赚几万，甚至几十万。王日新并不比韩青云高明多少，韩的心，这样想的时候，装满了不平、愤恨和忌妒，他自然而然地联想到了黛黛，找黛黛去想想法子看吧，黛黛是一个容易动情的人，笼络她一下，骗她点东西出来，有她手上的一只钻戒，就什么都够了。

这样，不是太对不起黛黛了吗？她是一个好人，她对自己不错，对不起人的事太多了，韩想着，冷笑了一下，大家都讲良心，生活也不会这样逼人了，能够想得出法子来的人就是神仙。黛黛的东西左不过也是由王日新而来，王日新能够调戏陈玲珠，自己何妨骗骗李黛黛呢。韩青云是把陈玲珠看成自己底所有物的，他从没往丢失了玲珠的事情上想过，他很相信他自己在玲珠心上的力量，他很有把握，他断定玲珠不会平空地离开他。

今天，他预备带玲珠到中南海去，那幽静可爱的地方，正好两人依偎着读书，在玲珠家，玲珠总是顾虑太多，甚至连亲吻一下，都得要加意地窥看好久，保证完全没有人的时候，才能亲得到。

在路旁的摊床上，韩买了两斤白梨，梨是陈老太太最爱吃的东西，说是在抽完了烟之后，梨的甜汁正好润喉，并且又通便。玲珠上街，也总要给老太太带点回家。晚秋，正是梨便宜的时候，韩把刚刚从一个地挤来的车马费的封筒撕开，不吝惜地抽出一张百元的票子一掷给那个红脸的小贩。

韩看了看表，五点不到，玲珠底功课该作完了，韩讨厌玲珠那个从没现过笑容的师父，更怕听他那野鸭子一样的声音。从这儿到玲珠家，恐怕要五点过一点。那样正好，玲珠底师父每天五点钟必走，如果朱四也不在，陪着老太太，和玲珠吃一顿简单的晚饭。饭后，再搂玲珠出去，那真是最洽心意的事，但盼望朱四不在吧！

一直到快走近了玲珠底大门，韩尚在心中打着这样的如意算盘，他拉正了他好看的领带，昂然地迈进了那座褪尽红色的大门。转到高墙下的狭窄的甬路上的时候，他盼望玲珠来接他，他愿意早一分钟看到他底爱人。

刚刚走近往玲珠院里去的角门，他听见后头有人叫他，那是刘妈，刘妈的手里捧着大大小小的纸包，慌慌张张地跑近来，叫着：

"韩先生！您站站。"

"小姐在家吗？"虽然知道玲珠在，可是，故意地这样问，韩青云对着刘妈，作了个不常见的和蔼的笑脸。

"您——您。"刘妈变得口吃起来，只是说着您这一个字。

"怎么啦！刘妈。"韩虽然觉得刘妈底样子奇怪，可是，因为急于要见到爱人，就不再理会刘妈，一直向着角门走去。

"您不能进去。"刘妈底话急出来了，她紧跑了两步，拉着了韩青云。

"为什么呢？"韩站住了脚，看着刘妈的脸，焦灼地问，"出了什么事情了吗？"

"朱——"刘妈又口吃起来，韩不耐烦地甩开了刘妈底手，他再也没有一点忍耐心来听这个笨老婆子的话了，他只想见到玲珠，就什么都明白了。

他大踏着步走进了角门，恰好跟朱四撞了个满怀。刘妈惧怕要发生的事终于发生了，就在一眨眼之间，朱四看清楚撞在他身上的人是韩青云的时候，他把一天的无名怒火都灌到韩青云身上，他用他有力的胳臂，很不费力地揪了韩青云膀子，在那吓得连腿都抬不起来的刘妈面前，一阵风似地把韩青云拖出了狭窄的甬路，像扔掉一堆垃圾一样地推到大门外面去。经过刘妈眼前的时候，他并且厉害的说："进去，不准说这个王八蛋来过。"

这真是一个太突然的打击，一切机智、巧辩都没有用了，韩青云狼狈得跟一只受了伤的公鸡一样，来不及说一句话，就被推出大门来。

待他站定了脚步，正要问个究竟的时候，朱四抡圆了胳臂，重重地掌了他底嘴，然后，回到门里，砰地下关上了大门。

韩青云被他打得一愣，手中的果子包也被击落了，他抚着那发火的半边脸，撞向大门去。

"你为什么打人！你为什么打人呀！"韩青云嚷着，用力去推那扇褪了色的门。

"打你！还便宜你呢。你要再敢进这个门一步！我打折你底腿，还叫你在北京吃不了饭。"

朱四狠狠地说，说完就走了，韩青云听见他用什么重的东西挡住了门。

韩怔忡着，脸仿佛被火烧过一样地疼痛起来，门离有人住的地方很远，既然朱四顶着了门，当然按碎了电铃也不会有人来开。喊破了喉咙玲珠也听不见。这样无可奈何的情形加强了他心中的被侮辱后的恼恨。他倚着门不动地站在那里，想，总会有人出来的，他一定要闯进去算清楚这笔账？姓韩的还没栽过这样的大跟头。

愤恨中的时间过得特别慢，韩青云觉得站了有三个钟点了也还没有人出来，他看见门旁的树下放着一辆漂亮的自用三轮车，三轮车夫用着奇怪的眼色看着他。他突然想起了一个主意，他想车上的人一定是到玲珠家里来的，他要去从那个车夫嘴里探听出点消息来，朱四虽然以往并不看重自己，也没像今天这样不逊过。这里，一定会有个原因。

他整整衣服，马上编好了两句说词，他走到三轮车夫前去，作了个非常懊恼的颜色，从衣袋中拿出一盒刚刚领到手里的配给纸烟，撕开了包纸，拿出一支来送给车夫，自己也拿了一支，他客气地向车夫借火。他说：

"我真是倒霉，不知青红皂白地挨了一拳，人也不见了，理都没地方说去。"

"可不是。"车夫从口袋里拿出火柴来，给两人点燃了烟，客气地回应着。接着，打量了韩青云一下，奇怪地问：

"那家伙为什么打您呀！"

"我也不知道怎么回事情，"韩说："我连认都不认得他。"

"这就奇了。"车夫说："那他为什么无缘无故地打您呢。"

"是呀！我想他不是个疯子，就是认错人了，我刚进去，他看都没看清楚我，就把我推出来了。这——"韩说，摸着自己底被打的脸，勉强压抑着心中的怒火。

"倒许是认错人了，他们家里早晨吵过架，说是为了什么记者，那个唱戏的小妞差点跑出来寻死呢。"车夫点着头，若有所悟地说："您来的可不是时候。"

"怎么，他们吵架了？"韩问，这真是一个好机会，他回到门洞去，把刚才掉落在地上的梨一个个地拾起来，拿回来，殷勤地让着车夫，装着不在意，但兴味津津地问。"怎么，还有人要寻死。"

"是呀！那个什么珠！"车夫说，忽然反问着韩："您是干什么来的呀！"

韩想了想，手触及了衣袋中的书，他把书掏出来，书里面有一张玲珠托他拿去在照相馆里放大的照片，他把书中的相片连着封套拿出来，拿给车夫看：

"我是照相馆的，给这儿的小姐送放大照片来的，今儿早晨打电话直催，不然今儿还得不了呢。真是，该着倒霉。"

车夫仔仔细细地看了照片很久，那生满了毛的黑手拿着玲珠着色的相片，就像一朵鲜花把在一堆粪上一样，韩觉得直呕心，他拿回照片来，很快地收进封套里，不得不赔了笑脸继续着问：

"说呀！"

车夫却偏不说，他用他汗味很浓的手巾擦了一只梨，再三地谢谢韩青云之后，用劲地咬了一大口，咂着梨的甜汁，他才很得意地说：

"怪不得老爷这样着急，够样，真够样！"

"怎么又出来个老爷。"韩说，心里简直是哭笑不得，他不习惯地把只燃了一点头的纸烟在脚底捻灭，烟气呛得他咳嗽着，他原来并不会抽烟，因为要领配给，勉强地在人前抽一支装样，卖配给烟也算是笔小小的收入，这时候，什么在他心中都失去价值了，他那只配给烟中的珍品，在脚下乱暴得踏碎了。焦灼地问：

"谁的老爷？"

"我家的老爷。"车夫说，一只梨只剩了个核了，他仔仔细细地又吃了很久，才满意的扔开去。

"是呀!"韩青云说,"我知道是你家老爷。你家老爷贵姓大名呀?"

"我家老爷姓郭行二,大家都称他郭二爷,北京的银行界一提起郭二爷真是无人不知,无人不晓。"车夫说着,拍了胸脯一下,竖起大拇指来,仿佛老爷底名气就是他的光荣一样。

"是呀!"韩青云懊恼地说,这是一个比王日新还有钱的对手,自己跟王日新不成比例,跟什么姓郭的简直是天地之隔了,为什么这些个有钱的人单单地要来抢他底玲珠呢。

车夫却不管韩青云心里的那本账,他得意洋洋地继续说:

"我家老爷为了这个坤角,花钱还在其次,心思可费大了,从上海回来,别的且不用管,头一个来看的人,就是她。别人想请老爷吃顿饭,都难上加难。不过,苦了我老孙了,这辆车饭钱准漂了。"

"他家岂能亏得了你?"韩青云说,无精打采的垂了头,心里像倒翻了五味瓶一样,说不出是酸,是甜,是苦,是辣,是咸。

"哼!"车夫冷笑了一声,"他家,他家,休想拔得出一根毛来,那个大胖子,饿死鬼身上都想别根毛,还能舍出钱来,今天,一早晨就到公馆去了,三言两语地就把老爷给请了来了,看在将来的新姨太分上,我认了。"

车夫说,很觉得自己底话说得俏皮,很满意地长笑起来。

一切都像是做梦一样,韩青云不能相信这些话说的是玲珠。前一天,他还跟玲珠守在一起,玲珠是那样热情活泼,快乐。可是,朱四刚才打了他,真真的是那个煞神一样的朱四。

"玲珠还要出去寻死!"车夫这样说,玲珠一定遇见非常的变故了,韩青云的心，一想到被困的爱人，就像被火烧炙着一样地痛起来，他喃喃地叫着："玲珠，玲珠。"把手中的梨一古脑儿送给车夫，不管车夫用怎样奇怪的眼色看着他，他跑到那关得很紧的大门面前去，使劲地按着门铃。

一会，有人来了，那走路声，那咳嗽声，韩青云断定他是朱四，他把一切汹涌在心头的爱与恨都压抑下去，悄悄地退了两步，在石阶上捞了一块废砖，他要冷不防地砍朱四一下，他要报那一拳之仇。

朱四已经走到门口了，可是门没有开，也没有别的声音，那个狡猾的东西，焉能来上这个当，韩青云恨得直咬牙齿，他听见那沉重地脚步声又走回去了，他无可奈何地扔掉了砖。

"只盼望见到玲珠吧！只盼望玲珠平安吧！"韩青云这样想，他拐进旁边的一条胡同里，预备在往常招呼玲珠的断墙口，去招呼玲珠。

胡同里有风，阴森森地吹得人难过，高墙下，潮霉的地，湿得讨厌。孩子们在墙根拉满了黄色的屎堆，歪斜着的木板向里，蓬着头发的女人打着泥猴一样的孩子，孩子要哭又不哭，可笑，皱着沾满了泥屑的脸。

韩青云瞧着那做着鬼脸的孩子，木然地瞧了很久，半天，才醒悟了似的挨进了玲珠底后墙，热心地吹起口哨来。

天逐渐地黑了下来，巷口的路灯亮了，灭了，又亮了，木板门里的女人把板门卸下来躺在门口搂着孩子睡觉，一会就发出来鼾声，苍蝇去了，蚊子又来了，嘤——嘤地吹奏着进行曲。

玲珠没有回应，自然更没有出来，韩青云用唾液润了润干燥的唇，在巷口找了几块破砖垫在脚下，攀到断墙口上，窥看着玲珠的家了。

窗上遮满了树影，窗前，一点玲珠知道他来了为他做的表记也没有。室内，点着很亮的灯，人，不止玲珠母女两个，仿佛很热闹，玲珠好像并没有遇到一点灾难。在这儿，穷尽目力也不能看得很清楚，韩青云从叠起来的砖块上下来，身子软弱地靠在墙上，热泪顺着两颊流了下来。

二 十 七 ｜ 鱼与熊掌

被朱四打了之后，韩青云没再见到陈玲珠，那一夜，他直在断墙口守到天亮，也没见玲珠出来。第二天，他病了，勉强在床上躺了两天，又到玲珠家里来的时候，刘妈说是玲珠、老太太、朱四都到天津去了，家里只有她一个人在看家。

韩青云急于要打听的不是发生在玲珠身旁的事而是玲珠底心，玲珠被有钱的人包围的事是什么时候都能有的，而玲珠底心要是变了的话，他说：

"小姐不难受吗？"

这是一句没头没脑的话，可是刘妈明白，韩青云也明白，刘妈说：

"先倒是紧哭，跟我也发了两回脾气，后来，郭二爷说是送小姐上学才高兴起来了，这两天竟忙着预备衣裳什么的了，笑的嘴都闭不上了。"

"是呀！"韩青云跌坐在椅子上，像兜头浇了一盆冷水一样，什么希望都冻僵了，这真是个厉害的情敌，这样直攻其心的作战法，玲珠一定要给攫走了。上学读书这是玲珠一直梦想着的事，自己何尝没想帮助玲珠去上学呢？可是自己没有力量去卸了玲珠肩上的负担。当然玲珠要高兴了，梦想的事一旦实现，玲珠的心，快被兴奋快乐挤碎了吧！

韩青云呆在那里，往事像烟云一样地在脑中飘过，那许多费在玲珠身上的心，血迹淋漓地飘过了眼前，韩青云觉得自己像是死了，变作了幽灵，在看着生前的事迹一样，他无力的说：

"小姐没有说到我吗？"

"哟！我还忘了。"刘妈突然这样说，离过朱四的监视，刘妈好像聪明了很多，说话也中听了，她这样说了一句之后，从座钟底下拿出来一个叠得很小的纸片，交给韩，刘妈说："这是小姐临走时交给我的，说是您来的时候给您。"

韩青云无精打采地打开那张纸片，纸片上只有短短的两句话，显然写的时候很急迫，字也很潦草：

"我到天津去上补习学校，我给你写信来。"

字是玲珠写的，以往在字体上表现的和玲珠脸上常见的一样的可爱的稚气一点都没有了，韩青云像看着一个陌生人写的字一样，一点也觉不到亲密，他脑中只想着刘妈的话，玲珠是高高兴兴地随了别人去了。

他站起来，痴痴地望着刘妈手中做着的黑布鞋，一时像丢失了主意一样，完全不知道作什么好了。他走进里间去，看着玲珠遗留下的东西，看着玲珠写过的字，看着玲珠底衣箱，心里绝望的滋味像是玲珠死了一样。玲珠还会写信来啦！玲珠坐在精致的书桌前面，小公主一样地用着金笔写字，过后，睡到丝绒的床上去，不管将来怎样，就是这一段享受也足令玲珠快乐的了。自己给玲珠底亲吻和拥抱算得了什么呢？拿捉不着捕不到的希冀去跟真实的享受相比，那个更使人心动呢。自己开给玲珠底空头支票什么时候能够兑现呢？什么时候能叫玲珠脱开苦恼的唱戏生活呢。

使韩觉得心灰的，在玲珠底出走之外，是自己被蔑视了的事，王日新看不起自己不要紧，甚至黛黛看不起也不要紧，但不能叫玲珠也看自己不起，玲珠把这样抛开了唱戏的生活去入学的大事说都没说就一个人决定了的事，叫韩青云觉得异常伤心，他知道自己在玲珠心中是怎样一个地位了。

刘妈给他倒了杯茶，端起茶杯也愣着，他只是忍着眼泪就是了，这样的情形使得好心肠的刘妈也难受起来了，刘妈说，想了好一会——

"您就死了这条心吧！有朱四爷。还有抽烟的老太太。"是呀！韩青云是得死了这条心了，朱四扔得开，陈老太太还

扔得开吗？叫玲珠受苦，有方法鼓励她，安慰她，叫老太太受苦的事行得通吗？

"再见，刘妈！"韩青云决绝地站起来，跟刘妈这样说了之后，很快地离开了玲珠底家，到报社里去上班。

在报社里他只是心神不宁，病的两天中，有一个同事有了高就走了，遗下来的位置补了他早跟编辑局长说过的黛琳，和他同桌子的同事张把这消息告诉给他的时候，一脸正经地问：

"老韩，那位漂亮的小姐能就来？"

拿黛琳的照片和履历来的时候，大家都看见了，对这位漂亮的姑娘要来这间大屋子里作事的事，大家都像打了兴奋剂一样地高兴着，所以，很容易的这个机会就落到了黛琳头上了。

"当然。"韩青云点了点头。

"那么，去找她去好啦，你一个人不愿意去。我可以陪你去。"另

一个很爱修饰绰号叫做妹妹的王先生热心地说。王先生编要闻，黛琳要作的事正是来帮他。

"何必着急！近水楼台先得月，别人总抢不了你底光。"张说，打笑着王，做了个很可笑的鬼脸。

王先生底脸立刻绯红了，他原是个很老实的人，常常被大家捉来开玩笑，也许他在美丽的黛琳身上做着粉色的梦，他还没有结婚，自以为是翩翩年少的佳公子。所以才不愿玩笑地表明了这样的心愿吧！

王先生这样一红脸，大家都笑起来，在这满堂的笑声里，韩青云却决定了一样心事，扔开玲珠，他要用黛琳来补上，黛琳一切条件和玲珠相比都有过之而无不及，只差了黛琳底爱人了，他相信他跟黛琳底爱人比起来并无逊色，那个王爱群，左不过是个没出茅庐的学生。

他草草地作完了工作，回家换了衣裳，带着被弃后的装满了哀怨的心，强打着精神，到黛琳家里去。

在黛琳家，第一个看见的就是王爱群，他底敏感的心觉得事情不是像想象那样容易了，他带着敌意地仔细地打量了爱群，他发觉爱群不但是生得很可人意，态度也很华贵，又是一个有钱的小开吗？

黛琳对他亲热的样子，使得韩稍微安心了一点，黛黛也在家，和黛黛单独相对的时候，韩觉到了黛黛眼中包藏着的秘密，那是一颗少妇的心，一颗寂寞中的少妇的心，一颗在寻找着爱情的少妇的心，韩觉得自己的心也热上来，如果这个秘密正如韩所想象的话，叫这位漂亮的少奶奶来补补心上的虚空吧！

韩被李家的人留下来吃晚饭，这是一顿快乐的晚饭，一家人都为了黛琳底事殷殷地向韩致谢，黛琳更活泼得像穿花的蝴蝶一样，飞舞着，歌唱着，天真地表现了心中的愉悦。韩觉得自己幸福起来，在黛黛和黛琳这一双姊妹花的周旋中，被玲珠扔弃的烦恼，消灭得一干二净。他凝望着黛琳，黛琳比玲珠活泼，比玲珠坚定，玲珠底脸上常常现出来的空虚迷茫的神色，黛琳底脸上没有，玲珠常常困惑得不知如何是好的表情，黛琳底脸上也没有，黛琳是自己底主人，黛琳想怎样就可以怎样，玲珠却得要别人来替自己拿主意。

只有爱群没有说什么，黛黛没有心思再来管爱群的事了，她一心一意地注意着韩，她突然变得愉快起来，好像她比黛琳的话还多了，她殷殷地盛汤劝菜，好看的脸上泛着喜色。

爱群底沉默，黛琳觉到了一点，饭后，韩约一双姊妹到西单去溜溜街的时候，黛琳瞧着爱群的不大高兴的脸，说："大姐去吧！我还要洗碗。"黛琳并且要求着爱群，黛琳说，用着温柔的女儿语气："群哥，你不帮我忙吗？"

爱群驯顺地听从了黛琳底话，把许多碗聚集在一起，替黛琳端到窗外的台阶上去。

"我们去吗？"韩青云看着黛黛的脸，压下去心上的失望，笑嘻嘻地问，说完，他又加了一句："去吧！去去就来。"

"那么？"黛黛说："我去换件衣裳。"

"已经够漂亮了。"韩特意这样说，说这样话不是单单地为了赞美黛黛，而是为了表示亲密。

"不！"黛黛说："我好久没有出去了，总该打扮打扮。"

黛黛到两姊妹住的屋中去换衣裳，不知道为什么，心扑登扑登地跳着，兴奋得仿佛初恋时候出去会晤情人一样，她穿了一件最心爱的赭黄色的衣裳，上面加了一件朱红的外衣，外衣的腰身紧紧地扣在她底腰上，她越发地被显得婀娜多姿了。她略略地擦了点胭脂，涂了很香的唇膏。

黛黛去关照了妈妈，妈妈说是天凉了，要她早些回来，黛黛笑应着，和韩比肩出了大门。黛琳送着他们，笑着说回见，并且约韩明天来接她去上班。

只有两个人剩在黑暗的胡同里的时候，韩挨近了黛黛，他指点给她，哪儿有石块，哪儿有水，哪儿是土坑，黛黛顺从着他底话，小心地走着。韩觉到了黛黛身上发散出来的香气，他想搂过来她，想了几次，手都没有伸出来，他怕黛黛生气。

到热闹的街上的时候，黛黛从韩底身边走开，她有点胆怯了，这样盛装着单独地伴了男友街上走的事，是她婚后破题儿第一次，好像街上那许多人都看穿了她底心事一样，她觉得脸一阵阵地热上来，回去吧！心里这样想，可是立刻又否定了，这样爽快的风，这样清朗的夜，这样满天的美的繁星，还有这样体贴周到的朋友。她只好瞧着食物店里的辉煌的灯，来岔开这不安定的心绪。

韩底心里却高兴非常，陪着这样漂亮动人的女人在街上徜徉，他也还是第一次，黛黛底美貌正是他底光荣，他底骄傲，跟朴素的不会修饰得一见令人目眩的玲珑一块是享受不到这种优越之感的，韩睨视着那在黛黛身上投下了眼光的人们。他甚至要骄傲地喊出来，"她是爱我的！她特意来陪我"的话，他底脸上弥满了得意的微笑。

"喝点什么去吧！"黛黛突然低声说。并且在一家吃茶店的门前停着了。

"好！好！好！"韩说，连串地反应着，他替黛黛拉开了门，对着亮的写着亚北两个字的招牌，送上去一个笑脸。

进门，在黛黛刚刚要坐到椅上去的时候，韩说，"我们到里边去吧！"

"是呀！"随在黛黛后面的茶房说："您请里边坐吧！里边清静。"

虽然这句话正投黛黛所喜，敏感的黛黛却又觉得茶房正是在讽刺她，她挽起她底朱红的手袋，看了看有两对在喝着茶的男女，站起来，很快地走进垂着半截白布帘的单间去。

脚留在桌下，脸总避开别人的视线了，黛黛把手袋放在桌上，韩过来帮助她脱下大衣，黛黛把小的骨牌盒拉得挨紧了墙，背靠着墙，侧脸向着对面的韩，坐了下来。

屋子小得很，小得两个人的呼吸都衔接了一样，韩直觉得黛黛底呼吸由对面的墙面反撞到自己底脸上来，一会，小屋子里便装满了两人的体热，空气馥郁得令人心醉。

韩在等待着黛黛，在等待着黛黛回旋过来她好看的脸，他盘算着怎样去摘取这一朵花，被玲珠创伤了的他底心，急着要爱抚，拥抱，在没有得到黛琳之前，他不能放过去黛黛。

黛黛坐着，她底心跳，脸也热了，她不知道她为什么要跟韩到这样的地方来，是渴吗？不是，眼前的红茶的浓烈的气味反倒使她不耐，那许多在闺房中模拟着怎样在另一个人底爱里调剂了自己底寂寞的情景，只是一种绮丽的幻想，真正和一个人相对，要在他底爱里重生的时候，情形完全不同了。心情之外，黛黛觉得对不起日新，她没有勇气去向另一个男人求爱，这时候，黛黛才觉得自己软弱得可怜。

可是，另一面，她却在希冀着，希冀着像暴风雨那样的事情发生，不容抵抗，不容躲避，叫她享受疯狂的快乐。

韩看着她，和黛黛重逢以来的往事一页页地在脑中掀过，他断定黛黛正是有情于他，他把头枕在桌面上，从下面看着黛黛的脸。

"黛妹"他说，很顽皮地笑了笑："你在想谁？"

黛黛被他问得心一跳，摇了摇头，轻轻地说："谁也不想。"

"不！"韩说，"我确定你在想一个人。"

黛黛想韩一定说是自己在想着日新，她更加不好意思起来，

她不愿意韩再说这样的话，她看了韩一眼，对着桌子坐好，拿起一颗糖来送到韩底茶杯碟里，说，

"吃一颗糖吧！"

"你在想我。"韩说，很正经地说，并且举起来黛黛送给他的那一颗糖，"我这儿还有证据，你看，你送给我一颗甜心。"

黛黛去看那一颗糖，真的是一颗深红的心，糖碟里的糖有心形，有月形，又有星子的形，自己无意拿了一块，却被韩有意地收下，黛黛说不清自己是惊是喜了，她稍稍慌乱地说：

"我不是跟你在一块吗？"

她底意思是要说我并没有想你，因为我们正在一块，可是说话的语气，却像承认了韩底话一样。韩看着她娇羞满脸的神态，他想一下搂着她狂吻一阵才好，他突然扑到她身侧去，要低下自己底脸的时候，看见黛黛温顺地俯身在桌上，在等待着什么来临的样子，他想了一个主意，

他贴在黛黛耳边，用两只手骤然地搂紧了黛黛底腰，热情地说：

"黛妹！我要你到我家里去，要你到我家里去。"

黛黛挣扎了一下，跟着把整个的身上伏在桌上，背向着韩，她底心有点狂了，这样出乎意料的拥抱真的像暴风雨一样落在她身上，她下意识地推着韩底手，但手也被搂着了。

韩看见黛黛没有生气，他更胆大了，他伏在黛黛耳边，重复着说，

"黛妹！我要你到我家里去。"

二十八 ｜ 干柴烈火 ｜

"不！"黛黛说，被韩擒住了的身子，颤抖着，像去洗浴的时候，冷的皮肤骤然接触了温汤，自然而然地痉挛了一样，随即舒展地浸润在韩底体热里。

"不！"黛黛迷茫地说："妈妈要我早些回去。"

"不要管吧！黛妹，我渴想了你这么久，我们分别了这么久。"韩底两臂箍着黛黛，像箍着一尾活泼的鱼那样小心在意，黛黛滑软的臂和腰，在他臂里突突地轻颤着，韩底心，燃烧着的火一样，熊熊地要烧毁一切。

"不要管吧！黛黛！"韩说，用不容抵抗不容分辩的诚恳的口气说，"黛黛，我知道你爱我。"

他把黛黛的大衣拿下来替黛黛穿上，又叫来茶房算账，他挽着黛黛

出了吃茶店的门，他叫了两部车子，像一个年青的热烈的丈夫一样，他挽住黛黛上了车，并且告诉车夫地址。

黛黛坐在车上，韩的体热留在她底身上，她莫名其妙地觉得兴奋，她把脸藏在朱红的手袋中，手袋上的化妆品的香气增加了这兴奋的热度，她渴想着那热烈的拥抱，那样的拥抱里，有一种和日新一块时候完全不同的滋味。

车在一条黑暗的小巷中间停住了，韩走下来，付了车钱，过来挽住黛黛。

冷的风吹在黛黛底脸上，天高得很，清洁的月和闪烁着的星，银河左右的牛郎和织女双双地隐在薄绸一样的卷云中，黛黛的心激动地颤抖着，她虚拟了许久的情景来临了，可是她变得胆怯起来，望着银光闪闪的天河，黛黛真的像要跨过一条流着水的河一样地觉得怕起来。她底两腿摇摇地，几乎支持不了她底体重了。

"黛妹！我们好好地谈一谈，我们很久不见了！"韩说，拽着黛黛，像妈妈拖了顽皮的孩子回家一样。

"不！"黛黛说，用着很小很小的声音，"我要回去了，我们改天再谈吧！我怕。"

"怕什么？"韩说，亲着黛黛的头发，一经接触之后，由于分别隔开的距离，由于环境造成的矜持，都立刻失去了意义，韩青云像幼年时候跟黛黛涎脸的情形一样，执拗地抱紧了黛黛，一个手去敲门。

"不要怕！黛妹，没有人知道你到这儿来。"他轻轻地说。听见门里有人出来的时候，把黛黛藏到身后去。

开门时是那个爱叨唠的老妈子，她看见韩青云的时候，揉了揉眼睛，睡意很浓地说：

"舅妈打牌去了，你怎么又回来得这样晚。"

"还晚吗？今天最早啦！金妈妈，你去吧，我自己来关门好了。"

韩说，温和地笑着，伸过一只脚来，仿佛要跨进门来的样子。"要关牢，舅妈说不定不回来了。"金妈说，真的走开了。

"我知道！我知道。"韩说，看着她进了屋子，回身来搂着黛黛。

"黛！没有人，快进来吧！夜凉得很。"

他拉黛黛到他底屋子里去，隔墙的一只街灯，恰恰的照亮了他的半个窗户，他把黛黛放到他常坐的那张椅子上坐下，要去开灯。

"不要开吧！又不十分黑。"黛黛说，抱着她朱红的手袋，她底心犹疑着。被韩青云带到这样黑暗的屋子里来，虽说是没人知道，她自己却不能够完全坦然。寂寞的时候，憎恨自己底丈夫，咒诅身边的人，到真的接触了丈夫以外的男人的时候，真的跟另一个男人秘密地守在一起的时候，她才知道抛弃了正常的夫妻之爱去另觅新欢，并不是一件容易的事情，就是各方面都给了方便的机会，心也不能安然地在这新鲜的爱情里陶醉，她所虚拟的那些大胆的镜头，一个也表现不出来，她不愿意再有灯来照着她，黑暗中她还稍微地自由一点，她想坐一坐就要走了，虽然没有人知道她到这儿来，可是家里的人却是知道她跟韩青云一块出来的。

"黑着也好。"韩青云顺从着黛黛说："待会月亮就要照进来了，我常常一个人醒着看月亮，秋天的月亮真美。"他这样说，声调中渗合着伤感的成分，他站在窗前，这样说了之后，走到黛黛身边来。

把这样一个美貌的女人关在自己的屋子里，韩的心，兴奋得几乎在身体里装不住了，在失掉了玲珠之后，他对女人的细心和体贴都扔掉了，那些在他心中失去了价值，他认为第一能征服女人的是钱，第二便是强力，他要是强力地占有了玲珠，事情也不会这样简单地就完结了，他要是在玲珠身里丢进去一个儿子的话，想想看，陈玲珠还会是陈玲珠吗？

陈玲珠就是真的成了韩青云的所有物，韩也得使出来精力养活她的，李黛黛却不必，真的占有了她的肉体，还有别人来替他负着责任，自己连管也不要管，或者还能借着这个阔绰的情人捞进点什么来。能够把黛黛占有，就等于占有了她底财富，也就等于占有了王日新的家产一样。

黛黛能够到他底家里来，就是表明她有爱他的心，这样的好机会，不能叫它凭空失去，黛黛是羞涩而且易于动情的人，她和玲珠不同，玲珠有的是白日的绮丽的幻梦，黛黛有的却是现实的逼人的寂寞的春情，对付黛黛，就得像刚才那样从亚北强制地拥她回家来，尽可以过火，却绝不可以不及，不然，在王日新之外，是给不了她什么好印象的。

韩步到黛黛的身边，两膝接触到黛黛的两膝，黛黛底藏在大衣下面的圆圆的膝骨，在微微地颤抖着，黛黛稍微地躲了躲，但韩用双腿紧紧地抵着了它们。

"黛妹！黛妹！黛妹，我要你脱下大衣来。"

韩青云说，他连续地叫着黛黛，充满了不可遏止的热情，充满了男人底魅力，充满了描说不出的温存，把整个的精神，整个的心灵都灌注到声音里，这样甜蜜地呼唤着。

黛黛底耳朵接受着这样的呼唤，她压抑在心底蓬勃的感情从各个血管中迸跳出来，空了的血管立刻贪婪地吸吮着这甜蜜的声音里蕴含着的一切，她觉得自己在那呼唤中溶化了。

她任韩青云脱掉了她底大衣，她迷茫地站起来，投到韩底臂空里去，情不自禁地啜泣起来。

"黛妹！"

韩说，把大衣扔开，用两只手抱着了黛黛，吮去了黛黛颊上的泪。

"黛妹！"他用呼唤代替了动作，他拿得准黛黛流的泪，一多半是喜悦，一少半是哀怨，黛黛底心一定是在王日新忽略的照看里枯萎了好久了，这样的泪会使她重生的，他用自己底厚的唇代替了黛黛底手帕。

黛黛别转了脸，韩底温软的唇吮得她心跳，她想说，"我要走，妈妈们要笑话我的。"可是，这样的话她怎么说得出口呢！她像多天冻在荒原里的人好容易找到了火，她像在沙漠中的人好容易觅得了甘露，叫她抛弃火，叫她抛弃甘露，就是叫她去死，叫她去走向坟墓。

"黛妹！"韩说，他在黛黛底泪眼中捕捉着黛黛没有说出来的感情，他立刻明白了黛黛两难的心，他说：

"黛，回去的时候，告诉妈妈说我们看电影去好了。她们不会疑惑你的，也不会疑惑我，你放心好了。"

是呀！这倒是一个最好的托词，黛黛宽心地笑了，是呀！跟韩一块看一场电影有什么不可以呢！自然妈妈们会觉得没什么奇怪。

"那么！现在什么时候了。"黛黛说，用手背去擦眼睛，像小女儿哭泣后又开心了一样。

"刚刚十点，"韩站到微光里去看腕上的表，"十点，九点半开场的话，也不过刚刚看了半个钟头，黛黛，就当我们去看电影好了。快安心地坐下来，我们说一会话，多么难得的机会呀！我们相守着，没有一个人扰我们。"韩说，推黛黛在椅上坐好，自己拉了一只小凳，坐在黛黛底对面。两只手握紧了黛黛底手，两膝抵紧了黛黛底两膝。

他看着黛黛，像要看穿了黛黛底皮肤，看到她底血里，肉里去一样。

黛黛躲开了这样的凝视，脸红热上来，她抽出一只手，用手背擦去了颊上还留着的一颗泪。

"云哥哥，"黛黛叫，这样的称呼越发使得她不好意思起来，这是他们重逢后，黛黛第一次从心里发出来的亲热的声音，叫出口来，她底头羞得低下去，几乎伏到膝上了。

"嗯！"韩青云答应，往事流回来了，他看见躲在大的金鱼缸后面，梳着两条辫子的黛黛，从缸上一露头，像刚才这样叫了一声之后，又缩回去，却把清脆的笑声留在空气里，他底眼不知不觉地湿润起来，他用被伤感的情绪闹得颤抖了的声音说：

"黛妹，叫我，再叫我一次。"

这样的伤感传给黛黛，黛黛捧起来韩底脸，泪又从她好看的眼中落下来，她叫着：

"云哥哥。"她看见韩底眼睛亮起来。

"黛！黛！叫我吧！叫我吧！多么甜蜜的声音呀！"韩低语着，抱黛黛到床上去，吻遍了她底脸和双手。他几乎使黛黛透不过气来了。

月亮真的来了，八分满的明月，银色的月底微光，像一条可爱的水流一样，迂缓地透过了玻璃，流进室内来，屋中，像罩了层薄得透明的青纱，柔和得使人心醉。

"月亮来了。"黛黛说，脸俯在床上，推开韩自己坐了起来，在韩底热吻中，她底胆怯和矜持都被赶跑了，韩揭掉了她羞涩的外衣，揭开了她意识中的庄重，从不敢尝试的懦怯中剥她出来。这样强制的，暴力的，不容商量的热爱，正是唯一攫得黛黛的妙法。"月亮来了！"黛黛又说，她不是表示她欢迎月亮，而是表示对韩底亲昵，"看！月亮来了。"她用她底手，推着韩底脸去看月，被吻过后的她底手，热得很，正像她跳动着的心一样。

"我底月亮在这里。"韩说，手指着黛黛底眼睛，慢慢地脸挪近黛黛底脸，突然又吻着黛黛底眼睛。

黛黛真的不知如何是好了，什么家，什么丈夫，都在韩青云底身边化作轻烟，被韩底呼吸吹散了。仿佛从有记忆来她也没有这样兴奋过，男人竟尔在女人底身上有着这样的魔力，这样紧，这样有力的拥抱，像水渗进泡在水里的衣服一样，她已经变成和水一样的物质了。

"我底月亮在这里。黛黛！你告诉我！你是我底吗？"韩说，把黛黛底脸用两只手用力地挟紧，这样说，说了之后，咬着自己底半边嘴唇。

"我吗？"黛黛说，痛苦地用手摸着自己底脸，突然失声地哭泣出来，"我，谁的也不是。"她想推开韩的手，伏身痛哭，可是韩一点也叫她脱不开。他说：

"黛黛！我不是问过去，也不是问将来，我问你现在。你快说，你现在是不是我的。"

黛黛底泪纵横地流过了她底秀脸，滴在韩底身上，滴在她自己底身上，滴在她善感的心上，流的泪，像镜子一样地反映出寂寞的日子，反映丈夫底粗鲁和漫不经心。

"现在！不要问我吧！云哥哥，我什么都没有。"黛黛说，把脸搁在韩底肩膀上，恣意地痛哭起来。

"不要哭！黛黛，你有我。"

"是吗，你要我，你会是我的吗！"黛黛兴奋地说。

"你还记得你躲在金鱼缸后面的情景，那时候，你底云哥哥什么样，现在仍旧是什么样。"韩说，抚摩着黛黛的脸。

"可是，是你离开了我。"黛黛说。

"我是孩子，我不能作我自己的主，不过，从现在起我绝不离开你一步。我不能叫别人冷淡你，欺侮你。"

"一切都过去了，一切都晚了。"黛黛说，由痛哭跌到幽泣，可是伤心的程度却反加深了，她底心像裂了一块，无从缝补了一样。

"不！黛妹，只要你心里只有一个我，我们会挣扎过这一切磨难的，你看。"韩说，指着窗外面的灯，灯灭了又亮起来，"你看！光明并不是找不来的东西。"

"我知道。"黛黛说，"可是……"

"不要说什么可是了。黛妹，黛妹，我等了你这么久，你听从我，你不要叫我伤心。"

"是！云哥哥。"

黛黛被韩青云搂住，吻着嘴，并且吻着她底舌，黛黛觉得四肢愉快得麻起来，身子像火一样地烧着。

"黛妹！"韩青云叫着，丢开了黛黛的脸，去撕黛黛的衣裳。

二十九 | 不期而遇

陪着王会长到天津去的王日新，本来没有预备住很多的日子，可是王会长因为在等着上涨的黄金的行市，一时间没有意思回北京来，交易所方面一向都是日新去，连带日新也不能一个人单单地跑回来了。

天津是沉闷的地方，是没有绿树，没有鸟叫的枯燥的地方，天都比北京低，空气混浊得很，可是，另一方面，打扮得香花一样的女人代替了大自然的花和树，那些点缀人们生活的女人充斥在各个角落里，一举手，一抬眼就可以遇到，像在北京一张眼就能看见绿叶那样的普遍。

日新原是一个随遇而安的人，他被人们请去与某一位小姐打牌，被人请去给某一位小姐贺新居，在跳舞厅改成的茶厅里坐到夜深，听着莺声燕语，觉不出来有什么特别意味，也觉不出来有什么无聊，马马虎虎的一个星期就过去了。

一天，他被人叫着去剪衣料，那是一个装作女学生式的高级的卖笑姑娘，她说了许许多多堕落到这样生活间的痛苦，许许多多她怎样在这样环境中保持她清白身子的难处。她做得很像，话也说得很悦耳。可是，这一套辞令听在日新耳中却格格不入，日新爱的女人是像玲珠那样纯洁，黛黛那样娇柔，黛琳那样明快的,用造作来装饰自己的女人，他是瞧不上眼的。

可是，带着怜恤的人，他答应了那女人请他给剪两件衣料的要求，他要用那个女人来陪陪他上半天的独处的寂寞。

他们到法租界的中原公司去，他看着那贪婪的女人竭力掩饰着自己，装出高贵的神色的样子，他突然发烦起来，他丢她一个人在衣料部盘桓，自己跑开去闲溜。

他自然而然地想起来黛黛，想起来黛琳，也想起来玲珠，他要买点东西，带回去送给她们。他恰巧走在文具的一部分，他想买一支笔给黛琳。

卖笔的地方已经先有人在了，那是一个穿着深蓝的大衣，大衣下面露着崭新的蓝布裤的女学生。他也站到玻璃的笔柜前面去，看那里陈列着的笔，忽然，他觉得这个买笔的客人好像他认识，那背着的身形是这样熟稔，他先不看笔，去看那个女学生底脸。天哪！竟然是陈玲珠，那个在戏台上装扮着杨玉环的纯朴的少女。

"玲珠。"他惊喜地叫着，刚才跟那女人一块的烦躁都飞走了，他真想不到玲珠也会到天津来。

"王，王先生！"玲珠也高兴地叫着他，两人微笑着看着对方的脸。

"玲珠！什么时候来的，你一个人吗？"日新说，挨近了玲珠，玲珠这样的装束，越发显得她纯真、可爱，他想握一握玲珠的手，可是他没有。

玲珠点了一下头，又摇了一下头，脸红起来。

日新被她逗得笑了，他马上联想到了玲珠底生活，玲珠不会是被那一个热心的捧角家带到天津来的吧！他说："在哪儿住，我们可以一道玩玩了，我熟得很，我可以做你的向导了。"他这样试探着说，急于要知道玲珠来天津的真相。

玲珠不说话，笑了半天，只简单地说："我要上学了，我在买笔。"

玲珠底话，把事情弄得更迷离了，日新说：

"是吗！我给你道喜，上学不正是你的理想实现了吗？"

"嗯，"玲珠点着头，满意地笑了。

"买好了吗？"日新说："我来帮你选一支。"

"还没有。"玲珠说，重新去挑选笔，"我看哪一支都好。"

日新帮助玲珠选了两支，一支自来水笔，一支三色自动铅笔，问好了价钱之后，他付了钱。

"王先生！我不要您破费。"玲珠说，从提着的白色的书包里拿出来一个精美的小皮夹子来，去数里面的票子。

"怎么跟我客气起来了，这是我送你入学的礼物。"日新说，把包好了的笔塞在玲珠底书包里，瞧了玲珠手中的精制的蛇皮小钱包一眼，拉玲珠走开了那儿。

"玲珠！跟谁一块来的呀！"他问，在那蛇皮的小钱包上，幻想着一件意外的事。他底心，不知不觉地忌妒起来。

"跟呀！"玲珠底脸又红起来，口吃了半天，说："跟妈妈一块来的。"

"是呀！"日新笑了，"我知道你是跟妈妈一块来的，妈妈之外，还有谁呢？"

"还有——"玲珠把椒红了的脸，低得完全躲开了日新底眼睛，她想说出来那个人，那个对她表现了无尽的爱护，逐走了朱四的人。可是，她没有忘掉了日新对她底心，在中南海，有一次，在流水音的岩石上，日新说过怎样令人感动的话呀！日新说的话她都记得很清楚，她更没有忘记为了演贵妃醉酒，那天日新的慷慨。现在，完全离开了旧日的生活，就等于抹杀了旧日的厚情一样，一时间，什么话才能立刻说得清楚她现在的处境和现在的心呢。

她跟日新并着肩往前走，眼睛看着四只忽前忽后的鞋尖，她想问问黛黛来没来。在北京，妒忌黛黛，曾下意识地想象把日新身边的黛黛底位置换上自己，可是，真的和日新一块去嬉戏，摆好了姿势等着日新给照相的时候，又怕前怕后，心里一点都不满意。看情形，这次黛黛并没有跟日新一块到天津来。这是一个跟日新公开自己底事情最好的机会，但愿能得到日新的谅解，玲珠不愿意丢了这样一个好心的朋友。

"我吗？"玲珠倩笑着，预备要说下去的时候，身旁的日新突然站住了脚，回头去跟另一个人说话。

那是她，那个要衣料的女人，她底后面跟着捧着包裹的店员。

"完了吗？"日新被叫站住，很不高兴，这样冷冰冰地问。

女人点了点头，很活泼的样子拉了日新底衣角，笑着问："好看极了！您不要看吗？"

日新摇了摇头，在店员拿着的发货单上，写了自己底住址，告诉去拿钱之后，向着那个女人。

"我有点事，你一个人回去吧。"说完，搂了玲珠就走。

纯朴的玲珠并没有看出那个女人底身份来，她以为她也是位女学生，看日新那样不客气地遣走了她，她奇怪地问：

"既然是和您一起来的，我们一块走不好吗？"

"她不配。"日新简单地说。

"为什么?"玲珠问。

"不要说她吧!一个不相干的人。"日新说:"玲珠,你还没有答复我底问题,跟谁一块来的呀!""也是一个人。"

"是呀!当然是一个人,那么,一个老人呢?一个不老的人呢?一个男人呢?还是一个女人呢?"日新调皮地说,用肘撞了玲珠底臂弯一下。

玲珠底脸三次飞红起来,身边来来往往的人仿佛都在看着她一样,这样亲昵地靠着日新在热闹的地方走,她忽然觉得不安起来,她觉得对那个人不起,这样背着他跟旧识的男朋友闲话。她尊敬他,他也看重自己,她要赶紧回去,在妈妈底身边,做一个用功的学生,她不能这样放了光阴白走。

但是,她想到了北京,想到在北京的爱人,她到天津来了之后,还没有写信给他,是她忘了那海誓山盟的爱了吗?不是,玲珠不是那样薄情的人,没有忘,也不会忘,只是新的环境拘束了她底心,这样白白地让一个人供给自己,扶养妈妈的事,爱人听了一定要不高兴,几次拿笔,又几次放下,正跟今天见着日新的情形一样,她不能明快地诉说她底志愿,她底处境,她底心绪。她想跟日新谈谈,让日新把她底消息带到北京去,她相信爱人会等待她底成功的。并且,这样,见了日新就离开,她心里觉得热刺刺地难受。她想了想,想出来个主意。她说:

"王先生,我请您吃午饭,跟我,我妈妈。"

"是吗!有功夫出来,我作东好了。"日新兴奋地说。"我不愿意到饭馆子里去。"玲珠皱了皱眉。

"怕什么!又不是在北京,没那么多的人认识我们。"日新说,他自然而然地想起来为了玲珠受了韩青云的胁迫的事，这件事，一直还没有跟玲珠说起，他想，晚上跟玲珠吃饭，倒可以拿出来说说，也好叫玲珠再回北京去小心。

"不是怕。"玲珠说，可爱地笑了笑，"我想请妈妈做一点菜给我们吃，又比馆子里清静。"

"那么？你们不是住在旅馆里了，玲珠，快告诉我吧！究竟是怎么回事，你还回北京吗？你们预备在天津长住了吗？"日新说，急得话像迸碎了的珠串一样，嘈杂地落了下来。

"一会儿我自然要告诉您，我还要跟您请教点事呢。"玲珠说，神秘地笑了笑，问："您底少奶奶来了吗？"

"没有来。"日新摇了摇头，"那么，我只好等一会儿了。"

"现在，我先走。"玲珠说："回头您找我去，您天津不是很熟吗？"

"为什么不肯叫我一块走呢。"

"我还得去预备一下，我写给您一个地址，我们过一点钟再见。"

"好吧！"日新说："我听你的好了。"

玲珠伏在手旁的墙上，写着小的卡片，写了半天才写成，日新等在她身边，兴味无穷地看着她写字的侧影，他觉得比看她演戏时畅快得多。她不许日新看着她写，她要日新转过脸去。

写完了，她把卡片送给日新，立刻惊鸿似地飞到楼梯那儿，微笑着说回头见。

日新看了卡片一眼，追她到楼梯上来，说："玲珠，等一等，我替你雇车。"

"不要。"玲珠摇着手，"我有车，回头见。"

日新停下来，看着手中的卡片，片子的一面印着小小的三个楷字，陈玲珠，背面，玲珠用小女儿一样可爱的笔迹，周周正正地写着："英租界十三号路一三五号。"

玲珠居然也这样大大方方地说什么我有车了，真是不知从哪儿说起，但愿降临到玲珠身上的是福不是祸，玲珠那样高兴，像生活得很好，看起来，比在北京的时候，活泼艳丽多了。

现在十二点一刻，最早也得要一点钟到玲珠那儿才好，日新把卡片塞在上衣的小口袋里，走出了中原公司的大门。

到那儿去呢？他已经丢失了在中原公司里面溜一溜的开通的心绪，信步前走，在一家果子店前，他停下来，买了热栗子，买了精致的梨，陈老太太爱吃梨的事他知道，玲珠爱吃什么他反倒不晓得，玲珠总是谦逊地说："什么都好！什么都好。"她总该有一样最喜欢吃的水果的，那是什么呢！是橘子、是蜜柑、是柚子、是——仿佛是苹果，有一次，跟小高一块请玲珠吃饭，就是商量出演贵妃醉酒的那一天，小高有事出走，只余下两个人的时候，玲珠特地在果盘里拣了一只苹果出来，巧妙地削成了花朵，用苹果的红色的皮托着白的果肉，请自己吃过。

他选了两斤红得发亮的红玉，叫伙计包好付了钱，提在手里，走出来，跳到一部洋车上面。

"那儿？"车夫说，回头望着这鲁莽的客人，日新注意到这个背影很魁伟的车夫原来没有鼻子，鼻子的地方，陷了一个肮脏的坑，上唇可笑地翻上来，露着两颗很大的牙。

怎么会这样丑，跟日新脑中的玲珠一比，像小鬼一样，日新忽然觉得不祥，望了这样一个鬼拉的车，除非是上地狱去。

车夫却没觉得他这样的心理，他殷殷地问："那儿呀！"

日新想跳下来，却又觉得不大是意思，他勉强向前指了指，车夫抄起车把来就跑。

那个鬼却有着特别的快腿，在车辆杂沓的梨栈大街上，风一样的，转眼间就穿了出来，到路尽处，日新吩咐他向右拐，日新要到桥旁那家法国人开的 DD 吃茶店里去吃一点咖啡，再带点糖给玲珠。

在吃茶店里，浓烈的咖啡增加了日新心上的兴奋，喝着咖啡，他看了有十次表，时间过得这样慢，他看着那些奢侈的装饰，敏感地觉到了玲珠也成了一件人家悦目的装饰品。他觉得像丢失了一样东西，心上空虚起来。

三十 烟云

到十三号路，日新立刻就找到一三五号了，洋灰的墙间，有一个绿色的雕花的铁门，铁门的右上角，安着小的黑色的电铃。

这是大天津清静的住宅区，这是天津有钱人的窠穴，日新看了看四周那许多安静的楼房，又看了看手中的卡片，去按那个黑色的铃。

约摸有一分钟的样子，一个人趿着鞋走出来，仿佛是跟着一匹狗，狗咻咻地呼吸着。

绿色的门上拉开了一个小方洞，一双黑溜溜的眼睛打量着日新。

"陈玲珠陈小姐是住这儿吗！"日新问，心里颇不是意思。"你老贵姓！"守门人操着天津口音，客气地问。

"我姓王。"日新简单地说，刚才坐在那个塌鼻子的洋车夫车上幻想的情景，又显现了一次，玲珠纵然不是掉在地狱里，这样被人锁在狗和人的监视中，也绝不会有什么好事。被这样陌生的守门人盘诘，也正伤了日新骄傲的心，他一向总是被人接出来很远，恭恭敬敬地又陪了进去的。

"噢您老请，您老请，小姐正候着你老哪。"

守门人说，在小的方洞下面，拉开了一扇小的长方形的门，同时大声地吆喝着狂吠起来的狗。

日新踱了进去，躲避着那个大得跟小驴子一样的狗底扑咬，在守门人的引导里，通过了一条窄的甬路，到一个宽阔的院落里来。院子是天津稀有的宽大的院子，有树，看山石，老来变的红叶子，红得扎眼。树间，白色的两层楼房，屹然地立着，墙角有一只猫，白得发亮的毛和蓝色的眼睛，惊讶地瞪视着来客。

楼上的一只窗子呀地声推开了，露出来玲珠底头，玲珠梳了两条辫子，辫梢桃红的绸结。

玲珠摆了摆手，说："请进来。"立刻关上了窗子，不见了。走了五级很高的台阶，进到屋里，日新被引入一间布置得很

豪华的客厅里，玲珠也走了进来。

"玲珠！"日新叫着玲珠，看了那糊着漆布一样地凸出花纹的纸的墙壁，和壁上镶着的花灯之后，才去看玲珠底脸。

"请坐！"玲珠说，把日新安置在软的皮沙发中坐好，自己端过茶来，又带上了那只开着的门。

"他们问我您是谁！"玲珠悄悄地说，在日新身旁的一只椅上坐下来，"我说您是我底表哥。"

"我倒是愿意作你底表哥。"日新说，脚用力地踏着柔软的地毯，撅起来嘴，"不过，你快告诉我这是什么地方，我不愿意这样装模作样地坐在别人家里。"

"怎么是别人的家呢？是我的家。"玲珠着急地分辩着，这时候，陈老太太推开门进来，客气地叫着："王先生。"老太太穿了一件灰色湖绸的薄衬绒袍，头发梳得很光，很像一位富家老太太的样子，日新第一次看见她那时候的窘急穷苦的样子一点都没有了。

"您瞧！我叫您称呼王先生侄少爷，您又忘了，亏得没人听见。"玲珠说，不满意地看着自己底妈妈。

"我就是记性不好，再说，我也怕王先生见怪。"老太太慌惑地笑了笑，生怕女儿生气的样子，这样解释着。

"王先生见怪，有我，您怕什么。"玲珠说，过去拉开了赭色的绣着鲜美花朵的窗帘，向外望了望之后，回身向着陈老太太。

"您去吧！替我们看看菜，张妈送糖果来了。"玲珠说，在隔着日新很远的地方坐好，端庄万分的样子。

老太太走了，被玲珠叫着张妈的老妈子进来，一个很干净利落的老妈子，围着白色的围裙。

日新心里很不好受，来见玲珠的一团热情，化得一干二净。玲珠对付她底妈妈的样子叫人不堪，骄傲得像要冲霄而去的凤凰一样。尤其是这样不公开地弄着玄虚地招待日新的方法，日新受不了，日新想她一定是给人家买来作小星了。这还不算什么，她那样的出身有这样归宿的可能。可是，没想到她也随着环境变了，她丢了她可爱的纯朴的本质。

日新勉强等老妈子摆好了糖果出去之后，完全没有再和玲珠谈什么的心绪了，他以为这样丢了灵魂的女人真是不值一顾，他甚至把玲珠比成刚才那个缠着他买东西的卖笑姑娘，他站起，向玲珠说：

"既然怕人家认出来是我，我走好了。"他底声音里装满了酸味，他去拿他底衣裳和他买来的水果和糖。

"为什么呢！王先生，我没有惹您生气呀！"玲珠难堪的说，眼里转着晶莹的泪。

"我不愿这样装模作样地待在别人家里，我——"日新想再说出点恶毒的话来骂骂玲珠才痛快，可是，想了想又忍了下去，那些费在玲珠身上的精神和心血都白费了，痛快痛快嘴又有什么用处呢。

"王先生！您不能这样误解我，您是好人，我没有坏，您听我说。"玲珠说，泪从她俏丽的脸上流下来，她拉着了日新的一只袖子。

"我没有坏。"日新底耳中响着这样好听的声音，他去看玲珠底脸，那晶莹的眼睛依然和他初见她时一样，清洁、纯正地表露眼的那颗心。

"那么，你跟我说明白，你为什么要躲到这儿来，难道北京就没有一个人值得你留恋吗？"日新像感觉了笼中从小养起来的金丝鸟脱笼飞走了一样，心里凄惶、惆怅得很，他底眼圈也不知不觉地红了。

"不是我愿意离开北京，我不能自主，"日新底话勾起来玲珠的哀伤，她想起来自己怎样被朱四压迫，怎样监视着行动，怎样求生不得求死不能，怎样被妈妈日以继夜地哀哭劝告。她伏在椅背上，压抑着声音，悲痛地啜泣起来。

"王先生，您待我的好处，我忘不了，可是您并没有诚心来真正地救我。"玲珠说，努力地压抑着难过，不停地用手帕去擦泪，手帕被泪湿透了。

"怎么？怎么见得我没有诚心？"日新说，把自己底手帕掏出来给玲珠，拉玲珠到一只沙发上坐好。

"第一，您没有打发开朱四，第二，"玲珠停下来，低下了头。"第二怎样，玲珠，说呀！"

"第二，"玲珠突然抬起头来，眼睛捉着日新底双眼，勇敢地说："第二，我没有资格跟您的少奶奶争，您总是爱她不爱我。"

"也不尽然。"日新被玲珠说中了心病，只好这样敷衍着说。真的，在玲珠身上，他用的心，有一回是真正地为了爱玲珠吗？不是，他只是要用美貌可人的玲珠来消遣他闲适的光阴而已，他只是要由玲珠那儿得到点新鲜的感情和新鲜的刺激而已。真的要用玲珠来换黛黛，或者是为了取得玲珠而失去黛黛，那他还得仔仔细细地考虑一下。也许跟玲珠来往长了，时间会加强了两人之间的关系，可是，眼前，正如玲珠所说的那样，他还没有把玲珠跟黛黛并列。

但是，玲珠诚恳勇敢的样子使他心动，像想了多次而始终没有作到的以往一样，他想抱玲珠在怀里，用亲吻来代替回答。他拉着玲珠底一只手，紧紧地合在自己的两掌之中，问着玲珠。

"玲珠，你怎么知道我不爱你。"

"那不是清清楚楚摆在那儿的事，那一次，您在我家里吃夜饭，有少奶奶在，您就跟我们平常一块吃饭时候不一样，没有心思管我了。"

玲珠说，擦去了脸上的泪，向着日新嫣然地笑了。

"那么说，你现在是找到真正救你爱你的人了。"日新说，他声调中忌妒的成分不但没有减少，反而浓密了些似的。

"也不尽然。"玲珠调皮地说覆着日新的话，随即正色地向着日新。

"王先生！我正要来跟您请教，我这样白白地受着一个人的供给，他替我还清了我欠朱四底债务，替我给了师父养老金，替我养活妈妈，又叫我去读书，我用什么来报答他呢！"玲珠说，她底没有脂粉的脸上，整个表现了她单纯的心，她说这样的话，没有一点造作，没有一点虚伪，她真真正正地是这样想。

日新想打趣她，可是，他自己也不好意思了，对这样可爱的少女，再说肮脏的话，那真是种罪过。

"他要你怎样报答他呢？"日新问。

"他什么都不要，他说我有出息，他喜欢我，他要用他底钱作有用的事。他最喜欢的事就是教我读书，教我写字。"玲珠说，摸着自己发辫上的绸结，慢慢地说，说到他的时候，顿了顿，瞧了日新一眼。

如果真的那个人一如玲珠所说的那样表现了对玲珠底爱护的话，这不正是玲珠底最好的结局吗！只要他真是那样体贴周到地爱了玲珠，就是作小星，又有什么关系呢！玲珠这样的身世，那能像黛黛那样幸福地去给人家作少奶奶呢！

"那么！这是他底家了。"日新说，再次地打量着这间屋子，打量着坐在这屋中的玲珠。

"是的！原来是他底姨太太住着，姨太太病死没多久，这儿只有一个看房子的人。我们来的时候，才又叫了个老妈子来。"玲珠说，把日新底大衣又挂到衣架上去，把那许多纸包捧到桌前来。

"他底正太太在哪儿住呢？"日新问，把自己买来的果包打开，叫着玲珠，"珠，来吃一块我的糖。"

"我不知道。"玲珠摇着头，一会又兴奋地说："那些事与我有什么关系呢？我只要对得起他就行，我只要明白他待我的心就行。我住在这儿，没有一个人扰我，我爱看书，就看书，爱写字就写字，闷了又可以去看电影，并且，过了寒假，我就要去上学了，那许多同学聚在一起，多么有意思呀！"

玲珠底话，像插在沙滩上的花朵一样，插的人，许是无意，也许是恶作剧，被折来的花却并不知道，她只以为她得到了湿润肥沃的土壤，到她知道那不过是沙子的时候，她底生命也就完了。

日新想那个人当然是要把玲珠来补上他姨太太遗留下来的空位的。世间真有那样好心的男人吗！把自己费尽心机赚来的钱花在一个不相干的女人身上，一点都不要她底酬报。这不过是玲珠底梦罢了。

"玲珠！"日新叫着。

"什么？"玲珠用她没有涂口红的很红的唇，吸吮着体味着糖底甜汁，瞪着清澈的眼，看着日新底脸，"什么？"她重复着说。

日新把要说的话咽了回去，那许多适人又被弃的坤伶的悲喜剧，在他脑中反复地显现着。可是，她们都和玲珠不同，玲珠底欲望不是享受而是求知，玲珠底脸充满快乐，兴奋的光彩。日新怎好在她这样美满的梦上，投下黑影呢。

"玲珠。"日新说："你真愿意作我底表妹吗？"

"当然。恐怕您瞧不起我。"玲珠说，离开朱四底监视，好像玲珠也活泼了。

"我不要你作我底表妹。我要你作我底妹妹，什么时候你都想着我有一个哥哥，这个哥哥喜欢你，帮助你。你有难问题的时候，就去找他，像你自己底亲哥哥一样。"日新说，把从见玲珠以来的那份心，那份喜爱玲珠的心，都灌到这几句话里来，声音诚恳得使人感动。

"您真是待我好，王先生。您真是待我好，我真不知道怎样感激您。"玲珠跳起来，两手握着日新底肩，她底眼睛又湿润了。

"我听您话，我作您的妹妹，那么，我叫您——哥哥。"玲珠底脸红起来，不好意思地扭开了。

日新底心激动着，藏在心里的对玲珠底喜爱都迸发出来，玲珠底神态，纯洁高尚得一如天使，他忍不住地搂着了玲珠，吻着了她的唇。

玲珠挣扎了一下，又驯服了，她把脸贴在日新胸上，一会儿，突然跑过去，拉开门走了。

日新也冷静下来，愉快的感觉留在他底唇间，他后悔他亲玲珠亲得太晚了，若是在半个月之前，玲珠还会到这里来吗！他底心一切阻碍都不加计算，只觉得玲珠是丢了，只觉得丢失了玲珠的痛苦。他追到门那儿去，正要拉开门的时候，老妈子来请他去吃饭，他急欲要见的玲珠站在那个白围裙的老妈子身后。

"好！"日新说，"玲珠！你来帮我把糖拿去送给老太太。"说完，他又走回屋正中去。

玲珠随着他，日新觉得她底身体在微微地颤抖着，老妈子去了之后，日新关上门，背靠在门上，热情地向着玲珠："玲珠！你生我气了吗。"

"不是，"玲珠哽咽起来，投身在日新底怀抱里，"不是，哥哥，我只觉得我们不应该再亲了，我总要对得起一个人，可是，你又待我这样好。"

"有什么关系呢！"日新说，再次捧着了玲珠的头，欣喜地望着她底眼睛："我们并没有做错事，玲珠，你相信我，我只有帮助你，决没有心破坏你。"他再亲吻着玲珠，从眼睛一直亲到嘴。

"让我走吧！"玲珠激动地说："妈妈在等我们吃饭，我不知怎样才好，你让我安静一会。"

"玲珠！不要这样，你看我。"日新放开了玲珠，用自己底手帕擦去了玲珠底泪，很安静地过去捧好了糖，"你看我，你看我多安静，你也不要再哭了。吃完了饭，我们找一个地方好好地谈一谈，我不会叫我底小妹妹为难的。"

玲珠温顺地听从了日新底话，等他给擦干了泪，又用手背揉了揉眼睛，先过去拉开了门，微笑着说："您请！"

三 十 一 | 望穿秋水 |

表面上爱群对黛琳去报馆里上班的事是释然了，可是黛琳知道爱群并没有真正地谅解她底苦衷，黛琳没有多说什么，她想用时间来证实她对爱人的忠心。她送爱群走了之后，替妈妈和爸爸泡好了茶，自己回到小屋子里去，兴奋地整理了明天上班去用的东西。

她预备了一支铅笔，一支姐姐送给她的自来水笔，一本白纸的笔记本。她又烫好新的蓝布褂和白纱的手帕。一切都整理好了的时候，她拿了一本书，坐在灯前，等着姐姐回来的时候一块睡觉。

可是她不能把心思完全集中在书上，这一本从爱群那儿借来的《飘》，她的心正像书的名字一样，真的飘起来了，许多过去和未来的事在心中飘过来又飘过去，这次，她想自己是真的站起来了，她可以自己挣钱了，她可以养活自己了，她忽然觉得自己伟大起来，她不依赖别人就可以活着，而且她要帮助妈妈和爸爸。

九点过去了，十点过去了，十一点又过去了，黛琳不安起来，她想不出来姐姐为什么还不回来，她到妈妈底里屋去，妈妈已经把门关好，但是依然点着灯，听见黛琳底脚步声的时候，妈妈隔了窗子问：

"琳儿！姐姐还没有回来吗？"

"是。"黛琳苦恼地答着。"姐姐不晓得上哪儿去了。"

"困的话，你先睡吧！我听着门。"苍老的爸爸说，似乎爸爸还没睡，正在那儿喝茶。

"我想也不会太晚，姐姐他们也许去看电影去了。"黛琳说，回到自己的屋里，脱掉了鞋，把脚插在温暖的被中，重新看着书。夜凉起来了，黛琳把挂在床前的薄夹袍披在身上，由于温暖的腿想到了姐姐只穿了蝉翼一样丝袜的腿，刚才因为跟爱群说话，没有注意姐姐穿了什么衣服出去，只希望她穿得暖和一点，姐姐的身子比结婚前单弱多了，别着凉才好。

姐姐究竟到什么地方去了呢？跟着韩，会去看电影吗？不去看电影的话，什么地方值得留恋得这样久呢！黛琳忽然觉得姐姐有一点喜欢韩青云，真的，不只是有一点，仿佛很喜欢，原来他们又是一对最好的小朋友。如果韩在姐姐结婚之前回来的话，说不定姐姐会嫁给他哩！那么说，姐姐跟韩到什么地方去叙旧情了吗？不会的，姐姐不是那样的人，姐姐没有那样的胆量，即或她有那样的心，她也不敢，姐姐是一个很拘谨的人。

不想吧！过一会姐姐自然会回来的，虽说是不想，可是不能集中心意去看书，当然爱群不高兴的样子也浮到黛琳的脑海里来，爱群的不高兴是在妒忌韩吧！是在生气黛琳过于对韩表示亲热了吧！姐姐虽然可以从自己丈夫的爱里逃开，去喜欢韩，黛琳却不是那样容易动摇的人，黛琳要是不爱爱群，就一下抛开爱群，不能顾恋这一个又舍不了那一个？黛琳要作自己的主人，绝不会被环境牵惹了去。扔不下东边又忘不了西边的自找烦恼的事，黛琳是不会作的。

黛琳索性抛开书，钻到被里去，十二点也过去了。姐姐还没有回来，看情形，姐姐是不会回来了。姐姐到那儿去了呢！回到北城的自己的家中去了吗！这样突然地回到自己的家中去，为什么呢。

黛琳再起来拴好了门，门外很好的月色，夜凉得水一样，清冷的秋夜的空气，带着凄凉寂寞的气味，月亮很像姐姐底苍白的脸，姐姐底悒郁的神色和见了韩后的畅快的脸，很快地在黛琳心中联结起来，假如韩今夜能够欢愉了姐姐，那么——那么就叫姐姐高兴一次吧！可是韩怎样愉乐姐姐呢？纯洁的黛琳想不出来，但是，当黛琳钻进被窝里，手无意间触及了自己底丰满的有弹力的前胸的时候，她羞涩地用被整个包住了自己的脸，她想到了一件说不出来的事，那样的事对她模糊但新奇，她还没有经验过那其中的情趣，但是她想姐姐也许去私会韩，这样想了之后，她底处女心蓬蓬地跳了起来，一会她又觉得这样是冒渎了姐姐，她把脸上的被拉开，把摆在枕旁边的《飘》，重新拿起来看。

在《飘》中的女主人公执拗地爱着那个并不爱的人的混乱心情里，在那女主人公苦痛于和不爱的丈夫共同生活的叙述里，黛琳看到了姐姐底心。爱情真是奇妙的东西，为什么有的人就可以相爱而且能享受爱情中的甜蜜，而有的人却正因为有了爱而痛苦呢。

黛琳想着姐姐和韩，姐姐和姐夫，自己和爱群以及爱群今晚的不悦的脸色。突然觉得空虚起来。她并不是不相信爱群，也并不是不相信两人之间的海誓山盟的爱，只是一种莫名其妙的空虚之感，姐姐在和姐夫热恋的时候，那兴奋快乐的感情，幼小的黛琳虽然不能完全体会，但至少可以断言姐姐是高兴又快乐的。现在出现在姐姐脸上的那种茫然的悲哀的神色，只是最近才有，如果真的结婚是恋爱的坟墓的话，那么恋爱又有什么意义呢。

并且在恋爱之外的生存目的，究竟得建筑在怎样的生活之上呢！姐夫是因为单单地看重了钱，才遭姐姐的唾弃吧！可是生活艰难得让人怕起来了，像爸爸这样严谨规矩的人若是不从那个姐姐说是挂满了铜臭的姐夫那里取得帮助，妈妈就是不病也要饿死了，自己也说不定要流到最悲惨的境地里去。虽说是什么样的艰难什么样的折磨都不足惧，可是到底是得要把肚皮填饱的呀！"正直的生存"说是可以说，其实是行不通的。

想到自己能够出去赚点钱来脱开姐夫底帮忙的时候，黛琳底苦恼困惑的心稍稍地安慰了一点，想到至此就要结束的学生生活，又觉到了无限的依恋。梅兰是幸福的，其他的同学也是幸福的，只有黛琳被逐出了少女的乐园，像有一次梦中看见的景象一样，黛琳独自被关在黑暗的石屋里，隔绝了所有的爱人。黛琳的泪不知不觉地浮上眼睛，又轻轻地无声地落在枕上。在人前黛琳虽然倔强，一个人的时候却时常不知不觉地流下来泪，这样轻轻的年纪就被学校抛弃，黛琳觉得像丢掉了乳母一样地难过、伤心。在妈妈爸爸和姐姐眼前说着刚强的话的黛琳现在变得软弱了，像离开学校就埋葬了前途一样，黛琳觉得黑暗笼罩了自己。

忽然黛琳澄清的耳边听到了敲门的声音，铜质的门环扣在朽了的门板上，发着梆梆的响声。黛琳疾忙攫了衣服披在身上，跳下床去，跑出去开门，她想一定是姐姐回来了，她高兴地叫着姐姐！姐姐！地跑出了房门。

这时候妈妈的门房也呀的声开了，李老先生佝偻着身子开开了门。

"爸爸！我来开吧！我没有睡。"黛琳说，跑到黑暗的门洞去了。

本来想一定是姐姐，但是黛琳问了一声：

"谁呀！"

"我！"意外的一个男子底声音，他说："送电报来了。"说着，从门缝中塞进来一枚叠得方正的纸。

黛琳从地上拾起来，正要退到亮的屋里去看的时候，报差说："我给您翻一翻吧！"

李老先生也迎上来，手里拿了一小截蜡烛，说："琳！什么事呀！是替姐姐送信来的吗？"

"不是！是一封电报。"黛琳把脸凑到烛火的微光里去，拆开了手中的电报。

"姐夫打给姐姐的。"黛琳说："我自己来翻吧！"说完，拉了李老先生就走。

"您赏点酒钱呀！这样三更半夜的，不容易呀！"报差显然是被不懂关节的这两位受报人惹烦了，这样说了之后又梆梆梆地敲起了门环。

"琳！去跟妈妈拿点钱来吧！"李老先生说，用手遮着直吹到烛火上面的秋风。

黛琳跑进妈妈屋里去，从妈妈底枕边拿了钱，从门缝中塞给报差，随在李老先生底身后，走进来。

报差因为黛琳菲薄的酒钱，不高兴地谩骂了两句，才骑了车跑开了。

黛琳因为没有接到姐姐，又受了报差的闲气，撅着嘴到书案的抽屉里，翻出来封皮变黄了的电报本。很快地找出来要找的字。

电报简单得很，只有这样的几个字：明日晚七点二十分到京，请等我。

"姐夫的电报吗？"李老太太也靠着枕头坐起来，问着黛琳："说些什么呀？"

"说是明天回来，时间也写明白了。看意思是要姐姐去接他哩！"黛琳说。

"姐姐走的时候没有说什么话么？这样晚不回来，外边很凉吧！"李老太太说，看着黛琳底脸，像要从黛琳底脸上找出来黛黛没有回来的原因一样。

"什么也没有跟我说，没有跟您说什么吗？"黛琳摇了摇头，接过来爸爸手中的茶杯，倒了一杯冷茶，一口气喝了下去，这样向着李老太太的脸问。

"有热水呀!"李老先生说,很珍惜地望着爱女底脸。

"不要喝冷茶呀!琳儿。"李老太太也说:"姐姐不至于出什么意外吧!"

"那倒不至于。"李老先生说:"黛黛不是小孩子,何况又有韩先生一块?也许到王家去了。"

"为什么要这样突然地回到王家去呢?"黛琳刚才的脑中想了几遍的话脱口说出来,说过之后,又接着说:"爸爸说的对,姐姐许是回王家去了,不然能到什么地方去呢?"黛琳搜寻着记忆里姐姐能够去过夜的地方,想了好久也想不出来一家,那些姐姐常流连的女朋友家,从姐姐结婚后就都疏远了。亲戚家也并没有走得可以随便住住的那样的亲戚。

李老太太主张打电话到韩青云的报馆里去问问,可是深夜中又没有地方好去借电话,李老先生不愿意这样小题大做,看样子老太太又实在放不下去惦记女儿的心,她问黛琳,黛黛都穿了怎样的衣服,她怕单薄的黛黛着凉。

"就是没有回家也不会在街上的,屋子里着不了凉呀!太太。"李老先生说,很久,这位沉默的老先生没说过这样轻松的话了,李老太太被逗得笑了,黛琳也笑了。

"还是睡吧!也许是突然想起来什么事情回到王家去了,也许遇见熟朋友被拉走了,好在明天早晨就可以知道真相了。还是睡觉吧,黛琳明天要去上班呢。"李老先生说,催促黛琳去睡觉。

"是呀!"黛琳接着说:"明天早晨,韩哥哥要来接我的,他说明天一早晨就来。"

"睡吧！黛琳，睡好一点，别又把被子踢到地下去。"李老太太说，看着黛琳在暗黄的灯光里走出了屋门。

黛琳拿了日新打来的电报，回到自己底小屋子里来，把电报收在姐姐平常穿的一件毛背心口袋里，关好了门，钻到被里去。

姐姐前两天似乎是在盼望着姐夫回来，姐夫回来的消息姐姐反倒没有立刻知道，黛琳忽然想起来妈妈病了的那天晚上被日新追到门洞里的情景，那天的日新是表现了怎样诚恳可爱的感情呢！他要真的能够把这样的诚实坦白的心奉给姐姐，姐姐也不至于现出那样寂寞的脸色来吧！

黛琳再次想到了明天要去上班的事，她一定得要好好地休息一下，明天带了眍的眼睛去上班，岂不是一大笑话，她把发辫扔在枕后，抛开一切对姐姐迟归的不安和猜忖，用一只手托着脸，拉灭了灯，静静地睡去了。

编者注：《中华周报》第 48 号（1945.8.19）附广告："《夜合花开》单行本即将刊行：梅氏长篇小说由本报创刊号连载以来，深受读者欢迎，要求出刊单行本，兹作者为酬谢赞者盛意起见，特自费出版，由马德增书店经营。"由于战争局势、纸张紧缺，未见该书出版。

第 1-19 节，原刊北京《中华周报》
1 卷 1-14 期（1944 年 9 月 24 日 -12 月 24 日）
2 卷 1 期 -5 期（1945 年 1 月 1 日 -28 日）
第 20-31 节，2 卷 23-34 期（1945 年 6 月 3 日 -1945 年 8 月 19 日）

黎明的喜剧

原刊《黎明的喜剧》(《作家生活》连刊之一)
华北作家协会，1944 年 11 月

听见卖菜的人在街上喊，我拿了菜篮出去，那是一个常来我家门口卖菜的老头，有六十岁的样子，头发已经全白了，据说是三个儿子都娶了媳妇，有五六个孙子，原来是很好的日子，因为年月艰难，老了反倒不得不出来抓碗饭吃。他菜卖的比较便宜，分量也很公道，这条胡同里的人差不多都照顾他，他人虽然老，声音却还相当洪亮，喊起来的时候，就是住在最里层院子的我，也听得很清楚。我走到门口的时候，恰好有一辆载重车子急驰而过，为了躲避飞扬起来的尘土，我没拉开门，但是开了门上的投信口往外瞧了瞧。

真巧，老头的菜车子就停在我门前，他正倚着菜车站着，手里仿佛拿了一样东西。我看见他低声说：

"多少尺？"

"十六尺。"一个女人的声音。"价钱呢？"他问：

"还照上回那样就行。"女人说。

显然他们是在做着一件交易了，我断定那不是一件正当的买卖，他们的声音鬼祟得很。

"帮我一把！我把它放在茄子底下。"他停了停说。"脏了。"

女人说。

"你把他包好，不碍的，我还有纸。"他说。

在一阵纸响之后，我听见移动茄子的声音，我骤然拉开我的门。

和老头一块站着的是潘宅作饭的李姐，李姐身后站着潘宅看小孩的王姐，他们三人都俯身在菜车上，听见我的门响，同时惊骇的回过头来。

李姐立刻回身去遮着茄子筐，说："这老头子，没好心，把好的茄子都放在底下，坏的放在上头，真没见过，好的反倒怕卖。"说着，把高高的堆在一边的茄子推平了。

王姐和老头笑着招呼着我，两人都笑得非常勉强。我也笑着答应他们。

他们是合伙偷了一块布吗！可怕的家贼，可怕的表面上很忠厚的窝主。

"今天的辣椒太好，您留点吧，真新鲜。"老头从一支筐子里捡出两个碧绿的大辣椒，举到我眼前来。

"是不错！您买吧！"那两个人也附和着说，搭讪着走开去。李姐提着的篮子里摆着茄子和辣椒。

"不！"我瞧着老头的脸，"我不要，我要买两个茄子。"

"茄子不大好，要不您来点芸扁豆。"他热心地拦着我，唯恐我买了坏菜。

"我自己看看。"我说，一支手去拿茄子。

"我给您拿吧！我给您拿，我知道那有好的。"他慌忙的来拿茄子，我忍不住的笑了起来。

"李姐说是底下的好，我来找一找。"我说着不管他拿不拿真的用手向筐底下摸去。

"您看，您看，您挑不着好的，您瞧这个多好，多好，我那能骗您呢！"

他忙忙的举起一个大茄子，焦灼地说。

瞧见他急了，我缩回来手，接过他拿着的茄子来，真是不幸得很，那茄子长了一个大疤。

"你瞧，这是你挑的好茄子！"我指着那粗糙的疤痕。

"我眼花了，太太！您别生气，我真没看见，我再给您挑，给您挑好的。"他捶了自己底头一下，低下头去找茄子。

"不是你眼花，是你心慌了吧！"我笑着说。

"您，您，这是什么话，我，我，我哪能心坏呢！"他突然结巴起来，更加不敢抬起他的脸来了。

"我没说你心坏，我说你心慌。"

"我心慌什么呢！您，您，……"他又拿出一个茄子来，这次倒真是个好茄子，又圆又紫又轻。

"您什么呀！"我追问着："你怎么连话也说不清楚了，这样颠三倒四的，今天有亏心事吧！"

"您！"他看着我的脸，"您说这年月，跑一天也赚不上一个人的吃，家里，家里……"他底脸阴暗下来，没像往常抱怨生活太难时候那样叹息，而像要哭出来似的。

"您好心肠得好报，您抬抬手多照应我吧！奔一口吃，奔一口吃，指着卖这点儿钱哪行，我又不会像别人那样多要价少给菜。"他知道我是看见他们耍的把戏了，这样祈求着我。我原没有揭开他们底秘密的意思，想使他吃一惊而已。我早就知道北京的老妈子会偷，我倒没想到卖菜的会是窝主。

我想到我的女用人，她也是她们的同伙吧！虽然她看去很老实，可是老头不也是看去很老实的人吗？

我去看老头，老头正用希冀的眼睛瞧着我，我突然发觉他不但老而且非常疲惫瘦弱，他的脸露着可怜的菜色，那样一张刻满了皱纹的疲倦的脸。

"抓一口吃！"他轻轻在我耳边说："抓一口吃，难得很，您……"

我轻轻的笑了，我知道饥饿的滋味。假如我也有一个另外生财的机会，恰恰可以补足我底长年的不满的肚子的时候，我也许会去偷的吧！

"你快拿菜吧！我要点棍扁豆，你放心吧！"我静静的说。

鸣谢

在搜寻梅娘佚著、佚文的过程中，得到了许多先生、同行、文史爱好者的帮助。他们是杉野要吉、大久保明男、蒋蕾、杨铸、杉野元子、羽田朝子、Norman Smith、孙屏、刘奉文、刘慧娟、陈霞、庄培蓉、张曦灏等。如本文集的书信卷所示，众多梅娘信件的持有者，提供了梅娘手书的复印件。

还有不少亲友为《梅娘文集》提供了梅娘不同时期的照片，入选照片、图片均由柳青编排。梅娘的好友，东北沦陷区作家、书法家李正中先生（1921—2020），生前热情为《梅娘文集》题签。终校得到了刘晓丽教授的友情助力。

在书稿即将付梓之际，谨在这里向所有无私指教、大力协助过的人士，表达诚挚的谢意！

梅娘全集编委会

2023 年 4 月 9 日